Kafka · Erzählungen

Franz Kafka

Erzählungen

Herausgegeben von
Michael Müller

Nachwort von
Gerhard Kurz

Philipp Reclam jun.
Stuttgart

Universal-Bibliothek Nr. 9426
Alle Rechte vorbehalten
© 1995 Philipp Reclam jun. GmbH & Co., Stuttgart
Gesamtherstellung: Reclam, Ditzingen. Printed in Germany 2002
RECLAM und UNIVERSAL-BIBLIOTHEK sind eingetragene Marken
der Philipp Reclam jun. GmbH & Co., Stuttgart
ISBN 3-15-009426-7

www.reclam.de

Inhalt

Gespräch mit dem Beter

Es gab eine Zeit, in der ich Tag um Tag in eine Kirche ging, denn ein Mädchen, in das ich mich verliebt hatte, betete dort knieend eine halbe Stunde am Abend, unterdessen ich sie in Ruhe betrachten konnte.

Als einmal das Mädchen nicht gekommen war und ich unwillig auf die Betenden blickte, fiel mir ein junger Mensch auf, der sich mit seiner ganzen mageren Gestalt auf den Boden geworfen hatte. Von Zeit zu Zeit packte er mit der ganzen Kraft seines Körpers seinen Schädel und schmetterte ihn seufzend in seine Handflächen, die auf den Steinen auflagen.

In der Kirche waren nur einige alte Weiber, die oft ihr eingewickeltes Köpfchen mit seitlicher Neigung drehten, um nach dem Betenden hinzusehn. Diese Aufmerksamkeit schien ihn glücklich zu machen, denn vor jedem seiner frommen Ausbrüche ließ er seine Augen umgehn, ob die zuschauenden Leute zahlreich wären. Ich fand das ungebührlich und beschloß ihn anzureden, wenn er aus der Kirche ginge, und ihn auszufragen, warum er in dieser Weise bete. Ja, ich war ärgerlich, weil mein Mädchen nicht gekommen war.

Aber erst nach einer Stunde stand er auf, schlug ein ganz sorgfältiges Kreuz und ging stoßweise zum Becken. Ich stellte mich auf dem Wege zwischen Becken und Türe auf und wußte, daß ich ihn nicht ohne Erklärung durchlassen würde. Ich verzerrte meinen Mund, wie ich es immer als Vorbereitung tue, wenn ich mit Bestimmtheit reden will. Ich trat mit dem rechten Beine vor und stützte mich darauf, während ich das linke nachlässig auf die Fußspitze hielt; auch das gibt mir Festigkeit.

Nun ist es möglich, daß dieser Mensch schon auf mich

schielte, als er das Weihwasser in sein Gesicht spritzte, vielleicht auch hatte er mich schon früher mit Besorgnis bemerkt, denn jetzt unerwartet rannte er zur Türe hinaus. Die Glastür schlug zu. Und als ich gleich nachher aus der Türe trat, sah ich ihn nicht mehr, denn dort gab es einige schmale Gassen und der Verkehr war mannigfaltig.

In den nächsten Tagen blieb er aus, aber mein Mädchen kam. Sie war in dem schwarzen Kleide, welches auf den Schultern durchsichtige Spitzen hatte, – der Halbmond des Hemdrandes lag unter ihnen –, von deren unterem Rande die Seide in einem wohlgeschnittenen Kragen niederging. Und da das Mädchen kam, vergaß ich den jungen Mann und selbst dann kümmerte ich mich nicht um ihn, als er später wieder regelmäßig kam und nach seiner Gewohnheit betete. Aber immer ging er mit großer Eile an mir vorüber, mit abgewendetem Gesichte. Vielleicht lag es daran, daß ich mir ihn immer nur in Bewegung denken konnte, so daß es mir, selbst wenn er stand, schien, als schleiche er.

Einmal verspätete ich mich in meinem Zimmer. Trotzdem ging ich noch in die Kirche. Ich fand das Mädchen nicht mehr dort und wollte nach Hause gehn. Da lag dort wieder dieser junge Mensch. Die alte Begebenheit fiel mir jetzt ein und machte mich neugierig.

Auf den Fußspitzen glitt ich zum Türgang, gab dem blinden Bettler, der dort saß, eine Münze und drückte mich neben ihn hinter den geöffneten Türflügel; dort saß ich eine Stunde lang und machte vielleicht ein listiges Gesicht. Ich fühlte mich dort wohl und beschloß öfters herzukommen. In der zweiten Stunde fand ich es unsinnig hier wegen des Beters zu sitzen. Und dennoch ließ ich noch eine dritte Stunde schon zornig die Spinnen über meine Kleider kriechen, während die letzten Menschen lautatmend aus dem Dunkel der Kirche traten.

Da kam er auch. Er ging vorsichtig und seine Füße betasteten zuerst leichthin den Boden, ehe sie auftraten.

Ich stand auf, machte einen großen und geraden Schritt

und ergriff den jungen Menschen. »Guten Abend«, sagte ich und stieß ihn, meine Hand an seinem Kragen, die Stufen hinunter auf den beleuchteten Platz.

Als wir unten waren, sagte er mit einer völlig unbefestigten Stimme: »Guten Abend, lieber, lieber Herr, zürnen Sie mir nicht, Ihrem höchst ergebenen Diener.«

»Ja«, sagte ich, »ich will Sie einiges fragen, mein Herr; voriges Mal entkamen Sie mir, das wird Ihnen heute kaum gelingen.«

»Sie sind mitleidig, mein Herr, und Sie werden mich nach Hause gehen lassen. Ich bin bedauernswert, das ist die Wahrheit.«

»Nein«, schrie ich in den Lärm der vorüberfahrenden Straßenbahn, »ich lasse Sie nicht. Gerade solche Geschichten gefallen mir. Sie sind ein Glücksfang. Ich beglückwünsche mich.«

Da sagte er: »Ach Gott, Sie haben ein lebhaftes Herz und einen Kopf aus einem Block. Sie nennen mich einen Glücksfang, wie glücklich müssen Sie sein! Denn mein Unglück ist ein schwankendes Unglück, ein auf einer dünnen Spitze schwankendes Unglück und berührt man es, so fällt es auf den Frager. Gute Nacht, mein Herr.«

»Gut«, sagte ich und hielt seine rechte Hand fest, »wenn Sie mir nicht antworten werden, werde ich hier auf der Gasse zu rufen anfangen. Und alle Ladenmädchen, die jetzt aus den Geschäften kommen und alle ihre Liebhaber, die sich auf sie freuen, werden zusammenlaufen, denn sie werden glauben, ein Droschkenpferd sei gestürzt oder etwas dergleichen sei geschehen. Dann werde ich Sie den Leuten zeigen.«

Da küßte er weinend abwechselnd meine beiden Hände. »Ich werde Ihnen sagen, was Sie wissen wollen, aber bitte, gehen wir lieber in die Seitengasse drüben.« Ich nickte und wir gingen hin.

Aber er begnügte sich nicht mit dem Dunkel der Gasse, in der nur weit voneinander gelbe Laternen waren, son-

dern er führte mich in den niedrigen Flurgang eines alten
Hauses unter ein Lämpchen, das vor der Holztreppe trop-
fend hing.

Dort nahm er wichtig sein Taschentuch und sagte, es auf
eine Stufe breitend: »Setzt Euch doch lieber Herr, da könnt
Ihr besser fragen, ich bleibe stehen, da kann ich besser antworten. Quält mich aber nicht.«

Da setzte ich mich und sagte, indem ich mit schmalen
Augen zu ihm aufblickte: »Ihr seid ein gelungener Tollhäus-
ler, das seid Ihr! Wie benehmt Ihr Euch doch in der Kirche!
Wie ärgerlich ist das und wie unangenehm den Zuschauern!
Wie kann man andächtig sein, wenn man Euch anschauen
muß.«

Er hatte seinen Körper an die Mauer gepreßt, nur den
Kopf bewegte er frei in der Luft. »Ärgert Euch nicht – warum sollt Ihr Euch ärgern über Sachen, die Euch nicht ange-
hören. Ich ärgere mich, wenn ich mich ungeschickt be-
nehme; benimmt sich aber nur ein anderer schlecht, dann
freue ich mich. Also ärgert Euch nicht, wenn ich sage, daß
es der Zweck meines Lebens ist, von den Leuten angeschaut
zu werden.«

»Was sagt Ihr da«, rief ich viel zu laut für den niedrigen
Gang, aber ich fürchtete mich dann, die Stimme zu schwächen, »wirklich was sagtet Ihr da. Ja ich ahne schon, ja ich
ahnte es schon, seit ich Euch zum erstenmal sah, in welchem
Zustande Ihr seid. Ich habe Erfahrung und es ist nicht
scherzend gemeint, wenn ich sage, daß es eine Seekrankheit
auf festem Lande ist. Deren Wesen ist so, daß Ihr den wahr-
haftigen Namen der Dinge vergessen habt und über sie jetzt
in einer Eile zufällige Namen schüttet. Nur schnell, nur
schnell! Aber kaum seid Ihr von ihnen weggelaufen, habt
Ihr wieder ihre Namen vergessen. Die Pappel in den Feldern, die Ihr den ›Turm von Babel‹ genannt habt, denn Ihr
wußtet nicht oder wolltet nicht wissen, daß es eine Pappel
war, schaukelt wieder namenlos und Ihr müßt sie nennen
›Noah, wie er betrunken war‹.«

Ich war ein wenig bestürzt, als er sagte: »Ich bin froh, daß ich das, was Ihr sagtet, nicht verstanden habe.«

Aufgeregt sagte ich rasch: »Dadurch, daß Ihr froh seid darüber, zeigt Ihr, daß Ihr es verstanden habt.«

»Freilich habe ich es gezeigt, gnädiger Herr, aber auch Ihr habt merkwürdig gesprochen.«

Ich legte meine Hände auf eine obere Stufe, lehnte mich zurück und fragte in dieser fast unangreifbaren Haltung, welche die letzte Rettung der Ringkämpfer ist: »Ihr habt eine lustige Art, Euch zu retten, indem Ihr Eueren Zustand bei den anderen voraussetzt.«

Daraufhin wurde er mutig. Er legte die Hände ineinander, um seinem Körper eine Einheit zu geben, und sagte unter leichtem Widerstreben: »Nein, ich tue das nicht gegen alle, zum Beispiel auch gegen Euch nicht, weil ich es nicht kann. Aber ich wäre froh, wenn ich es könnte, denn dann hätte ich die Aufmerksamkeit der Leute in der Kirche nicht mehr nötig. Wisset Ihr, warum ich sie nötig habe?«

Diese Frage machte mich unbeholfen. Sicherlich, ich wußte es nicht und ich glaube, ich wollte es auch nicht wissen. Ich hatte ja auch nicht hierher kommen wollen, sagte ich mir damals, aber der Mensch hatte mich gezwungen, ihm zuzuhören. So brauchte ich ja jetzt bloß meinen Kopf zu schütteln, um ihm zu zeigen, daß ich es nicht wußte, aber ich konnte meinen Kopf in keine Bewegung bringen.

Der Mensch, welcher mir gegenüber stand, lächelte. Dann duckte er sich auf seine Knie nieder und erzählte mit schläfriger Grimasse: »Es hat niemals eine Zeit gegeben, in der ich durch mich selbst von meinem Leben überzeugt war. Ich erfasse nämlich die Dinge um mich nur in so hinfälligen Vorstellungen, daß ich immer glaube, die Dinge hätten einmal gelebt, jetzt aber seien sie versinkend. Immer, lieber Herr, habe ich eine Lust, die Dinge so zu sehen, wie sie sich geben mögen, ehe sie sich mir zeigen. Sie sind da wohl schön und ruhig. Es muß so sein, denn ich höre oft Leute in dieser Weise von ihnen reden.«

Da ich schwieg und nur durch unwillkürliche Zuckungen in meinem Gesichte zeigte, wie unbehaglich mir war, fragte er: »Sie glauben nicht daran, daß die Leute so reden?«

Ich glaubte, nicken zu müssen, konnte es aber nicht.

»Wirklich, Sie glauben nicht daran? Ach hören Sie doch; als ich als Kind nach einem kurzen Mittagsschlaf die Augen öffnete, hörte ich noch ganz im Schlaf befangen meine Mutter in natürlichem Ton vom Balkon hinunterfragen: ›Was machen Sie meine Liebe. Es ist so heiß.‹ Eine Frau antwortete aus dem Garten: ›Ich jause im Grünen.‹ Sie sagten es ohne Nachdenken und nicht allzu deutlich, als müßte es jeder erwartet haben.«

Ich glaubte, ich sei gefragt, daher griff ich in die hintere Hosentasche und tat, als suchte ich dort etwas. Aber ich suchte nichts, sondern ich wollte nur meinen Anblick verändern, um meine Teilnahme am Gespräch zu zeigen. Dabei sagte ich, daß dieser Vorfall so merkwürdig sei und daß ich ihn keineswegs begreife. Ich fügte auch hinzu, daß ich an dessen Wahrheit nicht glaube und daß er zu einem bestimmten Zweck, den ich gerade nicht einsehe, erfunden sein müsse. Dann schloß ich die Augen, denn sie schmerzten mich.

»Oh, das ist doch gut, daß Ihr meiner Meinung seid und es war uneigennützig, daß Ihr mich angehalten habt, um mir das zu sagen.

Nicht wahr, warum sollte ich mich schämen – oder warum sollten wir uns schämen –, daß ich nicht aufrecht und schwer gehe, nicht mit dem Stock auf das Pflaster schlage und nicht die Kleider der Leute streife, welche laut vorübergehen. Sollte ich nicht vielmehr mit Recht trotzig klagen dürfen, daß ich als Schatten mit eckigen Schultern die Häuser entlang hüpfe, manchmal in den Scheiben der Auslagsfenster verschwindend.

Was sind das für Tage, die ich verbringe! Warum ist alles so schlecht gebaut, daß bisweilen hohe Häuser einstürzen, ohne daß man einen äußeren Grund finden könnte. Ich klettere dann über die Schutthaufen und frage jeden, dem ich begegne: ›Wie konnte das nur geschehn! In unserer Stadt – ein neues Haus – das ist heute schon das fünfte – bedenken Sie doch.‹ Da kann mir keiner antworten.

Oft fallen Menschen auf der Gasse und bleiben tot liegen. Da öffnen alle Geschäftsleute ihre mit Waren verhangenen Türen, kommen gelenkig herbei, schaffen den Toten in ein Haus, kommen dann, Lächeln um Mund und Augen, heraus und reden: ›Guten Tag – der Himmel ist blaß – ich verkaufe viele Kopftücher – ja, der Krieg.‹ Ich hüpfe ins Haus und nachdem ich mehrere Male die Hand mit dem gebogenen Finger furchtsam gehoben habe, klopfe ich endlich an dem Fensterchen des Hausmeisters. ›Lieber Mann‹, sage ich freundlich, ›es wurde ein toter Mensch zu Ihnen gebracht. Zeigen Sie mir ihn, ich bitte Sie.‹ Und als er den Kopf schüttelt, als wäre er unentschlossen, sage ich bestimmt: ›Lieber Mann. Ich bin Geheimpolizist. Zeigen Sie mir gleich den Toten.‹ ›Einen Toten‹, fragt er jetzt und ist fast beleidigt. ›Nein, wir haben keinen Toten hier. Es ist ein anständiges Haus.‹ Ich grüße und gehe.

Dann aber, wenn ich einen großen Platz zu durchqueren habe, vergesse ich an alles. Die Schwierigkeit dieses Unternehmens verwirrt mich und ich denke oft bei mir: ›Wenn man so große Plätze nur aus Übermut baut, warum baut man nicht auch ein Steingeländer, das durch den Platz führen könnte. Heute bläst ein Südwestwind. Die Luft auf dem Platz ist aufgeregt. Die Spitze des Rathausturmes beschreibt kleine Kreise. Warum macht man nicht Ruhe in dem Gedränge? Alle Fensterscheiben lärmen und die Laternenpfähle biegen sich wie Bambus. Der Mantel der heiligen Maria auf der Säule windet sich und die stürmische Luft reißt an ihm. Sieht es denn niemand? Die Herren und Damen, die auf den Steinen gehen sollten, schweben. Wenn der Wind Atem holt, bleiben sie stehen, sagen einige Worte zueinander und verneigen sich grüßend, stößt aber der Wind wieder, können sie ihm nicht widerstehn und alle heben gleichzeitig ihre Füße. Zwar müssen sie fest ihre Hüte halten, aber ihre Augen schauen lustig, als wäre milde Witterung. Nur ich fürchte mich.«–

Mißhandelt, wie ich war, sagte ich: »Die Geschichte, die Sie früher erzählt haben von Ihrer Frau Mutter und der Frau im Garten finde ich gar nicht merkwürdig. Nicht nur, daß ich viele derartige Geschichten gehört und erlebt habe, so habe ich sogar bei manchen mitgewirkt. Diese Sache ist doch ganz natürlich. Meinen Sie, ich hätte, wenn ich am Balkon gewesen wäre, nicht dasselbe sagen können und aus dem Garten dasselbe antworten können? Ein so einfacher Vorfall.«

Als ich das gesagt hatte, schien er sehr beglückt. Er sagte, daß ich hübsch gekleidet sei, und daß ihm meine Halsbinde sehr gefalle. Und was für eine feine Haut ich hätte. Und Geständnisse würden am klarsten, wenn man sie widerriefe.

Gespräch mit dem Betrunkenen

Als ich aus dem Haustor mit kleinem Schritte trat, wurde ich von dem Himmel mit Mond und Sternen und großer Wölbung und von dem Ringplatz mit Rathaus, Mariensäule und Kirche überfallen.

Ich ging ruhig aus dem Schatten ins Mondlicht, knöpfte den Überzieher auf und wärmte mich; dann ließ ich durch Erheben der Hände das Sausen der Nacht schweigen und fing zu überlegen an:

»Was ist es doch, daß Ihr tut, als wenn Ihr wirklich wäret. Wollt Ihr mich glauben machen, daß ich unwirklich bin, komisch auf dem grünen Pflaster stehend? Aber doch ist es schon lange her, daß du wirklich warst, du Himmel, und du Ringplatz bist niemals wirklich gewesen.«

»Es ist ja wahr, noch immer seid Ihr mir überlegen, aber doch nur dann, wenn ich Euch in Ruhe lasse.«

»Gott sei Dank, Mond, du bist nicht mehr Mond, aber vielleicht ist es nachlässig von mir, daß ich dich Mondbenannten noch immer Mond nenne. Warum bist du nicht mehr so übermütig, wenn ich dich nenne ›Vergessene Papierlaterne in merkwürdiger Farbe‹. Und warum ziehst du dich fast zurück, wenn ich dich ›Mariensäule‹ nenne und ich erkenne deine drohende Haltung nicht mehr Mariensäule, wenn ich dich nenne ›Mond, der gelbes Licht wirft‹.«

»Es scheint nun wirklich, daß es Euch nicht gut tut, wenn man über Euch nachdenkt; Ihr nehmt ab an Mut und Gesundheit.«

»Gott, wie zuträglich muß es erst sein, wenn Nachdenkender vom Betrunkenen lernt!«

»Warum ist alles still geworden. Ich glaube es ist kein Wind mehr. Und die Häuschen, die oft wie auf kleinen Rädern über den Platz rollen, sind ganz festgestampft – still –

still – man sieht gar nicht den dünnen, schwarzen Strich, der sie sonst vom Boden trennt.«

Und ich setzte mich in Lauf. Ich lief ohne Hindernis dreimal um den großen Platz herum und da ich keinen Betrunkenen traf, lief ich ohne die Schnelligkeit zu unterbrechen und ohne Anstrengung zu verspüren gegen die Karlsgasse. Mein Schatten lief oft kleiner als ich neben mir an der Wand, wie in einem Hohlweg zwischen Mauer und Straßengrund.

Als ich bei dem Hause der Feuerwehr vorüberkam, hörte ich vom kleinen Ring her Lärm und als ich dort einbog, sah ich einen Betrunkenen am Gitterwerk des Brunnens stehn, die Arme wagrecht haltend und mit den Füßen, die in Holzpantoffeln staken, auf die Erde stampfend.

Ich blieb zuerst stehn, um meine Atmung ruhig werden zu lassen, dann ging ich zu ihm, nahm meinen Zylinder vom Kopfe und stellte mich vor:

»Guten Abend, zarter Edelmann, ich bin dreiundzwanzig Jahre alt, aber ich habe noch keinen Namen. Sie aber kommen sicher mit erstaunlichen, ja mit singbaren Namen aus dieser großen Stadt Paris. Der ganz unnatürliche Geruch des ausgleitenden Hofes von Frankreich umgibt Sie.«

»Sicher haben Sie mit Ihren gefärbten Augen jene großen Damen gesehn, die schon auf der hohen und lichten Terrasse stehn, sich in schmaler Taille ironisch umwendend, während das Ende ihrer auch auf der Treppe ausgebreiteten bemalten Schleppe noch über dem Sand des Gartens liegt. – Nicht wahr, auf langen Stangen, überall verteilt, steigen Diener in grauen frechgeschnittenen Fräcken und weißen Hosen, die Beine um die Stange gelegt, den Oberkörper aber oft nach hinten und zur Seite gebogen, denn sie müssen an Stricken riesige graue Leinwandtücher von der Erde heben und in der Höhe spannen, weil die große Dame einen nebligen Morgen wünscht.« Da er sich rülpste, sagte ich fast erschrocken: »Wirklich, ist es wahr, Sie kommen Herr aus unserem Paris, aus dem stürmischen Paris, ach, aus diesem schwärmerischen Hagelwetter?« Als er sich wieder rülpste, sagte ich verlegen: »Ich weiß, es widerfährt mir eine große Ehre.«

Und ich knöpfte mit raschen Fingern meinen Überzieher zu, dann redete ich inbrünstig und schüchtern:

»Ich weiß, Sie halten mich einer Antwort nicht für würdig, aber ich müßte ein verweintes Leben führen, wenn ich Sie heute nicht fragte.«

»Ich bitte Sie, so geschmückter Herr, ist das wahr, was man mir erzählt hat. Gibt es in Paris Menschen, die nur aus verzierten Kleidern bestehn und gibt es dort Häuser, die bloß Portale haben und ist es auch wahr, daß an Sommertagen der Himmel über der Stadt fliehend blau ist, nur verschönt durch angepreßte weiße Wölkchen, die alle die Form von Herzen haben? Und gibt es dort ein Panoptikum mit großem Zulauf, in dem bloß Bäume stehn mit den Namen der berühmtesten Helden, Verbrecher und Verliebten auf kleinen angehängten Tafeln.«

»Und dann noch diese Nachricht! Diese offenbar lügnerische Nachricht!«

»Nicht wahr, diese Straßen von Paris sind plötzlich verzweigt; sie sind unruhig, nicht wahr? Es ist nicht immer alles in Ordnung, wie könnte es auch sein! Es geschieht einmal ein Unfall, Leute sammeln sich, aus den Nebenstraßen kommend mit dem großstädtischen Schritt, der das Pflaster nur wenig berührt; alle sind zwar in Neugierde, aber auch in Furcht vor Enttäuschung; sie atmen schnell und strecken ihre kleinen Köpfe vor. Wenn sie aber einander berühren, so verbeugen sie sich tief und bitten um Verzeihung: ›Es tut mir sehr leid, – es geschah ohne Absicht – das Gedränge ist groß, verzeihen Sie, ich bitte – es war sehr ungeschickt von mir – ich gebe das zu. Mein Name ist – mein Name ist Jerome Faroche, Gewürzkrämer bin ich in der rue du Cabotin – gestatten Sie, daß ich Sie für morgen zum Mittagessen einlade – auch meine Frau würde so große Freude haben.‹ So reden sie, während doch die Gasse betäubt ist und der

Rauch der Schornsteine zwischen die Häuser fällt. So ist es doch. Und wäre es möglich, daß da einmal auf einem belebten Boulevard eines vornehmen Viertels zwei Wagen halten. Diener öffnen ernst die Türen. Acht edle sibirische Wolfshunde tänzeln hinunter und jagen bellend über die Fahrbahn in Sprüngen. Und da sagt man, daß es verkleidete junge Pariser Stutzer sind.«

Er hatte die Augen fast geschlossen. Als ich schwieg, steckte er beide Hände in den Mund und riß am Unterkiefer. Sein Kleid war ganz beschmutzt. Man hatte ihn vielleicht aus einer Weinstube hinausgeworfen und er war darüber noch nicht im Klaren.

Es war vielleicht diese kleine, ganz ruhige Pause zwischen Tag und Nacht, wo uns der Kopf, ohne daß wir es erwarten, im Genicke hängt und wo alles, ohne daß wir es merken, still steht, da wir es nicht betrachten, und dann verschwindet. Während wir mit gebogenem Leib allein bleiben, uns dann umschaun, aber nichts mehr sehn, auch keinen Widerstand der Luft mehr fühlen, aber innerlich uns an der Erinnerung halten, daß in gewissem Abstand von uns Häuser stehn mit Dächern und glücklicherweise eckigen Schornsteinen, durch die das Dunkel in die Häuser fließt, durch die Dachkammern in die verschiedenartigen Zimmer. Und es ist ein Glück, daß morgen ein Tag sein wird, an dem, so unglaublich es ist, man alles wird sehen können.

Da riß der Betrunkene seine Augenbrauen hoch, so daß zwischen ihnen und den Augen ein Glanz entstand und erklärte in Absätzen: »Das ist so nämlich – ich bin nämlich schläfrig, daher werde ich schlafen gehn. – Ich habe nämlich einen Schwager am Wenzelsplatz – dorthin geh ich, denn dort wohne ich, denn dort habe ich mein Bett. – Ich geh jetzt. – Ich weiß nämlich nur nicht, wie er heißt und wo er wohnt – mir scheint, das habe ich vergessen – aber das macht nichts, denn ich weiß ja nicht einmal, ob ich überhaupt einen Schwager habe. – Jetzt gehe ich nämlich. – Glauben Sie, daß ich ihn finden werde?«

Darauf sagte ich ohne Bedenken: »Das ist sicher. Aber Sie kommen aus der Fremde und Ihre Dienerschaft ist zufällig nicht bei Ihnen. Gestatten Sie, daß ich Sie führe.«

Er antwortete nicht. Da reichte ich ihm meinen Arm, damit er sich einhänge.

Großer Lärm

Ich sitze in meinem Zimmer im Hauptquartier des Lärms der ganzen Wohnung. Alle Türen höre ich schlagen, durch ihren Lärm bleiben mir nur die Schritte der zwischen ihnen Laufenden erspart, noch das Zuklappen der Herdtüre in der Küche höre ich. Der Vater durchbricht die Türen meines Zimmers und zieht im nachschleppenden Schlafrock durch, aus dem Ofen im Nebenzimmer wird die Asche gekratzt, Valli fragt, durch das Vorzimmer Wort für Wort rufend, ob des Vaters Hut schon geputzt ist, ein Zischen, das mir befreundet sein will, erhebt noch das Geschrei einer antwortenden Stimme. Die Wohnungstüre wird aufgeklinkt und lärmt, wie aus katarrhalischem Hals, öffnet sich dann weiterhin mit dem Singen einer Frauenstimme und schließt sich endlich mit einem dumpfen, männlichen Ruck, der sich am rücksichtslosesten anhört. Der Vater ist weg, jetzt beginnt der zartere, zerstreutere, hoffnungslosere Lärm, von den Stimmen der zwei Kanarienvögel angeführt. Schon früher dachte ich daran, bei den Kanarienvögeln fällt es mir von neuem ein, ob ich nicht die Türe bis zu einer kleinen Spalte öffnen, schlangengleich ins Nebenzimmer kriechen und so auf dem Boden meine Schwestern und ihr Fräulein um Ruhe bitten sollte.

Betrachtung

Für M. B.

Kinder auf der Landstraße

Ich hörte die Wagen an dem Gartengitter vorüberfahren, manchmal sah ich sie auch durch die schwach bewegten Lücken im Laub. Wie krachte in dem heißen Sommer das Holz in ihren Speichen und Deichseln! Arbeiter kamen von den Feldern und lachten, daß es eine Schande war.

Ich saß auf unserer kleinen Schaukel, ich ruhte mich gerade aus zwischen den Bäumen im Garten meiner Eltern.

Vor dem Gitter hörte es nicht auf. Kinder im Laufschritt waren im Augenblick vorüber; Getreidewagen mit Männern und Frauen auf den Garben und rings herum verdunkelten die Blumenbeete; gegen Abend sah ich einen Herrn mit einem Stock langsam spazieren gehn und paar Mädchen, die Arm in Arm ihm entgegenkamen, traten grüßend ins seitliche Gras.

Dann flogen Vögel wie sprühend auf, ich folgte ihnen mit den Blicken, sah, wie sie in einem Atemzug stiegen, bis ich nicht mehr glaubte, daß sie stiegen, sondern daß ich falle, und fest mich an den Seilen haltend aus Schwäche ein wenig zu schaukeln anfing. Bald schaukelte ich stärker, als die Luft schon kühler wehte und statt der fliegenden Vögel zitternde Sterne erschienen.

Bei Kerzenlicht bekam ich mein Nachtmahl. Oft hatte ich beide Arme auf der Holzplatte und, schon müde, biß ich in mein Butterbrot. Die stark durchbrochenen Vorhänge bauschten sich im warmen Wind, und manchmal hielt sie einer, der draußen vorüberging, mit seinen Händen fest, wenn er mich besser sehen und mit mir reden wollte. Meistens verlöschte die Kerze bald und in dem dunklen Kerzenrauch trieben sich noch eine Zeitlang die versammelten Mücken herum. Fragte mich einer vom Fenster aus, so sah ich ihn an, als schaue ich ins Gebirge oder in die bloße Luft, und auch ihm war an einer Antwort nicht viel gelegen.

Sprang dann einer über die Fensterbrüstung und meldete,

die anderen seien schon vor dem Haus, so stand ich freilich
seufzend auf.

»Nein, warum seufzst Du so? Was ist denn geschehn? Ist
es ein besonderes, nie gut zu machendes Unglück? Werden
wir uns nie davon erholen können? Ist wirklich alles verloren?«

Nichts war verloren. Wir liefen vor das Haus. »Gott sei
Dank, da seid Ihr endlich!« – »Du kommst halt immer zu
spät!« – »Wieso denn ich?« – »Gerade Du, bleib zu Hause,
wenn Du nicht mitwillst.« – »Keine Gnaden!« – »Was?
Keine Gnaden? Wie redest Du?«

Wir durchstießen den Abend mit dem Kopf. Es gab keine
Tages- und keine Nachtzeit. Bald rieben sich unsere We-
stenknöpfe aneinander wie Zähne, bald liefen wir in gleich-
bleibender Entfernung, Feuer im Mund, wie Tiere in den
Tropen. Wie Kürassiere in alten Kriegen, stampfend und
hoch in der Luft, trieben wir einander die kurze Gasse hinunter und mit diesem Anlauf in den Beinen die Landstraße
weiter hinauf. Einzelne traten in den Straßengraben, kaum
verschwanden sie vor der dunklen Böschung, standen sie
schon wie fremde Leute oben auf dem Feldweg und schau-
ten herab.

»Kommt doch herunter!« – »Kommt zuerst herauf!« –
»Damit Ihr uns herunterwerfet, fällt uns nicht ein, so ge-
scheit sind wir noch.« – »So feig seid Ihr, wollt Ihr sagen.
Kommt nur, kommt!« – »Wirklich? Ihr? Gerade Ihr werdet
uns hinunterwerfen? Wie müßtet Ihr aussehen?«

Wir machten den Angriff, wurden vor die Brust gestoßen
und legten uns in das Gras des Straßengrabens, fallend und
freiwillig. Alles war gleichmäßig erwärmt, wir spürten nicht
Wärme, nicht Kälte im Gras, nur müde wurde man.

Wenn man sich auf die rechte Seite drehte, die Hand un-
ters Ohr gab, da wollte man gerne einschlafen. Zwar wollte
man sich noch einmal aufraffen mit erhobenem Kinn, dafür aber in einen tieferen Graben fallen. Dann wollte man,
den Arm quer vorgehalten, die Beine schiefgeweht, sich

gegen die Luft werfen und wieder bestimmt in einen noch tieferen Graben fallen. Und damit wollte man gar nicht aufhören.

Wie man sich im letzten Graben richtig zum Schlafen aufs äußerste strecken würde, besonders in den Knien, daran dachte man noch kaum und lag, zum Weinen aufgelegt, wie krank auf dem Rücken. Man zwinkerte, wenn einmal ein Junge, die Ellbogen bei den Hüften, mit dunklen Sohlen über uns von der Böschung auf die Straße sprang.

Den Mond sah man schon in einiger Höhe, ein Postwagen fuhr in seinem Licht vorbei. Ein schwacher Wind erhob sich allgemein, auch im Graben fühlte man ihn, und in der Nähe fing der Wald zu rauschen an. Da lag einem nicht mehr soviel daran, allein zu sein.

»Wo seid Ihr?« – »Kommt her!« – »Alle zusammen!« – »Was versteckst Du Dich, laß den Unsinn!« – »Wißt Ihr nicht, daß die Post schon vorüber ist?« – »Aber nein! Schon vorüber?« – »Natürlich, während Du geschlafen hast, ist sie vorübergefahren.« – »Ich habe geschlafen? Nein so etwas!« – »Schweig nur, man sieht es Dir doch an.« – »Aber ich bitte Dich.« – »Kommt!«

Wir liefen enger beisammen, manche reichten einander die Hände, den Kopf konnte man nicht genug hoch haben, weil es abwärts ging. Einer schrie einen indianischen Kriegsruf heraus, wir bekamen in die Beine einen Galopp wie niemals, bei den Sprüngen hob uns in den Hüften der Wind. Nichts hätte uns aufhalten können; wir waren so im Laufe, daß wir selbst beim Überholen die Arme verschränken und ruhig uns umsehen konnten.

Auf der Wildbachbrücke blieben wir stehn; die weiter gelaufen waren, kehrten zurück. Das Wasser unten schlug an Steine und Wurzeln, als wäre es nicht schon spät abend. Es gab keinen Grund dafür, warum nicht einer auf das Geländer der Brücke sprang.

Hinter Gebüschen in der Ferne fuhr ein Eisenbahnzug heraus, alle Coupées waren beleuchtet, die Glasfenster

sicher herabgelassen. Einer von uns begann einen Gassen-
hauer zu singen, aber wir alle wollten singen. Wir sangen
viel rascher als der Zug fuhr, wir schaukelten die Arme, weil
die Stimme nicht genügte, wir kamen mit unseren Stimmen
in ein Gedränge, in dem uns wohl war. Wenn man seine
Stimme unter andere mischt, ist man wie mit einem Angel-
haken gefangen.

So sangen wir, den Wald im Rücken, den fernen Reisenden in die Ohren. Die Erwachsenen wachten noch im
Dorfe, die Mütter richteten die Betten für die Nacht.

Es war schon Zeit. Ich küßte den, der bei mir stand,
reichte den drei Nächsten nur so die Hände, begann den
Weg zurückzulaufen, keiner rief mich. Bei der ersten Kreuzung, wo sie mich nicht mehr sehen konnten, bog ich ein
und lief auf Feldwegen wieder in den Wald. Ich strebte
zu der Stadt im Süden hin, von der es in unserem Dorfe
hieß:

»Dort sind Leute! Denkt Euch, die schlafen nicht!«
»Und warum denn nicht?«
»Weil sie nicht müde werden.«
»Und warum denn nicht?«
»Weil sie Narren sind.«
»Werden denn Narren nicht müde?«
»Wie könnten Narren müde werden?«

Entlarvung eines Bauernfängers

Endlich gegen 10 Uhr abends kam ich mit einem mir von
früher her nur flüchtig bekannten Mann, der sich mir diesmal unversehens wieder angeschlossen und mich zwei Stunden lang in den Gassen herumgezogen hatte, vor dem herr-
schaftlichen Hause an, in das ich zu einer Gesellschaft ge-
laden war.

»So!« sagte ich und klatschte in die Hände zum Zeichen
der unbedingten Notwendigkeit des Abschieds. Weniger

bestimmte Versuche hatte ich schon einige gemacht. Ich war schon ganz müde.

»Gehn Sie gleich hinauf?« fragte er. In seinem Munde hörte ich ein Geräusch wie vom Aneinanderschlagen der Zähne.

»Ja.«

Ich war doch eingeladen, ich hatte es ihm gleich gesagt. Aber ich war eingeladen, hinaufzukommen, wo ich schon so gerne gewesen wäre, und nicht hier unten vor dem Tor zu stehn und an den Ohren meines Gegenübers vorüberzuschauen. Und jetzt noch mit ihm stumm zu werden, als seien wir zu einem langen Aufenthalt auf diesem Fleck entschlossen. Dabei nahmen an diesem Schweigen gleich die Häuser rings herum ihren Anteil, und das Dunkel über ihnen bis zu den Sternen. Und die Schritte unsichtbarer Spaziergänger, deren Wege zu erraten man nicht Lust hatte, der Wind, der immer wieder an die gegenüberliegende Straßenseite sich drückte, ein Grammophon, das gegen die geschlossenen Fenster irgendeines Zimmers sang, – sie ließen aus diesem Schweigen sich hören, als sei es ihr Eigentum seit jeher und für immer.

Und mein Begleiter fügte sich in seinem und – nach einem Lächeln – auch in meinem Namen, streckte die Mauer entlang den rechten Arm aufwärts und lehnte sein Gesicht, die Augen schließend, an ihn.

Doch dieses Lächeln sah ich nicht mehr ganz zu Ende, denn Scham drehte mich plötzlich herum. Erst an diesem Lächeln also hatte ich erkannt, daß das ein Bauernfänger war, nichts weiter. Und ich war doch schon Monate lang in dieser Stadt, hatte geglaubt, diese Bauernfänger durch und durch zu kennen, wie sie bei Nacht aus Seitenstraßen, die Hände vorgestreckt, wie Gastwirte uns entgegentreten, wie sie sich um die Anschlagsäule, bei der wir stehen, herumdrücken, wie zum Versteckenspielen und hinter der Säulenrundung hervor zumindest mit einem Auge spionieren, wie sie in Straßenkreuzungen, wenn wir ängstlich werden, auf

einmal vor uns schweben auf der Kante unseres Trottoirs!
Ich verstand sie doch so gut, sie waren ja meine ersten städtischen Bekannten in den kleinen Wirtshäusern gewesen,
und ich verdankte ihnen den ersten Anblick einer Unnach-
giebigkeit, die ich mir jetzt so wenig von der Erde wegden-
ken konnte, daß ich sie schon in mir zu fühlen begann. Wie
standen sie einem noch gegenüber, selbst wenn man ihnen
schon längst entlaufen war, wenn es also längst nichts mehr
zu fangen gab! Wie setzten sie sich nicht, wie fielen sie nicht
hin, sondern sahen einen mit Blicken an, die noch immer,
wenn auch nur aus der Ferne, überzeugten! Und ihre Mittel
waren stets die gleichen: Sie stellten sich vor uns hin, so
breit sie konnten; suchten uns abzuhalten von dort, wohin
wir strebten; bereiteten uns zum Ersatz eine Wohnung in
ihrer eigenen Brust, und bäumte sich endlich das gesam-
melte Gefühl in uns auf, nahmen sie es als Umarmung, in
die sie sich warfen, das Gesicht voran.

Und diese alten Späße hatte ich diesmal erst nach so
langem Beisammensein erkannt. Ich zerrieb mir die Fingerspitzen an einander, um die Schande ungeschehen zu
machen.

Mein Mann aber lehnte hier noch wie früher, hielt sich
noch immer für einen Bauernfänger, und die Zufriedenheit
mit seinem Schicksal rötete ihm die freie Wange.

»Erkannt!« sagte ich und klopfte ihm noch leicht auf die
Schulter. Dann eilte ich die Treppe hinauf und die so grundlos treuen Gesichter der Dienerschaft oben im Vorzimmer
freuten mich wie eine schöne Überraschung. Ich sah sie alle
der Reihe nach an, während man mir den Mantel abnahm
und die Stiefel abstaubte. Aufatmend und langgestreckt betrat ich dann den Saal.

Der plötzliche Spaziergang

Wenn man sich am Abend endgültig entschlossen zu haben scheint, zu Hause zu bleiben, den Hausrock angezogen hat, nach dem Nachtmahl beim beleuchteten Tische sitzt und jene Arbeit oder jenes Spiel vorgenommen hat, nach dessen Beendigung man gewohnheitsgemäß schlafen geht, wenn draußen ein unfreundliches Wetter ist, welches das Zuhausebleiben selbstverständlich macht, wenn man jetzt auch schon so lange bei Tisch stillgehalten hat, daß das Weggehen allgemeines Erstaunen hervorrufen müßte, wenn nun auch schon das Treppenhaus dunkel und das Haustor gesperrt ist, und wenn man nun trotz alledem in einem plötzlichen Unbehagen aufsteht, den Rock wechselt, sofort straßenmäßig angezogen erscheint, weggehen zu müssen erklärt, es nach kurzem Abschied auch tut, je nach der Schnelligkeit, mit der man die Wohnungstür zuschlägt, mehr oder weniger Ärger zu hinterlassen glaubt, wenn man sich auf der Gasse wiederfindet, mit Gliedern, die diese schon unerwartete Freiheit, die man ihnen verschafft hat, mit besonderer Beweglichkeit beantworten, wenn man durch diesen einen Entschluß alle Entschlußfähigkeit in sich gesammelt fühlt, wenn man mit größerer als der gewöhnlichen Bedeutung erkennt, daß man ja mehr Kraft als Bedürfnis hat, die schnellste Veränderung leicht zu bewirken und zu ertragen, und wenn man so die langen Gassen hinläuft, – dann ist man für diesen Abend gänzlich aus seiner Familie ausgetreten, die ins Wesenlose abschwenkt, während man selbst, ganz fest, schwarz vor Umrissenheit, hinten die Schenkel schlagend, sich zu seiner wahren Gestalt erhebt.

Verstärkt wird alles noch, wenn man zu dieser späten Abendzeit einen Freund aufsucht, um nachzusehen, wie es ihm geht.

Entschlüsse

Aus einem elenden Zustand sich zu erheben, muß selbst mit
gewollter Energie leicht sein. Ich reiße mich vom Sessel los,
umlaufe den Tisch, mache Kopf und Hals beweglich, bringe
Feuer in die Augen, spanne die Muskeln um sie herum. Arbeite jedem Gefühl entgegen, begrüße A. stürmisch, wenn
er jetzt kommen wird, dulde B. freundlich in meinem Zimmer, ziehe bei C. alles, was gesagt wird, trotz Schmerz und
Mühe mit langen Zügen in mich hinein.

Aber selbst wenn es so geht, wird mit jedem Fehler, der
nicht ausbleiben kann, das Ganze, das Leichte und das
Schwere, stocken, und ich werde mich im Kreise zurückdre-
hen müssen.

Deshalb bleibt doch der beste Rat, alles hinzunehmen, als
schwere Masse sich verhalten und fühle man sich selbst
fortgeblasen, keinen unnötigen Schritt sich ablocken lassen,
den anderen mit Tierblick anschaun, keine Reue fühlen,
kurz, das, was vom Leben als Gespenst noch übrig ist, mit
eigener Hand niederdrücken, d. h., die letzte grabmäßige
Ruhe noch vermehren und nichts außer ihr mehr bestehen
lassen.

Eine charakteristische Bewegung eines solchen Zustandes
ist das Hinfahren des kleinen Fingers über die Augenbrauen.

Der Ausflug ins Gebirge

»Ich weiß nicht«, rief ich ohne Klang, »ich weiß ja nicht.
Wenn niemand kommt, dann kommt eben niemand. Ich
habe niemandem etwas Böses getan, niemand hat mir etwas
Böses getan, niemand aber will mir helfen. Lauter niemand.
Aber so ist es doch nicht. Nur daß mir niemand hilft –,
sonst wäre lauter niemand hübsch. Ich würde ganz gern –
warum denn nicht – einen Ausflug mit einer Gesellschaft

von lauter Niemand machen. Natürlich ins Gebirge, wohin
denn sonst? Wie sich diese Niemand aneinander drängen,
diese vielen quer gestreckten und eingehängten Arme, diese
vielen Füße, durch winzige Schritte getrennt! Versteht sich,
daß alle in Frack sind. Wir gehen so lala, der Wind fährt
durch die Lücken, die wir und unsere Gliedmaßen offen
lassen. Die Hälse werden im Gebirge frei! Es ist ein Wunder, daß wir nicht singen.«

Das Unglück des Junggesellen

Es scheint so arg, Junggeselle zu bleiben, als alter Mann unter schwerer Wahrung der Würde um Aufnahme zu bitten,
wenn man einen Abend mit Menschen verbringen will,
krank zu sein und aus dem Winkel seines Bettes wochenlang das leere Zimmer anzusehn, immer vor dem Haustor
Abschied zu nehmen, niemals neben seiner Frau sich die
Treppe hinaufzudrängen, in seinem Zimmer nur Seitentü-
ren zu haben, die in fremde Wohnungen führen, sein
Nachtmahl in einer Hand nach Hause zu tragen, fremde
Kinder anstaunen zu müssen und nicht immerfort wiederholen zu dürfen: »Ich habe keine«, sich im Aussehn und Benehmen nach ein oder zwei Junggesellen der Jugenderinne-
rungen auszubilden.

So wird es sein, nur daß man auch in Wirklichkeit heute
und später selbst dastehen wird, mit einem Körper und einem wirklichen Kopf, also auch einer Stirn, um mit der
Hand an sie zu schlagen.

Der Kaufmann

Es ist möglich, daß einige Leute Mitleid mit mir haben, aber
ich spüre nichts davon. Mein kleines Geschäft erfüllt mich
mit Sorgen, die mich innen an Stirne und Schläfen schmer-

zen, aber ohne mir Zufriedenheit in Aussicht zu stellen, denn mein Geschäft ist klein.

Für Stunden im voraus muß ich Bestimmungen treffen, das Gedächtnis des Hausdieners wachhalten, vor befürchteten Fehlern warnen und in einer Jahreszeit die Moden der folgenden berechnen, nicht wie sie unter Leuten meines Kreises herrschen werden, sondern bei unzugänglichen Bevölkerungen auf dem Lande.

Mein Geld haben fremde Leute; ihre Verhältnisse können mir nicht deutlich sein; das Unglück, das sie treffen könnte, ahne ich nicht; wie könnte ich es abwehren! Vielleicht sind sie verschwenderisch geworden und geben ein Fest in einem Wirtshausgarten und andere halten sich für ein Weilchen auf der Flucht nach Amerika bei diesem Feste auf.

Wenn nun am Abend eines Werketages das Geschäft gesperrt wird und ich plötzlich Stunden vor mir sehe, in denen ich für die ununterbrochenen Bedürfnisse meines Geschäftes nichts werde arbeiten können, dann wirft sich meine am Morgen weit vorausgeschickte Aufregung in mich, wie eine zurückkehrende Flut, hält es aber in mir nicht aus und ohne Ziel reißt sie mich mit.

Und doch kann ich diese Laune gar nicht benützen und kann nur nach Hause gehn, denn ich habe Gesicht und Hände schmutzig und verschwitzt, das Kleid fleckig und staubig, die Geschäftsmütze auf dem Kopfe und von Kistennägeln zerkratzte Stiefel. Ich gehe dann wie auf Wellen, klappere mit den Fingern beider Hände und mir entgegenkommenden Kindern fahre ich über das Haar.

Aber der Weg ist zu kurz. Gleich bin ich in meinem Hause, öffne die Lifttür und trete ein.

Ich sehe, daß ich jetzt und plötzlich allein bin. Andere, die über Treppen steigen müssen, ermüden dabei ein wenig, müssen mit eilig atmenden Lungen warten, bis man die Tür der Wohnung öffnen kommt, haben dabei einen Grund für Ärger und Ungeduld, kommen jetzt ins Vorzimmer, wo sie den Hut aufhängen, und erst bis sie durch den Gang an

einigen Glastüren vorbei in ihr eigenes Zimmer kommen,
sind sie allein.

Ich aber bin gleich allein im Lift, und schaue, auf die Knie
gestützt, in den schmalen Spiegel. Als der Lift sich zu heben
anfängt, sage ich:

»Seid still, tretet zurück, wollt Ihr in den Schatten der
Bäume, hinter die Draperien der Fenster, in das Laubenge-
wölbe?«

Ich rede mit den Zähnen und die Treppengeländer gleiten
an den Milchglasscheiben hinunter wie stürzendes Wasser.

»Flieget weg; Euere Flügel, die ich niemals gesehen habe,
mögen Euch ins dörfliche Tal tragen oder nach Paris, wenn
es Euch dorthin treibt.

Doch genießet die Aussicht des Fensters, wenn die Prozessionen aus allen drei Straßen kommen, einander nicht
ausweichen, durcheinander gehn und zwischen ihren letzten
Reihen den freien Platz wieder entstehen lassen. Winket
mit den Tüchern, seid entsetzt, seid gerührt, lobet die
schöne Dame, die vorüberfährt.

Geht über den Bach auf der hölzernen Brücke, nickt den
badenden Kindern zu und staunet über das Hurra der tausend Matrosen auf dem fernen Panzerschiff.

Verfolget nur den unscheinbaren Mann und wenn Ihr ihn
in einen Torweg gestoßen habt, beraubt ihn und seht ihm
dann, jeder die Hände in den Taschen, nach, wie er traurig
seines Weges in die linke Gasse geht.

Die verstreut auf ihren Pferden galoppierende Polizei
bändigt die Tiere und drängt Euch zurück. Lasset sie, die
leeren Gassen werden sie unglücklich machen, ich weiß es.
Schon reiten sie, ich bitte, paarweise weg, langsam um die
Straßenecken, fliegend über die Plätze.«

Dann muß ich aussteigen, den Aufzug hinunterlassen,
an der Türglocke läuten, und das Mädchen öffnet die Tür,
während ich grüße.

Zerstreutes Hinausschaun

Was werden wir in diesen Frühlingstagen tun, die jetzt rasch kommen? Heute früh war der Himmel grau, geht man aber jetzt zum Fenster, so ist man überrascht und lehnt die Wange an die Klinke des Fensters.

Unten sieht man das Licht der freilich schon sinkenden Sonne auf dem Gesicht des kindlichen Mädchens, das so geht und sich umschaut, und zugleich sieht man den Schatten des Mannes darauf, der hinter ihm rascher kommt.

Dann ist der Mann schon vorübergegangen und das Gesicht des Kindes ist ganz hell.

Der Nachhauseweg

Man sehe die Überzeugungskraft der Luft nach dem Gewitter! Meine Verdienste erscheinen mir und überwältigen mich, wenn ich mich auch nicht sträube.

Ich marschiere und mein Tempo ist das Tempo dieser Gassenseite, dieser Gasse, dieses Viertels. Ich bin mit Recht verantwortlich für alle Schläge gegen Türen, auf die Platten der Tische, für alle Trinksprüche, für die Liebespaare in ihren Betten, in den Gerüsten der Neubauten, in dunklen Gassen an die Häusermauern gepreßt, auf den Ottomanen der Bordelle.

Ich schätze meine Vergangenheit gegen meine Zukunft, finde aber beide vortrefflich, kann keiner von beiden den Vorzug geben und nur die Ungerechtigkeit der Vorsehung, die mich so begünstigt, muß ich tadeln.

Nur als ich in mein Zimmer trete, bin ich ein wenig nachdenklich, aber ohne daß ich während des Treppensteigens etwas Nachdenkenswertes gefunden hätte. Es hilft mir nicht viel, daß ich das Fenster gänzlich öffne und daß in einem Garten die Musik noch spielt.

Die Vorüberlaufenden

Wenn man in der Nacht durch eine Gasse spazieren geht, und ein Mann, von weitem schon sichtbar – denn die Gasse vor uns steigt an und es ist Vollmond – uns entgegenläuft, so werden wir ihn nicht anpacken, selbst wenn er schwach und zerlumpt ist, selbst wenn jemand hinter ihm läuft und schreit, sondern wir werden ihn weiter laufen lassen.

Denn es ist Nacht, und wir können nicht dafür, daß die Gasse im Vollmond vor uns aufsteigt, und überdies, vielleicht haben diese zwei die Hetze zu ihrer Unterhaltung veranstaltet, vielleicht verfolgen beide einen dritten, vielleicht wird der erste unschuldig verfolgt, vielleicht will der zweite morden, und wir würden Mitschuldige des Mordes, vielleicht wissen die zwei nichts von einander, und es läuft nur jeder auf eigene Verantwortung in sein Bett, vielleicht sind es Nachtwandler, vielleicht hat der erste Waffen.

Und endlich, dürfen wir nicht müde sein, haben wir nicht soviel Wein getrunken? Wir sind froh, daß wir auch den zweiten nicht mehr sehn.

Der Fahrgast

Ich stehe auf der Plattform des elektrischen Wagens und bin vollständig unsicher in Rücksicht meiner Stellung in dieser Welt, in dieser Stadt, in meiner Familie. Auch nicht beiläufig könnte ich angeben, welche Ansprüche ich in irgendeiner Richtung mit Recht vorbringen könnte. Ich kann es gar nicht verteidigen, daß ich auf dieser Plattform stehe, mich an dieser Schlinge halte, von diesem Wagen mich tragen lasse, daß Leute dem Wagen ausweichen oder still gehn oder vor den Schaufenstern ruhn. – Niemand verlangt es ja von mir, aber das ist gleichgültig.

Der Wagen nähert sich einer Haltestelle, ein Mädchen stellt sich nahe den Stufen, zum Aussteigen bereit. Sie er-

scheint mir so deutlich, als ob ich sie betastet hätte. Sie ist
schwarz gekleidet, die Rockfalten bewegen sich fast nicht,
die Bluse ist knapp und hat einen Kragen aus weißer klein-
maschiger Spitze, die linke Hand hält sie flach an die Wand,
der Schirm in ihrer Rechten steht auf der zweitobersten
Stufe. Ihr Gesicht ist braun, die Nase, an den Seiten
schwach gepreßt, schließt rund und breit ab. Sie hat viel
braunes Haar und verwehte Härchen an der rechten Schläfe.
Ihr kleines Ohr liegt eng an, doch sehe ich, da ich nahe
stehe, den ganzen Rücken der rechten Ohrmuschel und den
Schatten an der Wurzel.

Ich fragte mich damals: Wieso kommt es, daß sie nicht
über sich verwundert ist, daß sie den Mund geschlossen hält
und nichts dergleichen sagt?

Kleider

Oft wenn ich Kleider mit vielfachen Falten, Rüschen und
Behängen sehe, die über schönen Körper schön sich legen,
dann denke ich, daß sie nicht lange so erhalten bleiben, sondern Falten bekommen, nicht mehr gerade zu glätten, Staub
bekommen, der, dick in der Verzierung, nicht mehr zu entfernen ist, und daß niemand so traurig und lächerlich sich
wird machen wollen, täglich das gleiche kostbare Kleid früh
anzulegen und abends auszuziehn.

Doch sehe ich Mädchen, die wohl schön sind und vielfache reizende Muskeln und Knöchelchen und gespannte
Haut und Massen dünner Haare zeigen, und doch tagtäg-
lich in diesem einen natürlichen Maskenanzug erscheinen,
immer das gleiche Gesicht in die gleichen Handflächen legen und von ihrem Spiegel widerscheinen lassen.

Nur manchmal am Abend, wenn sie spät von einem Feste
kommen, scheint es ihnen im Spiegel abgenützt, gedunsen,
verstaubt, von allen schon gesehn und kaum mehr tragbar.

Die Abweisung

Wenn ich einem schönen Mädchen begegne und sie bitte:
»Sei so gut, komm mit mir« und sie stumm vorübergeht, so
meint sie damit:

»Du bist kein Herzog mit fliegendem Namen, kein breiter Amerikaner mit indianischem Wuchs, mit wagrecht ruhenden Augen, mit einer von der Luft der Rasenplätze und
der sie durchströmenden Flüsse massierten Haut, Du hast
keine Reisen gemacht zu den großen Seen und auf ihnen,
die ich weiß nicht wo zu finden sind. Also ich bitte, warum
soll ich, ein schönes Mädchen, mit Dir gehn?«

»Du vergißt, Dich trägt kein Automobil in langen Stößen
schaukelnd durch die Gasse; ich sehe nicht die in ihre Kleider gepreßten Herren Deines Gefolges, die Segensprüche
für Dich murmelnd in genauem Halbkreis hinter Dir gehn;
Deine Brüste sind im Mieder gut geordnet, aber Deine
Schenkel und Hüften entschädigen sich für jene Enthalt-
samkeit; Du trägst ein Taffetkleid mit plissierten Falten, wie
es im vorigen Herbste uns durchaus allen Freude machte,
und doch lächelst Du – diese Lebensgefahr auf dem Leibe –
bisweilen.«

»Ja, wir haben beide recht und, um uns dessen nicht un-
widerleglich bewußt zu werden, wollen wir, nicht wahr, lieber jeder allein nach Hause gehn.«

Zum Nachdenken für Herrenreiter

Nichts, wenn man es überlegt, kann dazu verlocken, in
einem Wettrennen der erste sein zu wollen.

Der Ruhm, als der beste Reiter eines Landes anerkannt
zu werden, freut beim Losgehn des Orchesters zu stark, als
daß sich am Morgen danach die Reue verhindern ließe.

Der Neid der Gegner, listiger, ziemlich einflußreicher
Leute, muß uns in dem engen Spalier schmerzen, das wir

nun durchreiten nach jener Ebene, die bald vor uns leer war bis auf einige überrundete Reiter, die klein gegen den Rand des Horizonts anritten.

Viele unserer Freunde eilen den Gewinn zu beheben und nur über die Schultern weg schreien sie von den entlegenen Schaltern ihr Hurra zu uns; die besten Freunde aber haben gar nicht auf unser Pferd gesetzt, da sie fürchteten, käme es zum Verluste, müßten sie uns böse sein, nun aber, da unser Pferd das erste war und sie nichts gewonnen haben, drehn sie sich um, wenn wir vorüberkommen und schauen lieber die Tribünen entlang.

Die Konkurrenten rückwärts, fest im Sattel, suchen das Unglück zu überblicken, das sie getroffen hat, und das Unrecht, das ihnen irgendwie zugefügt wird; sie nehmen ein frisches Aussehen an, als müsse ein neues Rennen anfangen und ein ernsthaftes nach diesem Kinderspiel.

Vielen Damen scheint der Sieger lächerlich, weil er sich aufbläht und doch nicht weiß, was anzufangen mit dem ewigen Händeschütteln, Salutieren, Sich-Niederbeugen und In-die-Ferne-Grüßen, während die Besiegten den Mund geschlossen haben und die Hälse ihrer meist wiehernden Pferde leichthin klopfen.

Endlich fängt es gar aus dem trüb gewordenen Himmel zu regnen an.

Das Gassenfenster

Wer verlassen lebt und sich doch hie und da irgendwo anschließen möchte, wer mit Rücksicht auf die Veränderungen der Tageszeit, der Witterung, der Berufsverhältnisse und dergleichen ohne weiteres irgend einen beliebigen Arm sehen will, an dem er sich halten könnte, – der wird es ohne ein Gassenfenster nicht lange treiben. Und steht es mit ihm so, daß er gar nichts sucht und nur als müder Mann, die Augen auf und ab zwischen Publikum und Himmel, an seine

Fensterbrüstung tritt, und er will nicht und hat ein wenig den Kopf zurückgeneigt, so reißen ihn doch unten die Pferde mit in ihr Gefolge von Wagen und Lärm und damit endlich der menschlichen Eintracht zu.

Wunsch, Indianer zu werden

Wenn man doch ein Indianer wäre, gleich bereit, und auf dem rennenden Pferde, schief in der Luft, immer wieder kurz erzitterte über dem zitternden Boden, bis man die Sporen ließ, denn es gab keine Sporen, bis man die Zügel wegwarf, denn es gab keine Zügel, und kaum das Land vor sich als glatt gemähte Heide sah, schon ohne Pferdehals und Pferdekopf.

Die Bäume

Denn wir sind wie Baumstämme im Schnee. Scheinbar liegen sie glatt auf, und mit kleinem Anstoß sollte man sie wegschieben können. Nein, das kann man nicht, denn sie sind fest mit dem Boden verbunden. Aber sieh, sogar das ist nur scheinbar.

Unglücklichsein

Als es schon unerträglich geworden war – einmal gegen Abend im November – und ich über den schmalen Teppich meines Zimmers wie in einer Rennbahn einherlief, durch den Anblick der beleuchteten Gasse erschreckt, wieder wendete, und in der Tiefe des Zimmers, im Grund des Spiegels doch wieder ein neues Ziel bekam, und aufschrie, um nur den Schrei zu hören, dem nichts antwortet und dem auch nichts die Kraft des Schreiens nimmt, der also auf-

steigt, ohne Gegengewicht, und nicht aufhören kann, selbst
wenn er verstummt, da öffnete sich aus der Wand heraus die
Tür, so eilig, weil doch Eile nötig war und selbst die Wagen-
pferde unten auf dem Pflaster wie wildgewordene Pferde in
der Schlacht, die Gurgeln preisgegeben, sich erhoben.

Als kleines Gespenst fuhr ein Kind aus dem ganz dunklen Korridor, in dem die Lampe noch nicht brannte, und
blieb auf den Fußspitzen stehn, auf einem unmerklich
schaukelnden Fußbodenbalken. Von der Dämmerung des
Zimmers gleich geblendet, wollte es mit dem Gesicht rasch
in seine Hände, beruhigte sich aber unversehens mit dem
Blick zum Fenster, vor dessen Kreuz der hochgetriebene
Dunst der Straßenbeleuchtung endlich unter dem Dunkel
liegen blieb. Mit dem rechten Ellbogen hielt es sich vor der
offenen Tür aufrecht an der Zimmerwand und ließ den
Luftzug von draußen um die Gelenke der Füße streichen,
auch den Hals, auch die Schläfen entlang.

Ich sah ein wenig hin, dann sagte ich »Guten Tag« und
nahm meinen Rock vom Ofenschirm, weil ich nicht so halb
nackt dastehen wollte. Ein Weilchen lang hielt ich den
Mund offen, damit mich die Aufregung durch den Mund
verlasse. Ich hatte schlechten Speichel in mir, im Gesicht zit-
terten mir die Augenwimpern, kurz, es fehlte mir nichts, als
gerade dieser allerdings erwartete Besuch.

Das Kind stand noch an der Wand auf dem gleichen
Platz, es hatte die rechte Hand an die Mauer gepreßt und
konnte, ganz rotwangig, dessen nicht satt werden, daß die
weißgetünchte Wand grobkörnig war und die Fingerspitzen
rieb. Ich sagte: »Wollen Sie tatsächlich zu mir? Ist es kein
Irrtum? Nichts leichter als ein Irrtum in diesem großen
Hause. Ich heiße Soundso, wohne im dritten Stock. Bin ich
also der, den Sie besuchen wollen?«

»Ruhe, Ruhe!« sagte das Kind über die Schulter weg,
»alles ist schon richtig.«

»Dann kommen Sie weiter ins Zimmer herein, ich möchte
die Tür schließen.«

»Die Tür habe ich jetzt gerade geschlossen. Machen Sie sich keine Mühe. Beruhigen Sie sich überhaupt.«

»Reden Sie nicht von Mühe. Aber auf diesem Gange wohnt eine Menge Leute, alle sind natürlich meine Bekannten; die meisten kommen jetzt aus den Geschäften; wenn sie in einem Zimmer reden hören, glauben sie einfach das Recht zu haben, aufzumachen und nachzuschaun, was los ist. Es ist einmal schon so. Diese Leute haben die tägliche Arbeit hinter sich; wem würden sie sich in der provisorischen Abendfreiheit unterwerfen! Übrigens wissen Sie es ja auch. Lassen Sie mich die Türe schließen.«

»Ja was ist denn? Was haben Sie? Meinetwegen kann das ganze Haus hereinkommen. Und dann noch einmal: Ich habe die Türe schon geschlossen, glauben Sie denn, nur Sie können die Türe schließen? Ich habe sogar mit dem Schlüssel zugesperrt.«

»Dann ist gut. Mehr will ich ja nicht. Mit dem Schlüssel hätten Sie gar nicht zusperren müssen. Und jetzt machen Sie es sich nur behaglich, wenn Sie schon einmal da sind. Sie sind mein Gast. Vertrauen Sie mir völlig. Machen Sie sich nur breit ohne Angst. Ich werde Sie weder zum Hierbleiben zwingen, noch zum Weggehn. Muß ich das erst sagen? Kennen Sie mich so schlecht?«

»Nein. Sie hätten das wirklich nicht sagen müssen. Noch mehr, Sie hätten es gar nicht sagen sollen. Ich bin ein Kind; warum soviel Umstände mit mir machen?«

»So schlimm ist es nicht. Natürlich, ein Kind. Aber gar so klein sind Sie nicht. Sie sind schon ganz erwachsen. Wenn Sie ein Mädchen wären, dürften Sie sich nicht so einfach mit mir in einem Zimmer einsperren.«

»Darüber müssen wir uns keine Sorge machen. Ich wollte nur sagen: Daß ich Sie so gut kenne, schützt mich wenig, es enthebt Sie nur der Anstrengung, mir etwas vorzulügen. Trotzdem aber machen Sie mir Komplimente. Lassen Sie das, ich fordere Sie auf, lassen Sie das. Dazu kommt, daß ich Sie nicht überall und immerfort kenne, gar bei dieser Fin-

sternis. Es wäre viel besser, wenn Sie Licht machen ließen.
Nein, lieber nicht. Immerhin werde ich mir merken, daß Sie
mir schon gedroht haben.«

»Wie? Ich hätte Ihnen gedroht? Aber ich bitte Sie. Ich bin
ja so froh, daß Sie endlich hier sind. Ich sage ›endlich‹, weil
es schon so spät ist. Es ist mir unbegreiflich, warum Sie so
spät gekommen sind. Da ist es möglich, daß ich in der
Freude so durcheinander gesprochen habe und daß Sie es
gerade so verstanden haben. Daß ich so gesprochen habe,
gebe ich zehnmal zu, ja ich habe Ihnen mit Allem gedroht,
was Sie wollen. – Nur keinen Streit, um Himmelswillen! –
Aber wie konnten Sie es glauben? Wie konnten Sie mich so
kränken? Warum wollen Sie mir mit aller Gewalt dieses
kleine Weilchen Ihres Hierseins verderben? Ein fremder
Mensch wäre entgegenkommender als Sie.«

»Das glaube ich; das war keine Weisheit. So nah, als
Ihnen ein fremder Mensch entgegenkommen kann, bin ich
Ihnen schon von Natur aus. Das wissen Sie auch, wozu also
die Wehmut? Sagen Sie, daß Sie Komödie spielen wollen,
und ich gehe augenblicklich.«

»So? Auch das wagen Sie mir zu sagen? Sie sind ein wenig zu kühn. Am Ende sind Sie doch in meinem Zimmer.
Sie reiben Ihre Finger wie verrückt an meiner Wand. Mein
Zimmer, meine Wand! Und außerdem ist das, was Sie sagen,
lächerlich, nicht nur frech. Sie sagen, Ihre Natur zwinge Sie,
mit mir in dieser Weise zu reden. Wirklich? Ihre Natur
zwingt Sie? Das ist nett von Ihrer Natur. Ihre Natur ist
meine, und wenn ich mich von Natur aus freundlich zu
Ihnen verhalte, so dürfen auch Sie nicht anders.«

»Ist das freundlich?«

»Ich rede von früher.«

»Wissen Sie, wie ich später sein werde?«

»Nichts weiß ich.«

Und ich ging zum Nachttisch hin, auf dem ich die Kerze
anzündete. Ich hatte in jener Zeit weder Gas noch elektri-
sches Licht in meinem Zimmer. Ich saß dann noch eine

Weile beim Tisch, bis ich auch dessen müde wurde, den Überzieher anzog, den Hut vom Kanapee nahm und die Kerze ausblies. Beim Hinausgehen verfing ich mich in ein Sesselbein.

Auf der Treppe traf ich einen Mieter aus dem gleichen Stockwerk.

»Sie gehen schon wieder weg, Sie Lump?« fragte er, auf seinen über zwei Stufen ausgebreiteten Beinen ausruhend.

»Was soll ich machen?« sagte ich, »jetzt habe ich ein Gespenst im Zimmer gehabt.«

»Sie sagen das mit der gleichen Unzufriedenheit, wie wenn Sie ein Haar in der Suppe gefunden hätten.«

»Sie spaßen. Aber merken Sie sich, ein Gespenst ist ein Gespenst.«

»Sehr wahr. Aber wie, wenn man überhaupt nicht an Gespenster glaubt?«

»Ja meinen Sie denn, ich glaube an Gespenster? Was hilft mir aber dieses Nichtglauben?«

»Sehr einfach. Sie müssen eben keine Angst mehr haben, wenn ein Gespenst wirklich zu Ihnen kommt.«

»Ja, aber das ist doch die nebensächliche Angst. Die eigentliche Angst ist die Angst vor der Ursache der Erscheinung. Und diese Angst bleibt. Die habe ich geradezu großartig in mir.« Ich fing vor Nervosität an, alle meine Taschen zu durchsuchen.

»Da Sie aber vor der Erscheinung selbst keine Angst hatten, hätten Sie sie doch ruhig nach ihrer Ursache fragen können!«

»Sie haben offenbar noch nie mit Gespenstern gesprochen. Aus denen kann man ja niemals eine klare Auskunft bekommen. Das ist ein Hinundher. Diese Gespenster scheinen über ihre Existenz mehr im Zweifel zu sein, als wir, was übrigens bei ihrer Hinfälligkeit kein Wunder ist.«

»Ich habe aber gehört, daß man sie auffüttern kann.«

»Da sind Sie gut berichtet. Das kann man. Aber wer wird das machen?«

»Warum nicht? Wenn es ein weibliches Gespenst ist z. B.«, sagte er und schwang sich auf die obere Stufe.

»Ach so«, sagte ich, »aber selbst dann steht es nicht dafür.«

Ich besann mich. Mein Bekannter war schon so hoch, daß er sich, um mich zu sehen, unter einer Wölbung des Treppenhauses vorbeugen mußte. »Aber trotzdem«, rief ich, »wenn Sie mir dort oben mein Gespenst wegnehmen, dann ist es zwischen uns aus, für immer.«

»Aber das war ja nur Spaß«, sagte er und zog den Kopf zurück.

»Dann ist es gut«, sagte ich und hätte jetzt eigentlich ruhig spazieren gehen können. Aber weil ich mich gar so verlassen fühlte, ging ich lieber hinauf und legte mich schlafen.

Das Urteil

Eine Geschichte

Für F.

The trial

the judgement

Korrespodenzverhältnis.
'corresponding rel'

Biblical ref:

lying there (he wasn't
@ home)

+ ich, vor dem du
ausgrobst.

Es war an einem Sonntagvormittag im schönsten Frühjahr. Georg Bendemann, ein junger Kaufmann, saß in seinem Privatzimmer im ersten Stock eines der niedrigen, leichtgebauten Häuser, die entlang des Flusses in einer langen Reihe, fast nur in der Höhe und Färbung unterschieden, sich hinzogen. Er hatte gerade einen Brief an einen sich im Ausland befindenden Jugendfreund beendet, verschloß ihn in spielerischer Langsamkeit und sah dann, den Ellbogen auf den Schreibtisch gestützt, aus dem Fenster auf den Fluß, die Brücke und die Anhöhen am anderen Ufer mit ihrem schwachen Grün.

Er dachte darüber nach, wie dieser Freund, mit seinem Fortkommen zu Hause unzufrieden, vor Jahren schon nach Rußland sich förmlich geflüchtet hatte. Nun betrieb er ein Geschäft in Petersburg, das anfangs sich sehr gut angelassen hatte, seit langem aber schon zu stocken schien, wie der Freund bei seinen immer seltener werdenden Besuchen klagte. So arbeitete er sich in der Fremde nutzlos ab, der fremdartige Vollbart verdeckte nur schlecht das seit den Kinderjahren wohlbekannte Gesicht, dessen gelbe Hautfarbe auf eine sich entwickelnde Krankheit hinzudeuten schien. Wie er erzählte, hatte er keine rechte Verbindung mit der dortigen Kolonie seiner Landsleute, aber auch fast keinen gesellschaftlichen Verkehr mit einheimischen Familien und richtete sich so für ein endgültiges Junggesellentum ein.

Was sollte man einem solchen Manne schreiben, der sich offenbar verrannt hatte, den man bedauern, dem man aber nicht helfen konnte. Sollte man ihm vielleicht raten, wieder nach Hause zu kommen, seine Existenz hierher zu verlegen, alle die alten freundschaftlichen Beziehungen wieder aufzunehmen – wofür ja kein Hindernis bestand – und im übrigen auf die Hilfe der Freunde zu vertrauen? Das bedeutete

aber nichts anderes, als daß man ihm gleichzeitig, je scho-
nender, desto kränkender, sagte, daß seine bisherigen Versuche mißlungen seien, daß er endlich von ihnen ablassen
solle, daß er zurückkehren und sich als ein für immer Zu-
rückgekehrter von allen mit großen Augen anstaunen lassen
müsse, daß nur seine Freunde etwas verstünden und daß er
ein altes Kind sei, das den erfolgreichen, zu Hause gebliebenen Freunden einfach zu folgen habe. Und war es dann
noch sicher, daß alle die Plage, die man ihm antun müßte,
einen Zweck hätte? Vielleicht gelang es nicht einmal, ihn
überhaupt nach Hause zu bringen – er sagte ja selbst, daß er
die Verhältnisse in der Heimat nicht mehr verstünde –, und
so bliebe er dann trotz allem in seiner Fremde, verbittert
durch die Ratschläge und den Freunden noch ein Stück
mehr entfremdet. Folgte er aber wirklich dem Rat und
würde hier – natürlich nicht mit Absicht, aber durch die Tatsachen – niedergedrückt, fände sich nicht in seinen Freunden und nicht ohne sie zurecht, litte an Beschämung, hätte
jetzt wirklich keine Heimat und keine Freunde mehr, war
es da nicht viel besser für ihn, er blieb in der Fremde, so
wie er war? Konnte man denn bei solchen Umständen daran denken, daß er es hier tatsächlich vorwärts bringen
würde?

Aus diesen Gründen konnte man ihm, wenn man noch
überhaupt die briefliche Verbindung aufrecht erhalten
wollte, keine eigentlichen Mitteilungen machen, wie man sie
ohne Scheu auch den entferntesten Bekannten machen
würde. Der Freund war nun schon über drei Jahre nicht in
der Heimat gewesen und erklärte dies sehr notdürftig mit
der Unsicherheit der politischen Verhältnisse in Rußland,
die demnach also auch die kürzeste Abwesenheit eines kleinen Geschäftsmannes nicht zuließen, während hunderttau-
sende Russen ruhig in der Welt herumfuhren. Im Laufe dieser drei Jahre hatte sich aber gerade für Georg vieles verändert. Von dem Todesfall von Georgs Mutter, der vor etwa
zwei Jahren erfolgt war und seit welchem Georg mit seinem

alten Vater in gemeinsamer Wirtschaft lebte, hatte der
Freund wohl noch erfahren und sein Beileid in einem Brief
mit einer Trockenheit ausgedrückt, die ihren Grund nur
darin haben konnte, daß die Trauer über ein solches Ereig-
nis in der Fremde ganz unvorstellbar wird. Nun hatte aber
Georg seit jener Zeit, so wie alles andere, auch sein Geschäft
mit größerer Entschlossenheit angepackt. Vielleicht hatte
ihn der Vater bei Lebzeiten der Mutter dadurch, daß er im
Geschäft nur seine Ansicht gelten lassen wollte, an einer
wirklichen eigenen Tätigkeit gehindert, vielleicht war der
Vater seit dem Tode der Mutter, trotzdem er noch immer
im Geschäft arbeitete, zurückhaltender geworden, vielleicht
spielten – was sogar sehr wahrscheinlich war – glückliche
Zufälle eine weit wichtigere Rolle, jedenfalls aber hatte sich
das Geschäft in diesen zwei Jahren ganz unerwartet entwickelt, das Personal hatte man verdoppeln müssen, der
Umsatz hatte sich verfünffacht, ein weiterer Fortschritt
stand zweifellos bevor.

Der Freund aber hatte keine Ahnung von dieser Veränderung. Früher, zum letztenmal vielleicht in jenem Beileids-
brief, hatte er Georg zur Auswanderung nach Rußland
überreden wollen und sich über die Aussichten verbreitet,
die gerade für Georgs Geschäftszweig in Petersburg bestanden. Die Ziffern waren verschwindend gegenüber dem Umfang, den Georgs Geschäft jetzt angenommen hatte. Georg
aber hatte keine Lust gehabt, dem Freund von seinen geschäftlichen Erfolgen zu schreiben, und hätte er es jetzt
nachträglich getan, es hätte wirklich einen merkwürdigen
Anschein gehabt.

So beschränkte sich Georg darauf, dem Freund immer
nur über bedeutungslose Vorfälle zu schreiben, wie sie sich,
wenn man an einem ruhigen Sonntag nachdenkt, in der Erinnerung ungeordnet aufhäufen. Er wollte nichts anderes,
als die Vorstellung ungestört lassen, die sich der Freund von
der Heimatstadt in der langen Zwischenzeit wohl gemacht
und mit welcher er sich abgefunden hatte. So geschah es

Georg, daß er dem Freund die Verlobung eines gleichgültigen Menschen mit einem ebenso gleichgültigen Mädchen dreimal in ziemlich weit auseinanderliegenden Briefen anzeigte, bis sich dann allerdings der Freund, ganz gegen Georgs Absicht, für diese Merkwürdigkeit zu interessieren begann.

Georg schrieb ihm aber solche Dinge viel lieber, als daß er zugestanden hätte, daß er selbst vor einem Monat mit einem Fräulein Frieda Brandenfeld, einem Mädchen aus wohlhabender Familie, sich verlobt hatte. Oft sprach er mit seiner Braut über diesen Freund und das besondere Korrespondenzverhältnis, in welchem er zu ihm stand. »Er wird also gar nicht zu unserer Hochzeit kommen«, sagte sie, »und ich habe doch das Recht, alle deine Freunde kennen zu lernen.« »Ich will ihn nicht stören«, antwortete Georg, »verstehe mich recht, er würde wahrscheinlich kommen, wenigstens glaube ich es, aber er würde sich gezwungen und geschädigt fühlen, vielleicht mich beneiden und sicher unzufrieden und unfähig, diese Unzufriedenheit jemals zu beseitigen, allein wieder zurückfahren. Allein – weißt du, was das ist?« »Ja, kann er denn von unserer Heirat nicht auch auf andere Weise erfahren?« »Das kann ich allerdings nicht verhindern, aber es ist bei seiner Lebensweise unwahrscheinlich.« »Wenn du solche Freunde hast, Georg, hättest du dich überhaupt nicht verloben sollen.« »Ja, das ist unser beider Schuld; aber ich wollte es auch jetzt nicht anders haben.« Und wenn sie dann, rasch atmend unter seinen Küssen, noch vorbrachte: »Eigentlich kränkt es mich doch«, hielt er es wirklich für unverfänglich, dem Freund alles zu schreiben. »So bin ich und so hat er mich hinzunehmen«, sagte er sich, »ich kann nicht aus mir einen Menschen herausschneiden, der vielleicht für die Freundschaft mit ihm geeigneter wäre, als ich es bin.«

Und tatsächlich berichtete er seinem Freunde in dem langen Brief, den er an diesem Sonntagvormittag schrieb, die erfolgte Verlobung mit folgenden Worten: »Die beste Neuigkeit habe ich mir bis zum Schluß aufgespart. Ich habe mich mit einem Fräulein Frieda Brandenfeld verlobt, einem Mädchen aus einer wohlhabenden Familie, die sich hier erst lange nach Deiner Abreise angesiedelt hat, die Du also kaum kennen dürftest. Es wird sich noch Gelegenheit finden, Dir Näheres über meine Braut mitzuteilen, heute genüge Dir, daß ich recht glücklich bin und daß sich in unserem gegenseitigen Verhältnis nur insofern etwas geändert hat, als Du jetzt in mir statt eines ganz gewöhnlichen Freundes einen glücklichen Freund haben wirst. Außerdem bekommst Du in meiner Braut, die Dich herzlich grüßen läßt, und die Dir nächstens selbst schreiben wird, eine aufrichtige Freundin, was für einen Junggesellen nicht ganz ohne Bedeutung ist. Ich weiß, es hält Dich vielerlei von einem Besuche bei uns zurück, wäre aber nicht gerade meine Hochzeit die richtige Gelegenheit, einmal alle Hindernisse über den Haufen zu werfen? Aber wie dies auch sein mag, handle ohne alle Rücksicht und nur nach Deiner Wohlmeinung.«

Mit diesem Brief in der Hand war Georg lange, das Gesicht dem Fenster zugekehrt, an seinem Schreibtisch gesessen. Einem Bekannten, der ihn im Vorübergehen von der Gasse aus gegrüßt hatte, hatte er kaum mit einem abwesenden Lächeln geantwortet.

Endlich steckte er den Brief in die Tasche und ging aus seinem Zimmer quer durch einen kleinen Gang in das Zimmer seines Vaters, in dem er schon seit Monaten nicht gewesen war. Es bestand auch sonst keine Nötigung dazu, denn er verkehrte mit seinem Vater ständig im Geschäft, das Mittagessen nahmen sie gleichzeitig in einem Speisehaus ein, abends versorgte sich zwar jeder nach Belieben, doch saßen sie dann meistens, wenn nicht Georg, wie es am häufigsten geschah, mit Freunden beisammen war oder jetzt seine Braut besuchte, noch ein Weilchen, jeder mit seiner Zeitung, im gemeinsamen Wohnzimmer.

Georg staunte darüber, wie dunkel das Zimmer des Vaters selbst an diesem sonnigen Vormittag war. Einen solchen Schatten warf also die hohe Mauer, die sich jenseits des schmalen Hofes erhob. Der Vater saß beim Fenster in einer Ecke, die mit verschiedenen Andenken an die selige Mutter ausgeschmückt war, und las die Zeitung, die er seitlich vor die Augen hielt, wodurch er irgendeine Augenschwäche auszugleichen suchte. Auf dem Tisch standen die Reste des Frühstücks, von dem nicht viel verzehrt zu sein schien.

»Ah, Georg!« sagte der Vater und ging ihm gleich entgegen. Sein schwerer Schlafrock öffnete sich im Gehen, die Enden umflatterten ihn – »mein Vater ist noch immer ein Riese«, sagte sich Georg.

»Hier ist es ja unerträglich dunkel«, sagte er dann.

»Ja, dunkel ist es schon«, antwortete der Vater.

»Das Fenster hast du auch geschlossen?«

»Ich habe es lieber so.«

»Es ist ja ganz warm draußen«, sagte Georg, wie im Nachhang zu dem Früheren, und setzte sich.

Der Vater räumte das Frühstücksgeschirr ab und stellte es auf einen Kasten.

»Ich wollte dir eigentlich nur sagen«, fuhr Georg fort, der den Bewegungen des alten Mannes ganz verloren folgte, »daß ich nun doch nach Petersburg meine Verlobung angezeigt habe.« Er zog den Brief ein wenig aus der Tasche und ließ ihn wieder zurückfallen.

»Nach Petersburg?« fragte der Vater.

»Meinem Freunde doch«, sagte Georg und suchte des Vaters Augen. – »Im Geschäft ist er doch ganz anders«, dachte er, »wie er hier breit sitzt und die Arme über der Brust kreuzt.«

»Ja. Deinem Freunde«, sagte der Vater mit Betonung.

»Du weißt doch, Vater, daß ich ihm meine Verlobung zuerst verschweigen wollte. Aus Rücksichtnahme, aus keinem anderen Grunde sonst. Du weißt selbst, er ist ein schwieriger Mensch. Ich sagte mir, von anderer Seite kann er von meiner Verlobung wohl erfahren, wenn das auch bei seiner einsamen Lebensweise kaum wahrscheinlich ist – das kann ich nicht hindern –, aber von mir selbst soll er es nun einmal nicht erfahren.«

»Und jetzt hast du es dir wieder anders überlegt?« fragte der Vater, legte die große Zeitung auf den Fensterbord und auf die Zeitung die Brille, die er mit der Hand bedeckte.

»Ja, jetzt habe ich es mir wieder überlegt. Wenn er mein guter Freund ist, sagte ich mir, dann ist meine glückliche Verlobung auch für ihn ein Glück. Und deshalb habe ich nicht mehr gezögert, es ihm anzuzeigen. Ehe ich jedoch den Brief einwarf, wollte ich es dir sagen.«

»Georg«, sagte der Vater und zog den zahnlosen Mund in die Breite, »hör' einmal! Du bist wegen dieser Sache zu mir gekommen, um dich mit mir zu beraten. Das ehrt dich ohne Zweifel. Aber es ist nichts, es ist ärger als nichts, wenn du mir jetzt nicht die volle Wahrheit sagst. Ich will nicht Dinge aufrühren, die nicht hierher gehören. Seit dem Tode unserer teueren Mutter sind gewisse unschöne Dinge vorgegangen. Vielleicht kommt auch für sie die Zeit und vielleicht kommt sie früher, als wir denken. Im Geschäft entgeht mir manches, es wird mir vielleicht nicht verborgen – ich will jetzt gar nicht die Annahme machen, daß es mir verborgen wird –, ich bin nicht mehr kräftig genug, mein Gedächtnis läßt nach, ich habe nicht mehr den Blick für alle die vielen Sachen. Das ist erstens der Ablauf der Natur, und zweitens hat mich der Tod unseres Mütterchens viel mehr niedergeschlagen als dich. – Aber weil wir gerade bei dieser Sache halten, bei diesem Brief, so bitte ich dich, Georg, täusche mich nicht. Es ist eine Kleinigkeit, es ist nicht des Atems wert, also täusche mich nicht. Hast du wirklich diesen Freund in Petersburg?«

Georg stand verlegen auf. »Lassen wir meine Freunde sein. Tausend Freunde ersetzen mir nicht meinen Vater. Weißt du, was ich glaube? Du schonst dich nicht genug. Aber das Alter verlangt seine Rechte. Du bist mir im Ge-

schäft unentbehrlich, das weißt du ja sehr genau, aber wenn
das Geschäft deine Gesundheit bedrohen sollte, sperre ich
es noch morgen für immer. Das geht nicht. Wir müssen da
eine andere Lebensweise für dich einführen. Aber von Grund
aus. Du sitzt hier im Dunkel, und im Wohnzimmer
hättest du das schöne Licht. Du nippst vom Frühstück, statt
dich ordentlich zu stärken. Du sitzt bei geschlossenem Fenster, und die Luft würde dir so gut tun. Nein, mein Vater!
Ich werde den Arzt holen und seinen Vorschriften werden
wir folgen. Die Zimmer werden wir wechseln, du wirst ins
Vorderzimmer ziehen, ich hierher. Es wird keine Veränderung für dich sein, alles wird mit übertragen werden. Aber
das alles hat Zeit, jetzt lege dich noch ein wenig ins Bett, du
brauchst unbedingt Ruhe. Komm, ich werde dir beim Aus-
ziehn helfen, du wirst sehn, ich kann es. Oder willst du
gleich ins Vorderzimmer gehn, dann legst du dich vorläufig
in mein Bett. Das wäre übrigens sehr vernünftig.«

Georg stand knapp neben seinem Vater, der den Kopf mit
dem struppigen weißen Haar auf die Brust hatte sinken lassen.

»Georg«, sagte der Vater leise, ohne Bewegung.

Georg kniete sofort neben dem Vater nieder, er sah die
Pupillen in dem müden Gesicht des Vaters übergroß in den
Winkeln der Augen auf sich gerichtet.

»Du hast keinen Freund in Petersburg. Du bist immer
ein Spaßmacher gewesen und hast dich auch mir gegenüber nicht zurückgehalten. Wie solltest du denn gerade
dort einen Freund haben! Das kann ich gar nicht glauben.«

»Denk doch noch einmal nach, Vater«, sagte Georg, hob
den Vater vom Sessel und zog ihm, wie er nun doch recht
schwach dastand, den Schlafrock aus, »jetzt wird es bald
drei Jahre her sein, da war ja mein Freund bei uns zu Besuch. Ich erinnere mich noch, daß du ihn nicht besonders
gern hattest. Wenigstens zweimal habe ich ihn vor dir ver-
leugnet, trotzdem er gerade bei mir im Zimmer saß. Ich

konnte ja deine Abneigung gegen ihn ganz gut verstehn, mein Freund hat seine Eigentümlichkeiten. Aber dann hast du dich doch auch wieder ganz gut mit ihm unterhalten. Ich war damals noch so stolz darauf, daß du ihm zuhörtest, nicktest und fragtest. Wenn du nachdenkst, mußt du dich erinnern. Er erzählte damals unglaubliche Geschichten von der russischen Revolution. Wie er z. B. auf einer Geschäftsreise in Kiew bei einem Tumult einen Geistlichen auf einem Balkon gesehen hatte, der sich ein breites Blutkreuz in die flache Hand schnitt, diese Hand erhob und die Menge anrief. Du hast ja selbst diese Geschichte hie und da wiedererzählt.«

Währenddessen war es Georg gelungen, den Vater wieder niederzusetzen und ihm die Trikothose, die er über den Leinenunterhosen trug, sowie die Socken vorsichtig auszuziehn. Beim Anblick der nicht besonders reinen Wäsche machte er sich Vorwürfe, den Vater vernachlässigt zu haben. Es wäre sicherlich auch seine Pflicht gewesen, über den Wäschewechsel seines Vaters zu wachen. Er hatte mit seiner Braut darüber, wie sie die Zukunft des Vaters einrichten wollten, noch nicht ausdrücklich gesprochen, denn sie hatten stillschweigend vorausgesetzt, daß der Vater allein in der alten Wohnung bleiben würde. Doch jetzt entschloß er sich kurz mit aller Bestimmtheit, den Vater in seinen künftigen Haushalt mitzunehmen. Es schien ja fast, wenn man genauer zusah, daß die Pflege, die dort dem Vater bereitet werden sollte, zu spät kommen könnte.

Auf seinen Armen trug er den Vater ins Bett. Ein schreckliches Gefühl hatte er, als er während der paar Schritte zum Bett hin merkte, daß an seiner Brust der Vater mit seiner Uhrkette spiele. Er konnte ihn nicht gleich ins Bett legen, so fest hielt er sich an dieser Uhrkette.

Kaum war er aber im Bett, schien alles gut. Er deckte sich selbst zu und zog dann die Bettdecke noch besonders weit über die Schulter. Er sah nicht unfreundlich zu Georg hinauf.

»Nicht wahr, du erinnerst dich schon an ihn?« fragte Georg und nickte ihm aufmunternd zu.

»Bin ich jetzt gut zugedeckt?« fragte der Vater, als könne er nicht nachschauen, ob die Füße genug bedeckt seien.

»Es gefällt dir also schon im Bett«, sagte Georg und legte das Deckzeug besser um ihn.

»Bin ich gut zugedeckt?« fragte der Vater noch einmal und schien auf die Antwort besonders aufzupassen.

»Sei nur ruhig, du bist gut zugedeckt.«

»Nein!« rief der Vater, daß die Antwort an die Frage stieß, warf die Decke zurück mit einer Kraft, daß sie einen Augenblick im Fluge sich ganz entfaltete, und stand aufrecht im Bett. Nur eine Hand hielt er leicht an den Plafond. »Du wolltest mich zudecken, das weiß ich, mein Früchtchen, aber zugedeckt bin ich noch nicht. Und ist es auch die letzte Kraft, genug für dich, zuviel für dich. Wohl kenne ich deinen Freund. Er wäre ein Sohn nach meinem Herzen. Darum hast du ihn auch betrogen die ganzen Jahre lang. Warum sonst? Glaubst du, ich habe nicht um ihn geweint? Darum doch sperrst du dich in dein Bureau, niemand soll stören, der Chef ist beschäftigt – nur damit du deine falschen Briefchen nach Rußland schreiben kannst. Aber den Vater muß glücklicherweise niemand lehren, den Sohn zu durchschauen. Wie du jetzt geglaubt hast, du hättest ihn untergekriegt, so untergekriegt, daß du dich mit deinem Hintern auf ihn setzen kannst und er rührt sich nicht, da hat sich mein Herr Sohn zum Heiraten entschlossen!«

Georg sah zum Schreckbild seines Vaters auf. Der Petersburger Freund, den der Vater plötzlich so gut kannte, ergriff ihn, wie noch nie. Verloren im weiten Rußland sah er ihn. An der Türe des leeren, ausgeraubten Geschäftes sah er ihn. Zwischen den Trümmern der Regale, den zerfetzten Waren, den fallenden Gasarmen stand er gerade noch. Warum hatte er so weit wegfahren müssen!

»Aber schau mich an!« rief der Vater, und Georg lief, fast

zerstreut, zum Bett, um alles zu fassen, stockte aber in der Mitte des Weges.

»Weil sie die Röcke gehoben hat«, fing der Vater zu flöten an, »weil sie die Röcke so gehoben hat, die widerliche Gans«, und er hob, um das darzustellen, sein Hemd so hoch, daß man auf seinem Oberschenkel die Narbe aus seinen Kriegsjahren sah, »weil sie die Röcke so und so und so gehoben hat, hast du dich an sie herangemacht, und damit du an ihr ohne Störung dich befriedigen kannst, hast du unserer Mutter Andenken geschändet, den Freund verraten und deinen Vater ins Bett gesteckt, damit er sich nicht rühren kann. Aber kann er sich rühren oder nicht?«

Und er stand vollkommen frei und warf die Beine. Er strahlte vor Einsicht.

Georg stand in einem Winkel, möglichst weit vom Vater. Vor einer langen Weile hatte er sich fest entschlossen, alles vollkommen genau zu beobachten, damit er nicht irgendwie auf Umwegen, von hinten her, von oben herab überrascht werden könne. Jetzt erinnerte er sich wieder an den längst vergessenen Entschluß und vergaß ihn, wie man einen kurzen Faden durch ein Nadelöhr zieht.

»Aber der Freund ist nun doch nicht verraten!« rief der Vater, und sein hin- und herbewegter Zeigefinger bekräftigte es. »Ich war sein Vertreter hier am Ort.«

»Komödiant!« konnte sich Georg zu rufen nicht enthalten, erkannte sofort den Schaden und biß, nur zu spät, – die Augen erstarrt – in seine Zunge, daß er vor Schmerz einknickte.

»Ja, freilich habe ich Komödie gespielt! Komödie! Gutes Wort! Welcher andere Trost blieb dem alten verwitweten Vater? Sag – und für den Augenblick der Antwort sei du noch mein lebender Sohn –, was blieb mir übrig, in meinem Hinterzimmer, verfolgt vom ungetreuen Personal, alt bis in die Knochen? Und mein Sohn ging im Jubel durch die Welt, schloß Geschäfte ab, die ich vorbereitet hatte, überpurzelte sich vor Vergnügen und ging vor seinem Vater mit dem verschlossenen Gesicht eines Ehrenmannes davon! Glaubst du, ich hätte dich nicht geliebt, ich, von dem du ausgingst?«

»Jetzt wird er sich vorbeugen«, dachte Georg, »wenn er fiele und zerschmetterte!« Dieses Wort durchzischte seinen Kopf.

Der Vater beugte sich vor, fiel aber nicht. Da Georg sich nicht näherte, wie er erwartet hatte, erhob er sich wieder.

»Bleib, wo du bist, ich brauche dich nicht! Du denkst, du hast noch die Kraft, hierher zu kommen und hältst dich bloß zurück, weil du so willst. Daß du dich nicht irrst! Ich bin noch immer der viel Stärkere. Allein hätte ich vielleicht zurückweichen müssen, aber so hat mir die Mutter ihre Kraft abgegeben, mit deinem Freund habe ich mich herrlich verbunden, deine Kundschaft habe ich hier in der Tasche!«

»Sogar im Hemd hat er Taschen!« sagte sich Georg und glaubte, er könne ihn mit dieser Bemerkung in der ganzen Welt unmöglich machen. Nur einen Augenblick dachte er das, denn immerfort vergaß er alles.

»Häng dich nur in deine Braut ein und komm mir entgegen! Ich fege sie dir von der Seite weg, du weißt nicht wie!«

Georg machte Grimassen, als glaube er das nicht. Der Vater nickte bloß, die Wahrheit dessen, was er sagte, beteuernd, in Georgs Ecke hin.

»Wie hast du mich doch heute unterhalten, als du kamst und fragtest, ob du deinem Freund von der Verlobung schreiben sollst. Er weiß doch alles, dummer Junge, er weiß doch alles! Ich schrieb ihm doch, weil du vergessen hast, mir das Schreibzeug wegzunehmen. Darum kommt er schon seit Jahren nicht, er weiß ja alles hundertmal besser als du selbst, deine Briefe zerknüllt er ungelesen in der linken Hand, während er in der Rechten meine Briefe zum Lesen sich vorhält!«

Seinen Arm schwang er vor Begeisterung über dem Kopf. »Er weiß alles tausendmal besser!« rief er.

»Zehntausendmal!« sagte Georg, um den Vater zu verlachen, aber noch in seinem Munde bekam das Wort einen toternsten Klang.

»Seit Jahren passe ich schon auf, daß du mit dieser Frage kämest! Glaubst du, mich kümmert etwas anderes? Glaubst du, ich lese Zeitungen? Da!« und er warf Georg ein Zeitungsblatt, das irgendwie mit ins Bett getragen worden war, zu. Eine alte Zeitung, mit einem Georg schon ganz unbekannten Namen.

»Wie lange hast du gezögert, ehe du reif geworden bist! Die Mutter mußte sterben, sie konnte den Freudentag nicht erleben, der Freund geht zugrunde in seinem Rußland, schon vor drei Jahren war er gelb zum Wegwerfen, und ich, du siehst ja, wie es mit mir steht. Dafür hast du doch Augen!«

»Du hast mir also aufgelauert!« rief Georg.

Mitleidig sagte der Vater nebenbei: »Das wolltest du wahrscheinlich früher sagen. Jetzt paßt es ja gar nicht mehr.«

Und lauter: »Jetzt weißt du also, was es noch außer dir gab, bisher wußtest du nur von dir! Ein unschuldiges Kind warst du ja eigentlich, aber noch eigentlicher warst du ein teuflischer Mensch! – Und darum wisse: Ich verurteile dich jetzt zum Tode des Ertrinkens!«

Georg fühlte sich aus dem Zimmer gejagt, den Schlag, mit dem der Vater hinter ihm aufs Bett stürzte, trug er noch in den Ohren davon. Auf der Treppe, über deren Stufen er wie über eine schiefe Fläche eilte, überrumpelte er seine Bedienerin, die im Begriffe war heraufzugehen, um die Wohnung nach der Nacht aufzuräumen. »Jesus!« rief sie und verdeckte mit der Schürze das Gesicht, und er war schon davon. Aus dem Tor sprang er, über die Fahrbahn zum Wasser trieb es ihn. Schon hielt er das Geländer fest, wie ein Hungriger die Nahrung. Er schwang sich über, als der ausgezeichnete Turner, der er in seinen Jugendjahren zum Stolz seiner Eltern gewesen war. Noch hielt er sich mit schwächer

werdenden Händen fest, erspähte zwischen den Geländer-
stangen einen Autoomnibus, der mit Leichtigkeit seinen
Fall übertönen würde, rief leise: »Liebe Eltern, ich habe
euch doch immer geliebt«, und ließ sich hinabfallen.

In diesem Augenblick ging über die Brücke ein geradezu
unendlicher Verkehr.

Die Verwandlung

I.

Als Gregor Samsa eines Morgens aus unruhigen Träumen erwachte, fand er sich in seinem Bett zu einem ungeheueren Ungeziefer verwandelt. Er lag auf seinem panzerartig harten Rücken und sah, wenn er den Kopf ein wenig hob, seinen gewölbten, braunen, von bogenförmigen Versteifungen geteilten Bauch, auf dessen Höhe sich die Bettdecke, zum gänzlichen Niedergleiten bereit, kaum noch erhalten konnte. Seine vielen, im Vergleich zu seinem sonstigen Umfang kläglich dünnen Beine flimmerten ihm hilflos vor den Augen.

»Was ist mit mir geschehen?« dachte er. Es war kein Traum. Sein Zimmer, ein richtiges, nur etwas zu kleines Menschenzimmer, lag ruhig zwischen den vier wohlbekannten Wänden. Über dem Tisch, auf dem eine auseinandergepackte Musterkollektion von Tuchwaren ausgebreitet war – Samsa war Reisender –, hing das Bild, das er vor kurzem aus einer illustrierten Zeitschrift ausgeschnitten und in einem hübschen, vergoldeten Rahmen untergebracht hatte. Es stellte eine Dame dar, die, mit einem Pelzhut und einer Pelzboa versehen, aufrecht dasaß und einen schweren Pelzmuff, in dem ihr ganzer Unterarm verschwunden war, dem Beschauer entgegenhob.

Gregors Blick richtete sich dann zum Fenster, und das trübe Wetter – man hörte Regentropfen auf das Fensterblech aufschlagen – machte ihn ganz melancholisch. »Wie wäre es, wenn ich noch ein wenig weiterschliefe und alle Narrheiten vergäße«, dachte er, aber das war gänzlich undurchführbar, denn er war gewöhnt, auf der rechten Seite zu schlafen, konnte sich aber in seinem gegenwärtigen Zustand nicht in diese Lage bringen. Mit welcher Kraft er sich auch auf die rechte Seite warf, immer wieder schaukelte er in die Rückenlage zurück. Er versuchte es wohl hundertmal, schloß die Augen, um die zappelnden Beine nicht sehen zu müssen, und ließ erst ab, als er in der Seite einen noch nie gefühlten, leichten, dumpfen Schmerz zu fühlen begann.

»Ach Gott«, dachte er, »was für einen anstrengenden Beruf habe ich gewählt! Tag aus, Tag ein auf der Reise. Die geschäftlichen Aufregungen sind viel größer, als im eigentlichen Geschäft zu Hause, und außerdem ist mir noch diese Plage des Reisens auferlegt, die Sorgen um die Zuganschlüsse, das unregelmäßige, schlechte Essen, ein immer wechselnder, nie andauernder, nie herzlich werdender menschlicher Verkehr. Der Teufel soll das alles holen!« Er fühlte ein leichtes Jucken oben auf dem Bauch; schob sich auf dem Rücken langsam näher zum Bettpfosten, um den Kopf besser heben zu können; fand die juckende Stelle, die mit lauter kleinen weißen Pünktchen besetzt war, die er nicht zu beurteilen verstand; und wollte mit einem Bein die Stelle betasten, zog es aber gleich zurück, denn bei der Berührung umwehten ihn Kälteschauer.

Er glitt wieder in seine frühere Lage zurück. »Dies frühzeitige Aufstehen«, dachte er, »macht einen ganz blödsinnig. Der Mensch muß seinen Schlaf haben. Andere Reisende leben wie Haremsfrauen. Wenn ich zum Beispiel im Laufe des Vormittags ins Gasthaus zurückgehe, um die erlangten Aufträge zu überschreiben, sitzen diese Herren erst beim Frühstück. Das sollte ich bei meinem Chef versuchen; ich würde auf der Stelle hinausfliegen. Wer weiß übrigens, ob das nicht sehr gut für mich wäre. Wenn ich mich nicht wegen meiner Eltern zurückhielte, ich hätte längst gekündigt, ich wäre vor den Chef hin getreten und hätte ihm meine Meinung von Grund des Herzens aus gesagt. Vom Pult hätte er fallen müssen! Es ist auch eine sonderbare Art, sich auf das Pult zu setzen und von der Höhe herab mit dem Angestellten zu reden, der überdies wegen der Schwerhörigkeit des Chefs ganz nahe herantreten muß. Nun, die Hoffnung ist noch nicht gänzlich aufgegeben; habe ich einmal das Geld beisammen, um die Schuld der Eltern an ihn abzuzahlen – es dürfte noch fünf bis sechs Jahre dauern –, mache ich die Sache unbedingt. Dann wird der große Schnitt gemacht. Vorläufig allerdings muß ich aufstehen, denn mein Zug fährt um fünf.«

Und er sah zur Weckuhr hinüber, die auf dem Kasten tickte. »Himmlischer Vater!« dachte er. Es war halb sieben Uhr, und die Zeiger gingen ruhig vorwärts, es war sogar halb vorüber, es näherte sich schon dreiviertel. Sollte der Wecker nicht geläutet haben? Man sah vom Bett aus, daß er auf vier Uhr richtig eingestellt war; gewiß hatte er auch geläutet. Ja, aber war es möglich, dieses möbelerschütternde Läuten ruhig zu verschlafen? Nun, ruhig hatte er ja nicht geschlafen, aber wahrscheinlich desto fester. Was aber sollte er jetzt tun? Der nächste Zug ging um sieben Uhr; um den einzuholen, hätte er sich unsinnig beeilen müssen, und die Kollektion war noch nicht eingepackt, und er selbst fühlte sich durchaus nicht besonders frisch und beweglich. Und selbst wenn er den Zug einholte, ein Donnerwetter des Chefs war nicht zu vermeiden, denn der Geschäftsdiener hatte beim Fünfuhrzug gewartet und die Meldung von seiner Versäumnis längst erstattet. Es war eine Kreatur des Chefs, ohne Rückgrat und Verstand. Wie nun, wenn er sich krank meldete? Das wäre aber äußerst peinlich und verdächtig, denn Gregor war während seines fünfjährigen Dienstes noch nicht einmal krank gewesen. Gewiß würde der Chef mit dem Krankenkassenarzt kommen, würde den Eltern wegen des faulen Sohnes Vorwürfe machen und alle Einwände durch den Hinweis auf den Krankenkassenarzt abschneiden, für den es ja überhaupt nur ganz gesunde, aber arbeitsscheue Menschen gibt. Und hätte er übrigens in diesem Falle so ganz unrecht? Gregor fühlte sich tatsächlich, abgesehen von einer nach dem langen Schlaf wirklich überflüssigen Schläfrigkeit, ganz wohl und hatte sogar einen besonders kräftigen Hunger.

Als er dies alles in größter Eile überlegte, ohne sich ent-

schließen zu können, das Bett zu verlassen – gerade schlug
der Wecker dreiviertel sieben – klopfte es vorsichtig an die
Tür am Kopfende seines Bettes. »Gregor«, rief es – es war
die Mutter –, »es ist dreiviertel sieben. Wolltest du nicht
wegfahren?« Die sanfte Stimme! Gregor erschrak, als er
seine antwortende Stimme hörte, die wohl unverkennbar
seine frühere war, in die sich aber, wie von unten her, ein
nicht zu unterdrückendes, schmerzliches Piepsen mischte,
das die Worte förmlich nur im ersten Augenblick in ihrer
Deutlichkeit beließ, um sie im Nachklang derart zu zerstö-
ren, daß man nicht wußte, ob man recht gehört hatte. Gregor hatte ausführlich antworten und alles erklären wollen,
beschränkte sich aber bei diesen Umständen darauf, zu sagen: »Ja, ja, danke Mutter, ich stehe schon auf.« Infolge der
Holztür war die Veränderung in Gregors Stimme draußen
wohl nicht zu merken, denn die Mutter beruhigte sich mit
dieser Erklärung und schlürfte davon. Aber durch das
kleine Gespräch waren die anderen Familienmitglieder darauf aufmerksam geworden, daß Gregor wider Erwarten
noch zu Hause war, und schon klopfte an der einen Seitentür der Vater, schwach, aber mit der Faust. »Gregor, Gregor«, rief er, »was ist denn?« Und nach einer kleinen Weile
mahnte er nochmals mit tieferer Stimme: »Gregor! Gregor!« An der anderen Seitentür aber klagte leise die Schwester: »Gregor? Ist dir nicht wohl? Brauchst du etwas?«
Nach beiden Seiten hin antwortete Gregor: »Bin schon fertig«, und bemühte sich, durch die sorgfältigste Aussprache
und durch Einschaltung von langen Pausen zwischen den
einzelnen Worten seiner Stimme alles Auffallende zu nehmen. Der Vater kehrte auch zu seinem Frühstück zurück,
die Schwester aber flüsterte: »Gregor, mach auf, ich be-
schwöre dich.« Gregor aber dachte gar nicht daran aufzumachen, sondern lobte die vom Reisen her übernommene
Vorsicht, auch zu Hause alle Türen während der Nacht zu
versperren.

Zunächst wollte er ruhig und ungestört aufstehen, sich

anziehen und vor allem frühstücken, und dann erst das Weitere überlegen, denn, das merkte er wohl, im Bett würde er mit dem Nachdenken zu keinem vernünftigen Ende kommen. Er erinnerte sich, schon öfters im Bett irgendeinen vielleicht durch ungeschicktes Liegen erzeugten, leichten Schmerz empfunden zu haben, der sich dann beim Aufstehen als reine Einbildung herausstellte, und er war gespannt, wie sich seine heutigen Vorstellungen allmählich auflösen würden. Daß die Veränderung der Stimme nichts anderes war, als der Vorbote einer tüchtigen Verkühlung, einer Berufskrankheit der Reisenden, daran zweifelte er nicht im geringsten.

Die Decke abzuwerfen war ganz einfach; er brauchte sich nur ein wenig aufzublasen und sie fiel von selbst. Aber weiterhin wurde es schwierig, besonders weil er so ungemein breit war. Er hätte Arme und Hände gebraucht, um sich aufzurichten; statt dessen aber hatte er nur die vielen Beinchen, die ununterbrochen in der verschiedensten Bewegung waren und die er überdies nicht beherrschen konnte. Wollte er eines einmal einknicken, so war es das erste, daß es sich streckte; und gelang es ihm endlich, mit diesem Bein das auszuführen, was er wollte, so arbeiteten inzwischen alle anderen, wie freigelassen, in höchster, schmerzlicher Aufregung. »Nur sich nicht im Bett unnütz aufhalten«, sagte sich Gregor.

Zuerst wollte er mit dem unteren Teil seines Körpers aus dem Bett hinauskommen, aber dieser untere Teil, den er übrigens noch nicht gesehen hatte und von dem er sich auch keine rechte Vorstellung machen konnte, erwies sich als zu schwer beweglich; es ging so langsam; und als er schließlich, fast wild geworden, mit gesammelter Kraft, ohne Rücksicht sich vorwärtsstieß, hatte er die Richtung falsch gewählt, schlug an den unteren Bettpfosten heftig an, und der brennende Schmerz, den er empfand, belehrte ihn, daß gerade der untere Teil seines Körpers augenblicklich vielleicht der empfindlichste war.

Er versuchte es daher, zuerst den Oberkörper aus dem Bett zu bekommen, und drehte vorsichtig den Kopf dem Bettrand zu. Dies gelang auch leicht, und trotz ihrer Breite und Schwere folgte schließlich die Körpermasse langsam der Wendung des Kopfes. Aber als er den Kopf endlich außerhalb des Bettes in der freien Luft hielt, bekam er Angst, weiter auf diese Weise vorzurücken, denn wenn er sich schließlich so fallen ließ, mußte geradezu ein Wunder geschehen, wenn der Kopf nicht verletzt werden sollte. Und die Besinnung durfte er gerade jetzt um keinen Preis verlieren; lieber wollte er im Bett bleiben.

Aber als er wieder nach gleicher Mühe aufseufzend so dalag wie früher, und wieder seine Beinchen womöglich noch ärger gegeneinander kämpfen sah und keine Möglichkeit fand, in diese Willkür Ruhe und Ordnung zu bringen, sagte er sich wieder, daß er unmöglich im Bett bleiben könne und daß es das Vernünftigste sei, alles zu opfern, wenn auch nur die kleinste Hoffnung bestünde, sich dadurch vom Bett zu befreien. Gleichzeitig aber vergaß er nicht, sich zwischendurch daran zu erinnern, daß viel besser als verzweifelte Entschlüsse ruhige und ruhigste Überlegung sei. In solchen Augenblicken richtete er die Augen möglichst scharf auf das Fenster, aber leider war aus dem Anblick des Morgennebels, der sogar die andere Seite der engen Straße verhüllte, wenig Zuversicht und Munterkeit zu holen. »Schon sieben Uhr«, sagte er sich beim neuerlichen Schlagen des Weckers, »schon sieben Uhr und noch immer ein solcher Nebel.« Und ein Weilchen lang lag er ruhig mit schwachem Atem, als erwarte er vielleicht von der völligen Stille die Wiederkehr der wirklichen und selbstverständlichen Verhältnisse.

Dann aber sagte er sich: »Ehe es einviertel acht schlägt, muß ich unbedingt das Bett vollständig verlassen haben. Im übrigen wird auch bis dahin jemand aus dem Geschäft kommen, um nach mir zu fragen, denn das Geschäft wird vor sieben Uhr geöffnet.« Und er machte sich nun daran, den Körper in seiner ganzen Länge vollständig gleichmäßig

aus dem Bett hinauszuschaukeln. Wenn er sich auf diese
Weise aus dem Bett fallen ließ, blieb der Kopf, den er beim
Fall scharf heben wollte, voraussichtlich unverletzt. Der
Rücken schien hart zu sein; dem würde wohl bei dem Fall
auf den Teppich nichts geschehen. Das größte Bedenken
machte ihm die Rücksicht auf den lauten Krach, den es geben müßte und der wahrscheinlich hinter allen Türen wenn
nicht Schrecken, so doch Besorgnisse erregen würde. Das
mußte aber gewagt werden.

Als Gregor schon zur Hälfte aus dem Bette ragte – die
neue Methode war mehr ein Spiel als eine Anstrengung, er
brauchte immer nur ruckweise zu schaukeln –, fiel ihm ein,
wie einfach alles wäre, wenn man ihm zu Hilfe käme. Zwei
starke Leute – er dachte an seinen Vater und das Dienstmädchen – hätten vollständig genügt; sie hätten ihre Arme
nur unter seinen gewölbten Rücken schieben, ihn so aus
dem Bett schälen, sich mit der Last niederbeugen und dann
bloß vorsichtig dulden müssen, daß er den Überschwung
auf dem Fußboden vollzog, wo dann die Beinchen hoffentlich einen Sinn bekommen würden. Nun, ganz abgesehen
davon, daß die Türen versperrt waren, hätte er wirklich um
Hilfe rufen sollen? Trotz aller Not konnte er bei diesem
Gedanken ein Lächeln nicht unterdrücken.

Schon war er so weit, daß er bei stärkerem Schaukeln
kaum das Gleichgewicht noch erhielt, und sehr bald mußte
er sich nun endgültig entscheiden, denn es war in fünf Minuten einviertel acht, – als es an der Wohnungstür läutete.
»Das ist jemand aus dem Geschäft«, sagte er sich und er-
starrte fast, während seine Beinchen nur desto eiliger tanzten. Einen Augenblick blieb alles still. »Sie öffnen nicht«,
sagte sich Gregor, befangen in irgendeiner unsinnigen Hoffnung. Aber dann ging natürlich wie immer das Dienstmädchen festen Schrittes zur Tür und öffnete. Gregor brauchte
nur das erste Grußwort des Besuchers zu hören und wußte
schon, wer es war – der Prokurist selbst. Warum war nur
Gregor dazu verurteilt, bei einer Firma zu dienen, wo man

bei der kleinsten Versäumnis gleich den größten Verdacht
faßte? Waren denn alle Angestellten samt und sonders
Lumpen, gab es denn unter ihnen keinen treuen ergebenen
Menschen, der, wenn er auch nur ein paar Morgenstunden
für das Geschäft nicht ausgenützt hatte, vor Gewissensbis-
sen närrisch wurde und geradezu nicht imstande war, das
Bett zu verlassen? Genügte es wirklich nicht, einen Lehrjungen nachfragen zu lassen – wenn überhaupt diese Frage-
rei nötig war –, mußte da der Prokurist selbst kommen, und
mußte dadurch der ganzen unschuldigen Familie gezeigt
werden, daß die Untersuchung dieser verdächtigen Angelegenheit nur dem Verstand des Prokuristen anvertraut werden konnte? Und mehr infolge der Erregung, in welche
Gregor durch diese Überlegungen versetzt wurde, als infolge eines richtigen Entschlusses, schwang er sich mit aller
Macht aus dem Bett. Es gab einen lauten Schlag, aber ein eigentlicher Krach war es nicht. Ein wenig wurde der Fall
durch den Teppich abgeschwächt, auch war der Rücken ela-
stischer, als Gregor gedacht hatte, daher kam der nicht gar
so auffallende dumpfe Klang. Nur den Kopf hatte er nicht
vorsichtig genug gehalten und ihn angeschlagen; er drehte
ihn und rieb ihn an dem Teppich vor Ärger und Schmerz.

»Da drin ist etwas gefallen«, sagte der Prokurist im Nebenzimmer links. Gregor suchte sich vorzustellen, ob nicht
auch einmal dem Prokuristen etwas Ähnliches passieren
könnte, wie heute ihm; die Möglichkeit dessen mußte man
doch eigentlich zugeben. Aber wie zur rohen Antwort auf
diese Frage machte jetzt der Prokurist im Nebenzimmer ein
paar bestimmte Schritte und ließ seine Lackstiefel knarren.
Aus dem Nebenzimmer rechts flüsterte die Schwester, um
Gregor zu verständigen: »Gregor, der Prokurist ist da.«
»Ich weiß«, sagte Gregor vor sich hin; aber so laut, daß es
die Schwester hätte hören können, wagte er die Stimme
nicht zu erheben.

»Gregor«, sagte nun der Vater aus dem Nebenzimmer
links, »der Herr Prokurist ist gekommen und erkundigt

sich, warum du nicht mit dem Frühzug weggefahren bist.
Wir wissen nicht, was wir ihm sagen sollen. Übrigens will
er auch mit dir persönlich sprechen. Also bitte mach die Tür
auf. Er wird die Unordnung im Zimmer zu entschuldigen
schon die Güte haben.« »Guten Morgen, Herr Samsa«, rief
der Prokurist freundlich dazwischen. »Ihm ist nicht wohl«,
sagte die Mutter zum Prokuristen, während der Vater noch
an der Tür redete, »ihm ist nicht wohl, glauben Sie mir,
Herr Prokurist. Wie würde denn Gregor sonst einen Zug
versäumen! Der Junge hat ja nichts im Kopf als das Geschäft. Ich ärgere mich schon fast, daß er abends niemals
ausgeht; jetzt war er doch acht Tage in der Stadt, aber jeden
Abend war er zu Hause. Da sitzt er bei uns am Tisch und
liest still die Zeitung oder studiert Fahrpläne. Es ist schon
eine Zerstreuung für ihn, wenn er sich mit Laubsägearbei-
ten beschäftigt. Da hat er zum Beispiel im Laufe von zwei,
drei Abenden einen kleinen Rahmen geschnitzt; Sie werden
staunen, wie hübsch er ist; er hängt drin im Zimmer; Sie
werden ihn gleich sehen, bis Gregor aufmacht. Ich bin übrigens glücklich, daß Sie da sind, Herr Prokurist; wir allein
hätten Gregor nicht dazu gebracht, die Tür zu öffnen; er ist
so hartnäckig; und bestimmt ist ihm nicht wohl, trotzdem
er es am Morgen geleugnet hat.« »Ich komme gleich«, sagte
Gregor langsam und bedächtig und rührte sich nicht, um
kein Wort der Gespräche zu verlieren. »Anders, gnädige
Frau, kann ich es mir auch nicht erklären«, sagte der Prokurist, »hoffentlich ist es nichts Ernstes. Wenn ich auch andererseits sagen muß, daß wir Geschäftsleute – wie man will,
leider oder glücklicherweise – ein leichtes Unwohlsein sehr
oft aus geschäftlichen Rücksichten einfach überwinden müssen.« »Also kann der Herr Prokurist schon zu dir hinein?«
fragte der ungeduldige Vater und klopfte wiederum an die
Tür. »Nein«, sagte Gregor. Im Nebenzimmer links trat eine
peinliche Stille ein, im Nebenzimmer rechts begann die
Schwester zu schluchzen.

Warum ging denn die Schwester nicht zu den anderen?

Sie war wohl erst jetzt aus dem Bett aufgestanden und hatte noch gar nicht angefangen sich anzuziehen. Und warum weinte sie denn? Weil er nicht aufstand und den Prokuristen nicht hereinließ, weil er in Gefahr war, den Posten zu verlieren und weil dann der Chef die Eltern mit den alten Forderungen wieder verfolgen würde? Das waren doch vorläufig wohl unnötige Sorgen. Noch war Gregor hier und dachte nicht im geringsten daran, seine Familie zu verlassen. Augenblicklich lag er wohl da auf dem Teppich, und niemand, der seinen Zustand gekannt hätte, hätte im Ernst von ihm verlangt, daß er den Prokuristen hereinlasse. Aber wegen dieser kleinen Unhöflichkeit, für die sich ja später leicht eine passende Ausrede finden würde, konnte Gregor doch nicht gut sofort weggeschickt werden. Und Gregor schien es, daß es viel vernünftiger wäre, ihn jetzt in Ruhe zu lassen, statt ihn mit Weinen und Zureden zu stören. Aber es war eben die Ungewißheit, welche die anderen bedrängte und ihr Benehmen entschuldigte.

»Herr Samsa«, rief nun der Prokurist mit erhobener Stimme, »was ist denn los? Sie verbarrikadieren sich da in Ihrem Zimmer, antworten bloß mit ja und nein, machen Ihren Eltern schwere, unnötige Sorgen und versäumen – dies nur nebenbei erwähnt – Ihre geschäftlichen Pflichten in einer eigentlich unerhörten Weise. Ich spreche hier im Namen Ihrer Eltern und Ihres Chefs und bitte Sie ganz ernsthaft um eine augenblickliche, deutliche Erklärung. Ich staune, ich staune. Ich glaubte Sie als einen ruhigen, vernünftigen Menschen zu kennen, und nun scheinen Sie plötzlich anfangen zu wollen, mit sonderbaren Launen zu paradieren. Der Chef deutete mir zwar heute früh eine mögliche Erklärung für Ihre Versäumnis an – sie betraf das Ihnen seit kurzem anvertraute Inkasso –, aber ich legte wahrhaftig fast mein Ehrenwort dafür ein, daß diese Erklärung nicht zutreffen könne. Nun aber sehe ich hier Ihren unbegreiflichen Starrsinn und verliere ganz und gar jede Lust, mich auch nur im geringsten für Sie einzusetzen. Und

Ihre Stellung ist durchaus nicht die festeste. Ich hatte ursprünglich die Absicht, Ihnen das alles unter vier Augen zu sagen, aber da Sie mich hier nutzlos meine Zeit versäumen lassen, weiß ich nicht, warum es nicht auch Ihre Herren Eltern erfahren sollen. Ihre Leistungen in der letzten Zeit waren also sehr unbefriedigend; es ist zwar nicht die Jahreszeit, um besondere Geschäfte zu machen, das erkennen wir an; aber eine Jahreszeit, um keine Geschäfte zu machen, gibt es überhaupt nicht, Herr Samsa, darf es nicht geben.«

»Aber Herr Prokurist«, rief Gregor außer sich und vergaß in der Aufregung alles andere, »ich mache ja sofort, augenblicklich auf. Ein leichtes Unwohlsein, ein Schwindelanfall, haben mich verhindert aufzustehen. Ich liege noch jetzt im Bett. Jetzt bin ich aber schon wieder ganz frisch. Eben steige ich aus dem Bett. Nur einen kleinen Augenblick Geduld! Es geht noch nicht so gut, wie ich dachte. Es ist mir aber schon wohl. Wie das nur einen Menschen so überfallen kann! Noch gestern abend war mir ganz gut, meine Eltern wissen es ja, oder besser, schon gestern Abend hatte ich eine kleine Vorahnung. Man hätte es mir ansehen müssen. Warum habe ich es nur im Geschäfte nicht gemeldet! Aber man denkt eben immer, daß man die Krankheit ohne Zuhausebleiben überstehen wird. Herr Prokurist! Schonen Sie meine Eltern! Für alle die Vorwürfe, die Sie mir jetzt machen, ist ja kein Grund; man hat mir ja davon auch kein Wort gesagt. Sie haben vielleicht die letzten Aufträge, die ich geschickt habe, nicht gelesen. Übrigens, noch mit dem Achtuhrzug fahre ich auf die Reise, die paar Stunden Ruhe haben mich gekräftigt. Halten Sie sich nur nicht auf, Herr Prokurist; ich bin gleich selbst im Geschäft, und haben Sie die Güte, das zu sagen und mich dem Herrn Chef zu empfehlen!«

Und während Gregor dies alles hastig ausstieß und kaum wußte, was er sprach, hatte er sich leicht, wohl infolge der im Bett bereits erlangten Übung, dem Kasten genähert und versuchte nun, an ihm sich aufzurichten. Er wollte tatsächlich die Tür aufmachen, tatsächlich sich sehen lassen und

mit dem Prokuristen sprechen; er war begierig zu erfahren,
was die anderen, die jetzt so nach ihm verlangten, bei seinem Anblick sagen würden. Würden sie erschrecken, dann
hatte Gregor keine Verantwortung mehr und konnte ruhig
sein. Würden sie aber alles ruhig hinnehmen, dann hatte
auch er keinen Grund sich aufzuregen, und konnte, wenn er
sich beeilte, um acht Uhr tatsächlich auf dem Bahnhof sein.
Zuerst glitt er nun einigemale von dem glatten Kasten ab,
aber endlich gab er sich einen letzten Schwung und stand
aufrecht da; auf die Schmerzen im Unterleib achtete er gar
nicht mehr, so sehr sie auch brannten. Nun ließ er sich gegen die Rückenlehne eines nahen Stuhles fallen, an deren
Rändern er sich mit seinen Beinchen festhielt. Damit hatte
er aber auch die Herrschaft über sich erlangt und verstummte, denn nun konnte er den Prokuristen anhören.

»Haben Sie auch nur ein Wort verstanden?« fragte der
Prokurist die Eltern, »er macht sich doch wohl nicht einen
Narren aus uns?« »Um Gottes willen«, rief die Mutter
schon unter Weinen, »er ist vielleicht schwer krank, und wir
quälen ihn. Grete! Grete!« schrie sie dann. »Mutter?« rief
die Schwester von der anderen Seite. Sie verständigten sich
durch Gregors Zimmer. »Du mußt augenblicklich zum
Arzt. Gregor ist krank. Rasch um den Arzt. Hast du Gregor jetzt reden hören?« »Das war eine Tierstimme«, sagte
der Prokurist, auffallend leise gegenüber dem Schreien der
Mutter. »Anna! Anna!« rief der Vater durch das Vorzimmer
in die Küche und klatschte in die Hände, »sofort einen
Schlosser holen!« Und schon liefen die zwei Mädchen mit
rauschenden Röcken durch das Vorzimmer – wie hatte sich
die Schwester denn so schnell angezogen? – und rissen
die Wohnungstüre auf. Man hörte gar nicht die Türe zu-
schlagen; sie hatten sie wohl offen gelassen, wie es in Wohnungen zu sein pflegt, in denen ein großes Unglück geschehen ist.

Gregor war aber viel ruhiger geworden. Man verstand
zwar also seine Worte nicht mehr, trotzdem sie ihm genug

klar, klarer als früher, vorgekommen waren, vielleicht infolge der Gewöhnung des Ohres. Aber immerhin glaubte man nun schon daran, daß es mit ihm nicht ganz in Ordnung war, und war bereit, ihm zu helfen. Die Zuversicht und Sicherheit, mit welchen die ersten Anordnungen getroffen worden waren, taten ihm wohl. Er fühlte sich wieder einbezogen in den menschlichen Kreis und erhoffte von beiden, vom Arzt und vom Schlosser, ohne sie eigentlich genau zu scheiden, großartige und überraschende Leistungen. Um für die sich nähernden entscheidenden Besprechungen eine möglichst klare Stimme zu bekommen, hustete er ein wenig ab, allerdings bemüht, dies ganz gedämpft zu tun, da möglicherweise auch schon dieses Geräusch anders als menschlicher Husten klang, was er selbst zu entscheiden sich nicht mehr getraute. Im Nebenzimmer war es inzwischen ganz still geworden. Vielleicht saßen die Eltern mit dem Prokuristen beim Tisch und tuschelten, vielleicht lehnten alle an der Türe und horchten.

Gregor schob sich langsam mit dem Sessel zur Tür hin, ließ ihn dort los, warf sich gegen die Tür, hielt sich an ihr aufrecht – die Ballen seiner Beinchen hatten ein wenig Klebstoff – und ruhte sich dort einen Augenblick lang von der Anstrengung aus. Dann aber machte er sich daran, mit dem Mund den Schlüssel im Schloß umzudrehen. Es schien leider, daß er keine eigentlichen Zähne hatte, – womit sollte er gleich den Schlüssel fassen? – aber dafür waren die Kiefer freilich sehr stark; mit ihrer Hilfe brachte er auch wirklich den Schlüssel in Bewegung und achtete nicht darauf, daß er sich zweifellos irgendeinen Schaden zufügte, denn eine braune Flüssigkeit kam ihm aus dem Mund, floß über den Schlüssel und tropfte auf den Boden. »Hören Sie nur«, sagte der Prokurist im Nebenzimmer, »er dreht den Schlüssel um.« Das war für Gregor eine große Aufmunterung; aber alle hätten ihm zurufen sollen, auch der Vater und die Mutter: »Frisch, Gregor«, hätten sie rufen sollen, »immer nur heran, fest an das Schloß heran!« Und in der Vorstellung,

daß alle seine Bemühungen mit Spannung verfolgten, ver-
biß er sich mit allem, was er an Kraft aufbringen konnte,
besinnungslos in den Schlüssel. Je nach dem Fortschreiten
der Drehung des Schlüssels umtanzte er das Schloß; hielt
sich jetzt nur noch mit dem Munde aufrecht, und je nach
Bedarf hing er sich an den Schlüssel oder drückte ihn dann
wieder nieder mit der ganzen Last seines Körpers. Der hel-
lere Klang des endlich zurückschnappenden Schlosses er-
weckte Gregor förmlich. Aufatmend sagte er sich: »Ich habe
also den Schlosser nicht gebraucht«, und legte den Kopf auf
die Klinke, um die Türe gänzlich zu öffnen.

Da er die Türe auf diese Weise öffnen mußte, war sie eigentlich schon recht weit geöffnet, und er selbst noch nicht
zu sehen. Er mußte sich erst langsam um den einen Türflügel herumdrehen, und zwar sehr vorsichtig, wenn er nicht
gerade vor dem Eintritt ins Zimmer plump auf den Rücken
fallen wollte. Er war noch mit jener schwierigen Bewegung
beschäftigt und hatte nicht Zeit, auf anderes zu achten, da
hörte er schon den Prokuristen ein lautes »Oh!« ausstoßen
– es klang, wie wenn der Wind saust – und nun sah er ihn
auch, wie er, der der Nächste an der Türe war, die Hand gegen den offenen Mund drückte und langsam zurückwich,
als vertreibe ihn eine unsichtbare, gleichmäßig fortwirkende
Kraft. Die Mutter – sie stand hier trotz der Anwesenheit
des Prokuristen mit von der Nacht her noch aufgelösten,
hoch sich sträubenden Haaren – sah zuerst mit gefalteten
Händen den Vater an, ging dann zwei Schritte zu Gregor
hin und fiel inmitten ihrer rings um sie herum sich aus-
breitenden Röcke nieder, das Gesicht ganz unauffindbar zu
ihrer Brust gesenkt. Der Vater ballte mit feindseligem Ausdruck die Faust, als wolle er Gregor in sein Zimmer zurück-
stoßen, sah sich dann unsicher im Wohnzimmer um, be-
schattete dann mit den Händen die Augen und weinte, daß
sich seine mächtige Brust schüttelte.

Gregor trat nun gar nicht in das Zimmer, sondern lehnte
sich von innen an den festgeriegelten Türflügel, so daß sein

Leib nur zur Hälfte und darüber der seitlich geneigte Kopf
zu sehen war, mit dem er zu den anderen hinüberlugte. Es
war inzwischen viel heller geworden; klar stand auf der anderen Straßenseite ein Ausschnitt des gegenüberliegenden,
endlosen, grauschwarzen Hauses – es war ein Krankenhaus
– mit seinen hart die Front durchbrechenden regelmäßigen
Fenstern; der Regen fiel noch nieder, aber nur mit großen,
einzeln sichtbaren und förmlich auch einzelnweise auf die
Erde hinuntergeworfenen Tropfen. Das Frühstücksgeschirr
stand in überreicher Zahl auf dem Tisch, denn für den Vater
war das Frühstück die wichtigste Mahlzeit des Tages, die er
bei der Lektüre verschiedener Zeitungen stundenlang hin-
zog. Gerade an der gegenüber liegenden Wand hing eine
Photographie Gregors aus seiner Militärzeit, die ihn als
Leutnant darstellte, wie er, die Hand am Degen, sorglos lächelnd, Respekt für seine Haltung und Uniform verlangte.
Die Tür zum Vorzimmer war geöffnet, und man sah, da
auch die Wohnungstür offen war, auf den Vorplatz der
Wohnung hinaus und auf den Beginn der abwärts führenden Treppe.

»Nun«, sagte Gregor und war sich dessen wohl bewußt,
daß er der einzige war, der die Ruhe bewahrt hatte, »ich
werde mich gleich anziehen, die Kollektion zusammenpak-
ken und wegfahren. Wollt Ihr, wollt Ihr mich wegfahren
lassen? Nun, Herr Prokurist, Sie sehen, ich bin nicht starr-
köpfig und ich arbeite gern; das Reisen ist beschwerlich,
aber ich könnte ohne das Reisen nicht leben. Wohin gehen
Sie denn, Herr Prokurist? Ins Geschäft? Ja? Werden Sie
alles wahrheitsgetreu berichten? Man kann im Augenblick
unfähig sein zu arbeiten, aber dann ist gerade der richtige
Zeitpunkt, sich an die früheren Leistungen zu erinnern und
zu bedenken, daß man später, nach Beseitigung des Hin-
dernisses, gewiß desto fleißiger und gesammelter arbeiten
wird. Ich bin ja dem Herrn Chef so sehr verpflichtet, das
wissen Sie doch recht gut. Andererseits habe ich die Sorge
um meine Eltern und die Schwester. Ich bin in der Klemme,

ich werde mich aber auch wieder herausarbeiten. Machen
Sie es mir aber nicht schwieriger, als es schon ist. Halten Sie
im Geschäft meine Partei! Man liebt den Reisenden nicht, ich
weiß. Man denkt, er verdient ein Heidengeld und führt
dabei ein schönes Leben. Man hat eben keine besondere
Veranlassung, dieses Vorurteil besser zu durchdenken. Sie
aber, Herr Prokurist, Sie haben einen besseren Überblick
über die Verhältnisse, als das sonstige Personal, ja sogar,
ganz im Vertrauen gesagt, einen besseren Überblick, als
der Herr Chef selbst, der in seiner Eigenschaft als Unter-
nehmer sich in seinem Urteil leicht zu Ungunsten eines Angestellten beirren läßt. Sie wissen auch sehr wohl, daß der
Reisende, der fast das ganze Jahr außerhalb des Geschäftes
ist, so leicht ein Opfer von Klatschereien, Zufälligkeiten
und grundlosen Beschwerden werden kann, gegen die sich
zu wehren ihm ganz unmöglich ist, da er von ihnen meistens gar nichts erfährt und nur dann, wenn er erschöpft
eine Reise beendet hat, zu Hause die schlimmen, auf ihre
Ursachen hin nicht mehr zu durchschauenden Folgen am
eigenen Leibe zu spüren bekommt. Herr Prokurist, gehen
Sie nicht weg, ohne mir ein Wort gesagt zu haben, das mir
zeigt, daß Sie mir wenigstens zu einem kleinen Teil recht
geben!«

Aber der Prokurist hatte sich schon bei den ersten Worten Gregors abgewendet, und nur über die zuckende Schulter hinweg sah er mit aufgeworfenen Lippen nach Gregor
zurück. Und während Gregors Rede stand er keinen Augenblick still, sondern verzog sich, ohne Gregor aus den
Augen zu lassen, gegen die Tür, aber ganz allmählich, als
bestehe ein geheimes Verbot, das Zimmer zu verlassen.
Schon war er im Vorzimmer, und nach der plötzlichen Bewegung, mit der er zum letztenmal den Fuß aus dem
Wohnzimmer zog, hätte man glauben können, er habe sich
soeben die Sohle verbrannt. Im Vorzimmer aber streckte er
die rechte Hand weit von sich zur Treppe hin, als warte dort
auf ihn eine geradezu überirdische Erlösung.

Gregor sah ein, daß er den Prokuristen in dieser Stimmung auf keinen Fall weggehen lassen dürfe, wenn dadurch seine Stellung im Geschäft nicht aufs äußerste gefährdet werden sollte. Die Eltern verstanden das alles nicht so gut; sie hatten sich in den langen Jahren die Überzeugung gebildet, daß Gregor in diesem Geschäft für sein Leben versorgt war, und hatten außerdem jetzt mit den augenblicklichen Sorgen so viel zu tun, daß ihnen jede Voraussicht abhanden gekommen war. Aber Gregor hatte diese Voraussicht. Der Prokurist mußte gehalten, beruhigt, überzeugt und schließlich gewonnen werden; die Zukunft Gregors und seiner Familie hing doch davon ab! Wäre doch die Schwester hier gewesen! Sie war klug; sie hatte schon geweint, als Gregor noch ruhig auf dem Rücken lag. Und gewiß hätte der Prokurist, dieser Damenfreund, sich von ihr lenken lassen; sie hätte die Wohnungstür zugemacht und ihm im Vorzimmer den Schrecken ausgeredet. Aber die Schwester war eben nicht da, Gregor selbst mußte handeln. Und ohne daran zu denken, daß er seine gegenwärtigen Fähigkeiten, sich zu bewegen, noch gar nicht kannte, ohne auch daran zu denken, daß seine Rede möglicher- ja wahrscheinlicherweise wieder nicht verstanden worden war, verließ er den Türflügel; schob sich durch die Öffnung; wollte zum Prokuristen hingehen, der sich schon am Geländer des Vorplatzes lächerlicherweise mit beiden Händen festhielt; fiel aber sofort, nach einem Halt suchend, mit einem kleinen Schrei auf seine vielen Beinchen nieder. Kaum war das geschehen, fühlte er zum erstenmal an diesem Morgen ein körperliches Wohlbehagen; die Beinchen hatten festen Boden unter sich; sie gehorchten vollkommen, wie er zu seiner Freude merkte; strebten sogar darnach, ihn fortzutragen, wohin er wollte; und schon glaubte er, die endgültige Besserung alles Leidens stehe unmittelbar bevor. Aber im gleichen Augenblick, als er da schaukelnd vor verhaltener Bewegung, gar nicht weit von seiner Mutter entfernt, ihr gerade gegenüber auf dem Boden lag, sprang diese, die doch so ganz in sich versunken

schien, mit einemmale in die Höhe, die Arme weit ausgestreckt, die Finger gespreizt, rief: »Hilfe, um Gottes willen
Hilfe!«, hielt den Kopf geneigt, als wolle sie Gregor besser
sehen, lief aber, im Widerspruch dazu, sinnlos zurück; hatte
vergessen, daß hinter ihr der gedeckte Tisch stand; setzte
sich, als sie bei ihm angekommen war, wie in Zerstreutheit,
eilig auf ihn; und schien gar nicht zu merken, daß neben ihr
aus der umgeworfenen großen Kanne der Kaffee in vollem
Strome auf den Teppich sich ergoß.

»Mutter, Mutter«, sagte Gregor leise, und sah zu ihr hinauf. Der Prokurist war ihm für einen Augenblick ganz aus
dem Sinn gekommen; dagegen konnte er sich nicht versagen, im Anblick des fließenden Kaffees mehrmals mit den
Kiefern ins Leere zu schnappen. Darüber schrie die Mutter
neuerdings auf, flüchtete vom Tisch und fiel dem ihr ent-
gegeneilenden Vater in die Arme. Aber Gregor hatte jetzt
keine Zeit für seine Eltern; der Prokurist war schon auf der
Treppe; das Kinn auf dem Geländer, sah er noch zum letzten Male zurück. Gregor nahm einen Anlauf, um ihn möglichst sicher einzuholen; der Prokurist mußte etwas ahnen,
denn er machte einen Sprung über mehrere Stufen und verschwand; »Huh!« aber schrie er noch, es klang durchs ganze
Treppenhaus. Leider schien nun auch diese Flucht des Prokuristen den Vater, der bisher verhältnismäßig gefaßt gewesen war, völlig zu verwirren, denn statt selbst dem Prokuristen nachzulaufen oder wenigstens Gregor in der Verfolgung nicht zu hindern, packte er mit der Rechten den Stock
des Prokuristen, den dieser mit Hut und Überzieher auf einem Sessel zurückgelassen hatte, holte mit der Linken eine
große Zeitung vom Tisch und machte sich unter Füße-
stampfen daran, Gregor durch Schwenken des Stockes und
der Zeitung in sein Zimmer zurückzutreiben. Kein Bitten
Gregors half, kein Bitten wurde auch verstanden, er mochte
den Kopf noch so demütig drehen, der Vater stampfte nur
stärker mit den Füßen. Drüben hatte die Mutter trotz des
kühlen Wetters ein Fenster aufgerissen, und hinausgelehnt

drückte sie ihr Gesicht weit außerhalb des Fensters in ihre
Hände. Zwischen Gasse und Treppenhaus entstand eine
starke Zugluft, die Fenstervorhänge flogen auf, die Zeitungen auf dem Tische rauschten, einzelne Blätter wehten über
den Boden hin. Unerbittlich drängte der Vater und stieß
Zischlaute aus, wie ein Wilder. Nun hatte aber Gregor noch
gar keine Übung im Rückwärtsgehen, es ging wirklich sehr
langsam. Wenn sich Gregor nur hätte umdrehen dürfen, er
wäre gleich in seinem Zimmer gewesen, aber er fürchtete
sich, den Vater durch die zeitraubende Umdrehung ungeduldig zu machen, und jeden Augenblick drohte ihm doch
von dem Stock in des Vaters Hand der tödliche Schlag auf
den Rücken oder auf den Kopf. Endlich aber blieb Gregor
doch nichts anderes übrig, denn er merkte mit Entsetzen,
daß er im Rückwärtsgehen nicht einmal die Richtung ein-
zuhalten verstand; und so begann er, unter unaufhörlichen
ängstlichen Seitenblicken nach dem Vater, sich nach Möglichkeit rasch, in Wirklichkeit aber doch nur sehr langsam
umzudrehen. Vielleicht merkte der Vater seinen guten Willen, denn er störte ihn hierbei nicht, sondern dirigierte sogar hie und da die Drehbewegung von der Ferne mit der
Spitze seines Stockes. Wenn nur nicht dieses unerträgliche
Zischen des Vaters gewesen wäre! Gregor verlor darüber
ganz den Kopf. Er war schon fast ganz umgedreht, als er
sich, immer auf dieses Zischen horchend, sogar irrte und
sich wieder ein Stück zurückdrehte. Als er aber endlich
glücklich mit dem Kopf vor der Türöffnung war, zeigte es
sich, daß sein Körper zu breit war, um ohne weiteres durchzukommen. Dem Vater fiel es natürlich in seiner gegenwärtigen Verfassung auch nicht entfernt ein, etwa den anderen Türflügel zu öffnen, um für Gregor einen genügenden
Durchgang zu schaffen. Seine fixe Idee war bloß, daß Gregor so rasch als möglich in sein Zimmer müsse. Niemals
hätte er auch die umständlichen Vorbereitungen gestattet,
die Gregor brauchte, um sich aufzurichten und vielleicht auf
diese Weise durch die Tür zu kommen. Vielmehr trieb er,

als gäbe es kein Hindernis, Gregor jetzt unter besonderem Lärm vorwärts; es klang schon hinter Gregor gar nicht mehr wie die Stimme bloß eines einzigen Vaters; nun gab es wirklich keinen Spaß mehr, und Gregor drängte sich – geschehe was wolle – in die Tür. Die eine Seite seines Körpers hob sich, er lag schief in der Türöffnung, seine eine Flanke war ganz wundgerieben, an der weißen Tür blieben häßliche Flecken, bald steckte er fest und hätte sich allein nicht mehr rühren können, die Beinchen auf der einen Seite hingen zitternd oben in der Luft, die auf der anderen waren schmerzhaft zu Boden gedrückt – da gab ihm der Vater von hinten einen jetzt wahrhaftig erlösenden starken Stoß, und er flog, heftig blutend, weit in sein Zimmer hinein. Die Tür wurde noch mit dem Stock zugeschlagen, dann war es endlich still.

II.

Erst in der Abenddämmerung erwachte Gregor aus seinem schweren ohnmachtsähnlichen Schlaf. Er wäre gewiß nicht viel später auch ohne Störung erwacht, denn er fühlte sich genügend ausgeruht und ausgeschlafen, doch schien es ihm, als hätte ihn ein flüchtiger Schritt und ein vorsichtiges Schließen der zum Vorzimmer führenden Tür geweckt. Der Schein der elektrischen Straßenlampen lag bleich hier und da auf der Zimmerdecke und auf den höheren Teilen der Möbel, aber unten bei Gregor war es finster. Langsam schob er sich, noch ungeschickt mit seinen Fühlern tastend, die er erst jetzt schätzen lernte, zur Türe hin, um nachzusehen, was dort geschehen war. Seine linke Seite schien eine einzige lange, unangenehm spannende Narbe und er mußte auf seinen zwei Beinreihen regelrecht hinken. Ein Beinchen war übrigens im Laufe der vormittägigen Vorfälle schwer verletzt worden – es war fast ein Wunder, daß nur eines verletzt worden war – und schleppte leblos nach.

Erst bei der Tür merkte er, was ihn dorthin eigentlich ge-

lockt hatte; es war der Geruch von etwas Eßbarem gewesen.
Denn dort stand ein Napf mit süßer Milch gefüllt, in der
kleine Schnitten von Weißbrot schwammen. Fast hätte er
vor Freude gelacht, denn er hatte noch größeren Hunger, als
am Morgen, und gleich tauchte er seinen Kopf fast bis
über die Augen in die Milch hinein. Aber bald zog er ihn
enttäuscht wieder zurück; nicht nur, daß ihm das Essen
wegen seiner heiklen linken Seite Schwierigkeiten machte –
und er konnte nur essen, wenn der ganze Körper schnau-
fend mitarbeitete –, so schmeckte ihm überdies die Milch,
die sonst sein Lieblingsgetränk war, und die ihm gewiß
die Schwester deshalb hereingestellt hatte, gar nicht, ja er
wandte sich fast mit Widerwillen von dem Napf ab und
kroch in die Zimmermitte zurück.

Im Wohnzimmer war, wie Gregor durch die Türspalte
sah, das Gas angezündet, aber während sonst zu dieser Tageszeit der Vater seine nachmittags erscheinende Zeitung
der Mutter und manchmal auch der Schwester mit erhobener Stimme vorzulesen pflegte, hörte man jetzt keinen Laut.
Nun vielleicht war dieses Vorlesen, von dem ihm die
Schwester immer erzählte und schrieb, in der letzten Zeit
überhaupt aus der Übung gekommen. Aber auch ringsherum war es so still, trotzdem doch gewiß die Wohnung
nicht leer war. »Was für ein stilles Leben die Familie doch
führte«, sagte sich Gregor und fühlte, während er starr vor
sich ins Dunkle sah, einen großen Stolz darüber, daß er seinen Eltern und seiner Schwester ein solches Leben in einer
so schönen Wohnung hatte verschaffen können. Wie aber,
wenn jetzt alle Ruhe, aller Wohlstand, alle Zufriedenheit ein
Ende mit Schrecken nehmen sollte? Um sich nicht in solche
Gedanken zu verlieren, setzte sich Gregor lieber in Bewegung und kroch im Zimmer auf und ab.

Einmal während des langen Abends wurde die eine Sei-
tentüre und einmal die andere bis zu einer kleinen Spalte
geöffnet und rasch wieder geschlossen; jemand hatte wohl
das Bedürfnis hereinzukommen, aber auch wieder zuviele

Bedenken. Gregor machte nun unmittelbar bei der Wohnzimmertür halt, entschlossen, den zögernden Besucher
doch irgendwie hereinzubringen oder doch wenigstens zu
erfahren, wer es sei; aber nun wurde die Tür nicht mehr
geöffnet und Gregor wartete vergebens. Früh, als die Türen versperrt waren, hatten alle zu ihm hereinkommen
wollen, jetzt, da er die eine Tür geöffnet hatte und die anderen offenbar während des Tages geöffnet worden waren,
kam keiner mehr, und die Schlüssel steckten nun auch von
außen.

Spät erst in der Nacht wurde das Licht im Wohnzimmer
ausgelöscht, und nun war leicht festzustellen, daß die Eltern
und die Schwester so lange wachgeblieben waren, denn wie
man genau hören konnte, entfernten sich jetzt alle drei auf
den Fußspitzen. Nun kam gewiß bis zum Morgen niemand
mehr zu Gregor herein; er hatte also eine lange Zeit, um ungestört zu überlegen, wie er sein Leben jetzt neu ordnen
sollte. Aber das hohe freie Zimmer, in dem er gezwungen
war, flach auf dem Boden zu liegen, ängstigte ihn, ohne daß
er die Ursache herausfinden konnte, denn es war ja sein seit
fünf Jahren von ihm bewohntes Zimmer – und mit einer
halb unbewußten Wendung und nicht ohne eine leichte
Scham eilte er unter das Kanapee, wo er sich, trotzdem sein
Rücken ein wenig gedrückt wurde und trotzdem er den
Kopf nicht mehr erheben konnte, gleich sehr behaglich
fühlte und nur bedauerte, daß sein Körper zu breit war, um
vollständig unter dem Kanapee untergebracht zu werden.

Dort blieb er die ganze Nacht, die er zum Teil im Halbschlaf, aus dem ihn der Hunger immer wieder aufschreckte,
verbrachte, zum Teil aber in Sorgen und undeutlichen Hoffnungen, die aber alle zu dem Schlusse führten, daß er sich
vorläufig ruhig verhalten und durch Geduld und größte
Rücksichtnahme der Familie die Unannehmlichkeiten er-
träglich machen müsse, die er ihr in seinem gegenwärtigen
Zustand nun einmal zu verursachen gezwungen war.

Schon am frühen Morgen, es war fast noch Nacht, hatte

Gregor Gelegenheit, die Kraft seiner eben gefaßten Entschlüsse zu prüfen, denn vom Vorzimmer her öffnete die
Schwester, fast völlig angezogen, die Tür und sah mit Spannung herein. Sie fand ihn nicht gleich, aber als sie ihn unter
dem Kanapee bemerkte – Gott, er mußte doch irgendwo
sein, er hatte doch nicht wegfliegen können – erschrak sie so
sehr, daß sie, ohne sich beherrschen zu können, die Tür von
außen wieder zuschlug. Aber als bereue sie ihr Benehmen,
öffnete sie die Tür sofort wieder und trat, als sei sie bei einem Schwerkranken oder gar bei einem Fremden, auf den
Fußspitzen herein. Gregor hatte den Kopf bis knapp zum
Rande des Kanapees vorgeschoben und beobachtete sie. Ob
sie wohl bemerken würde, daß er die Milch stehen gelassen
hatte, und zwar keineswegs aus Mangel an Hunger, und ob
sie eine andere Speise hereinbringen würde, die ihm besser
entsprach? Täte sie es nicht von selbst, er wollte lieber ver-
hungern, als sie darauf aufmerksam machen, trotzdem es
ihn eigentlich ungeheuer drängte, unterm Kanapee vorzu-
schießen, sich der Schwester zu Füßen zu werfen und
sie um irgendetwas Gutes zum Essen zu bitten. Aber die
Schwester bemerkte sofort mit Verwunderung den noch
vollen Napf, aus dem nur ein wenig Milch ringsherum ver-
schüttet war, sie hob ihn gleich auf, zwar nicht mit den bloßen Händen, sondern mit einem Fetzen, und trug ihn hinaus. Gregor war äußerst neugierig, was sie zum Ersatze
bringen würde, und er machte sich die verschiedensten Gedanken darüber. Niemals aber hätte er erraten können, was
die Schwester in ihrer Güte wirklich tat. Sie brachte ihm,
um seinen Geschmack zu prüfen, eine ganze Auswahl, alles
auf einer alten Zeitung ausgebreitet. Da war altes halbver-
faultes Gemüse; Knochen vom Nachtmahl her, die von fest-
gewordener weißer Sauce umgeben waren; ein paar Rosinen
und Mandeln; ein Käse, den Gregor vor zwei Tagen für un-
genießbar erklärt hatte; ein trockenes Brot, ein mit Butter
beschmiertes Brot und ein mit Butter beschmiertes und ge-
salzenes Brot. Außerdem stellte sie zu dem allen noch den

wahrscheinlich ein für allemal für Gregor bestimmten Napf, in den sie Wasser gegossen hatte. Und aus Zartgefühl, da sie wußte, daß Gregor vor ihr nicht essen würde, entfernte sie sich eiligst und drehte sogar den Schlüssel um, damit nur Gregor merken könne, daß er es sich so behaglich machen dürfe, wie er wolle. Gregors Beinchen schwirrten, als es jetzt zum Essen ging. Seine Wunden mußten übrigens auch schon vollständig geheilt sein, er fühlte keine Behinderung mehr, er staunte darüber und dachte daran, wie er vor mehr als einem Monat sich mit dem Messer ganz wenig in den Finger geschnitten, und wie ihm diese Wunde noch vorgestern genug wehgetan hatte. »Sollte ich jetzt weniger Feingefühl haben?« dachte er und saugte schon gierig an dem Käse, zu dem es ihn vor allen anderen Speisen sofort und nachdrücklich gezogen hatte. Rasch hintereinander und mit vor Befriedigung tränenden Augen verzehrte er den Käse, das Gemüse und die Sauce; die frischen Speisen dagegen schmeckten ihm nicht, er konnte nicht einmal ihren Geruch vertragen und schleppte sogar die Sachen, die er essen wollte, ein Stückchen weiter weg. Er war schon längst mit allem fertig und lag nur noch faul auf der gleichen Stelle, als die Schwester zum Zeichen, daß er sich zurückziehen solle, langsam den Schlüssel umdrehte. Das schreckte ihn sofort auf, trotzdem er schon fast schlummerte, und er eilte wieder unter das Kanapee. Aber es kostete ihn große Selbstüberwindung, auch nur die kurze Zeit, während welcher die Schwester im Zimmer war, unter dem Kanapee zu bleiben, denn von dem reichlichen Essen hatte sich sein Leib ein wenig gerundet und er konnte dort in der Enge kaum atmen. Unter kleinen Erstickungsanfällen sah er mit etwas hervorgequollenen Augen zu, wie die nichtsahnende Schwester mit einem Besen nicht nur die Überbleibsel zusammenkehrte, sondern selbst die von Gregor gar nicht berührten Speisen, als seien also auch diese nicht mehr zu gebrauchen, und wie sie alles hastig in einen Kübel schüttete, den sie mit einem Holzdeckel schloß, worauf sie alles hinaustrug.

Kaum hatte sie sich umgedreht, zog sich schon Gregor unter dem Kanapee hervor und streckte und blähte sich.

Auf diese Weise bekam nun Gregor täglich sein Essen, einmal am Morgen, wenn die Eltern und das Dienstmädchen noch schliefen, das zweitemal nach dem allgemeinen Mittagessen, denn dann schliefen die Eltern gleichfalls noch ein Weilchen, und das Dienstmädchen wurde von der Schwester mit irgendeiner Besorgung weggeschickt. Gewiß wollten auch sie nicht, daß Gregor verhungere, aber vielleicht hätten sie es nicht ertragen können, von seinem Essen mehr als durch Hörensagen zu erfahren, vielleicht wollte die Schwester ihnen auch eine möglicherweise nur kleine Trauer ersparen, denn tatsächlich litten sie ja gerade genug.

Mit welchen Ausreden man an jenem ersten Vormittag den Arzt und den Schlosser wieder aus der Wohnung geschafft hatte, konnte Gregor gar nicht erfahren, denn da er nicht verstanden wurde, dachte niemand daran, auch die Schwester nicht, daß er die Anderen verstehen könne, und so mußte er sich, wenn die Schwester in seinem Zimmer war, damit begnügen, nur hier und da ihre Seufzer und Anrufe der Heiligen zu hören. Erst später, als sie sich ein wenig an alles gewöhnt hatte – von vollständiger Gewöhnung konnte natürlich niemals die Rede sein –, erhaschte Gregor manchmal eine Bemerkung, die freundlich gemeint war oder so gedeutet werden konnte. »Heute hat es ihm aber geschmeckt«, sagte sie, wenn Gregor unter dem Essen tüchtig aufgeräumt hatte, während sie im gegenteiligen Fall, der sich allmählich immer häufiger wiederholte, fast traurig zu sagen pflegte: »Nun ist wieder alles stehengeblieben.«

Während aber Gregor unmittelbar keine Neuigkeit erfahren konnte, erhorchte er manches aus den Nebenzimmern, und wo er nur einmal Stimmen hörte, lief er gleich zu der betreffenden Tür und drückte sich mit ganzem Leib an sie. Besonders in der ersten Zeit gab es kein Gespräch, das nicht irgendwie, wenn auch nur im geheimen, von ihm handelte. Zwei Tage lang waren bei allen Mahlzeiten Beratun-

gen darüber zu hören, wie man sich jetzt verhalten solle;
aber auch zwischen den Mahlzeiten sprach man über das
gleiche Thema, denn immer waren zumindest zwei Familienmitglieder zu Hause, da wohl niemand allein zu Hause
bleiben wollte und man die Wohnung doch auf keinen Fall
gänzlich verlassen konnte. Auch hatte das Dienstmädchen
gleich am ersten Tag – es war nicht ganz klar, was und wieviel sie von dem Vorgefallenen wußte – kniefällig die Mutter gebeten, sie sofort zu entlassen, und als sie sich eine
Viertelstunde danach verabschiedete, dankte sie für die Entlassung unter Tränen, wie für die größte Wohltat, die man
ihr hier erwiesen hatte, und gab, ohne daß man es von ihr
verlangte, einen fürchterlichen Schwur ab, niemandem auch
nur das Geringste zu verraten.

Nun mußte die Schwester im Verein mit der Mutter auch
kochen; allerdings machte das nicht viel Mühe, denn man aß
fast nichts. Immer wieder hörte Gregor, wie der eine den
anderen vergebens zum Essen aufforderte und keine andere
Antwort bekam, als: »Danke, ich habe genug« oder etwas
Ähnliches. Getrunken wurde vielleicht auch nichts. Öfters
fragte die Schwester den Vater, ob er Bier haben wolle, und
herzlich erbot sie sich, es selbst zu holen, und als der Vater
schwieg, sagte sie, um ihm jedes Bedenken zu nehmen, sie
könne auch die Hausmeisterin darum schicken, aber dann
sagte der Vater schließlich ein großes »Nein«, und es wurde
nicht mehr davon gesprochen.

Schon im Laufe des ersten Tages legte der Vater die ganzen Vermögensverhältnisse und Aussichten sowohl der
Mutter, als auch der Schwester dar. Hie und da stand er vom
Tische auf und holte aus seiner kleinen Wertheimkassa, die
er aus dem vor fünf Jahren erfolgten Zusammenbruch seines
Geschäftes gerettet hatte, irgendeinen Beleg oder irgendein
Vormerkbuch. Man hörte, wie er das komplizierte Schloß
aufsperrte und nach Entnahme des Gesuchten wieder verschloß. Diese Erklärungen des Vaters waren zum Teil das
erste Erfreuliche, was Gregor seit seiner Gefangenschaft zu

hören bekam. Er war der Meinung gewesen, daß dem Vater
von jenem Geschäft her nicht das Geringste übriggeblieben
war, zumindest hatte ihm der Vater nichts Gegenteiliges gesagt, und Gregor allerdings hatte ihn auch nicht darum
gefragt. Gregors Sorge war damals nur gewesen, alles dar-
anzusetzen, um die Familie das geschäftliche Unglück, das
alle in eine vollständige Hoffnungslosigkeit gebracht hatte,
möglichst rasch vergessen zu lassen. Und so hatte er damals
mit ganz besonderem Feuer zu arbeiten angefangen und
war fast über Nacht aus einem kleinen Kommis ein Reisender geworden, der natürlich ganz andere Möglichkeiten des
Geldverdienens hatte, und dessen Arbeitserfolge sich sofort
in Form der Provision zu Bargeld verwandelten, das der er-
staunten und beglückten Familie zu Hause auf den Tisch
gelegt werden konnte. Es waren schöne Zeiten gewesen,
und niemals nachher hatten sie sich, wenigstens in diesem
Glanze, wiederholt, trotzdem Gregor später so viel Geld
verdiente, daß er den Aufwand der ganzen Familie zu tragen imstande war und auch trug. Man hatte sich eben daran
gewöhnt, sowohl die Familie, als auch Gregor, man nahm
das Geld dankbar an, er lieferte es gern ab, aber eine besondere Wärme wollte sich nicht mehr ergeben. Nur die
Schwester war Gregor doch noch nahe geblieben, und es
war sein geheimer Plan, sie, die zum Unterschied von Gregor Musik sehr liebte und rührend Violine zu spielen verstand, nächstes Jahr, ohne Rücksicht auf die großen Kosten,
die das verursachen mußte, und die man schon auf andere
Weise hereinbringen würde, auf das Konservatorium zu
schicken. Öfters während der kurzen Aufenthalte Gregors
in der Stadt wurde in den Gesprächen mit der Schwester
das Konservatorium erwähnt, aber immer nur als schöner
Traum, an dessen Verwirklichung nicht zu denken war, und
die Eltern hörten nicht einmal diese unschuldigen Erwäh-
nungen gern; aber Gregor dachte sehr bestimmt daran und
beabsichtigte, es am Weihnachtsabend feierlich zu erklären.
Solche in seinem gegenwärtigen Zustand ganz nutzlose

Gedanken gingen ihm durch den Kopf, während er dort aufrecht an der Türe klebte und horchte. Manchmal konnte er vor allgemeiner Müdigkeit gar nicht mehr zuhören und ließ den Kopf nachlässig gegen die Tür schlagen, hielt ihn aber sofort wieder fest, denn selbst das kleine Geräusch, das er damit verursacht hatte, war nebenan gehört worden und hatte alle verstummen lassen. »Was er nur wieder treibt«, sagte der Vater nach einer Weile, offenbar zur Türe hingewendet, und dann erst wurde das unterbrochene Gespräch allmählich wieder aufgenommen.

Gregor erfuhr nun zur Genüge – denn der Vater pflegte sich in seinen Erklärungen öfters zu wiederholen, teils, weil er selbst sich mit diesen Dingen schon lange nicht beschäftigt hatte, teils auch, weil die Mutter nicht alles gleich beim ersten Mal verstand –, daß trotz allen Unglücks ein allerdings ganz kleines Vermögen aus der alten Zeit noch vorhanden war, das die nicht angerührten Zinsen in der Zwischenzeit ein wenig hatten anwachsen lassen. Außerdem aber war das Geld, das Gregor allmonatlich nach Hause gebracht hatte – er selbst hatte nur ein paar Gulden für sich behalten –, nicht vollständig aufgebraucht worden und hatte sich zu einem kleinen Kapital angesammelt. Gregor, hinter seiner Türe, nickte eifrig, erfreut über diese unerwartete Vorsicht und Sparsamkeit. Eigentlich hätte er ja mit diesen überschüssigen Geldern die Schuld des Vaters gegenüber dem Chef weiter abgetragen haben können, und jener Tag, an dem er diesen Posten hätte loswerden können, wäre weit näher gewesen, aber jetzt war es zweifellos besser so, wie es der Vater eingerichtet hatte.

Nun genügte dieses Geld aber ganz und gar nicht, um die Familie etwa von den Zinsen leben zu lassen; es genügte vielleicht, um die Familie ein, höchstens zwei Jahre zu erhalten, mehr war es nicht. Es war also bloß eine Summe, die man eigentlich nicht angreifen durfte, und die für den Notfall zurückgelegt werden mußte; das Geld zum Leben aber mußte man verdienen. Nun war aber der Vater ein zwar ge-

sunder, aber alter Mann, der schon fünf Jahre nichts gearbeitet hatte und sich jedenfalls nicht viel zutrauen durfte;
er hatte in diesen fünf Jahren, welche die ersten Ferien seines
mühevollen und doch erfolglosen Lebens waren, viel Fett
angesetzt und war dadurch recht schwerfällig geworden.
Und die alte Mutter sollte nun vielleicht Geld verdienen, die
an Asthma litt, der eine Wanderung durch die Wohnung
schon Anstrengung verursachte, und die jeden zweiten Tag
in Atembeschwerden auf dem Sopha beim offenen Fenster
verbrachte? Und die Schwester sollte Geld verdienen, die
noch ein Kind war mit ihren siebzehn Jahren, und der ihre
bisherige Lebensweise so sehr zu gönnen war, die daraus bestanden hatte, sich nett zu kleiden, lange zu schlafen, in der
Wirtschaft mitzuhelfen, an ein paar bescheidenen Vergnü-
gungen sich zu beteiligen und vor allem Violine zu spielen?
Wenn die Rede auf diese Notwendigkeit des Geldverdienens kam, ließ zuerst immer Gregor die Türe los und warf
sich auf das neben der Tür befindliche kühle Ledersopha,
denn ihm war ganz heiß vor Beschämung und Trauer.

Oft lag er dort die ganzen langen Nächte über, schlief
keinen Augenblick und scharrte nur stundenlang auf dem
Leder. Oder er scheute nicht die große Mühe, einen Sessel
zum Fenster zu schieben, dann die Fensterbrüstung hinauf-
zukriechen und, in den Sessel gestemmt, sich ans Fenster zu
lehnen, offenbar nur in irgendeiner Erinnerung an das Be-
freiende, das früher für ihn darin gelegen war, aus dem Fenster zu schauen. Denn tatsächlich sah er von Tag zu Tag die
auch nur ein wenig entfernten Dinge immer undeutlicher;
das gegenüberliegende Krankenhaus, dessen nur allzu häu-
figen Anblick er früher verflucht hatte, bekam er überhaupt
nicht mehr zu Gesicht, und wenn er nicht genau gewußt
hätte, daß er in der stillen, aber völlig städtischen Charlot-
tenstraße wohnte, hätte er glauben können, von seinem
Fenster aus in eine Einöde zu schauen, in welcher der graue
Himmel und die graue Erde ununterscheidbar sich vereinig-
ten. Nur zweimal hatte die aufmerksame Schwester sehen

müssen, daß der Sessel beim Fenster stand, als sie schon jedesmal, nachdem sie das Zimmer aufgeräumt hatte, den Sessel wieder genau zum Fenster hinschob, ja sogar von nun ab den inneren Fensterflügel offen ließ.

Hätte Gregor nur mit der Schwester sprechen und ihr für alles danken können, was sie für ihn machen mußte, er hätte ihre Dienste leichter ertragen; so aber litt er darunter. Die Schwester suchte freilich die Peinlichkeit des Ganzen möglichst zu verwischen, und je längere Zeit verging, desto besser gelang es ihr natürlich auch, aber auch Gregor durchschaute mit der Zeit alles viel genauer. Schon ihr Eintritt war für ihn schrecklich. Kaum war sie eingetreten, lief sie, ohne sich Zeit zu nehmen, die Türe zu schließen, so sehr sie sonst darauf achtete, jedem den Anblick von Gregors Zimmer zu ersparen, geradewegs zum Fenster und riß es, als ersticke sie fast, mit hastigen Händen auf, blieb auch, selbst wenn es noch so kalt war, ein Weilchen beim Fenster und atmete tief. Mit diesem Laufen und Lärmen erschreckte sie Gregor täglich zweimal; die ganze Zeit über zitterte er unter dem Kanapee und wußte doch sehr gut, daß sie ihn gewiß gerne damit verschont hätte, wenn es ihr nur möglich gewesen wäre, sich in einem Zimmer, in dem sich Gregor befand, bei geschlossenem Fenster aufzuhalten.

Einmal, es war wohl schon ein Monat seit Gregors Verwandlung vergangen, und es war doch schon für die Schwester kein besonderer Grund mehr, über Gregors Aussehen in Erstaunen zu geraten, kam sie ein wenig früher als sonst und traf Gregor noch an, wie er, unbeweglich und so recht zum Erschrecken aufgestellt, aus dem Fenster schaute. Es wäre für Gregor nicht unerwartet gewesen, wenn sie nicht eingetreten wäre, da er sie durch seine Stellung verhinderte, sofort das Fenster zu öffnen, aber sie trat nicht nur nicht ein, sie fuhr sogar zurück und schloß die Tür; ein Fremder hätte geradezu denken können, Gregor habe ihr aufgelauert und habe sie beißen wollen. Gregor versteckte sich natürlich sofort unter dem Kanapee, aber er mußte bis zum Mittag

warten, ehe die Schwester wiederkam, und sie schien viel
unruhiger als sonst. Er erkannte daraus, daß ihr sein Anblick noch immer unerträglich war und ihr auch weiterhin
unerträglich bleiben müsse, und daß sie sich wohl sehr überwinden mußte, vor dem Anblick auch nur der kleinen Partie seines Körpers nicht davonzulaufen, mit der er unter
dem Kanapee hervorragte. Um ihr auch diesen Anblick
zu ersparen, trug er eines Tages auf seinem Rücken – er
brauchte zu dieser Arbeit vier Stunden – das Leintuch auf
das Kanapee und ordnete es in einer solchen Weise an, daß
er nun gänzlich verdeckt war, und daß die Schwester, selbst
wenn sie sich bückte, ihn nicht sehen konnte. Wäre dieses
Leintuch ihrer Meinung nach nicht nötig gewesen, dann
hätte sie es ja entfernen können, denn daß es nicht zum Vergnügen Gregors gehören konnte, sich so ganz und gar ab-
zusperren, war doch klar genug, aber sie ließ das Leintuch,
so wie es war, und Gregor glaubte sogar einen dankbaren
Blick erhascht zu haben, als er einmal mit dem Kopf vorsichtig das Leintuch ein wenig lüftete, um nachzusehen, wie
die Schwester die neue Einrichtung aufnahm.

In den ersten vierzehn Tagen konnten es die Eltern nicht
über sich bringen, zu ihm hereinzukommen, und er hörte
oft, wie sie die jetzige Arbeit der Schwester völlig anerkann-
ten, während sie sich bisher häufig über die Schwester geär-
gert hatten, weil sie ihnen als ein etwas nutzloses Mädchen
erschienen war. Nun aber warteten oft beide, der Vater und
die Mutter, vor Gregors Zimmer, während die Schwester
dort aufräumte, und kaum war sie herausgekommen, mußte
sie ganz genau erzählen, wie es in dem Zimmer aussah, was
Gregor gegessen hatte, wie er sich diesmal benommen hatte,
und ob vielleicht eine kleine Besserung zu bemerken war.
Die Mutter übrigens wollte verhältnismäßig bald Gregor
besuchen, aber der Vater und die Schwester hielten sie zuerst mit Vernunftgründen zurück, denen Gregor sehr aufmerksam zuhörte, und die er vollständig billigte. Später
aber mußte man sie mit Gewalt zurückhalten, und wenn sie

dann rief: »Laßt mich doch zu Gregor, er ist ja mein un-
glücklicher Sohn! Begreift ihr es denn nicht, daß ich zu ihm
muß?«, dann dachte Gregor, daß es vielleicht doch gut wäre,
wenn die Mutter hereinkäme, nicht jeden Tag natürlich,
aber vielleicht einmal in der Woche; sie verstand doch alles
viel besser als die Schwester, die trotz all ihrem Mute
doch nur ein Kind war und im letzten Grunde vielleicht nur aus
kindlichem Leichtsinn eine so schwere Aufgabe übernommen hatte.

    Der Wunsch Gregors, die Mutter zu sehen, ging bald in
Erfüllung. Während des Tages wollte Gregor schon aus
Rücksicht auf seine Eltern sich nicht beim Fenster zeigen,
kriechen konnte er aber auf den paar Quadratmetern des
Fußbodens auch nicht viel, das ruhige Liegen ertrug er
schon während der Nacht schwer, das Essen machte ihm
bald nicht mehr das geringste Vergnügen, und so nahm er
zur Zerstreuung die Gewohnheit an, kreuz und quer über
Wände und Plafond zu kriechen. Besonders oben auf der
Decke hing er gern; es war ganz anders, als das Liegen auf
dem Fußboden; man atmete freier; ein leichtes Schwingen
ging durch den Körper; und in der fast glücklichen Zerstreutheit, in der sich Gregor dort oben befand, konnte es
geschehen, daß er zu seiner eigenen Überraschung sich los-
ließ und auf den Boden klatschte. Aber nun hatte er natürlich seinen Körper ganz anders in der Gewalt als früher und
beschädigte sich selbst bei einem so großen Falle nicht. Die
Schwester nun bemerkte sofort die neue Unterhaltung, die
Gregor für sich gefunden hatte – er hinterließ ja auch beim
Kriechen hie und da Spuren seines Klebstoffes –, und da
setzte sie es sich in den Kopf, Gregor das Kriechen in größ-
tem Ausmaße zu ermöglichen und die Möbel, die es verhin-
derten, also vor allem den Kasten und den Schreibtisch,
wegzuschaffen. Nun war sie aber nicht imstande, dies allein
zu tun; den Vater wagte sie nicht um Hilfe zu bitten; das
Dienstmädchen hätte ihr ganz gewiß nicht geholfen, denn
dieses etwa sechzehnjährige Mädchen harrte zwar tapfer seit

Entlassung der früheren Köchin aus, hatte aber um die Ver-
günstigung gebeten, die Küche unaufhörlich versperrt halten zu dürfen und nur auf besonderen Anruf öffnen zu
müssen; so blieb der Schwester also nichts übrig, als einmal
in Abwesenheit des Vaters die Mutter zu holen. Mit Ausrufen erregter Freude kam die Mutter auch heran, verstummte
aber an der Tür vor Gregors Zimmer. Zuerst sah natürlich
die Schwester nach, ob alles im Zimmer in Ordnung war;
dann erst ließ sie die Mutter eintreten. Gregor hatte in
größter Eile das Leintuch noch tiefer und mehr in Falten gezogen, das Ganze sah wirklich nur wie ein zufällig über das
Kanapee geworfenes Leintuch aus. Gregor unterließ auch
diesmal, unter dem Leintuch zu spionieren; er verzichtete
darauf, die Mutter schon diesmal zu sehen, und war nur
froh, daß sie nun doch gekommen war. »Komm nur, man
sieht ihn nicht«, sagte die Schwester, und offenbar führte sie
die Mutter an der Hand. Gregor hörte nun, wie die zwei
schwachen Frauen den immerhin schweren alten Kasten
von seinem Platze rückten, und wie die Schwester immerfort den größten Teil der Arbeit für sich beanspruchte, ohne
auf die Warnungen der Mutter zu hören, welche fürchtete,
daß sie sich überanstrengen werde. Es dauerte sehr lange.
Wohl nach schon viertelstündiger Arbeit sagte die Mutter,
man solle den Kasten doch lieber hier lassen, denn erstens
sei er zu schwer, sie würden vor Ankunft des Vaters nicht
fertig werden und mit dem Kasten in der Mitte des Zimmers Gregor jeden Weg verrammeln, zweitens aber sei es
doch gar nicht sicher, daß Gregor mit der Entfernung der
Möbel ein Gefallen geschehe. Ihr scheine das Gegenteil der
Fall zu sein; ihr bedrücke der Anblick der leeren Wand geradezu das Herz; und warum solle nicht auch Gregor diese
Empfindung haben, da er doch an die Zimmermöbel längst
gewöhnt sei und sich deshalb im leeren Zimmer verlassen
fühlen werde. »Und ist es dann nicht so«, schloß die Mutter
ganz leise, wie sie überhaupt fast flüsterte, als wolle sie vermeiden, daß Gregor, dessen genauen Aufenthalt sie ja nicht

kannte, auch nur den Klang der Stimme höre, denn daß er
die Worte nicht verstand, davon war sie überzeugt, »und ist
es nicht so, als ob wir durch die Entfernung der Möbel zeigten, daß wir jede Hoffnung auf Besserung aufgeben und ihn
rücksichtslos sich selbst überlassen? Ich glaube, es wäre das
beste, wir suchen das Zimmer genau in dem Zustand zu erhalten, in dem es früher war, damit Gregor, wenn er wieder
zu uns zurückkommt, alles unverändert findet und umso
leichter die Zwischenzeit vergessen kann.«

Beim Anhören dieser Worte der Mutter erkannte Gregor,
daß der Mangel jeder unmittelbaren menschlichen Anspra-
che, verbunden mit dem einförmigen Leben inmitten der
Familie, im Laufe dieser zwei Monate seinen Verstand hatte
verwirren müssen, denn anders konnte er es sich nicht erklären, daß er ernsthaft danach hatte verlangen können,
daß sein Zimmer ausgeleert würde. Hatte er wirklich Lust,
das warme, mit ererbten Möbeln gemütlich ausgestattete
Zimmer in eine Höhle verwandeln zu lassen, in der er dann
freilich nach allen Richtungen ungestört würde kriechen
können, jedoch auch unter gleichzeitigem, schnellen, gänzlichen Vergessen seiner menschlichen Vergangenheit? War er
doch jetzt schon nahe daran, zu vergessen, und nur die seit
langem nicht gehörte Stimme der Mutter hatte ihn aufge-
rüttelt. Nichts sollte entfernt werden; alles mußte bleiben;
die guten Einwirkungen der Möbel auf seinen Zustand
konnte er nicht entbehren; und wenn die Möbel ihn hinder-
ten, das sinnlose Herumkriechen zu betreiben, so war es
kein Schaden, sondern ein großer Vorteil.

Aber die Schwester war leider anderer Meinung; sie hatte
sich, allerdings nicht ganz unberechtigt, angewöhnt, bei
Besprechung der Angelegenheiten Gregors als besonders
Sachverständige gegenüber den Eltern aufzutreten, und so
war auch jetzt der Rat der Mutter für die Schwester Grund
genug, auf der Entfernung nicht nur des Kastens und des
Schreibtisches, an die sie zuerst allein gedacht hatte, sondern
auf der Entfernung sämtlicher Möbel, mit Ausnahme des

unentbehrlichen Kanapees, zu bestehen. Es war natürlich nicht nur kindlicher Trotz und das in der letzten Zeit so unerwartet und schwer erworbene Selbstvertrauen, das sie zu dieser Forderung bestimmte; sie hatte doch auch tatsächlich beobachtet, daß Gregor viel Raum zum Kriechen brauchte, dagegen die Möbel, soweit man sehen konnte, nicht im geringsten benützte. Vielleicht aber spielte auch der schwärmerische Sinn der Mädchen ihres Alters mit, der bei jeder Gelegenheit seine Befriedigung sucht, und durch den Grete jetzt sich dazu verlocken ließ, die Lage Gregors noch schreckenerregender machen zu wollen, um dann noch mehr als bis jetzt für ihn leisten zu können. Denn in einen Raum, in dem Gregor ganz allein die leeren Wände beherrschte, würde wohl kein Mensch außer Grete jemals einzutreten sich getrauen.

Und so ließ sie sich von ihrem Entschlusse durch die Mutter nicht abbringen, die auch in diesem Zimmer vor lauter Unruhe unsicher schien, bald verstummte und der Schwester nach Kräften beim Hinausschaffen des Kastens half. Nun, den Kasten konnte Gregor im Notfall noch entbehren, aber schon der Schreibtisch mußte bleiben. Und kaum hatten die Frauen mit dem Kasten, an den sie sich ächzend drückten, das Zimmer verlassen, als Gregor den Kopf unter dem Kanapee hervorstieß, um zu sehen, wie er vorsichtig und möglichst rücksichtsvoll eingreifen könnte. Aber zum Unglück war es gerade die Mutter, welche zuerst zurückkehrte, während Grete im Nebenzimmer den Kasten umfangen hielt und ihn allein hin und her schwang, ohne ihn natürlich von der Stelle zu bringen. Die Mutter aber war Gregors Anblick nicht gewöhnt, er hätte sie krank machen können, und so eilte Gregor erschrocken im Rückwärtslauf bis an das andere Ende des Kanapees, konnte es aber nicht mehr verhindern, daß das Leintuch vorne ein wenig sich bewegte. Das genügte, um die Mutter aufmerksam zu machen. Sie stockte, stand einen Augenblick still und ging dann zu Grete zurück.

Trotzdem sich Gregor immer wieder sagte, daß ja nichts Außergewöhnliches geschehe, sondern nur ein paar Möbel umgestellt würden, wirkte doch, wie er sich bald eingestehen mußte, dieses Hin- und Hergehen der Frauen, ihre kleinen Zurufe, das Kratzen der Möbel auf dem Boden, wie ein großer, von allen Seiten genährter Trubel auf ihn, und er mußte sich, so fest er Kopf und Beine an sich zog und den Leib bis an den Boden drückte, unweigerlich sagen, daß er das Ganze nicht lange aushalten werde. Sie räumten ihm sein Zimmer aus; nahmen ihm alles, was ihm lieb war; den Kasten, in dem die Laubsäge und andere Werkzeuge lagen, hatten sie schon hinausgetragen; lockerten jetzt den schon im Boden fest eingegrabenen Schreibtisch, an dem er als Handelsakademiker, als Bürgerschüler, ja sogar schon als Volksschüler seine Aufgaben geschrieben hatte, – da hatte er wirklich keine Zeit mehr, die guten Absichten zu prüfen, welche die zwei Frauen hatten, deren Existenz er übrigens fast vergessen hatte, denn vor Erschöpfung arbeiteten sie schon stumm, und man hörte nur das schwere Tappen ihrer Füße.

Und so brach er denn hervor – die Frauen stützten sich gerade im Nebenzimmer an den Schreibtisch, um ein wenig zu verschnaufen –, wechselte viermal die Richtung des Laufes, er wußte wirklich nicht, was er zuerst retten sollte, da sah er an der im übrigen schon leeren Wand auffallend das Bild der in lauter Pelzwerk gekleideten Dame hängen, kroch eilends hinauf und preßte sich an das Glas, das ihn festhielt und seinem heißen Bauch wohltat. Dieses Bild wenigstens, das Gregor jetzt ganz verdeckte, würde nun gewiß niemand wegnehmen. Er verdrehte den Kopf nach der Tür des Wohnzimmers, um die Frauen bei ihrer Rückkehr zu beobachten.

Sie hatten sich nicht viel Ruhe gegönnt und kamen schon wieder; Grete hatte den Arm um die Mutter gelegt und trug sie fast. »Also was nehmen wir jetzt?« sagte Grete und sah sich um. Da kreuzten sich ihre Blicke mit denen Gregors an der Wand. Wohl nur infolge der Gegenwart der Mutter behielt sie ihre Fassung, beugte ihr Gesicht zur Mutter, um diese vom Herumschauen abzuhalten, und sagte, allerdings zitternd und unüberlegt: »Komm, wollen wir nicht lieber auf einen Augenblick noch ins Wohnzimmer zurückgehen?« Die Absicht Gretes war für Gregor klar, sie wollte die Mutter in Sicherheit bringen und dann ihn von der Wand hinunterjagen. Nun, sie konnte es ja immerhin versuchen! Er saß auf seinem Bild und gab es nicht her. Lieber würde er Grete ins Gesicht springen.

Aber Gretes Worte hatten die Mutter erst recht beunruhigt, sie trat zur Seite, erblickte den riesigen braunen Fleck auf der geblümten Tapete, rief, ehe ihr eigentlich zum Bewußtsein kam, daß das Gregor war, was sie sah, mit schreiender, rauher Stimme: »Ach Gott, ach Gott!« und fiel mit ausgebreiteten Armen, als gebe sie alles auf, über das Kanapee hin und rührte sich nicht. »Du, Gregor!« rief die Schwester mit erhobener Faust und eindringlichen Blicken. Es waren seit der Verwandlung die ersten Worte, die sie unmittelbar an ihn gerichtet hatte. Sie lief ins Nebenzimmer, um irgendeine Essenz zu holen, mit der sie die Mutter aus ihrer Ohnmacht wecken könnte; Gregor wollte auch helfen – zur Rettung des Bildes war noch Zeit –; er klebte aber fest an dem Glas und mußte sich mit Gewalt losreißen; er lief dann auch ins Nebenzimmer, als könne er der Schwester irgendeinen Rat geben, wie in früherer Zeit; mußte dann aber untätig hinter ihr stehen; während sie in verschiedenen Fläschchen kramte, erschreckte sie noch, als sie sich umdrehte; eine Flasche fiel auf den Boden und zerbrach; ein Splitter verletzte Gregor im Gesicht, irgendeine ätzende Medizin umfloß ihn; Grete nahm nun, ohne sich länger aufzuhalten, soviel Fläschchen, als sie nur halten konnte, und rannte mit ihnen zur Mutter hinein; die Tür schlug sie mit dem Fuße zu. Gregor war nun von der Mutter abgeschlossen, die durch seine Schuld vielleicht dem Tode nahe war; die Tür durfte er nicht öffnen, wollte er die Schwester, die

bei der Mutter bleiben mußte, nicht verjagen; er hatte jetzt
nichts zu tun, als zu warten; und von Selbstvorwürfen und
Besorgnis bedrängt, begann er zu kriechen, überkroch alles,
Wände, Möbel und Zimmerdecke und fiel endlich in seiner
Verzweiflung, als sich das ganze Zimmer schon um ihn zu
drehen anfing, mitten auf den großen Tisch.

Es verging eine kleine Weile, Gregor lag matt da, ringsherum war es still, vielleicht war das ein gutes Zeichen. Da
läutete es. Das Mädchen war natürlich in ihrer Küche eingesperrt und Grete mußte daher öffnen gehen. Der Vater war
gekommen. »Was ist geschehen?« waren seine ersten Worte;
Gretes Aussehen hatte ihm wohl alles verraten. Grete antwortete mit dumpfer Stimme, offenbar drückte sie ihr Gesicht an des Vaters Brust: »Die Mutter war ohnmächtig, aber
es geht ihr schon besser. Gregor ist ausgebrochen.« »Ich
habe es ja erwartet«, sagte der Vater, »ich habe es euch ja immer gesagt, aber ihr Frauen wollt nicht hören.« Gregor war
es klar, daß der Vater Gretes allzukurze Mitteilung schlecht
gedeutet hatte und annahm, daß Gregor sich irgendeine Ge-
walttat habe zuschulden kommen lassen. Deshalb mußte
Gregor den Vater jetzt zu besänftigen suchen, denn ihn auf-
zuklären hatte er weder Zeit noch Möglichkeit. Und so
flüchtete er sich zur Tür seines Zimmers und drückte sich an
sie, damit der Vater beim Eintritt vom Vorzimmer her
gleich sehen könne, daß Gregor die beste Absicht habe, sofort in sein Zimmer zurückzukehren, und daß es nicht nötig
sei, ihn zurückzutreiben, sondern daß man nur die Tür zu
öffnen brauche, und gleich werde er verschwinden.

Aber der Vater war nicht in der Stimmung, solche Fein-
heiten zu bemerken; »Ah!« rief er gleich beim Eintritt in einem Tone, als sei er gleichzeitig wütend und froh. Gregor
zog den Kopf von der Tür zurück und hob ihn gegen den
Vater. So hatte er sich den Vater wirklich nicht vorgestellt,
wie er jetzt dastand; allerdings hatte er in der letzten Zeit
über dem neuartigen Herumkriechen versäumt, sich so wie
früher um die Vorgänge in der übrigen Wohnung zu küm-

mern, und hätte eigentlich darauf gefaßt sein müssen, veränderte Verhältnisse anzutreffen. Trotzdem, trotzdem, war das noch der Vater? Der gleiche Mann, der müde im Bett vergraben lag, wenn früher Gregor zu einer Geschäftsreise ausgerückt war; der ihn an Abenden der Heimkehr im Schlafrock im Lehnstuhl empfangen hatte; gar nicht recht imstande war, aufzustehen, sondern zum Zeichen der Freude nur die Arme gehoben hatte, und der bei den seltenen gemeinsamen Spaziergängen an ein paar Sonntagen im Jahr und an den höchsten Feiertagen zwischen Gregor und der Mutter, die schon an und für sich langsam gingen, immer noch ein wenig langsamer, in seinen alten Mantel eingepackt, mit stets vorsichtig aufgesetztem Krückstock sich vorwärts arbeitete und, wenn er etwas sagen wollte, fast immer stillstand und seine Begleitung um sich versammelte? Nun aber war er recht gut aufgerichtet; in eine straffe blaue Uniform mit Goldknöpfen gekleidet, wie sie Diener der Bankinstitute tragen; über dem hohen steifen Kragen des Rockes entwickelte sich sein starkes Doppelkinn; unter den buschigen Augenbrauen drang der Blick der schwarzen Augen frisch und aufmerksam hervor; das sonst zerzauste weiße Haar war zu einer peinlich genauen, leuchtenden Scheitelfrisur niedergekämmt. Er warf seine Mütze, auf der ein Goldmonogramm, wahrscheinlich das einer Bank, angebracht war, über das ganze Zimmer im Bogen auf das Kanapee hin und ging, die Enden seines langen Uniformrockes zurückgeschlagen, die Hände in den Hosentaschen, mit verbissenem Gesicht auf Gregor zu. Er wußte wohl selbst nicht, was er vor hatte; immerhin hob er die Füße ungewöhnlich hoch, und Gregor staunte über die Riesengröße seiner Stiefelsohlen. Doch hielt er sich dabei nicht auf, er wußte ja noch vom ersten Tage seines neuen Lebens her, daß der Vater ihm gegenüber nur die größte Strenge für angebracht ansah. Und so lief er vor dem Vater her, stockte, wenn der Vater stehen blieb, und eilte schon wieder vorwärts, wenn sich der Vater nur rührte. So machten sie mehrmals die Runde um das Zimmer, ohne daß sich etwas Entscheidendes ereignete, ja ohne daß das Ganze infolge seines langsamen Tempos den Anschein einer Verfolgung gehabt hätte. Deshalb blieb auch Gregor vorläufig auf dem Fußboden, zumal er fürchtete, der Vater könnte eine Flucht auf die Wände oder den Plafond für besondere Bosheit halten. Allerdings mußte sich Gregor sagen, daß er sogar dieses Laufen nicht lange aushalten würde, denn während der Vater einen Schritt machte, mußte er eine Unzahl von Bewegungen ausführen. Atemnot begann sich schon bemerkbar zu machen, wie er ja auch in seiner früheren Zeit keine ganz vertrauenswürdige Lunge besessen hatte. Als er nun so dahintorkelte, um alle Kräfte für den Lauf zu sammeln, kaum die Augen offenhielt; in seiner Stumpfheit an eine andere Rettung als durch Laufen gar nicht dachte; und fast schon vergessen hatte, daß ihm die Wände freistanden, die hier allerdings mit sorgfältig geschnitzten Möbeln voll Zacken und Spitzen verstellt waren – da flog knapp neben ihm, leicht geschleudert, irgendetwas nieder und rollte vor ihm her. Es war ein Apfel; gleich flog ihm ein zweiter nach; Gregor blieb vor Schrecken stehen; ein Weiterlaufen war nutzlos, denn der Vater hatte sich entschlossen, ihn zu bombardieren. Aus der Obstschale auf der Kredenz hatte er sich die Taschen gefüllt und warf nun, ohne vorläufig scharf zu zielen, Apfel für Apfel. Diese kleinen roten Äpfel rollten wie elektrisiert auf dem Boden herum und stießen aneinander. Ein schwach geworfener Apfel streifte Gregors Rücken, glitt aber unschädlich ab. Ein ihm sofort nachfliegender drang dagegen förmlich in Gregors Rücken ein; Gregor wollte sich weiterschleppen, als könne der überraschende unglaubliche Schmerz mit dem Ortswechsel vergehen; doch fühlte er sich wie festgenagelt und streckte sich in vollständiger Verwirrung aller Sinne. Nur mit dem letzten Blick sah er noch, wie die Tür seines Zimmers aufgerissen wurde, und vor der schreienden Schwester die Mutter hervoreilte, im Hemd, denn die Schwester hatte sie entkleidet, um ihr in

der Ohnmacht Atemfreiheit zu verschaffen, wie dann die
Mutter auf den Vater zulief und ihr auf dem Weg die aufge-
bundenen Röcke einer nach dem anderen zu Boden glitten,
und wie sie stolpernd über die Röcke auf den Vater eindrang und ihn umarmend, in gänzlicher Vereinigung mit
ihm – nun versagte aber Gregors Sehkraft schon – die
Hände an des Vaters Hinterkopf um Schonung von Gregors
Leben bat.

III.

Die schwere Verwundung Gregors, an der er über einen
Monat litt – der Apfel blieb, da ihn niemand zu entfernen
wagte, als sichtbares Andenken im Fleische sitzen –, schien
selbst den Vater daran erinnert zu haben, daß Gregor trotz
seiner gegenwärtigen traurigen und ekelhaften Gestalt ein
Familienmitglied war, das man nicht wie einen Feind be-
handeln durfte, sondern dem gegenüber es das Gebot der
Familienpflicht war, den Widerwillen hinunterzuschlucken
und zu dulden, nichts als zu dulden.

Und wenn nun auch Gregor durch seine Wunde an Beweglichkeit wahrscheinlich für immer verloren hatte und
vorläufig zur Durchquerung seines Zimmers wie ein alter
Invalide lange, lange Minuten brauchte – an das Kriechen in
der Höhe war nicht zu denken –, so bekam er für diese Verschlimmerung seines Zustandes einen seiner Meinung nach
vollständig genügenden Ersatz dadurch, daß immer gegen
Abend die Wohnzimmertür, die er schon ein bis zwei Stunden vorher scharf zu beobachten pflegte, geöffnet wurde, so
daß er, im Dunkel seines Zimmers liegend, vom Wohnzimmer aus unsichtbar, die ganze Familie beim beleuchteten Tische sehen und ihre Reden, gewissermaßen mit allgemeiner
Erlaubnis, also ganz anders als früher, anhören durfte.

Freilich waren es nicht mehr die lebhaften Unterhaltun-
gen der früheren Zeiten, an die Gregor in den kleinen
Hotelzimmern stets mit einigem Verlangen gedacht hatte,

wenn er sich müde in das feuchte Bettzeug hatte werfen müssen. Es ging jetzt meist nur sehr still zu. Der Vater schlief bald nach dem Nachtessen in seinem Sessel ein; die Mutter und Schwester ermahnten einander zur Stille; die Mutter nähte, weit unter das Licht vorgebeugt, feine Wäsche für ein Modengeschäft; die Schwester, die eine Stellung als Verkäuferin angenommen hatte, lernte am Abend Stenographie und Französisch, um vielleicht später einmal einen besseren Posten zu erreichen. Manchmal wachte der Vater auf, und als wisse er gar nicht, daß er geschlafen habe, sagte er zur Mutter: »Wie lange du heute schon wieder nähst!« und schlief sofort wieder ein, während Mutter und Schwester einander müde zulächelten.

Mit einer Art Eigensinn weigerte sich der Vater, auch zu Hause seine Dieneruniform abzulegen; und während der Schlafrock nutzlos am Kleiderhaken hing, schlummerte der Vater vollständig angezogen auf seinem Platz, als sei er immer zu seinem Dienste bereit und warte auch hier auf die Stimme des Vorgesetzten. Infolgedessen verlor die gleich anfangs nicht neue Uniform trotz aller Sorgfalt von Mutter und Schwester an Reinlichkeit, und Gregor sah oft ganze Abende lang auf dieses über und über fleckige, mit seinen stets geputzten Goldknöpfen leuchtende Kleid, in dem der alte Mann höchst unbequem und doch ruhig schlief.

Sobald die Uhr zehn schlug, suchte die Mutter durch leise Zusprache den Vater zu wecken und dann zu überreden, ins Bett zu gehen, denn hier war es doch kein richtiger Schlaf und diesen hatte der Vater, der um sechs Uhr seinen Dienst antreten mußte, äußerst nötig. Aber in dem Eigensinn, der ihn, seitdem er Diener war, ergriffen hatte, bestand er immer darauf, noch länger bei Tisch zu bleiben, trotzdem er regelmäßig einschlief, und war dann überdies nur mit der größten Mühe zu bewegen, den Sessel mit dem Bett zu vertauschen. Da mochten Mutter und Schwester mit kleinen Ermahnungen noch so sehr auf ihn eindringen, viertelstundenlang schüttelte er langsam den Kopf, hielt die Augen ge-

schlossen und stand nicht auf. Die Mutter zupfte ihn am
Ärmel, sagte ihm Schmeichelworte ins Ohr, die Schwester
verließ ihre Aufgabe, um der Mutter zu helfen, aber beim
Vater verfing das nicht. Er versank nur noch tiefer in seinen
Sessel. Erst bis ihn die Frauen unter den Achseln faßten,
schlug er die Augen auf, sah abwechselnd die Mutter und
die Schwester an und pflegte zu sagen: »Das ist ein Leben.
Das ist die Ruhe meiner alten Tage.« Und auf die beiden
Frauen gestützt, erhob er sich, umständlich, als sei er für
sich selbst die größte Last, ließ sich von den Frauen bis zur
Türe führen, winkte ihnen dort ab und ging nun selbständig
weiter, während die Mutter ihr Nähzeug, die Schwester ihre
Feder eiligst hinwarfen, um hinter dem Vater zu laufen und
ihm weiter behilflich zu sein.

Wer hatte in dieser abgearbeiteten und übermüdeten Familie Zeit, sich um Gregor mehr zu kümmern, als unbedingt nötig war? Der Haushalt wurde immer mehr eingeschränkt; das Dienstmädchen wurde nun doch entlassen;
eine riesige knochige Bedienerin mit weißem, den Kopf
umflatterndem Haar kam des Morgens und des Abends, um
die schwerste Arbeit zu leisten; alles andere besorgte die
Mutter neben ihrer vielen Näharbeit. Es geschah sogar,
daß verschiedene Familienschmuckstücke, welche früher die
Mutter und die Schwester überglücklich bei Unterhaltun-
gen und Feierlichkeiten getragen hatten, verkauft wurden,
wie Gregor am Abend aus der allgemeinen Besprechung der
erzielten Preise erfuhr. Die größte Klage war aber stets, daß
man diese für die gegenwärtigen Verhältnisse allzugroße
Wohnung nicht verlassen konnte, da es nicht auszudenken
war, wie man Gregor übersiedeln sollte. Aber Gregor sah
wohl ein, daß es nicht nur die Rücksicht auf ihn war, welche
eine Übersiedlung verhinderte, denn ihn hätte man doch in
einer passenden Kiste mit ein paar Luftlöchern leicht trans-
portieren können; was die Familie hauptsächlich vom Wohnungswechsel abhielt, war vielmehr die völlige Hoffnungslosigkeit und der Gedanke daran, daß sie mit einem Un-

glück geschlagen war, wie niemand sonst im ganzen Verwandten- und Bekanntenkreis. Was die Welt von armen Leuten verlangt, erfüllten sie bis zum äußersten, der Vater holte den kleinen Bankbeamten das Frühstück, die Mutter opferte sich für die Wäsche fremder Leute, die Schwester lief nach dem Befehl der Kunden hinter dem Pulte hin und her, aber weiter reichten die Kräfte der Familie schon nicht. Und die Wunde im Rücken fing Gregor wie neu zu schmerzen an, wenn Mutter und Schwester, nachdem sie den Vater zu Bett gebracht hatten, nun zurückkehrten, die Arbeit liegen ließen, nahe zusammenrückten, schon Wange an Wange saßen; wenn jetzt die Mutter, auf Gregors Zimmer zeigend, sagte: »Mach' dort die Tür zu, Grete«, und wenn nun Gregor wieder im Dunkel war, während nebenan die Frauen ihre Tränen vermischten oder gar tränenlos den Tisch anstarrten.

Die Nächte und Tage verbrachte Gregor fast ganz ohne Schlaf. Manchmal dachte er daran, beim nächsten Öffnen der Tür die Angelegenheiten der Familie ganz so wie früher wieder in die Hand zu nehmen; in seinen Gedanken erschienen wieder nach langer Zeit der Chef und der Prokurist, die Kommis und die Lehrjungen, der so begriffstützige Hausknecht, zwei drei Freunde aus anderen Geschäften, ein Stubenmädchen aus einem Hotel in der Provinz, eine liebe, flüchtige Erinnerung, eine Kassiererin aus einem Hutgeschäft, um die er sich ernsthaft, aber zu langsam beworben hatte – sie alle erschienen untermischt mit Fremden oder schon Vergessenen, aber statt ihm und seiner Familie zu helfen, waren sie sämtlich unzugänglich, und er war froh, wenn sie verschwanden. Dann aber war er wieder gar nicht in der Laune, sich um seine Familie zu sorgen, bloß Wut über die schlechte Wartung erfüllte ihn, und trotzdem er sich nichts vorstellen konnte, worauf er Appetit gehabt hätte, machte er doch Pläne, wie er in die Speisekammer gelangen könnte, um dort zu nehmen, was ihm, auch wenn er keinen Hunger hatte, immerhin gebührte. Ohne jetzt mehr

nachzudenken, womit man Gregor einen besonderen Gefallen machen könnte, schob die Schwester eiligst, ehe sie
morgens und mittags ins Geschäft lief, mit dem Fuß irgendeine beliebige Speise in Gregors Zimmer hinein, um sie am
Abend, gleichgültig dagegen, ob die Speise vielleicht nur
verkostet oder – der häufigste Fall – gänzlich unberührt
war, mit einem Schwenken des Besens hinauszukehren.
Das Aufräumen des Zimmers, das sie nun immer abends
besorgte, konnte gar nicht mehr schneller getan sein.
Schmutzstreifen zogen sich die Wände entlang, hie und da
lagen Knäuel von Staub und Unrat. In der ersten Zeit stellte
sich Gregor bei der Ankunft der Schwester in derartige besonders bezeichnende Winkel, um ihr durch diese Stellung
gewissermaßen einen Vorwurf zu machen. Aber er hätte
wohl wochenlang dort bleiben können, ohne daß sich die
Schwester gebessert hätte; sie sah ja den Schmutz genau so
wie er, aber sie hatte sich eben entschlossen, ihn zu lassen.
Dabei wachte sie mit einer an ihr ganz neuen Empfindlichkeit, die überhaupt die ganze Familie ergriffen hatte, darüber, daß das Aufräumen von Gregors Zimmer ihr vorbehalten blieb. Einmal hatte die Mutter Gregors Zimmer einer
großen Reinigung unterzogen, die ihr nur nach Verbrauch
einiger Kübel Wasser gelungen war – die viele Feuchtigkeit
kränkte allerdings Gregor auch und er lag breit, verbittert
und unbeweglich auf dem Kanapee –, aber die Strafe blieb
für die Mutter nicht aus. Denn kaum hatte am Abend die
Schwester die Veränderung in Gregors Zimmer bemerkt, als
sie, aufs höchste beleidigt, ins Wohnzimmer lief und, trotz
der beschwörend erhobenen Hände der Mutter, in einen
Weinkrampf ausbrach, dem die Eltern – der Vater war natürlich aus seinem Sessel aufgeschreckt worden – zuerst erstaunt und hilflos zusahen; bis auch sie sich zu rühren anfingen; der Vater rechts der Mutter Vorwürfe machte, daß
sie Gregors Zimmer nicht der Schwester zur Reinigung
überließ; links dagegen die Schwester anschrie, sie werde
niemals mehr Gregors Zimmer reinigen dürfen; während

die Mutter den Vater, der sich vor Erregung nicht mehr
kannte, ins Schlafzimmer zu schleppen suchte; die Schwester, von Schluchzen geschüttelt, mit ihren kleinen Fäusten
den Tisch bearbeitete; und Gregor laut vor Wut darüber
zischte, daß es keinem einfiel, die Tür zu schließen und ihm
diesen Anblick und Lärm zu ersparen.

Aber selbst wenn die Schwester, erschöpft von ihrer Be-
rufsarbeit, dessen überdrüssig geworden war, für Gregor,
wie früher, zu sorgen, so hätte noch keineswegs die Mutter
für sie eintreten müssen und Gregor hätte doch nicht vernachlässigt werden brauchen. Denn nun war die Bedienerin
da. Diese alte Witwe, die in ihrem langen Leben mit Hilfe
ihres starken Knochenbaues das Ärgste überstanden haben
mochte, hatte keinen eigentlichen Abscheu vor Gregor.
Ohne irgendwie neugierig zu sein, hatte sie zufällig einmal
die Tür von Gregors Zimmer aufgemacht und war im
Anblick Gregors, der, gänzlich überrascht, trotzdem ihn
niemand jagte, hin und herzulaufen begann, die Hände im
Schoß gefaltet staunend stehen geblieben. Seitdem ver-
säumte sie nicht, stets flüchtig morgens und abends die Tür
ein wenig zu öffnen und zu Gregor hineinzuschauen. Anfangs rief sie ihn auch zu sich herbei, mit Worten, die sie
wahrscheinlich für freundlich hielt, wie »Komm mal her-
über, alter Mistkäfer!« oder »Seht mal den alten Mistkäfer!«
Auf solche Ansprachen antwortete Gregor mit nichts, sondern blieb unbeweglich auf seinem Platz, als sei die Tür gar
nicht geöffnet worden. Hätte man doch dieser Bedienerin,
statt sie nach ihrer Laune im nutzlos stören zu lassen, lieber den Befehl gegeben, sein Zimmer täglich zu reinigen!
Einmal am frühen Morgen – ein heftiger Regen, vielleicht
schon ein Zeichen des kommenden Frühjahrs, schlug an die
Scheiben – war Gregor, als die Bedienerin mit ihren Re-
densarten wieder begann, derartig erbittert, daß er, wie zum
Angriff, allerdings langsam und hinfällig, sich gegen sie
wendete. Die Bedienerin aber, statt sich zu fürchten, hob
bloß einen in der Nähe der Tür befindlichen Stuhl hoch em-

por, und wie sie mit groß geöffnetem Munde dastand, war ihre Absicht klar, den Mund erst zu schließen, wenn der Sessel in ihrer Hand auf Gregors Rücken niederschlagen würde. »Also weiter geht es nicht?« fragte sie, als Gregor sich wieder umdrehte, und stellte den Sessel ruhig in die Ecke zurück.

Gregor aß nun fast gar nichts mehr. Nur wenn er zufällig an der vorbereiteten Speise vorüberkam, nahm er zum Spiel einen Bissen in den Mund, hielt ihn dort stundenlang und spie ihn dann meist wieder aus. Zuerst dachte er, es sei die Trauer über den Zustand seines Zimmers, die ihn vom Essen abhalte, aber gerade mit den Veränderungen des Zimmers söhnte er sich sehr bald aus. Man hatte sich angewöhnt, Dinge, die man anderswo nicht unterbringen konnte, in dieses Zimmer hineinzustellen, und solcher Dinge gab es nun viele, da man ein Zimmer der Wohnung an drei Zimmerherren vermietet hatte. Diese ernsten Herren – alle drei hatten Vollbärte, wie Gregor einmal durch eine Türspalte feststellte – waren peinlich auf Ordnung, nicht nur in ihrem Zimmer, sondern, da sie sich nun einmal hier eingemietet hatten, in der ganzen Wirtschaft, also insbesondere in der Küche, bedacht. Unnützen oder gar schmutzigen Kram ertrugen sie nicht. Überdies hatten sie zum größten Teil ihre eigenen Einrichtungsstücke mitgebracht. Aus diesem Grunde waren viele Dinge überflüssig geworden, die zwar nicht verkäuflich waren, die man aber auch nicht wegwerfen wollte. Alle diese wanderten in Gregors Zimmer. Ebenso auch die Aschenkiste und die Abfallkiste aus der Küche. Was nur im Augenblick unbrauchbar war, schleuderte die Bedienerin, die es immer sehr eilig hatte, einfach in Gregors Zimmer; Gregor sah glücklicherweise meist nur den betreffenden Gegenstand und die Hand, die ihn hielt. Die Bedienerin hatte vielleicht die Absicht, bei Zeit und Gelegenheit die Dinge wieder zu holen oder alle insgesamt mit einemmal hinauszuwerfen, tatsächlich aber blieben sie dort liegen, wohin sie durch den ersten

Wurf gekommen waren, wenn nicht Gregor sich durch das Rumpelzeug wand und es in Bewegung brachte, zuerst gezwungen, weil kein sonstiger Platz zum Kriechen frei war, später aber mit wachsendem Vergnügen, obwohl er nach solchen Wanderungen, zum Sterben müde und traurig, wieder stundenlang sich nicht rührte.

Da die Zimmerherren manchmal auch ihr Abendessen zu Hause im gemeinsamen Wohnzimmer einnahmen, blieb die Wohnzimmertür an manchen Abenden geschlossen, aber Gregor verzichtete ganz leicht auf das Öffnen der Tür, hatte er doch schon manche Abende, an denen sie geöffnet war, nicht ausgenützt, sondern war, ohne daß es die Familie merkte, im dunkelsten Winkel seines Zimmers gelegen. Einmal aber hatte die Bedienerin die Tür zum Wohnzimmer ein wenig offen gelassen, und sie blieb so offen, auch als die Zimmerherren am Abend eintraten und Licht gemacht wurde. Sie setzten sich oben an den Tisch, wo in früheren Zeiten der Vater, die Mutter und Gregor gegessen hatten, entfalteten die Servietten und nahmen Messer und Gabel in die Hand. Sofort erschien in der Tür die Mutter mit einer Schüssel Fleisch und knapp hinter ihr die Schwester mit einer Schüssel hochgeschichteter Kartoffeln. Das Essen dampfte mit starkem Rauch. Die Zimmerherren beugten sich über die vor sie hingestellten Schüsseln, als wollten sie sie vor dem Essen prüfen, und tatsächlich zerschnitt der, welcher in der Mitte saß und den anderen zwei als Autorität zu gelten schien, ein Stück Fleisch noch auf der Schüssel, offenbar um festzustellen, ob es mürbe genug sei und ob es nicht etwa in die Küche zurückgeschickt werden solle. Er war befriedigt, und Mutter und Schwester, die gespannt zugesehen hatten, begannen aufatmend zu lächeln.

Die Familie selbst aß in der Küche. Trotzdem kam der Vater, ehe er in die Küche ging, in dieses Zimmer herein und machte mit einer einzigen Verbeugung, die Kappe in der Hand, einen Rundgang um den Tisch. Die Zimmerherren erhoben sich sämtlich und murmelten etwas in ihre Bärte.

Als sie dann allein waren, aßen sie fast unter vollkommenem Stillschweigen. Sonderbar schien es Gregor, daß man
aus allen mannigfachen Geräuschen des Essens immer wieder ihre kauenden Zähne heraushörte, als ob damit Gregor
gezeigt werden sollte, daß man Zähne brauche, um zu essen,
und daß man auch mit den schönsten zahnlosen Kiefern
nichts ausrichten könne. »Ich habe ja Appetit«, sagte sich
Gregor sorgenvoll, »aber nicht auf diese Dinge. Wie sich
diese Zimmerherren nähren, und ich komme um!«

Gerade an diesem Abend – Gregor erinnerte sich nicht,
während der ganzen Zeit die Violine gehört zu haben – er-
tönte sie von der Küche her. Die Zimmerherren hatten
schon ihr Nachtmahl beendet, der mittlere hatte eine Zeitung hervorgezogen, den zwei anderen je ein Blatt gegeben,
und nun lasen sie zurückgelehnt und rauchten. Als die Violine zu spielen begann, wurden sie aufmerksam, erhoben
sich und gingen auf den Fußspitzen zur Vorzimmertür, in
der sie aneinandergedrängt stehen blieben. Man mußte sie
von der Küche aus gehört haben, denn der Vater rief: »Ist
den Herren das Spiel vielleicht unangenehm? Es kann sofort
eingestellt werden.« »Im Gegenteil«, sagte der mittlere der
Herren, »möchte das Fräulein nicht zu uns hereinkommen
und hier im Zimmer spielen, wo es doch viel bequemer und
gemütlicher ist?« »O bitte«, rief der Vater, als sei er der Vio-
linspieler. Die Herren traten ins Zimmer zurück und warteten. Bald kam der Vater mit dem Notenpult, die Mutter mit
den Noten und die Schwester mit der Violine. Die Schwester bereitete alles ruhig zum Spiele vor; die Eltern, die niemals früher Zimmer vermietet hatten und deshalb die Höflichkeit gegen die Zimmerherren übertrieben, wagten gar
nicht, sich auf ihre eigenen Sessel zu setzen; der Vater lehnte
an der Tür, die rechte Hand zwischen zwei Knöpfe des geschlossenen Livreerockes gesteckt; die Mutter aber erhielt
von einem Herrn einen Sessel angeboten und saß, da sie den
Sessel dort ließ, wohin ihn der Herr zufällig gestellt hatte,
abseits in einem Winkel.

Die Schwester begann zu spielen; Vater und Mutter verfolgten, jeder von seiner Seite, aufmerksam die Bewegungen ihrer Hände. Gregor hatte, von dem Spiele angezogen, sich ein wenig weiter vorgewagt und war schon mit dem Kopf im Wohnzimmer. Er wunderte sich kaum darüber, daß er in letzter Zeit so wenig Rücksicht auf die andern nahm; früher war diese Rücksichtnahme sein Stolz gewesen. Und dabei hätte er gerade jetzt mehr Grund gehabt, sich zu verstecken, denn infolge des Staubes, der in seinem Zimmer überall lag und bei der kleinsten Bewegung umherflog, war auch er ganz staubbedeckt; Fäden, Haare, Speiseüberreste schleppte er auf seinem Rücken und an den Seiten mit sich herum; seine Gleichgültigkeit gegen alles war viel zu groß, als daß er sich, wie früher mehrmals während des Tages, auf den Rücken gelegt und am Teppich gescheuert hätte. Und trotz dieses Zustandes hatte er keine Scheu, ein Stück auf dem makellosen Fußboden des Wohnzimmers vorzurücken.

Allerdings achtete auch niemand auf ihn. Die Familie war gänzlich vom Violinspiel in Anspruch genommen; die Zimmerherren dagegen, die zunächst, die Hände in den Hosentaschen, viel zu nahe hinter dem Notenpult der Schwester sich aufgestellt hatten, so daß sie alle in die Noten hätten sehen können, was sicher die Schwester stören mußte, zogen sich bald unter halblauten Gesprächen mit gesenkten Köpfen zum Fenster zurück, wo sie, vom Vater besorgt beobachtet, auch blieben. Es hatte nun wirklich den überdeutlichen Anschein, als wären sie in ihrer Annahme, ein schönes oder unterhaltendes Violinspiel zu hören, enttäuscht, hätten die ganze Vorführung satt und ließen sich nur aus Höflichkeit noch in ihrer Ruhe stören. Besonders die Art, wie sie alle aus Nase und Mund den Rauch ihrer Zigarren in die Höhe bliesen, ließ auf große Nervosität schließen. Und doch spielte die Schwester so schön. Ihr Gesicht war zur Seite geneigt, prüfend und traurig folgten ihre Blicke den Notenzeilen. Gregor kroch noch ein Stück vorwärts und hielt den Kopf eng an den Boden, um möglicherweise ihren

Blicken begegnen zu können. War er ein Tier, da ihn Musik
so ergriff? Ihm war, als zeige sich ihm der Weg zu der ersehnten unbekannten Nahrung. Er war entschlossen, bis
zur Schwester vorzudringen, sie am Rock zu zupfen und ihr
dadurch anzudeuten, sie möge doch mit ihrer Violine in sein
Zimmer kommen, denn niemand lohnte hier das Spiel so,
wie er es lohnen wollte. Er wollte sie nicht mehr aus seinem
Zimmer lassen, wenigstens nicht, solange er lebte; seine
Schreckgestalt sollte ihm zum erstenmal nützlich werden;
an allen Türen seines Zimmers wollte er gleichzeitig sein
und den Angreifern entgegenfauchen; die Schwester aber
sollte nicht gezwungen, sondern freiwillig bei ihm bleiben;
sie sollte neben ihm auf dem Kanapee sitzen, das Ohr zu
ihm herunterneigen, und er wollte ihr dann anvertrauen,
daß er die feste Absicht gehabt habe, sie auf das Konservatorium zu schicken, und daß er dies, wenn nicht das Unglück dazwischen gekommen wäre, vergangene Weihnachten – Weihnachten war doch wohl schon vorüber? – allen
gesagt hätte, ohne sich um irgendwelche Widerreden zu
kümmern. Nach dieser Erklärung würde die Schwester in
Tränen der Rührung ausbrechen, und Gregor würde sich bis
zu ihrer Achsel erheben und ihren Hals küssen, den sie,
seitdem sie ins Geschäft ging, frei ohne Band oder Kragen
trug.

»Herr Samsa!« rief der mittlere Herr dem Vater zu und
zeigte, ohne ein weiteres Wort zu verlieren, mit dem Zeigefinger auf den langsam sich vorwärtsbewegenden Gregor.
Die Violine verstummte, der mittlere Zimmerherr lächelte
erst einmal kopfschüttelnd seinen Freunden zu und sah
dann wieder auf Gregor hin. Der Vater schien es für nötiger
zu halten, statt Gregor zu vertreiben, vorerst die Zimmerherren zu beruhigen, trotzdem diese gar nicht aufgeregt waren und Gregor sie mehr als das Violinspiel zu unterhalten
schien. Er eilte zu ihnen und suchte sie mit ausgebreiteten
Armen in ihr Zimmer zu drängen und gleichzeitig mit seinem Körper ihnen den Ausblick auf Gregor zu nehmen. Sie

wurden nun tatsächlich ein wenig böse, man wußte nicht
mehr, ob über das Benehmen des Vaters oder über die ihnen
jetzt aufgehende Erkenntnis, ohne es zu wissen, einen
solchen Zimmernachbar wie Gregor besessen zu haben.
Sie verlangten vom Vater Erklärungen, hoben ihrerseits
die Arme, zupften unruhig an ihren Bärten und wichen nur
langsam gegen ihr Zimmer zurück. Inzwischen hatte die
Schwester die Verlorenheit, in die sie nach dem plötzlich ab-
gebrochenen Spiel verfallen war, überwunden, hatte sich,
nachdem sie eine Zeit lang in den lässig hängenden Händen
Violine und Bogen gehalten und weiter, als spiele sie noch,
in die Noten gesehen hatte, mit einem Male aufgerafft, hatte
das Instrument auf den Schoß der Mutter gelegt, die in
Atembeschwerden mit heftig arbeitenden Lungen noch auf
ihrem Sessel saß, und war in das Nebenzimmer gelaufen,
dem sich die Zimmerherren unter dem Drängen des Vaters
schon schneller näherten. Man sah, wie unter den geübten
Händen der Schwester die Decken und Polster in den Betten in die Höhe flogen und sich ordneten. Noch ehe die
Herren das Zimmer erreicht hatten, war sie mit dem Auf-
betten fertig und schlüpfte heraus. Der Vater schien wieder
von seinem Eigensinn derartig ergriffen, daß er jeden Respekt vergaß, den er seinen Mietern immerhin schuldete. Er
drängte nur und drängte, bis schon in der Tür des Zimmers
der mittlere der Herren donnernd mit dem Fuß aufstampfte
und dadurch den Vater zum Stehen brachte. »Ich erkläre
hiermit«, sagte er, hob die Hand und suchte mit den Blicken
auch die Mutter und die Schwester, »daß ich mit Rücksicht
auf die in dieser Wohnung und Familie herrschenden widerlichen Verhältnisse« – hiebei spie er kurz entschlossen auf
den Boden – »mein Zimmer augenblicklich kündige. Ich
werde natürlich auch für die Tage, die ich hier gewohnt
habe, nicht das Geringste bezahlen, dagegen werde ich es
mir noch überlegen, ob ich nicht mit irgendwelchen – glauben Sie mir – sehr leicht zu begründenden Forderungen gegen Sie auftreten werde.« Er schwieg und sah gerade vor

sich hin, als erwarte er etwas. Tatsächlich fielen sofort seine
zwei Freunde mit den Worten ein: »Auch wir kündigen augenblicklich.« Darauf faßte er die Türklinke und schloß mit
einem Krach die Tür.

Der Vater wankte mit tastenden Händen zu seinem Sessel
und ließ sich in ihn fallen; es sah aus, als strecke er sich
zu seinem gewöhnlichen Abendschläfchen, aber das starke
Nicken seines wie haltlosen Kopfes zeigte, daß er ganz und
gar nicht schlief. Gregor war die ganze Zeit still auf dem
Platz gelegen, auf dem ihn die Zimmerherren ertappt hatten. Die Enttäuschung über das Mißlingen seines Planes,
vielleicht aber auch die durch das viele Hungern verursachte
Schwäche machten es ihm unmöglich, sich zu bewegen. Er
fürchtete mit einer gewissen Bestimmtheit schon für den
nächsten Augenblick einen allgemeinen über ihn sich entla-
denden Zusammensturz und wartete. Nicht einmal die Violine schreckte ihn auf, die, unter den zitternden Fingern der
Mutter hervor, ihr vom Schoße fiel und einen hallenden Ton
von sich gab.

»Liebe Eltern«, sagte die Schwester und schlug zur Einleitung mit der Hand auf den Tisch, »so geht es nicht weiter.
Wenn ihr das vielleicht nicht einsehet, ich sehe es ein. Ich
will vor diesem Untier nicht den Namen meines Bruders
aussprechen, und sage daher bloß: wir müssen versuchen, es
loszuwerden. Wir haben das Menschenmögliche versucht,
es zu pflegen und zu dulden, ich glaube, es kann uns niemand den geringsten Vorwurf machen.«

»Sie hat tausendmal Recht«, sagte der Vater für sich. Die
Mutter, die noch immer nicht genug Atem finden konnte,
fing in die vorgehaltene Hand mit einem irrsinnigen Ausdruck der Augen dumpf zu husten an.

Die Schwester eilte zur Mutter und hielt ihr die Stirn.
Der Vater schien durch die Worte der Schwester auf be-
stimmtere Gedanken gebracht zu sein, hatte sich aufrecht
gesetzt, spielte mit seiner Dienermütze zwischen den Tel-
lern, die noch vom Nachtmahl der Zimmerherren her auf

dem Tische lagen, und sah bisweilen auf den stillen Gregor hin.

»Wir müssen es loszuwerden suchen«, sagte die Schwester nun ausschließlich zum Vater, denn die Mutter hörte in ihrem Husten nichts, »es bringt euch noch beide um, ich sehe es kommen. Wenn man schon so schwer arbeiten muß, wie wir alle, kann man nicht noch zu Hause diese ewige Quälerei ertragen. Ich kann es auch nicht mehr.« Und sie brach so heftig in Weinen aus, daß ihre Tränen auf das Gesicht der Mutter niederflossen, von dem sie sie mit mechanischen Handbewegungen wischte.

»Kind«, sagte der Vater mitleidig und mit auffallendem Verständnis, »was sollen wir aber tun?«

Die Schwester zuckte nur die Achseln zum Zeichen der Ratlosigkeit, die sie nun während des Weinens im Gegensatz zu ihrer früheren Sicherheit ergriffen hatte.

»Wenn er uns verstünde«, sagte der Vater halb fragend; die Schwester schüttelte aus dem Weinen heraus heftig die Hand zum Zeichen, daß daran nicht zu denken sei.

»Wenn er uns verstünde«, wiederholte der Vater und nahm durch Schließen der Augen die Überzeugung der Schwester von der Unmöglichkeit dessen in sich auf, »dann wäre vielleicht ein Übereinkommen mit ihm möglich. Aber so —«

»Weg muß es«, rief die Schwester, »das ist das einzige Mittel, Vater. Du mußt bloß den Gedanken loszuwerden suchen, daß es Gregor ist. Daß wir es solange geglaubt haben, das ist ja unser eigentliches Unglück. Aber wie kann es denn Gregor sein? Wenn es Gregor wäre, er hätte längst eingesehen, daß ein Zusammenleben von Menschen mit einem solchen Tier nicht möglich ist, und wäre freiwillig fortgegangen. Wir hätten dann keinen Bruder, aber könnten weiter leben und sein Andenken in Ehren halten. So aber verfolgt uns dieses Tier, vertreibt die Zimmerherren, will offenbar die ganze Wohnung einnehmen und uns auf der Gasse übernachten lassen. Sieh nur, Vater«, schrie sie plötzlich auf, »er fängt schon wieder an!« Und in einem für Gregor gänzlich unverständlichen Schrecken verließ die Schwester sogar die Mutter, stieß sich förmlich von ihrem Sessel ab, als wollte sie lieber die Mutter opfern, als in Gregors Nähe bleiben, und eilte hinter den Vater, der, lediglich durch ihr Benehmen erregt, auch aufstand und die Arme wie zum Schutze der Schwester vor ihr halb erhob.

Aber Gregor fiel es doch gar nicht ein, irgend jemandem und gar seiner Schwester Angst machen zu wollen. Er hatte bloß angefangen sich umzudrehen, um in sein Zimmer zurückzuwandern, und das nahm sich allerdings auffallend aus, da er infolge seines leidenden Zustandes bei den schwierigen Umdrehungen mit seinem Kopfe nachhelfen mußte, den er hierbei viele Male hob und gegen den Boden schlug. Er hielt inne und sah sich um. Seine gute Absicht schien erkannt worden zu sein; es war nur ein augenblicklicher Schrecken gewesen. Nun sahen ihn alle schweigend und traurig an. Die Mutter lag, die Beine ausgestreckt und aneinandergedrückt, in ihrem Sessel, die Augen fielen ihr vor Ermattung fast zu; der Vater und die Schwester saßen nebeneinander, die Schwester hatte ihre Hand um des Vaters Hals gelegt.

»Nun darf ich mich schon vielleicht umdrehen«, dachte Gregor und begann seine Arbeit wieder. Er konnte das Schnaufen der Anstrengung nicht unterdrücken und mußte auch hie und da ausruhen. Im übrigen drängte ihn auch niemand, es war alles ihm selbst überlassen. Als er die Umdrehung vollendet hatte, fing er sofort an, geradeaus zurückzuwandern. Er staunte über die große Entfernung, die ihn von seinem Zimmer trennte, und begriff gar nicht, wie er bei seiner Schwäche vor kurzer Zeit den gleichen Weg, fast ohne es zu merken, zurückgelegt hatte. Immerfort nur auf rasches Kriechen bedacht, achtete er kaum darauf, daß kein Wort, kein Ausruf seiner Familie ihn störte. Erst als er schon in der Tür war, wendete er den Kopf, nicht vollständig, denn er fühlte den Hals steif werden, immerhin sah er noch, daß sich hinter ihm nichts verändert hatte, nur die Schwester war aufgestanden. Sein letzter Blick streifte die Mutter, die nun völlig eingeschlafen war.

Kaum war er innerhalb seines Zimmers, wurde die Tür eiligst zugedrückt, festgeriegelt und versperrt. Über den plötzlichen Lärm hinter sich erschrak Gregor so, daß ihm die Beinchen einknickten. Es war die Schwester, die sich so beeilt hatte. Aufrecht war sie schon da gestanden und hatte gewartet, leichtfüßig war sie dann vorwärtsgesprungen, Gregor hatte sie gar nicht kommen hören, und ein »Endlich!« rief sie den Eltern zu, während sie den Schlüssel im Schloß umdrehte.

»Und jetzt?« fragte sich Gregor und sah sich im Dunkeln um. Er machte bald die Entdeckung, daß er sich nun überhaupt nicht mehr rühren konnte. Er wunderte sich darüber nicht, eher kam es ihm unnatürlich vor, daß er sich bis jetzt tatsächlich mit diesen dünnen Beinchen hatte fortbewegen können. Im übrigen fühlte er sich verhältnismäßig behaglich. Er hatte zwar Schmerzen im ganzen Leib, aber ihm war, als würden sie allmählich schwächer und schwächer und würden schließlich ganz vergehen. Den verfaulten Apfel in seinem Rücken und die entzündete Umgebung, die ganz von weichem Staub bedeckt waren, spürte er schon kaum. An seine Familie dachte er mit Rührung und Liebe zurück. Seine Meinung darüber, daß er verschwinden müsse, war womöglich noch entschiedener, als die seiner Schwester. In diesem Zustand leeren und friedlichen Nachdenkens blieb er, bis die Turmuhr die dritte Morgenstunde schlug. Den Anfang des allgemeinen Hellerwerdens draußen vor dem Fenster erlebte er noch. Dann sank sein Kopf ohne seinen Willen gänzlich nieder, und aus seinen Nüstern strömte sein letzter Atem schwach hervor.

Als am frühen Morgen die Bedienerin kam – vor lauter Kraft und Eile schlug sie, wie oft man sie auch schon gebeten hatte, das zu vermeiden, alle Türen derartig zu, daß in der ganzen Wohnung von ihrem Kommen an kein ruhiger Schlaf mehr möglich war –, fand sie bei ihrem gewöhnlichen kurzen Besuch an Gregor zuerst nichts Besonderes. Sie dachte, er liege absichtlich so unbeweglich da und spiele den Beleidigten; sie traute ihm allen möglichen Verstand zu. Weil sie zufällig den langen Besen in der Hand hielt, suchte sie mit ihm Gregor von der Tür aus zu kitzeln. Als sich auch da kein Erfolg zeigte, wurde sie ärgerlich und stieß ein wenig in Gregor hinein, und erst als sie ihn ohne jeden Widerstand von seinem Platze geschoben hatte, wurde sie aufmerksam. Als sie bald den wahren Sachverhalt erkannte, machte sie große Augen, pfiff vor sich hin, hielt sich aber nicht lange auf, sondern riß die Tür das Schlafzimmers auf und rief mit lauter Stimme in das Dunkel hinein: »Sehen Sie nur mal an, es ist krepiert; da liegt es, ganz und gar krepiert!«

Das Ehepaar Samsa saß im Ehebett aufrecht da und hatte zu tun, den Schrecken über die Bedienerin zu verwinden, ehe es dazu kam, ihre Meldung aufzufassen. Dann aber stiegen Herr und Frau Samsa, jeder auf seiner Seite, eiligst aus dem Bett, Herr Samsa warf die Decke über seine Schultern, Frau Samsa kam nur im Nachthemd hervor; so traten sie in Gregors Zimmer. Inzwischen hatte sich auch die Tür des Wohnzimmers geöffnet, in dem Grete seit dem Einzug der Zimmerherren schlief; sie war völlig angezogen, als hätte sie gar nicht geschlafen, auch ihr bleiches Gesicht schien das zu beweisen. »Tot?« sagte Frau Samsa und sah fragend zur Bedienerin auf, trotzdem sie doch alles selbst prüfen und sogar ohne Prüfung erkennen konnte. »Das will ich meinen«, sagte die Bedienerin und stieß zum Beweis Gregors Leiche mit dem Besen noch ein großes Stück seitwärts. Frau Samsa machte eine Bewegung, als wolle sie den Besen zurückhalten, tat es aber nicht. »Nun«, sagte Herr Samsa, »jetzt können wir Gott danken.« Er bekreuzte sich, und die drei Frauen folgten seinem Beispiel. Grete, die kein Auge von der Leiche wendete, sagte: »Seht nur, wie mager er war. Er hat ja auch schon so lange Zeit nichts gegessen. So wie die Speisen hereinkamen, sind sie wieder hinausgekommen.«

Tatsächlich war Gregors Körper vollständig flach und trocken, man erkannte das eigentlich erst jetzt, da er nicht mehr von den Beinchen gehoben war und auch sonst nichts den Blick ablenkte.

»Komm, Grete, auf ein Weilchen zu uns herein«, sagte Frau Samsa mit einem wehmütigen Lächeln, und Grete ging, nicht ohne nach der Leiche zurückzusehen, hinter den Eltern in das Schlafzimmer. Die Bedienerin schloß die Tür und öffnete gänzlich das Fenster. Trotz des frühen Morgens war der frischen Luft schon etwas Lauigkeit beigemischt. Es war eben schon Ende März.

Aus ihrem Zimmer traten die drei Zimmerherren und sahen sich erstaunt nach ihrem Frühstück um; man hatte sie vergessen. »Wo ist das Frühstück?« fragte der mittlere der Herren mürrisch die Bedienerin. Diese aber legte den Finger an den Mund und winkte dann hastig und schweigend den Herren zu, sie möchten in Gregors Zimmer kommen. Sie kamen auch und standen dann, die Hände in den Taschen ihrer etwas abgenützten Röckchen, in dem nun schon ganz hellen Zimmer um Gregors Leiche herum.

Da öffnete sich die Tür des Schlafzimmers, und Herr Samsa erschien in seiner Livree an einem Arm seine Frau, am anderen seine Tochter. Alle waren ein wenig verweint; Grete drückte bisweilen ihr Gesicht an den Arm des Vaters.

»Verlassen Sie sofort meine Wohnung!« sagte Herr Samsa und zeigte auf die Tür, ohne die Frauen von sich zu lassen. »Wie meinen Sie das?« sagte der mittlere der Herren etwas bestürzt und lächelte süßlich. Die zwei anderen hielten die Hände auf dem Rücken und rieben sie ununterbrochen aneinander, wie in freudiger Erwartung eines großen Streites, der aber für sie günstig ausfallen mußte. »Ich meine es genau so, wie ich es sage«, antwortete Herr Samsa und ging in einer Linie mit seinen zwei Begleiterinnen auf den Zimmerherrn zu. Dieser stand zuerst still da und sah zu Boden, als ob sich die Dinge in seinem Kopf zu einer neuen Ordnung zusammenstellten. »Dann gehen wir also«, sagte er dann und sah zu Herrn Samsa auf, als verlange er in einer plötzlich ihn überkommenden Demut sogar für diesen Entschluß eine neue Genehmigung. Herr Samsa nickte ihm bloß mehrmals kurz mit großen Augen zu. Daraufhin ging der Herr tatsächlich sofort mit langen Schritten ins Vorzimmer; seine beiden Freunde hatten schon ein Weilchen lang mit ganz ruhigen Händen aufgehorcht und hüpften ihm jetzt geradezu nach, wie in Angst, Herr Samsa könnte vor ihnen ins Vorzimmer eintreten und die Verbindung mit ihrem Führer stören. Im Vorzimmer nahmen alle drei die Hüte vom Kleiderrechen, zogen ihre Stöcke aus dem Stockbehälter, verbeugten sich stumm und verließen die Wohnung. In einem, wie sich zeigte, gänzlich unbegründeten Mißtrauen trat Herr Samsa mit den zwei Frauen auf den Vorplatz hinaus; an das Geländer gelehnt, sahen sie zu, wie die drei Herren zwar langsam, aber ständig die lange Treppe hinunterstiegen, in jedem Stockwerk in einer bestimmten Biegung des Treppenhauses verschwanden und nach ein paar Augenblicken wieder hervorkamen; je tiefer sie gelangten, desto mehr verlor sich das Interesse der Familie Samsa für sie, und als ihnen entgegen und dann hoch über sie hinweg ein Fleischergeselle mit der Trage auf dem Kopf in stolzer Haltung heraufstieg, verließ bald Herr Samsa mit den Frauen das Geländer, und alle kehrten, wie erleichtert, in ihre Wohnung zurück.

Sie beschlossen, den heutigen Tag zum Ausruhen und Spazierengehen zu verwenden; sie hatten diese Arbeitsunterbrechung nicht nur verdient, sie brauchten sie sogar unbedingt. Und so setzten sie sich zum Tisch und schrieben drei Entschuldigungsbriefe, Herr Samsa an seine Direktion, Frau Samsa an ihren Auftraggeber, und Grete an ihren Prinzipal. Während des Schreibens kam die Bedienerin herein, um zu sagen, daß sie fortgehe, denn ihre Morgenarbeit war beendet. Die drei Schreibenden nickten zuerst bloß, ohne aufzuschauen, erst als die Bedienerin sich immer noch nicht entfernen wollte, sah man ärgerlich auf. »Nun?« fragte Herr

Samsa. Die Bedienerin stand lächelnd in der Tür, als habe sie der Familie ein großes Glück zu melden, werde es aber nur dann tun, wenn sie gründlich ausgefragt werde. Die fast aufrechte kleine Straußfeder auf ihrem Hut, über die sich Herr Samsa schon während ihrer ganzen Dienstzeit ärgerte, schwankte leicht nach allen Richtungen. »Also was wollen Sie eigentlich?« fragte Frau Samsa, vor welcher die Bedienerin noch am meisten Respekt hatte. »Ja«, antwortete die Bedienerin und konnte vor freundlichem Lachen nicht gleich weiter reden, »also darüber, wie das Zeug von nebenan weggeschafft werden soll, müssen Sie sich keine Sorge machen. Es ist schon in Ordnung.« Frau Samsa und Grete beugten sich zu ihren Briefen nieder, als wollten sie weiterschreiben; Herr Samsa, welcher merkte, daß die Bedienerin nun alles ausführlich zu beschreiben anfangen wollte, wehrte dies mit ausgestreckter Hand entschieden ab. Da sie aber nicht erzählen durfte, erinnerte sie sich an die große Eile, die sie hatte, rief offenbar beleidigt: »Adjes allseits«, drehte sich wild um und verließ unter fürchterlichem Türezuschlagen die Wohnung.

»Abends wird sie entlassen«, sagte Herr Samsa, bekam aber weder von seiner Frau, noch von seiner Tochter eine Antwort, denn die Bedienerin schien ihre kaum gewonnene Ruhe wieder gestört zu haben. Sie erhoben sich, gingen zum Fenster und blieben dort, sich umschlungen haltend. Herr Samsa drehte sich in seinem Sessel nach ihnen um und beobachtete sie still ein Weilchen. Dann rief er: »Also kommt doch her. Laßt schon endlich die alten Sachen. Und nehmt auch ein wenig Rücksicht auf mich.« Gleich folgten ihm die Frauen, eilten zu ihm, liebkosten ihn und beendeten rasch ihre Briefe.

Dann verließen alle drei gemeinschaftlich die Wohnung, was sie schon seit Monaten nicht getan hatten, und fuhren mit der Elektrischen ins Freie vor die Stadt. Der Wagen, in dem sie allein saßen, war ganz von warmer Sonne durchschienen. Sie besprachen, bequem auf ihren Sitzen zurückgelehnt, die Aussichten für die Zukunft, und es fand sich, daß diese bei näherer Betrachtung durchaus nicht schlecht waren, denn aller drei Anstellungen waren, worüber sie einander eigentlich noch gar nicht ausgefragt hatten, überaus günstig und besonders für später vielversprechend. Die größte augenblickliche Besserung der Lage mußte sich natürlich leicht durch einen Wohnungswechsel ergeben; sie wollten nun eine kleinere und billigere, aber besser gelegene und überhaupt praktischere Wohnung nehmen, als es die jetzige, noch von Gregor ausgesuchte war. Während sie sich so unterhielten, fiel es Herrn und Frau Samsa im Anblick ihrer immer lebhafter werdenden Tochter fast gleichzeitig ein, wie sie in der letzten Zeit trotz aller Plage, die ihre Wangen bleich gemacht hatte, zu einem schönen und üppigen Mädchen aufgeblüht war. Stiller werdend und fast unbewußt durch Blicke sich verständigend, dachten sie daran, daß es nun Zeit sein werde, auch einen braven Mann für sie zu suchen. Und es war ihnen wie eine Bestätigung ihrer neuen Träume und guten Absichten, als am Ziele ihrer Fahrt die Tochter als erste sich erhob und ihren jungen Körper dehnte.

In der Strafkolonie

»Es ist ein eigentümlicher Apparat«, sagte der Offizier zu dem Forschungsreisenden und überblickte mit einem gewissermaßen bewundernden Blick den ihm doch wohlbekannten Apparat. Der Reisende schien nur aus Höflichkeit der Einladung des Kommandanten gefolgt zu sein, der ihn aufgefordert hatte, der Exekution eines Soldaten beizuwohnen, der wegen Ungehorsam und Beleidigung des Vorgesetzten verurteilt worden war. Das Interesse für diese Exekution war wohl auch in der Strafkolonie nicht sehr groß. Wenigstens war hier in dem tiefen, sandigen, von kahlen Abhängen ringsum abgeschlossenen kleinen Tal außer dem Offizier und dem Reisenden nur der Verurteilte, ein stumpfsinniger, breitmäuliger Mensch mit verwahrlostem Haar und Gesicht und ein Soldat zugegen, der die schwere Kette hielt, in welche die kleinen Ketten ausliefen, mit denen der Verurteilte an den Fuß- und Handknöcheln sowie am Hals gefesselt war und die auch untereinander durch Verbindungsketten zusammenhingen. Übrigens sah der Verurteilte so hündisch ergeben aus, daß es den Anschein hatte, als könnte man ihn frei auf den Abhängen herumlaufen lassen und müsse bei Beginn der Exekution nur pfeifen, damit er käme.

Der Reisende hatte wenig Sinn für den Apparat und ging hinter dem Verurteilten fast sichtbar unbeteiligt auf und ab, während der Offizier die letzten Vorbereitungen besorgte, bald unter den tief in die Erde eingebauten Apparat kroch, bald auf eine Leiter stieg, um die oberen Teile zu untersuchen. Das waren Arbeiten, die man eigentlich einem Maschinisten hätte überlassen können, aber der Offizier führte sie mit einem großen Eifer aus, sei es, daß er ein besonderer Anhänger dieses Apparates war, sei es, daß man aus anderen Gründen die Arbeit sonst niemandem anvertrauen konnte. »Jetzt ist alles fertig!« rief er endlich und

stieg von der Leiter hinunter. Er war ungemein ermattet, atmete mit weit offenem Mund und hatte zwei zarte Damentaschentücher hinter den Uniformkragen gezwängt. »Diese
Uniformen sind doch für die Tropen zu schwer«, sagte der
Reisende, statt sich, wie es der Offizier erwartet hatte, nach
dem Apparat zu erkundigen. »Gewiß«, sagte der Offizier
und wusch sich die von Öl und Fett beschmutzten Hände in
einem bereitstehenden Wasserkübel, »aber sie bedeuten die
Heimat; wir wollen nicht die Heimat verlieren. – Nun sehen Sie aber diesen Apparat«, fügte er gleich hinzu, trock-
nete die Hände mit einem Tuch und zeigte gleichzeitig auf
den Apparat. »Bis jetzt war noch Händearbeit nötig, von
jetzt aber arbeitet der Apparat ganz allein.« Der Reisende
nickte und folgte dem Offizier. Dieser suchte sich für alle
Zwischenfälle zu sichern und sagte dann: »Es kommen natürlich Störungen vor; ich hoffe zwar, es wird heute keine
eintreten, immerhin muß man mit ihnen rechnen. Der Apparat soll ja zwölf Stunden ununterbrochen im Gang sein.
Wenn aber auch Störungen vorkommen, so sind es doch nur
ganz kleine und sie werden sofort behoben sein.«

   »Wollen Sie sich nicht setzen?« fragte er schließlich, zog
aus einem Haufen von Rohrstühlen einen hervor und bot
ihn dem Reisenden an; dieser konnte nicht ablehnen. Er saß
nun am Rande einer Grube, in die er einen flüchtigen Blick
warf. Sie war nicht sehr tief. Zur einen Seite der Grube war
die ausgegrabene Erde zu einem Wall aufgehäuft, zur anderen Seite stand der Apparat. »Ich weiß nicht«, sagte der
Offizier, »ob Ihnen der Kommandant den Apparat schon
erklärt hat.« Der Reisende machte eine ungewisse Hand-
bewegung; der Offizier verlangte nichts Besseres, denn nun
konnte er selbst den Apparat erklären. »Dieser Apparat«,
sagte er und faßte eine Kurbelstange, auf die er sich stützte,
»ist eine Erfindung unseres früheren Kommandanten. Ich
habe gleich bei den allerersten Versuchen mitgearbeitet und
war auch bei allen Arbeiten bis zur Vollendung beteiligt.
Das Verdienst der Erfindung allerdings gebührt ihm ganz

allein. Haben Sie von unserem früheren Kommandanten gehört? Nicht? Nun, ich behaupte nicht zu viel, wenn ich sage, daß die Einrichtung der ganzen Strafkolonie sein Werk ist. Wir, seine Freunde, wußten schon bei seinem Tod, daß die Einrichtung der Kolonie so in sich geschlossen ist, daß sein Nachfolger, und habe er tausend neue Pläne im Kopf, wenigstens während vieler Jahre nichts von dem Alten wird ändern können. Unsere Voraussage ist auch eingetroffen; der neue Kommandant hat es erkennen müssen. Schade, daß Sie den früheren Kommandanten nicht gekannt haben! – Aber«, unterbrach sich der Offizier, »ich schwätze, und sein Apparat steht hier vor uns. Er besteht, wie Sie sehen, aus drei Teilen. Es haben sich im Laufe der Zeit für jeden dieser Teile gewissermaßen volkstümliche Bezeichnungen ausgebildet. Der untere heißt das Bett, der obere heißt der Zeichner, und hier der mittlere, schwebende Teil heißt die Egge.« »Die Egge?« fragte der Reisende. Er hatte nicht ganz aufmerksam zugehört, die Sonne verfing sich allzustark in dem schattenlosen Tal, man konnte schwer seine Gedanken sammeln. Um so bewundernswerter erschien ihm der Offizier, der im engen, parademäßigen, mit Epauletten beschwerten, mit Schnüren behängten Waffenrock so eifrig seine Sache erklärte und außerdem, während er sprach, mit einem Schraubendreher noch hier und da an einer Schraube sich zu schaffen machte. In ähnlicher Verfassung wie der Reisende schien der Soldat zu sein. Er hatte um beide Handgelenke die Kette des Verurteilten gewickelt, stützte sich mit einer Hand auf sein Gewehr, ließ den Kopf im Genick hinunterhängen und kümmerte sich um nichts. Der Reisende wunderte sich nicht darüber, denn der Offizier sprach französisch und französisch verstand gewiß weder der Soldat noch der Verurteilte. Um so auffallender war es allerdings, daß der Verurteilte sich dennoch bemühte, den Erklärungen des Offiziers zu folgen. Mit einer Art schläfriger Beharrlichkeit richtete er die Blicke immer dorthin, wohin der Offizier gerade zeigte, und als dieser jetzt vom Reisenden mit einer Frage unterbrochen wurde, sah auch er, ebenso wie der Offizier, den Reisenden an.

»Ja, die Egge«, sagte der Offizier, »der Name paßt. Die Nadeln sind eggenartig angeordnet, auch wird das Ganze wie eine Egge geführt, wenn auch bloß auf einem Platz und viel kunstgemäßer. Sie werden es übrigens gleich verstehen. Hier auf das Bett wird der Verurteilte gelegt. – Ich will nämlich den Apparat zuerst beschreiben und dann erst die Prozedur selbst ausführen lassen. Sie werden ihr dann besser folgen können. Auch ist ein Zahnrad im Zeichner zu stark abgeschliffen; es kreischt sehr, wenn es im Gang ist; man kann sich dann kaum verständigen; Ersatzteile sind hier leider nur schwer zu beschaffen. – Also hier ist das Bett, wie ich sagte. Es ist ganz und gar mit einer Wattschicht bedeckt; den Zweck dessen werden Sie noch erfahren. Auf diese Watte wird der Verurteilte bäuchlings gelegt, natürlich nackt; hier sind für die Hände, hier für die Füße, hier für den Hals Riemen, um ihn festzuschnallen. Hier am Kopfende des Bettes, wo der Mann, wie ich gesagt habe, zuerst mit dem Gesicht aufliegt, ist dieser kleine Filzstumpf, der leicht so reguliert werden kann, daß er dem Mann gerade in den Mund dringt. Er hat den Zweck, am Schreien und am Zerbeißen der Zunge zu hindern. Natürlich muß der Mann den Filz aufnehmen, da ihm sonst durch den Halsriemen das Genick gebrochen wird.« »Das ist Watte?« fragte der Reisende und beugte sich vor. »Ja gewiß«, sagte der Offizier lächelnd, »befühlen Sie es selbst.« Er faßte die Hand des Reisenden und führte sie über das Bett hin. »Es ist eine besonders präparierte Watte, darum sieht sie so unkenntlich aus; ich werde auf ihren Zweck noch zu sprechen kommen.« Der Reisende war schon ein wenig für den Apparat gewonnen; die Hand zum Schutz gegen die Sonne über den Augen, sah er an dem Apparat in die Höhe. Es war ein großer Aufbau. Das Bett und der Zeichner hatten gleichen Umfang und sahen wie zwei dunkle Truhen aus. Der Zeichner war etwa zwei Meter über dem Bett angebracht; beide waren in den Ecken durch vier Messingstangen verbunden, die in der Sonne fast Strahlen warfen. Zwischen den Truhen schwebte an einem Stahlband die Egge.

Der Offizier hatte die frühere Gleichgültigkeit des Reisenden kaum bemerkt, wohl aber hatte er für sein jetzt beginnendes Interesse Sinn; er setzte deshalb in seinen Erklärungen aus, um dem Reisenden zur ungestörten Betrachtung Zeit zu lassen. Der Verurteilte ahmte den Reisenden nach; da er die Hand nicht über die Augen legen konnte, blinzelte er mit freien Augen zur Höhe.

»Nun liegt also der Mann«, sagte der Reisende, lehnte sich im Sessel zurück und kreuzte die Beine.

»Ja«, sagte der Offizier, schob ein wenig die Mütze zurück und fuhr sich mit der Hand über das heiße Gesicht, »nun hören Sie! Sowohl das Bett, als auch der Zeichner haben ihre eigene elektrische Batterie; das Bett braucht sie für sich selbst, der Zeichner für die Egge. Sobald der Mann festgeschnallt ist, wird das Bett in Bewegung gesetzt. Es zittert in winzigen, sehr schnellen Zuckungen gleichzeitig seitlich, wie auch auf und ab. Sie werden ähnliche Apparate in Heilanstalten gesehen haben; nur sind bei unserem Bett alle Bewegungen genau berechnet; sie müssen nämlich peinlich auf die Bewegungen der Egge abgestimmt sein. Dieser Egge aber ist die eigentliche Ausführung des Urteils überlassen.«

»Wie lautet denn das Urteil?« fragte der Reisende. »Sie wissen auch das nicht?« sagte der Offizier erstaunt und biß sich auf die Lippen: »Verzeihen Sie, wenn vielleicht meine Erklärungen ungeordnet sind; ich bitte Sie sehr um Entschuldigung. Die Erklärungen pflegte früher nämlich der Kommandant zu geben; der neue Kommandant aber hat sich dieser Ehrenpflicht entzogen; daß er jedoch einen so hohen Besuch« – der Reisende suchte die Ehrung mit beiden Händen abzuwehren, aber der Offizier bestand auf dem Ausdruck – »einen so hohen Besuch nicht einmal von der Form unseres Urteils in Kenntnis setzt, ist wieder eine Neuerung, die –«, er hatte einen Fluch auf den Lippen, faßte sich aber und sagte nur: »Ich wurde nicht davon verständigt, mich trifft nicht die Schuld. Übrigens bin ich allerdings am besten befähigt, unsere Urteilsarten zu erklären, denn ich trage hier« – er schlug auf seine Brusttasche – »die betreffenden Handzeichnungen des früheren Kommandanten.«

»Handzeichnungen des Kommandanten selbst?« fragte der Reisende: »Hat er denn alles in sich vereinigt? War er Soldat, Richter, Konstrukteur, Chemiker, Zeichner?«

»Jawohl«, sagte der Offizier kopfnickend, mit starrem, nachdenklichem Blick. Dann sah er prüfend seine Hände an; sie schienen ihm nicht rein genug, um die Zeichnungen anzufassen; er ging daher zum Kübel und wusch sie nochmals. Dann zog er eine kleine Ledermappe hervor und sagte: »Unser Urteil klingt nicht streng. Dem Verurteilten wird das Gebot, das er übertreten hat, mit der Egge auf den Leib geschrieben. Diesem Verurteilten zum Beispiel« – der Offizier zeigte auf den Mann – »wird auf den Leib geschrieben werden: Ehre deinen Vorgesetzten!«

Der Reisende sah flüchtig auf den Mann hin; er hielt, als der Offizier auf ihn gezeigt hatte, den Kopf gesenkt und schien alle Kraft des Gehörs anzuspannen, um etwas zu erfahren. Aber die Bewegungen seiner wulstig aneinander gedrückten Lippen zeigten offenbar, daß er nichts verstehen konnte. Der Reisende hatte Verschiedenes fragen wollen, fragte aber im Anblick des Mannes nur: »Kennt er sein Urteil?« »Nein«, sagte der Offizier und wollte gleich in seinen Erklärungen fortfahren, aber der Reisende unterbrach ihn: »Er kennt sein eigenes Urteil nicht?« »Nein«, sagte der Offizier wieder, stockte dann einen Augenblick, als verlange er vom Reisenden eine nähere Begründung seiner Frage, und sagte dann: »Es wäre nutzlos, es ihm zu verkünden. Er erfährt es ja auf seinem Leib.« Der Reisende wollte schon verstummen, da fühlte er, wie der Verurteilte seinen Blick auf ihn richtete; er schien zu fragen, ob er den geschilderten Vorgang billigen könne. Darum beugte sich der Reisende, der sich bereits zurückgelehnt hatte, wieder vor und fragte noch: »Aber daß er überhaupt verurteilt wurde, das weiß er doch?« »Auch nicht«, sagte der Offizier und lächelte den Reisenden an, als erwarte er nun von ihm noch einige sonderbare Eröffnungen. »Nein«, sagte der Reisende und strich sich über die Stirn hin, »dann weiß also der Mann auch jetzt noch nicht, wie seine Verteidigung aufgenommen wurde?« »Er hat keine Gelegenheit gehabt, sich zu verteidigen«, sagte der Offizier und sah abseits, als rede er zu sich selbst und wolle den Reisenden durch Erzählung dieser ihm selbstverständlichen Dinge nicht beschämen. »Er muß doch Gelegenheit gehabt haben, sich zu verteidigen«, sagte der Reisende und stand vom Sessel auf.

Der Offizier erkannte, daß er in Gefahr war, in der Erklärung des Apparates für lange Zeit aufgehalten zu werden; er ging daher zum Reisenden, hing sich in seinen Arm, zeigte mit der Hand auf den Verurteilten, der sich jetzt, da die Aufmerksamkeit so offenbar auf ihn gerichtet war, stramm aufstellte – auch zog der Soldat die Kette an –, und sagte: »Die Sache verhält sich folgendermaßen. Ich bin hier in der Strafkolonie zum Richter bestellt. Trotz meiner Jugend. Denn ich stand auch dem früheren Kommandanten in allen Strafsachen zur Seite und kenne auch den Apparat am besten. Der Grundsatz, nach dem ich entscheide, ist: Die Schuld ist immer zweifellos. Andere Gerichte können diesen Grundsatz nicht befolgen, denn sie sind vielköpfig und haben auch noch höhere Gerichte über sich. Das ist hier nicht der Fall, oder war es wenigstens nicht beim früheren Kommandanten. Der neue hat allerdings schon Lust gezeigt, in mein Gericht sich einzumischen, es ist mir aber bisher gelungen, ihn abzuwehren, und wird mir auch weiter gelingen. – Sie wollten diesen Fall erklärt haben; er ist so einfach, wie alle. Ein Hauptmann hat heute morgens die Anzeige erstattet, daß dieser Mann, der ihm als Diener zugeteilt ist und vor seiner Türe schläft, den Dienst verschlafen hat. Er hat nämlich die Pflicht, bei jedem Stundenschlag

aufzustehen und vor der Tür des Hauptmanns zu salutieren. Gewiß keine schwere Pflicht und eine notwendige,
denn er soll sowohl zur Bewachung als auch zur Bedienung
frisch bleiben. Der Hauptmann wollte in der gestrigen
Nacht nachsehen, ob der Diener seine Pflicht erfülle. Er öffnete Schlag zwei Uhr die Tür und fand ihn zusammenge-
krümmt schlafen. Er holte die Reitpeitsche und schlug ihm
über das Gesicht. Statt nun aufzustehen und um Verzeihung
zu bitten, faßte der Mann seinen Herrn bei den Beinen,
schüttelte ihn und rief: ›Wirf die Peitsche weg, oder ich
fresse dich.‹ – Das ist der Sachverhalt. Der Hauptmann kam
vor einer Stunde zu mir, ich schrieb seine Angaben auf und
anschließend gleich das Urteil. Dann ließ ich dem Mann die
Ketten anlegen. Das alles war sehr einfach. Hätte ich den
Mann zuerst vorgerufen und ausgefragt, so wäre nur Verwirrung entstanden. Er hätte gelogen, hätte, wenn es mir
gelungen wäre, die Lügen zu widerlegen, diese durch neue
Lügen ersetzt und so fort. Jetzt aber halte ich ihn und lasse
ihn nicht mehr. – Ist nun alles erklärt? Aber die Zeit vergeht, die Exekution sollte schon beginnen, und ich bin mit
der Erklärung des Apparates noch nicht fertig.« Er nötigte
den Reisenden auf den Sessel nieder, trat wieder zu dem
Apparat und begann: »Wie Sie sehen, entspricht die Egge
der Form des Menschen; hier ist die Egge für den Oberkörper, hier sind die Eggen für die Beine. Für den Kopf ist
nur dieser kleine Stichel bestimmt. Ist Ihnen das klar?« Er
beugte sich freundlich zu dem Reisenden vor, bereit zu den
umfassendsten Erklärungen.

Der Reisende sah mit gerunzelter Stirn die Egge an. Die
Mitteilungen über das Gerichtsverfahren hatten ihn nicht
befriedigt. Immerhin mußte er sich sagen, daß es sich hier
um eine Strafkolonie handelte, daß hier besondere Maß-
regeln notwendig waren und daß man bis zum letzten mili-
tärisch vorgehen mußte. Außerdem aber setzte er einige
Hoffnung auf den neuen Kommandanten, der offenbar,
allerdings langsam, ein neues Verfahren einzuführen beab-

sichtigte, das dem beschränkten Kopf dieses Offiziers nicht
eingehen konnte. Aus diesem Gedankengang heraus fragte
der Reisende: »Wird der Kommandant der Exekution beiwohnen?« »Es ist nicht gewiß«, sagte der Offizier, durch die
unvermittelte Frage peinlich berührt, und seine freundliche
Miene verzerrte sich: »Gerade deshalb müssen wir uns beeilen. Ich werde sogar, so leid es mir tut, meine Erklärungen
abkürzen müssen. Aber ich könnte ja morgen, wenn der
Apparat wieder gereinigt ist – daß er so sehr beschmutzt
wird, ist sein einziger Fehler – die näheren Erklärungen
nachtragen. Jetzt also nur das Notwendigste. – Wenn der
Mann auf dem Bett liegt und dieses ins Zittern gebracht ist,
wird die Egge auf den Körper gesenkt. Sie stellt sich von
selbst so ein, daß sie nur knapp mit den Spitzen den Körper
berührt; ist die Einstellung vollzogen, strafft sich sofort dieses Stahlseil zu einer Stange. Und nun beginnt das Spiel. Ein
Nichteingeweihter merkt äußerlich keinen Unterschied in
den Strafen. Die Egge scheint gleichförmig zu arbeiten. Zitternd sticht sie ihre Spitzen in den Körper ein, der überdies
vom Bett aus zittert. Um es nun jedem zu ermöglichen, die
Ausführung des Urteils zu überprüfen, wurde die Egge aus
Glas gemacht. Es hat einige technische Schwierigkeiten verursacht, die Nadeln darin zu befestigen, es ist aber nach vielen Versuchen gelungen. Wir haben eben keine Mühe ge-
scheut. Und nun kann jeder durch das Glas sehen, wie sich
die Inschrift im Körper vollzieht. Wollen Sie nicht näher
kommen und sich die Nadeln ansehen?«

Der Reisende erhob sich langsam, ging hin und beugte
sich über die Egge. »Sie sehen«, sagte der Offizier, »zweier-
lei Nadeln in vielfacher Anordnung. Jede lange hat eine
kurze neben sich. Die lange schreibt nämlich, und die kurze spritzt Wasser aus, um das Blut abzuwaschen und die
Schrift immer klar zu erhalten. Das Blutwasser wird dann
hier in kleine Rinnen geleitet und fließt endlich in diese
Hauptrinne, deren Abflußrohr in die Grube führt.« Der
Offizier zeigte mit dem Finger genau den Weg, den das

Blutwasser nehmen mußte. Als er es, um es möglichst anschaulich zu machen, an der Mündung des Abflußrohres mit beiden Händen förmlich auffing, erhob der Reisende den Kopf und wollte, mit der Hand rückwärts tastend, zu seinem Sessel zurückgehen. Da sah er zu seinem Schrecken, daß auch der Verurteilte gleich ihm der Einladung des Offiziers, sich die Einrichtung der Egge aus der Nähe anzusehen, gefolgt war. Er hatte den verschlafenen Soldaten an der Kette ein wenig vorgezerrt und sich auch über das Glas gebeugt. Man sah, wie er mit unsicheren Augen auch das suchte, was die zwei Herren eben beobachtet hatten, wie es ihm aber, da ihm die Erklärung fehlte, nicht gelingen wollte. Er beugte sich hierhin und dorthin. Immer wieder lief er mit den Augen das Glas ab. Der Reisende wollte ihn zurücktreiben, denn, was er tat, war wahrscheinlich strafbar. Aber der Offizier hielt den Reisenden mit einer Hand fest, nahm mit der anderen eine Erdscholle vom Wall und warf sie nach dem Soldaten. Dieser hob mit einem Ruck die Augen, sah, was der Verurteilte gewagt hatte, ließ das Gewehr fallen, stemmte die Füße mit den Absätzen in den Boden, riß den Verurteilten zurück, daß er gleich niederfiel, und sah dann auf ihn hinunter, wie er sich wand und mit seinen Ketten klirrte. »Stell ihn auf!« schrie der Offizier, denn er merkte, daß der Reisende durch den Verurteilten allzusehr abgelenkt wurde. Der Reisende beugte sich sogar über die Egge hinweg, ohne sich um sie zu kümmern, und wollte nur feststellen, was mit dem Verurteilten geschehe. »Behandle ihn sorgfältig!« schrie der Offizier wieder. Er umlief den Apparat, faßte selbst den Verurteilten unter den Achseln und stellte ihn, der öfters mit den Füßen ausglitt, mit Hilfe des Soldaten auf.

»Nun weiß ich schon alles«, sagte der Reisende, als der Offizier wieder zu ihm zurückkehrte. »Bis auf das Wichtigste«, sagte dieser, ergriff den Reisenden am Arm und zeigte in die Höhe: »Dort im Zeichner ist das Räderwerk, welches die Bewegung der Egge bestimmt, und dieses Räderwerk

wird nach der Zeichnung, auf welche das Urteil lautet, angeordnet. Ich verwende noch die Zeichnungen des früheren
Kommandanten. Hier sind sie« – er zog einige Blätter aus
der Ledermappe – »ich kann sie Ihnen aber leider nicht in
die Hand geben, sie sind das Teuerste, was ich habe. Setzen
Sie sich, ich zeige sie Ihnen aus dieser Entfernung, dann
werden Sie alles gut sehen können.« Er zeigte das erste
Blatt. Der Reisende hätte gerne etwas Anerkennendes gesagt, aber er sah nur labyrinthartige, einander vielfach kreu-
zende Linien, die so dicht das Papier bedeckten, daß man
nur mit Mühe die weißen Zwischenräume erkannte. »Lesen
Sie«, sagte der Offizier. »Ich kann nicht«, sagte der Reisende. »Es ist doch deutlich«, sagte der Offizier. »Es ist sehr
kunstvoll«, sagte der Reisende ausweichend, »aber ich kann
es nicht entziffern.« »Ja«, sagte der Offizier, lachte und
steckte die Mappe wieder ein, »es ist keine Schönschrift für
Schulkinder. Man muß lange darin lesen. Auch Sie würden
es schließlich gewiß erkennen. Es darf natürlich keine einfache Schrift sein; sie soll ja nicht sofort töten, sondern durch-
schnittlich erst in einem Zeitraum von zwölf Stunden; für
die sechste Stunde ist der Wendepunkt berechnet. Es müssen also viele, viele Zieraten die eigentliche Schrift umgeben;
die wirkliche Schrift umzieht den Leib nur in einem schmalen Gürtel; der übrige Körper ist für Verzierungen bestimmt. Können Sie jetzt die Arbeit der Egge und des ganzen Apparates würdigen? – Sehen Sie doch!« Er sprang auf
die Leiter, drehte ein Rad, rief hinunter: »Achtung, treten
Sie zur Seite«, und alles kam in Gang. Hätte das Rad nicht
gekreischt, es wäre herrlich gewesen. Als sei der Offizier
von diesem störenden Rad überrascht, drohte er ihm mit
der Faust, breitete dann, sich entschuldigend, zum Reisenden hin die Arme aus und kletterte eilig hinunter, um den
Gang des Apparates von unten zu beobachten. Noch war
etwas nicht in Ordnung, das nur er merkte; er kletterte wieder hinauf, griff mit beiden Händen in das Innere des
Zeichners, glitt dann, um rascher hinunterzukommen, statt

die Leiter zu benutzen, an der einen Stange hinunter und schrie nun, um sich im Lärm verständlich zu machen, mit äußerster Anspannung dem Reisenden ins Ohr: »Begreifen Sie den Vorgang? Die Egge fängt zu schreiben an; ist sie mit der ersten Anlage der Schrift auf dem Rücken des Mannes fertig, rollt die Watteschicht und wälzt den Körper langsam auf die Seite, um der Egge neuen Raum zu bieten. Inzwischen legen sich die wundbeschriebenen Stellen auf die Watte, welche infolge der besonderen Präparierung sofort die Blutung stillt und zu neuer Vertiefung der Schrift vorbereitet. Hier die Zacken am Rande der Egge reißen dann beim weiteren Umwälzen des Körpers die Watte von den Wunden, schleudern sie in die Grube, und die Egge hat wieder Arbeit. So schreibt sie immer tiefer die zwölf Stunden lang. Die ersten sechs Stunden lebt der Verurteilte fast wie früher, er leidet nur Schmerzen. Nach zwei Stunden wird der Filz entfernt, denn der Mann hat keine Kraft zum Schreien mehr. Hier in diesen elektrisch geheizten Napf am Kopfende wird warmer Reisbrei gelegt, aus dem der Mann, wenn er Lust hat, nehmen kann, was er mit der Zunge erhascht. Keiner versäumt die Gelegenheit. Ich weiß keinen, und meine Erfahrung ist groß. Erst um die sechste Stunde verliert er das Vergnügen am Essen. Ich knie dann gewöhnlich hier nieder und beobachte diese Erscheinung. Der Mann schluckt den letzten Bissen selten, er dreht ihn nur im Mund und speit ihn in die Grube. Ich muß mich dann bükken, sonst fährt es mir ins Gesicht. Wie still wird dann aber der Mann um die sechste Stunde! Verstand geht dem Blödesten auf. Um die Augen beginnt es. Von hier aus verbreitet es sich. Ein Anblick, der einen verführen könnte, sich mit unter die Egge zu legen. Es geschieht ja nichts weiter, der Mann fängt bloß an, die Schrift zu entziffern, er spitzt den Mund, als horche er. Sie haben gesehen, es ist nicht leicht, die Schrift mit den Augen zu entziffern; unser Mann entziffert sie aber mit seinen Wunden. Es ist allerdings viel Arbeit; er braucht sechs Stunden zu ihrer Vollendung. Dann aber spießt ihn die Egge vollständig auf und wirft ihn in die Grube, wo er auf das Blutwasser und die Watte niederklatscht. Dann ist das Gericht zu Ende, und wir, ich und der Soldat, scharren ihn ein.«

Der Reisende hatte das Ohr zum Offizier geneigt und sah, die Hände in den Rocktaschen, der Arbeit der Maschine zu. Auch der Verurteilte sah ihr zu, aber ohne Verständnis. Er bückte sich ein wenig und verfolgte die schwankenden Nadeln, als ihm der Soldat, auf ein Zeichen des Offiziers, mit einem Messer hinten Hemd und Hose durchschnitt, so daß sie von dem Verurteilten abfielen; er wollte nach dem fallenden Zeug greifen, um seine Blöße zu bedecken, aber der Soldat hob ihn in die Höhe und schüttelte die letzten Fetzen von ihm ab. Der Offizier stellte die Maschine ein, und in der jetzt eintretenden Stille wurde der Verurteilte unter die Egge gelegt. Die Ketten wurden gelöst, und statt dessen die Riemen befestigt; es schien für den Verurteilten im ersten Augenblick fast eine Erleichterung zu bedeuten. Und nun senkte sich die Egge noch ein Stück tiefer, denn es war ein magerer Mann. Als ihn die Spitzen berührten, ging ein Schauer über seine Haut; er streckte, während der Soldat mit seiner rechten Hand beschäftigt war, die linke aus, ohne zu wissen wohin; es war aber die Richtung, wo der Reisende stand. Der Offizier sah ununterbrochen den Reisenden von der Seite an, als suche er von seinem Gesicht den Eindruck abzulesen, den die Exekution, die er ihm nun wenigstens oberflächlich erklärt hatte, auf ihn mache.

Der Riemen, der für das Handgelenk bestimmt war, riß; wahrscheinlich hatte ihn der Soldat zu stark angezogen. Der Offizier sollte helfen, der Soldat zeigte ihm das abgerissene Riemenstück. Der Offizier ging auch zu ihm hinüber und sagte, das Gesicht dem Reisenden zugewendet: »Die Maschine ist sehr zusammengesetzt, es muß hie und da etwas reißen oder brechen; dadurch darf man sich aber im Gesamturteil nicht beirren lassen. Für den Riemen ist übrigens sofort Ersatz geschafft; ich werde eine Kette verwenden; die

Zartheit der Schwingung wird dadurch für den rechten Arm
allerdings beeinträchtigt.« Und während er die Ketten an-
legte, sagte er noch: »Die Mittel zur Erhaltung der Maschine sind jetzt sehr eingeschränkt. Unter dem früheren
Kommandanten war eine mir frei zugängliche Kassa nur für
diesen Zweck bestimmt. Es gab hier ein Magazin, in dem
alle möglichen Ersatzstücke aufbewahrt wurden. Ich gestehe, ich trieb damit fast Verschwendung, ich meine früher,
nicht jetzt, wie der neue Kommandant behauptet, dem alles
nur zum Vorwand dient, alte Einrichtungen zu bekämpfen.
Jetzt hat er die Maschinenkassa in eigener Verwaltung, und
schicke ich um einen neuen Riemen, wird der zerrissene als
Beweisstück verlangt, der neue kommt erst in zehn Tagen,
ist dann aber von schlechterer Sorte und taugt nicht viel.
Wie ich aber in der Zwischenzeit ohne Riemen die Maschine
betreiben soll, darum kümmert sich niemand.«

Der Reisende überlegte: Es ist immer bedenklich, in
fremde Verhältnisse entscheidend einzugreifen. Er war weder Bürger der Strafkolonie, noch Bürger des Staates, dem
sie angehörte. Wenn er diese Exekution verurteilen oder gar
hintertreiben wollte, konnte man ihm sagen: Du bist ein
Fremder, sei still. Darauf hätte er nichts erwidern, sondern
nur hinzufügen können, daß er sich in diesem Falle selbst
nicht begreife, denn er reise nur mit der Absicht zu sehen
und keineswegs etwa, um fremde Gerichtsverfassungen zu
ändern. Nun lagen aber hier die Dinge allerdings sehr ver-
führerisch. Die Ungerechtigkeit des Verfahrens und die Un-
menschlichkeit der Exekution war zweifellos. Niemand
konnte irgendeine Eigennützigkeit des Reisenden annehmen, denn der Verurteilte war ihm fremd, kein Landsmann
und ein zum Mitleid gar nicht auffordernder Mensch. Der
Reisende selbst hatte Empfehlungen hoher Ämter, war hier
mit großer Höflichkeit empfangen worden, und daß er zu
dieser Exekution eingeladen worden war, schien sogar darauf hinzudeuten, daß man sein Urteil über dieses Gericht
verlangte. Dies war aber um so wahrscheinlicher, als der

Kommandant, wie er jetzt überdeutlich gehört hatte, kein Anhänger dieses Verfahrens war und sich gegenüber dem Offizier fast feindselig verhielt.

Da hörte der Reisende einen Wutschrei des Offiziers. Er hatte gerade, nicht ohne Mühe, dem Verurteilten den Filzstumpf in den Mund geschoben, als der Verurteilte in einem unwiderstehlichen Brechreiz die Augen schloß und sich erbrach. Eilig riß ihn der Offizier vom Stumpf in die Höhe und wollte den Kopf zur Grube hindrehen; aber es war zu spät, der Unrat floß schon an der Maschine hinab. »Alles Schuld des Kommandanten!« schrie der Offizier und rüttelte besinnungslos vorn an den Messingstangen, »die Maschine wird mir verunreinigt wie ein Stall.« Er zeigte mit zitternden Händen dem Reisenden, was geschehen war. »Habe ich nicht stundenlang dem Kommandanten begreiflich zu machen gesucht, daß einen Tag vor der Exekution kein Essen mehr verabfolgt werden soll. Aber die neue milde Richtung ist anderer Meinung. Die Damen des Kommandanten stopfen dem Mann, ehe er abgeführt wird, den Hals mit Zuckersachen voll. Sein ganzes Leben hat er sich von stinkenden Fischen genährt und muß jetzt Zuckersachen essen! Aber es wäre ja möglich, ich würde nichts einwenden, aber warum schafft man nicht einen neuen Filz an, wie ich ihn seit einem Vierteljahr erbitte. Wie kann man ohne Ekel diesen Filz in den Mund nehmen, an dem mehr als hundert Männer im Sterben gesaugt und gebissen haben?«

Der Verurteilte hatte den Kopf niedergelegt und sah friedlich aus, der Soldat war damit beschäftigt, mit dem Hemd des Verurteilten die Maschine zu putzen. Der Offizier ging zum Reisenden, der in irgendeiner Ahnung einen Schritt zurücktrat, aber der Offizier faßte ihn bei der Hand und zog ihn zur Seite. »Ich will einige Worte im Vertrauen mit Ihnen sprechen«, sagte er, »ich darf das doch?« »Gewiß«, sagte der Reisende und hörte mit gesenkten Augen zu.

»Dieses Verfahren und diese Hinrichtung, die Sie jetzt zu bewundern Gelegenheit haben, hat gegenwärtig in unserer Kolonie keinen offenen Anhänger mehr. Ich bin ihr einziger Vertreter, gleichzeitig der einzige Vertreter des Erbes des alten Kommandanten. An einen weiteren Ausbau des Verfahrens kann ich nicht mehr denken, ich verbrauche alle meine Kräfte, um zu erhalten, was vorhanden ist. Als der alte Kommandant lebte, war die Kolonie von seinen Anhängern voll; die Überzeugungskraft des alten Kommandanten habe ich zum Teil, aber seine Macht fehlt mir ganz; infolgedessen haben sich die Anhänger verkrochen, es gibt noch viele, aber keiner gesteht es ein. Wenn Sie heute, also an einem Hinrichtungstag, ins Teehaus gehen und herumhorchen, werden Sie vielleicht nur zweideutige Äußerungen hören. Das sind lauter Anhänger, aber unter dem gegenwärtigen Kommandanten und bei seinen gegenwärtigen Anschauungen für mich ganz unbrauchbar. Und nun frage ich Sie: Soll wegen dieses Kommandanten und seiner Frauen, die ihn beeinflussen, ein solches Lebenswerk« – er zeigte auf die Maschine – »zugrunde gehen? Darf man das zulassen? Selbst wenn man nur als Fremder ein paar Tage auf unserer Insel ist? Es ist aber keine Zeit zu verlieren, man bereitet etwas gegen meine Gerichtsbarkeit vor; es finden schon Beratungen in der Kommandatur statt, zu denen ich nicht zugezogen werde; sogar Ihr heutiger Besuch scheint mir für die ganze Lage bezeichnend; man ist feig und schickt Sie, einen Fremden, vor. – Wie war die Exekution anders in früherer Zeit! Schon einen Tag vor der Hinrichtung war das ganze Tal von Menschen überfüllt; alle kamen nur um zu sehen; früh am Morgen erschien der Kommandant mit seinen Damen; Fanfaren weckten den ganzen Lagerplatz; ich erstattete die Meldung, daß alles vorbereitet sei; die Gesellschaft – kein hoher Beamte durfte fehlen – ordnete sich um die Maschine; dieser Haufen Rohrsessel ist ein armseliges Überbleibsel aus jener Zeit. Die Maschine glänzte frisch geputzt, fast zu jeder Exekution nahm ich neue Ersatzstücke. Vor hunderten Augen – alle Zuschauer standen auf den Fußspitzen bis dort zu den Anhöhen – wurde der Verurteilte vom Kommandanten selbst unter die Egge gelegt. Was heute ein gemeiner Soldat tun darf, war damals meine, des Gerichtspräsidenten, Arbeit und ehrte mich. Und nun begann die Exekution! Kein Mißton störte die Arbeit der Maschine. Manche sahen nun gar nicht mehr zu, sondern lagen mit geschlossenen Augen im Sand; alle wußten: Jetzt geschieht Gerechtigkeit. In der Stille hörte man nur das Seufzen des Verurteilten, gedämpft durch den Filz. Heute gelingt es der Maschine nicht mehr, dem Verurteilten ein stärkeres Seufzen auszupressen, als der Filz noch ersticken kann; damals aber tropften die schreibenden Nadeln eine beizende Flüssigkeit aus, die heute nicht mehr verwendet werden darf. Nun, und dann kam die sechste Stunde! Es war unmöglich, allen die Bitte, aus der Nähe zuschauen zu dürfen, zu gewähren. Der Kommandant in seiner Einsicht ordnete an, daß vor allem die Kinder berücksichtigt werden sollten; ich allerdings durfte kraft meines Berufes immer dabeistehen; oft hockte ich dort, zwei kleine Kinder rechts und links in meinen Armen. Wie nahmen wir alle den Ausdruck der Verklärung von dem gemarterten Gesicht, wie hielten wir unsere Wangen in den Schein dieser endlich erreichten und schon vergehenden Gerechtigkeit! Was für Zeiten, mein Kamerad!« Der Offizier hatte offenbar vergessen, wer vor ihm stand; er hatte den Reisenden umarmt und den Kopf auf seine Schulter gelegt. Der Reisende war in großer Verlegenheit, ungeduldig sah er über den Offizier hinweg. Der Soldat hatte die Reinigungsarbeit beendet und jetzt noch aus einer Büchse Reisbrei in den Napf geschüttet. Kaum merkte dies der Verurteilte, der sich schon vollständig erholt zu haben schien, als er mit der Zunge nach dem Brei zu schnappen begann. Der Soldat stieß ihn immer wieder weg, denn der Brei war wohl für eine spätere Zeit bestimmt, aber ungehörig war es jedenfalls auch, daß der Soldat mit seinen

schmutzigen Händen hineingriff und vor dem gierigen Verurteilten davon aß.

Der Offizier faßte sich schnell. »Ich wollte Sie nicht etwa
rühren«, sagte er, »ich weiß, es ist unmöglich, jene Zeiten
heute begreiflich zu machen. Im übrigen arbeitet die Maschine noch und wirkt für sich. Sie wirkt für sich, auch
wenn sie allein in diesem Tale steht. Und die Leiche fällt
zum Schluß noch immer in dem unbegreiflich sanften Flug
in die Grube, auch wenn nicht, wie damals, Hunderte wie
Fliegen um die Grube sich versammeln. Damals mußten wir
ein starkes Geländer um die Grube anbringen, es ist längst
weggerissen.«

Der Reisende wollte sein Gesicht dem Offizier entziehen
und blickte ziellos herum. Der Offizier glaubte, er betrachte
die Öde des Tales; er ergriff deshalb seine Hände, drehte
sich um ihn, um seine Blicke zu fassen, und fragte: »Merken
Sie die Schande?«

Aber der Reisende schwieg. Der Offizier ließ für ein
Weilchen von ihm ab; mit auseinandergestellten Beinen, die
Hände in den Hüften, stand er still und blickte zu Boden.
Dann lächelte er dem Reisenden aufmunternd zu und sagte:
»Ich war gestern in Ihrer Nähe, als der Kommandant Sie
einlud. Ich hörte die Einladung. Ich kenne den Kommandanten. Ich verstand sofort, was er mit der Einladung be-
zweckte. Trotzdem seine Macht groß genug wäre, um gegen
mich einzuschreiten, wagt er es noch nicht, wohl aber will
er mich Ihrem, dem Urteil eines angesehenen Fremden aussetzen. Seine Berechnung ist sorgfältig; Sie sind den zweiten
Tag auf der Insel, Sie kannten den alten Kommandanten
und seinen Gedankenkreis nicht, Sie sind in europäischen
Anschauungen befangen, vielleicht sind Sie ein grundsätz-
licher Gegner der Todesstrafe im allgemeinen und einer derartigen maschinellen Hinrichtungsart im besonderen, Sie
sehen überdies, wie die Hinrichtung ohne öffentliche An-
teilnahme, traurig, auf einer bereits etwas beschädigten Maschine vor sich geht – wäre es nun, alles dieses zusammen-

genommen (so denkt der Kommandant), nicht sehr leicht möglich, daß Sie mein Verfahren nicht für richtig halten? Und wenn Sie es nicht für richtig halten, werden Sie dies (ich rede noch immer im Sinne des Kommandanten) nicht verschweigen, denn Sie vertrauen doch gewiß Ihren vielerprobten Überzeugungen. Sie haben allerdings viele Eigentümlichkeiten vieler Völker gesehen und achten gelernt, Sie werden daher wahrscheinlich sich nicht mit ganzer Kraft, wie Sie es vielleicht in Ihrer Heimat tun würden, gegen das Verfahren aussprechen. Aber dessen bedarf der Kommandant gar nicht. Ein flüchtiges, ein bloß unvorsichtiges Wort genügt. Es muß gar nicht Ihrer Überzeugung entsprechen, wenn es nur scheinbar seinem Wunsche entgegenkommt. Daß er Sie mit aller Schlauheit ausfragen wird, dessen bin ich gewiß. Und seine Damen werden im Kreis herumsitzen und die Ohren spitzen; Sie werden etwa sagen: ›Bei uns ist das Gerichtsverfahren ein anderes‹, oder ›Bei uns wird der Angeklagte vor dem Urteil verhört‹, oder ›Bei uns erfährt der Verurteilte das Urteil‹, oder ›Bei uns gibt es auch andere Strafen als Todesstrafen‹, oder ›Bei uns gab es Folterungen nur im Mittelalter‹. Das alles sind Bemerkungen, die ebenso richtig sind, als sie Ihnen selbstverständlich erscheinen, unschuldige Bemerkungen, die mein Verfahren nicht antasten. Aber wie wird sie der Kommandant aufnehmen? Ich sehe ihn, den guten Kommandanten, wie er sofort den Stuhl beiseite schiebt und auf den Balkon eilt, ich sehe seine Damen, wie sie ihm nachströmen, ich höre seine Stimme – die Damen nennen sie eine Donnerstimme –, nun, und er spricht: ›Ein großer Forscher des Abendlandes, dazu bestimmt, das Gerichtsverfahren in allen Ländern zu überprüfen, hat eben gesagt, daß unser Verfahren nach altem Brauch ein unmenschliches ist. Nach diesem Urteil einer solchen Persönlichkeit ist es mir natürlich nicht mehr möglich, dieses Verfahren zu dulden. Mit dem heutigen Tage also ordne ich an – usw.‹ Sie wollen eingreifen, Sie haben nicht das gesagt, was er verkündet, Sie haben mein Verfahren nicht un-

menschlich genannt, im Gegenteil, Ihrer tiefen Einsicht entsprechend halten Sie es für das menschlichste und men-
schenwürdigste, Sie bewundern auch diese Maschinerie –
aber es ist zu spät; Sie kommen gar nicht auf den Balkon,
der schon voll Damen ist; Sie wollen sich bemerkbar machen; Sie wollen schreien; aber eine Damenhand hält Ihnen
den Mund zu – und ich und das Werk des alten Kommandanten sind verloren.«

Der Reisende mußte ein Lächeln unterdrücken; so leicht
war also die Aufgabe, die er für so schwer gehalten hatte. Er
sagte ausweichend: »Sie überschätzen meinen Einfluß; der
Kommandant hat mein Empfehlungsschreiben gelesen, er
weiß, daß ich kein Kenner der gerichtlichen Verfahren bin.
Wenn ich eine Meinung aussprechen würde, so wäre es die
Meinung eines Privatmannes, um nichts bedeutender als die
Meinung eines beliebigen anderen, und jedenfalls viel be-
deutungsloser als die Meinung des Kommandanten, der in
dieser Strafkolonie, wie ich zu wissen glaube, sehr ausge-
dehnte Rechte hat. Ist seine Meinung über dieses Verfahren
eine so bestimmte, wie Sie glauben, dann, fürchte ich, ist
allerdings das Ende dieses Verfahrens gekommen, ohne daß
es meiner bescheidenen Mithilfe bedürfte.«

Begriff es schon der Offizier? Nein, er begriff noch nicht.
Er schüttelte lebhaft den Kopf, sah kurz nach dem Verurteilten und dem Soldaten zurück, die zusammenzuckten
und vom Reis abließen, ging ganz nahe an den Reisenden
heran, blickte ihm nicht ins Gesicht, sondern irgendwohin
auf seinen Rock und sagte leiser als früher: »Sie kennen den
Kommandanten nicht; Sie stehen ihm und uns allen – verzeihen Sie den Ausdruck – gewissermaßen harmlos gegenüber; Ihr Einfluß, glauben Sie mir, kann nicht hoch genug
eingeschätzt werden. Ich war ja glückselig, als ich hörte, daß
Sie allein der Exekution beiwohnen sollten. Diese Anordnung des Kommandanten sollte mich treffen, nun aber
wende ich sie zu meinen Gunsten. Unabgelenkt von falschen Einflüsterungen und verächtlichen Blicken – wie sie

bei größerer Teilnahme an der Exekution nicht hätten vermieden werden können – haben Sie meine Erklärungen angehört, die Maschine gesehen und sind nun im Begriffe, die
Exekution zu besichtigen. Ihr Urteil steht gewiß schon fest;
sollten noch kleine Unsicherheiten bestehen, so würde der
Anblick der Exekution beseitigen. Und nun stelle ich an Sie
die Bitte: helfen Sie mir gegenüber dem Kommandanten!«

Der Reisende ließ ihn nicht weiter reden. »Wie könnte
ich denn das«, rief er aus, »das ist ganz unmöglich. Ich kann
Ihnen ebensowenig nützen als ich Ihnen schaden kann.«

»Sie können es«, sagte der Offizier. Mit einiger Befürchtung sah der Reisende, daß der Offizier die Fäuste ballte.
»Sie können es«, wiederholte der Offizier noch dringender.
»Ich habe einen Plan, der gelingen muß. Sie glauben, Ihr
Einfluß genüge nicht. Ich weiß, daß er genügt. Aber zugestanden, daß Sie recht haben, ist es denn nicht notwendig,
zur Erhaltung dieses Verfahrens alles, selbst das möglicherweise Unzureichende zu versuchen? Hören Sie also meinen
Plan. Zu seiner Ausführung ist es vor allem nötig, daß Sie
heute in der Kolonie mit Ihrem Urteil über das Verfahren
möglichst zurückhalten. Wenn man Sie nicht geradezu fragt,
dürfen Sie sich keinesfalls äußern; Ihre Äußerungen aber
müssen kurz und unbestimmt sein; man soll merken, daß es
Ihnen schwer wird, darüber zu sprechen, daß Sie verbittert
sind, daß Sie, falls Sie offen reden sollten, geradezu in Ver-
wünschungen ausbrechen müßten. Ich verlange nicht, daß
Sie lügen sollen; keineswegs; Sie sollen nur kurz antworten,
etwa: ›Ja, ich habe die Exekution gesehen‹, oder ›Ja, ich habe
alle Erklärungen gehört‹. Nur das, nichts weiter. Für die
Verbitterung, die man Ihnen anmerken soll, ist ja genügend
Anlaß, wenn auch nicht im Sinne des Kommandanten. Er
natürlich wird es vollständig mißverstehen und in seinem
Sinne deuten. Darauf gründet sich mein Plan. Morgen findet in der Kommandatur unter dem Vorsitz des Kommandanten eine große Sitzung aller höheren Verwaltungsbeam-
ten statt. Der Kommandant hat es natürlich verstanden, aus

solchen Sitzungen eine Schaustellung zu machen. Es wurde
eine Galerie gebaut, die mit Zuschauern immer besetzt ist.
Ich bin gezwungen an den Beratungen teilzunehmen, aber
der Widerwille schüttelt mich. Nun werden Sie gewiß auf
jeden Fall zu der Sitzung eingeladen werden; wenn Sie sich
heute meinem Plane gemäß verhalten, wird die Einladung
zu einer dringenden Bitte werden. Sollten Sie aber aus
irgendeinem unerfindlichen Grunde doch nicht eingeladen
werden, so müßten Sie allerdings die Einladung verlangen;
daß Sie sie dann erhalten, ist zweifellos. Nun sitzen Sie also
morgen mit den Damen in der Loge des Kommandanten.
Er versichert sich öfters durch Blicke nach oben, daß Sie da
sind. Nach verschiedenen gleichgültigen, lächerlichen, nur
für die Zuhörer berechneten Verhandlungsgegenständen –
meistens sind es Hafenbauten, immer wieder Hafenbauten!
– kommt auch das Gerichtsverfahren zur Sprache. Sollte es
von seiten des Kommandanten nicht oder nicht bald genug
geschehen, so werde ich dafür sorgen, daß es geschieht. Ich
werde aufstehen und die Meldung von der heutigen Exekution erstatten. Ganz kurz, nur diese Meldung. Eine solche
Meldung ist zwar dort nicht üblich, aber ich tue es doch.
Der Kommandant dankt mir, wie immer, mit freundlichem
Lächeln und nun, er kann sich nicht zurückhalten, erfaßt er
die gute Gelegenheit. ›Es wurde eben‹, so oder ähnlich wird
er sprechen, ›die Meldung von der Exekution erstattet. Ich
möchte dieser Meldung nur hinzufügen, daß gerade dieser
Exekution der große Forscher beigewohnt hat, von dessen
unsere Kolonie so außerordentlich ehrendem Besuch Sie
alle wissen. Auch unsere heutige Sitzung ist durch seine Anwesenheit in ihrer Bedeutung erhöht. Wollen wir nun nicht
an diesen großen Forscher die Frage richten, wie er die Exekution nach altem Brauch und das Verfahren, das ihr vor-
hergeht, beurteilt?‹ Natürlich überall Beifallklatschen, allgemeine Zustimmung, ich bin der lauteste. Der Kommandant
verbeugt sich vor Ihnen und sagt: ›Dann stelle ich im Namen aller die Frage.‹ Und nun treten Sie an die Brüstung.

Legen Sie die Hände für alle sichtbar hin, sonst fassen sie die Damen und spielen mit den Fingern. – Und jetzt kommt endlich Ihr Wort. Ich weiß nicht, wie ich die Spannung der Stunden bis dahin ertragen werde. In Ihrer Rede müssen Sie sich keine Schranken setzen, machen Sie mit der Wahrheit Lärm, beugen Sie sich über die Brüstung, brüllen Sie, aber ja, brüllen Sie dem Kommandanten Ihre Meinung, Ihre unerschütterliche Meinung zu. Aber vielleicht wollen Sie das nicht, es entspricht nicht Ihrem Charakter, in Ihrer Heimat verhält man sich vielleicht in solchen Lagen anders, auch das ist richtig, auch das genügt vollkommen, stehen Sie gar nicht auf, sagen Sie nur ein paar Worte, flüstern Sie sie, daß sie gerade noch die Beamten unter Ihnen hören, es genügt, Sie müssen gar nicht selbst von der mangelnden Teilnahme an der Exekution, von dem kreischenden Rad, dem zerrissenen Riemen, dem widerlichen Filz reden, nein, alles weitere übernehme ich, und glauben Sie, wenn meine Rede ihn nicht aus dem Saale jagt, so wird sie ihn auf die Knie zwingen, daß er bekennen muß: Alter Kommandant, vor dir beuge ich mich. – Das ist mein Plan; wollen Sie mir zu seiner Ausführung helfen? Aber natürlich wollen Sie, mehr als das, Sie müssen.« Und der Offizier faßte den Reisenden an beiden Armen und sah ihm schweratmend ins Gesicht. Die letzten Sätze hatte er so geschrien, daß selbst der Soldat und der Verurteilte aufmerksam geworden waren; trotzdem sie nichts verstehen konnten, hielten sie doch im Essen inne und sahen kauend zum Reisenden hinüber.

Die Antwort, die er zu geben hatte, war für den Reisenden von allem Anfang an zweifellos; er hatte in seinem Leben zu viel erfahren, als daß er hier hätte schwanken können; er war im Grunde ehrlich und hatte keine Furcht. Trotzdem zögerte er jetzt im Anblick des Soldaten und des Verurteilten einen Atemzug lang. Schließlich aber sagte er, wie er mußte: »Nein.« Der Offizier blinzelte mehrmals mit den Augen, ließ aber keinen Blick von ihm. »Wollen Sie eine Erklärung?« fragte der Reisende. Der Offizier nickte

stumm. »Ich bin ein Gegner dieses Verfahrens«, sagte nun
der Reisende, »noch ehe Sie mich ins Vertrauen zogen – dieses Vertrauen werde ich natürlich unter keinen Umständen
mißbrauchen – habe ich schon überlegt, ob ich berechtigt
wäre, gegen dieses Verfahren einzuschreiten und ob mein
Einschreiten auch nur eine kleine Aussicht auf Erfolg haben
könnte. An wen ich mich dabei zuerst wenden müßte, war
mir klar: an den Kommandanten natürlich. Sie haben es
mir noch klarer gemacht, ohne aber etwa meinen Entschluß
erst befestigt zu haben, im Gegenteil, Ihre ehrliche Überzeugung geht mir nahe, wenn sie mich auch nicht beirren
kann.«

Der Offizier blieb stumm, wendete sich der Maschine zu,
faßte eine der Messingstangen und sah dann, ein wenig zurückgebeugt, zum Zeichner hinauf, als prüfe er, ob alles in
Ordnung sei. Der Soldat und der Verurteilte schienen sich
miteinander befreundet zu haben; der Verurteilte machte, so
schwierig dies bei der festen Einschnallung durchzuführen
war, dem Soldaten Zeichen; der Soldat beugte sich zu ihm;
der Verurteilte flüsterte ihm etwas zu, und der Soldat nickte.

Der Reisende ging dem Offizier nach und sagte: »Sie wissen noch nicht, was ich tun will. Ich werde meine Ansicht
über das Verfahren dem Kommandanten zwar sagen, aber
nicht in einer Sitzung, sondern unter vier Augen; ich werde
auch nicht so lange hier bleiben, daß ich irgendeiner Sitzung
beigezogen werden könnte; ich fahre schon morgen früh weg
oder schiffe mich wenigstens ein.«

Es sah nicht aus, als ob der Offizier zugehört hätte. »Das
Verfahren hat Sie also nicht überzeugt«, sagte er für sich
und lächelte, wie ein Alter über den Unsinn eines Kindes lächelt und hinter dem Lächeln sein eigenes wirkliches Nachdenken behält.

»Dann ist es also Zeit«, sagte er schließlich und blickte
plötzlich mit hellen Augen, die irgendeine Aufforderung,
irgendeinen Aufruf zur Beteiligung enthielten, den Reisenden an.

»Wozu ist es Zeit?« fragte der Reisende unruhig, bekam aber keine Antwort.

»Du bist frei«, sagte der Offizier zum Verurteilten in dessen Sprache. Dieser glaubte es zuerst nicht. »Nun, frei bist du«, sagte der Offizier. Zum erstenmal bekam das Gesicht des Verurteilten wirkliches Leben. War es Wahrheit? War es nur eine Laune des Offiziers, die vorübergehen konnte? Hatte der fremde Reisende ihm Gnade erwirkt? Was war es? So schien sein Gesicht zu fragen. Aber nicht lange. Was immer es sein mochte, er wollte, wenn er durfte, wirklich frei sein und er begann sich zu rütteln, soweit es die Egge erlaubte.

»Du zerreißt mir die Riemen«, schrie der Offizier, »sei ruhig! Wir öffnen sie schon.« Und er machte sich mit dem Soldaten, dem er ein Zeichen gab, an die Arbeit. Der Verurteilte lachte ohne Worte leise vor sich hin, bald wendete er das Gesicht links zum Offizier, bald rechts zum Soldaten, auch den Reisenden vergaß er nicht.

»Zieh ihn heraus«, befahl der Offizier dem Soldaten. Es mußte hiebei wegen der Egge einige Vorsicht angewendet werden. Der Verurteilte hatte schon infolge seiner Ungeduld einige kleine Rißwunden auf dem Rücken.

Von jetzt ab kümmerte sich aber der Offizier kaum mehr um ihn. Er ging auf den Reisenden zu, zog wieder die kleine Ledermappe hervor, blätterte in ihr, fand schließlich das Blatt, das er suchte, und zeigte es dem Reisenden. »Lesen Sie«, sagte er. »Ich kann nicht«, sagte der Reisende, »ich sagte schon, ich kann diese Blätter nicht lesen.« »Sehen Sie das Blatt doch genau an«, sagte der Offizier und trat neben den Reisenden, um mit ihm zu lesen. Als auch das nichts half, fuhr er mit dem kleinen Finger in großer Höhe, als dürfe das Blatt auf keinen Fall berührt werden, über das Papier hin, um auf diese Weise dem Reisenden das Lesen zu erleichtern. Der Reisende gab sich auch Mühe, um wenigstens darin dem Offizier gefällig sein zu können, aber es war ihm unmöglich. Nun begann der Offizier die Auf-

schrift zu buchstabieren und dann las er sie noch einmal im
Zusammenhang. »›Sei gerecht!‹ – heißt es«, sagte er, »jetzt
können Sie es doch lesen.« Der Reisende beugte sich so tief
über das Papier, daß der Offizier aus Angst vor einer Berührung es weiter entfernte; nun sagte der Reisende zwar
nichts mehr, aber es war klar, daß er es noch immer nicht
hatte lesen können. »›Sei gerecht!‹ – heißt es«, sagte der Offizier nochmals. »Mag sein«, sagte der Reisende, »ich glaube
es, daß es dort steht.« »Nun gut«, sagte der Offizier, wenigstens teilweise befriedigt, und stieg mit dem Blatt auf die
Leiter; er bettete das Blatt mit großer Vorsicht im Zeichner
und ordnete das Räderwerk scheinbar gänzlich um; es war
eine sehr mühselige Arbeit, es mußte sich auch um ganz
kleine Räder handeln, manchmal verschwand der Kopf des
Offiziers völlig im Zeichner, so genau mußte er das Räderwerk untersuchen.

Der Reisende verfolgte von unten diese Arbeit ununterbrochen, der Hals wurde ihm steif, und die Augen schmerzten ihn von dem mit Sonnenlicht überschütteten Himmel.
Der Soldat und der Verurteilte waren nur miteinander beschäftigt. Das Hemd und die Hose des Verurteilten, die
schon in der Grube lagen, wurden vom Soldaten mit der
Bajonettspitze herausgezogen. Das Hemd war entsetzlich
schmutzig, und der Verurteilte wusch es in dem Wasserkübel. Als er dann Hemd und Hose anzog, mußte der Soldat
wie der Verurteilte laut lachen, denn die Kleidungsstücke
waren doch hinten entzweigeschnitten. Vielleicht glaubte
der Verurteilte verpflichtet zu sein, den Soldaten zu unterhalten, er drehte sich in der zerschnittenen Kleidung im
Kreise vor dem Soldaten, der auf dem Boden hockte und lachend auf seine Knie schlug. Immerhin bezwangen sie sich
noch mit Rücksicht auf die Anwesenheit der Herren.

Als der Offizier oben endlich fertiggeworden war, überblickte er noch einmal lächelnd das Ganze in allen seinen
Teilen, schlug diesmal den Deckel des Zeichners zu, der bisher offen gewesen war, stieg hinunter, sah in die Grube und

dann auf den Verurteilten, merkte befriedigt, daß dieser
seine Kleidung herausgenommen hatte, ging dann zu dem
Wasserkübel, um die Hände zu waschen, erkannte zu spät
den widerlichen Schmutz, war traurig darüber, daß er nun
die Hände nicht waschen konnte, tauchte sie schließlich –
dieser Ersatz genügte ihm nicht, aber er mußte sich fügen –
in den Sand, stand dann auf und begann seinen Uniformrock aufzuknöpfen. Hiebei fielen ihm zunächst die zwei
Damentaschentücher, die er hinter den Kragen gezwängt
hatte, in die Hände. »Hier hast du deine Taschentücher«,
sagte er und warf sie dem Verurteilten zu. Und zum Reisenden sagte er erklärend: »Geschenke der Damen.«

Trotz der offenbaren Eile, mit der er den Uniformrock
auszog und sich dann vollständig entkleidete, behandelte er
doch jedes Kleidungsstück sehr sorgfältig, über die Silber-
schnüre an seinem Waffenrock strich er sogar eigens mit den
Fingern hin und schüttelte eine Troddel zurecht. Wenig
paßte es allerdings zu dieser Sorgfalt, daß er, sobald er mit
der Behandlung eines Stückes fertig war, es dann sofort mit
einem unwilligen Ruck in die Grube warf. Das letzte, was
ihm übrig blieb, war sein kurzer Degen mit dem Tragrie-
men. Er zog den Degen aus der Scheide, zerbrach ihn, faßte
dann alles zusammen, die Degenstücke, die Scheide und den
Riemen und warf es so heftig weg, daß es unten in der
Grube aneinander klang.

Nun stand er nackt da. Der Reisende biß sich auf die Lippen und sagte nichts. Er wußte zwar, was geschehen würde,
aber er hatte kein Recht, den Offizier an irgend etwas zu
hindern. War das Gerichtsverfahren, an dem der Offizier
hing, wirklich so nahe daran behoben zu werden – möglicherweise infolge des Einschreitens des Reisenden, zu dem
sich dieser seinerseits verpflichtet fühlte – dann handelte
jetzt der Offizier vollständig richtig; der Reisende hätte an
seiner Stelle nicht anders gehandelt.

Der Soldat und der Verurteilte verstanden zuerst nichts,
sie sahen anfangs nicht einmal zu. Der Verurteilte war sehr

erfreut darüber, die Taschentücher zurückerhalten zu haben, aber er durfte sich nicht lange an ihnen freuen, denn der Soldat nahm sie ihm mit einem raschen, nicht vorherzusehenden Griff. Nun versuchte wieder der Verurteilte dem Soldaten die Tücher hinter dem Gürtel, hinter dem er sie verwahrt hatte, hervorzuziehen, aber der Soldat war wachsam. So stritten sie in halbem Scherz. Erst als der Offizier vollständig nackt war, wurden sie aufmerksam. Besonders der Verurteilte schien von der Ahnung irgendeines großen Umschwungs getroffen zu sein. Was ihm geschehen war, geschah nun dem Offizier. Vielleicht würde es so bis zum Äußersten gehen. Wahrscheinlich hatte der fremde Reisende den Befehl dazu gegeben. Das war also Rache. Ohne selbst bis zum Ende gelitten zu haben, wurde er doch bis zum Ende gerächt. Ein breites, lautloses Lachen erschien nun auf seinem Gesicht und verschwand nicht mehr.

Der Offizier aber hatte sich der Maschine zugewendet. Wenn es schon früher deutlich gewesen war, daß er die Maschine gut verstand, so konnte es jetzt einen fast bestürzt machen, wie er mit ihr umging und wie sie gehorchte. Er hatte die Hand der Egge nur genähert, und sie hob und senkte sich mehrmals, bis sie die richtige Lage erreicht hatte um ihn zu empfangen; er faßte das Bett nur am Rande, und es fing schon zu zittern an; der Filzstumpf kam seinem Mund entgegen, man sah, wie der Offizier ihn eigentlich nicht haben wollte, aber das Zögern dauerte nur einen Augenblick, gleich fügte er sich und nahm ihn auf. Alles war bereit, nur die Riemen hingen noch an den Seiten hinunter, aber sie waren offenbar unnötig, der Offizier mußte nicht angeschnallt sein. Da bemerkte der Verurteilte die losen Riemen, seiner Meinung nach war die Exekution nicht vollkommen, wenn die Riemen nicht festgeschnallt waren, er winkte eifrig dem Soldaten, und sie liefen hin, den Offizier anzuschnallen. Dieser hatte schon den einen Fuß ausgestreckt, um in die Kurbel zu stoßen, die den Zeichner in Gang bringen sollte; da sah er, daß die zwei gekommen waren; er zog daher den Fuß zurück und ließ sich anschnallen. Nun konnte er allerdings die Kurbel nicht mehr erreichen; weder der Soldat noch der Verurteilte würden sie auffinden, und der Reisende war entschlossen, sich nicht zu rühren. Es war nicht nötig; kaum waren die Riemen angebracht, fing auch schon die Maschine zu arbeiten an; das Bett zitterte, die Nadeln tanzten auf der Haut, die Egge schwebte auf und ab. Der Reisende hatte schon eine Weile hingestarrt, ehe er sich erinnerte, daß ein Rad im Zeichner hätte kreischen sollen; aber alles war still, nicht das geringste Surren war zu hören.

Durch diese stille Arbeit entschwand die Maschine förmlich der Aufmerksamkeit. Der Reisende sah zu dem Soldaten und dem Verurteilten hinüber. Der Verurteilte war der lebhaftere, alles an der Maschine interessierte ihn, bald beugte er sich nieder, bald streckte er sich, immerfort hatte er den Zeigefinger ausgestreckt, um dem Soldaten etwas zu zeigen. Dem Reisenden war es peinlich. Er war entschlossen, hier bis zum Ende zu bleiben, aber den Anblick der zwei hätte er nicht lange ertragen. »Geht nach Hause«, sagte er. Der Soldat wäre dazu vielleicht bereit gewesen, aber der Verurteilte empfand den Befehl geradezu als Strafe. Er bat flehentlich mit gefalteten Händen ihn hier zu lassen, und als der Reisende kopfschüttelnd nicht nachgeben wollte, kniete er sogar nieder. Der Reisende sah, daß Befehle hier nichts halfen, er wollte hinüber und die zwei vertreiben. Da hörte er oben im Zeichner ein Geräusch. Er sah hinauf. Störte also das eine Zahnrad doch? Aber es war etwas anderes. Langsam hob sich der Deckel des Zeichners und klappte dann vollständig auf. Die Zacken eines Zahnrades zeigten und hoben sich, bald erschien das ganze Rad, es war, als presse irgendeine große Macht den Zeichner zusammen, so daß für dieses Rad kein Platz mehr übrig blieb, das Rad drehte sich bis zum Rand des Zeichners, fiel hinunter, kollerte aufrecht ein Stück im Sand und blieb dann liegen. Aber schon stieg oben ein anderes auf, ihm folgten viele,

große, kleine und kaum zu unterscheidende, mit allen geschah dasselbe, immer glaubte man, nun müsse der Zeichner
jedenfalls schon entleert sein, da erschien eine neue, besonders zahlreiche Gruppe, stieg auf, fiel hinunter, kollerte im Sand und legte sich. Über diesem Vorgang vergaß der
Verurteilte ganz den Befehl des Reisenden, die Zahnräder
entzückten ihn völlig, er wollte immer eines fassen, trieb
gleichzeitig den Soldaten an, ihm zu helfen, zog aber erschreckt die Hand zurück, denn es folgte gleich ein anderes
Rad, das ihn, wenigstens im ersten Anrollen, erschreckte.

Der Reisende dagegen war sehr beunruhigt; die Maschine
ging offenbar in Trümmer; ihr ruhiger Gang war eine Täuschung; er hatte das Gefühl, als müsse er sich jetzt des Offiziers annehmen, da dieser nicht mehr für sich selbst sorgen
konnte. Aber während der Fall der Zahnräder seine ganze
Aufmerksamkeit beanspruchte, hatte er versäumt, die übrige Maschine zu beaufsichtigen; als er jedoch jetzt, nachdem das letzte Zahnrad den Zeichner verlassen hatte, sich
über die Egge beugte, hatte er eine neue, noch ärgere Überraschung. Die Egge schrieb nicht, sie stach nur, und das Bett
wälzte den Körper nicht, sondern hob ihn nur zitternd in
die Nadeln hinein. Der Reisende wollte eingreifen, möglicherweise das Ganze zum Stehen bringen, das war ja keine
Folter, wie sie der Offizier erreichen wollte, das war unmittelbarer Mord. Er streckte die Hände aus. Da hob sich aber
schon die Egge mit dem aufgespießten Körper zur Seite,
wie sie es sonst erst in der zwölften Stunde tat. Das Blut
floß in hundert Strömen, nicht mit Wasser vermischt, auch
die Wasserröhrchen hatten diesmal versagt. Und nun versagte noch das letzte, der Körper löste sich von den langen
Nadeln nicht, strömte sein Blut aus, hing aber über der
Grube ohne zu fallen. Die Egge wollte schon in ihre alte
Lage zurückkehren, aber als merke sie selbst, daß sie von
ihrer Last noch nicht befreit sei, blieb sie doch über der
Grube. »Helft doch!« schrie der Reisende zum Soldaten
und zum Verurteilten hinüber und faßte selbst die Füße des

Offiziers. Er wollte sich hier gegen die Füße drücken, die
zwei sollten auf der anderen Seite den Kopf des Offiziers
fassen, und so sollte er langsam von den Nadeln gehoben
werden. Aber nun konnten sich die zwei nicht entschließen
zu kommen; der Verurteilte drehte sich geradezu um; der
Reisende mußte zu ihnen hinübergehen und sie mit Gewalt
zu dem Kopf des Offiziers drängen. Hiebei sah er fast gegen Willen das Gesicht der Leiche. Es war, wie es im Leben
gewesen war; kein Zeichen der versprochenen Erlösung war
zu entdecken; was alle anderen in der Maschine gefunden
hatten, der Offizier fand es nicht; die Lippen waren fest zu-
sammengedrückt, die Augen waren offen, hatten den Ausdruck des Lebens, der Blick war ruhig und überzeugt,
durch die Stirn ging die Spitze des großen eisernen Stachels.

*   *   *

Als der Reisende, mit dem Soldaten und dem Verurteilten
hinter sich, zu den ersten Häusern der Kolonie kam, zeigte
der Soldat auf eines und sagte: »Hier ist das Teehaus.«
Im Erdgeschoß eines Hauses war ein tiefer, niedriger,
höhlenartiger, an den Wänden und an der Decke verräu-
cherter Raum. Gegen die Straße zu war er in seiner ganzen
Breite offen. Trotzdem sich das Teehaus von den übrigen
Häusern der Kolonie, die bis auf die Palastbauten der Kommandatur alle sehr verkommen waren, wenig unterschied,
übte es auf den Reisenden doch den Eindruck einer historischen Erinnerung aus und er fühlte die Macht der früheren
Zeiten. Er trat näher heran, ging, gefolgt von seinen Beglei-
tern, zwischen den unbesetzten Tischen hindurch, die vor
dem Teehaus auf der Straße standen, und atmete die kühle,
dumpfige Luft ein, die aus dem Innern kam. »Der Alte ist
hier begraben«, sagte der Soldat, »ein Platz auf dem Friedhof ist ihm vom Geistlichen verweigert worden. Man war
eine Zeitlang unentschlossen, wo man ihn begraben sollte,
schließlich hat man ihn hier begraben. Davon hat Ihnen der

Offizier gewiß nichts erzählt, denn dessen hat er sich natürlich am meisten geschämt. Er hat sogar einigemal in der Nacht versucht, den Alten auszugraben, er ist aber immer verjagt worden.« »Wo ist das Grab?« fragte der Reisende, der dem Soldaten nicht glauben konnte. Gleich liefen beide, der Soldat wie der Verurteilte, vor ihm her und zeigten mit ausgestreckten Händen dorthin, wo sich das Grab befinden sollte. Sie führten den Reisenden bis zur Rückwand, wo an einigen Tischen Gäste saßen. Es waren wahrscheinlich Hafenarbeiter, starke Männer mit kurzen, glänzend schwarzen Vollbärten. Alle waren ohne Rock, ihre Hemden waren zerrissen, es war armes, gedemütigtes Volk. Als sich der Reisende näherte, erhoben sich einige, drückten sich an die Wand und sahen ihm entgegen. »Es ist ein Fremder«, flüsterte es um den Reisenden herum, »er will das Grab ansehen.« Sie schoben einen der Tische beiseite, unter dem sich wirklich ein Grabstein befand. Es war ein einfacher Stein, niedrig genug, um unter einem Tisch verborgen werden zu können. Er trug eine Aufschrift mit sehr kleinen Buchstaben, der Reisende mußte, um sie zu lesen, niederknien. Sie lautete: »Hier ruht der alte Kommandant. Seine Anhänger, die jetzt keinen Namen tragen dürfen, haben ihm das Grab gegraben und den Stein gesetzt. Es besteht eine Prophezeiung, daß der Kommandant nach einer bestimmten Anzahl von Jahren auferstehen und aus diesem Hause seine Anhänger zur Wiedereroberung der Kolonie führen wird. Glaubet und wartet!« Als der Reisende das gelesen hatte und sich erhob, sah er rings um sich die Männer stehen und lächeln, als hätten sie mit ihm die Aufschrift gelesen, sie lächerlich gefunden und forderten ihn auf, sich ihrer Meinung anzuschließen. Der Reisende tat, als merke er das nicht, verteilte einige Münzen unter sie, wartete noch, bis der Tisch über das Grab geschoben war, verließ das Teehaus und ging zum Hafen.

Der Soldat und der Verurteilte hatten im Teehaus Bekannte gefunden, die sie zurückhielten. Sie mußten sich

aber bald von ihnen losgerissen haben, denn der Reisende
befand sich erst in der Mitte der langen Treppe, die zu den
Booten führte, als sie ihm schon nachliefen. Sie wollten
wahrscheinlich den Reisenden im letzten Augenblick zwingen, sie mitzunehmen. Während der Reisende unten mit einem Schiffer wegen der Überfahrt zum Dampfer unterhan-
delte, rasten die zwei die Treppe hinab, schweigend, denn
zu schreien wagten sie nicht. Aber als sie unten ankamen,
war der Reisende schon im Boot, und der Schiffer löste es
gerade vom Ufer. Sie hätten noch ins Boot springen können,
aber der Reisende hob ein schweres geknotetes Tau vom
Boden, drohte ihnen damit und hielt sie dadurch von dem
Sprunge ab.

Ein Landarzt
Kleine Erzählungen

Meinem Vater

Der neue Advokat

Wir haben einen neuen Advokaten, den Dr. Bucephalus. In seinem Äußern erinnert wenig an die Zeit, da er noch Streitroß Alexanders von Macedonien war. Wer allerdings mit den Umständen vertraut ist, bemerkt einiges. Doch sah ich letzthin auf der Freitreppe selbst einen ganz einfältigen Gerichtsdiener mit dem Fachblick des kleinen Stammgastes der Wettrennen den Advokaten bestaunen, als dieser, hoch die Schenkel hebend, mit auf dem Marmor aufklingendem Schritt von Stufe zu Stufe stieg.

Im allgemeinen billigt das Barreau die Aufnahme des Bucephalus. Mit erstaunlicher Einsicht sagt man sich, daß Bucephalus bei der heutigen Gesellschaftsordnung in einer schwierigen Lage ist und daß er deshalb, sowie auch wegen seiner weltgeschichtlichen Bedeutung, jedenfalls Entgegenkommen verdient. Heute – das kann niemand leugnen – gibt es keinen großen Alexander. Zu morden verstehen zwar manche; auch an der Geschicklichkeit, mit der Lanze über den Bankettisch hinweg den Freund zu treffen, fehlt es nicht; und vielen ist Macedonien zu eng, so daß sie Philipp, den Vater, verfluchen – aber niemand, niemand kann nach Indien führen. Schon damals waren Indiens Tore unerreichbar, aber ihre Richtung war durch das Königsschwert bezeichnet. Heute sind die Tore ganz anderswohin und weiter und höher vertragen; niemand zeigt die Richtung; viele halten Schwerter, aber nur, um mit ihnen zu fuchteln; und der Blick, der ihnen folgen will, verwirrt sich.

Vielleicht ist es deshalb wirklich das Beste, sich, wie es Bucephalus getan hat, in die Gesetzbücher zu versenken. Frei, unbedrückt die Seiten von den Lenden des Reiters, bei stiller Lampe, fern dem Getöse der Alexanderschlacht, liest und wendet er die Blätter unserer alten Bücher.

Ein Landarzt

Ich war in großer Verlegenheit; eine dringende Reise stand mir bevor; ein Schwerkranker wartete auf mich in einem zehn Meilen entfernten Dorfe; starkes Schneegestöber füllte den weiten Raum zwischen mir und ihm; einen Wagen hatte ich, leicht, großräderig, ganz wie er für unsere Landstraßen taugt; in den Pelz gepackt, die Instrumententasche in der Hand, stand ich reisefertig schon auf dem Hofe; aber das Pferd fehlte, das Pferd. Mein eigenes Pferd war in der letzten Nacht, infolge der Überanstrengung in diesem eisigen Winter, verendet; mein Dienstmädchen lief jetzt im Dorf umher, um ein Pferd geliehen zu bekommen; aber es war aussichtslos, ich wußte es, und immer mehr vom Schnee überhäuft, immer unbeweglicher werdend, stand ich zwecklos da. Am Tor erschien das Mädchen, allein, schwenkte die Laterne; natürlich, wer leiht jetzt sein Pferd her zu solcher Fahrt? Ich durchmaß noch einmal den Hof; ich fand keine Möglichkeit; zerstreut, gequält stieß ich mit dem Fuß an die brüchige Tür des schon seit Jahren unbenützten Schweinestalles. Sie öffnete sich und klappte in den Angeln auf und zu. Wärme und Geruch wie von Pferden kam hervor. Eine trübe Stallaterne schwankte drin an einem Seil. Ein Mann, zusammengekauert in dem niedrigen Verschlag, zeigte sein offenes blauäugiges Gesicht. »Soll ich anspannen?« fragte er, auf allen Vieren hervorkriechend. Ich wußte nichts zu sagen und beugte mich nur, um zu sehen, was es noch in dem Stalle gab. Das Dienstmädchen stand neben mir. »Man weiß nicht, was für Dinge man im eigenen Hause vorrätig hat«, sagte es, und wir beide lachten. »Hollah, Bruder, hollah, Schwester!« rief der Pferdeknecht, und zwei Pferde, mächtige flankenstarke Tiere schoben sich hintereinander, die Beine eng am Leib, die wohlgeformten Köpfe wie Kamele senkend, nur durch die Kraft der Wendungen ihres Rumpfes aus dem Türloch, das sie restlos ausfüllten. Aber gleich standen sie aufrecht, hochbeinig, mit dicht ausdampfendem

Körper. »Hilf ihm«, sagte ich, und das willige Mädchen eilte, dem Knecht das Geschirr des Wagens zu reichen. Doch kaum war es bei ihm, umfaßt es der Knecht und schlägt sein Gesicht an ihres. Es schreit auf und flüchtet sich zu mir; rot eingedrückt sind zwei Zahnreihen in des Mädchens Wange. »Du Vieh«, schreie ich wütend, »willst du die Peitsche?«, besinne mich aber gleich, daß es ein Fremder ist; daß ich nicht weiß, woher er kommt, und daß er mir freiwillig aushilft, wo alle andern versagen. Als wisse er von meinen Gedanken, nimmt er meine Drohung nicht übel, sondern wendet sich nur einmal, immer mit den Pferden beschäftigt, nach mir um. »Steigt ein«, sagt er dann, und tatsächlich: alles ist bereit. Mit so schönem Gespann, das merke ich, bin ich noch nie gefahren und ich steige fröhlich ein. »Kutschieren werde aber ich, du kennst nicht den Weg«, sage ich. »Gewiß«, sagt er, »ich fahre gar nicht mit, ich bleibe bei Rosa.« »Nein«, schreit Rosa und läuft im richtigen Vorgefühl der Unabwendbarkeit ihres Schicksals ins Haus; ich höre die Türkette klirren, die sie vorlegt; ich höre das Schloß einspringen; ich sehe, wie sie überdies im Flur und weiterjagend durch die Zimmer alle Lichter verlöscht, um sich unauffindbar zu machen. »Du fährst mit«, sage ich zu dem Knecht, »oder ich verzichte auf die Fahrt, so dringend sie auch ist. Es fällt mir nicht ein, dir für die Fahrt das Mädchen als Kaufpreis hinzugeben.« »Munter!« sagt er; klatscht in die Hände; der Wagen wird fortgerissen, wie Holz in die Strömung; noch höre ich, wie die Tür meines Hauses unter dem Ansturm des Knechtes birst und splittert, dann sind mir Augen und Ohren von einem zu allen Sinnen gleichmäßig dringenden Sausen erfüllt. Aber auch das nur einen Augenblick, denn, als öffne sich unmittelbar vor meinem Hoftor der Hof meines Kranken, bin ich schon dort; ruhig stehen die Pferde; der Schneefall hat aufgehört; Mondlicht ringsum; die Eltern des Kranken eilen aus dem Haus; seine Schwester hinter ihnen; man hebt mich fast aus dem Wagen; den verwirrten Reden entnehme ich nichts; im

Krankenzimmer ist die Luft kaum atembar; der vernachlässigte Herdofen raucht; ich werde das Fenster aufstoßen; zuerst aber will ich den Kranken sehen. Mager, ohne Fieber, nicht kalt, nicht warm, mit leeren Augen, ohne Hemd hebt sich der Junge unter dem Federbett, hängt sich an meinen Hals, flüstert mir ins Ohr: »Doktor, laß mich sterben.« Ich sehe mich um; niemand hat es gehört; die Eltern stehen stumm vorgebeugt und erwarten mein Urteil; die Schwester hat einen Stuhl für meine Handtasche gebracht. Ich öffne die Tasche und suche unter meinen Instrumenten; der Junge tastet immerfort aus dem Bett nach mir hin, um mich an seine Bitte zu erinnern; ich fasse eine Pinzette, prüfe sie im Kerzenlicht und lege sie wieder hin. »Ja«, denke ich lästernd, »in solchen Fällen helfen die Götter, schicken das fehlende Pferd, fügen der Eile wegen noch ein zweites hinzu, spenden zum Übermaß noch den Pferdeknecht –« Jetzt erst fällt mir wieder Rosa ein; was tue ich, wie rette ich sie, wie ziehe ich sie unter diesem Pferdeknecht hervor, zehn Meilen von ihr entfernt, unbeherrschbare Pferde vor meinem Wagen? Diese Pferde, die jetzt die Riemen irgendwie gelockert haben; die Fenster, ich weiß nicht wie, von außen aufstoßen; jedes durch ein Fenster den Kopf stecken und, unbeirrt durch den Aufschrei der Familie, den Kranken betrachten. »Ich fahre gleich wieder zurück«, denke ich, als forderten mich die Pferde zur Reise auf, aber ich dulde es, daß die Schwester, die mich durch die Hitze betäubt glaubt, den Pelz mir abnimmt. Ein Glas Rum wird mir bereitgestellt, der Alte klopft mir auf die Schulter, die Hingabe seines Schatzes rechtfertigt diese Vertraulichkeit. Ich schüttle den Kopf; in dem engen Denkkreis des Alten würde mir übel; nur aus diesem Grunde lehne ich es ab zu trinken. Die Mutter steht am Bett und lockt mich hin; ich folge und lege, während ein Pferd laut zur Zimmerdecke wiehert, den Kopf an die Brust des Jungen, der unter meinem nassen Bart erschauert. Es bestätigt sich, was ich weiß: der Junge ist gesund, ein wenig schlecht durchblutet, von

der sorgenden Mutter mit Kaffee durchtränkt, aber gesund
und am besten mit einem Stoß aus dem Bett zu treiben. Ich
bin kein Weltverbesserer und lasse ihn liegen. Ich bin vom
Bezirk angestellt und tue meine Pflicht bis zum Rand, bis
dorthin, wo es fast zu viel wird. Schlecht bezahlt, bin ich
doch freigebig und hilfsbereit gegenüber den Armen. Noch
für Rosa muß ich sorgen, dann mag der Junge recht haben
und auch ich will sterben. Was tue ich hier in diesem endlosen Winter! Mein Pferd ist verendet, und da ist niemand im
Dorf, der mir seines leiht. Aus dem Schweinestall muß ich
mein Gespann ziehen; wären es nicht zufällig Pferde, müßte
ich mit Säuen fahren. So ist es. Und ich nicke der Familie
zu. Sie wissen nichts davon, und wenn sie es wüßten, würden sie es nicht glauben. Rezepte schreiben ist leicht, aber
im übrigen sich mit den Leuten verständigen, ist schwer.
Nun, hier wäre also mein Besuch zu Ende, man hat mich
wieder einmal unnötig bemüht, daran bin ich gewöhnt, mit
Hilfe meiner Nachtglocke martert mich der ganze Bezirk,
aber daß ich diesmal auch noch Rosa hingeben mußte, dieses schöne Mädchen, das jahrelang, von mir kaum beachtet,
in meinem Hause lebte – dieses Opfer ist zu groß, und ich
muß es mir mit Spitzfindigkeiten aushilfsweise in meinem
Kopf irgendwie zurechtlegen, um nicht auf diese Familie
loszufahren, die mir ja beim besten Willen Rosa nicht zu-
rückgeben kann. Als ich aber meine Handtasche schließe
und nach meinem Pelz winke, die Familie beisammensteht,
der Vater schnuppernd über dem Rumglas in seiner Hand,
die Mutter, von mir wahrscheinlich enttäuscht – ja, was erwartet denn das Volk? – tränenvoll in die Lippen beißend
und die Schwester ein schwer blutiges Handtuch schwen-
kend, bin ich irgendwie bereit, unter Umständen zuzuge-
ben, daß der Junge doch vielleicht krank ist. Ich gehe zu
ihm, er lächelt mir entgegen, als brächte ich ihm etwa die
allerstärkste Suppe – ach, jetzt wiehern beide Pferde; der
Lärm soll wohl, höhern Orts angeordnet, die Untersuchung
erleichtern – und nun finde ich: ja, der Junge ist krank. In

seiner rechten Seite, in der Hüftengegend hat sich eine hand-
tellergroße Wunde aufgetan. Rosa, in vielen Schattierungen,
dunkel in der Tiefe, hellwerdend zu den Rändern, zartkör-
nig, mit ungleichmäßig sich aufsammelndem Blut, offen wie
ein Bergwerk obertags. So aus der Entfernung. In der Nähe
zeigt sich noch eine Erschwerung. Wer kann das ansehen
ohne leise zu pfeifen? Würmer, an Stärke und Länge meinem
kleinen Finger gleich, rosig aus eigenem und außerdem blut-
bespritzt, winden sich, im Innern der Wunde festgehalten,
mit weißen Köpfchen, mit vielen Beinchen ans Licht. Armer
Junge, dir ist nicht zu helfen. Ich habe deine große Wunde
aufgefunden; an dieser Blume in deiner Seite gehst du zugrunde. Die Familie ist glücklich, sie sieht mich in Tätigkeit;
die Schwester sagt's der Mutter, die Mutter dem Vater, der
Vater einigen Gästen, die auf den Fußspitzen, mit ausgestreckten Armen balancierend, durch den Mondschein der
offenen Tür hereinkommen. »Wirst du mich retten?« flüstert
schluchzend der Junge, ganz geblendet durch das Leben in
seiner Wunde. So sind die Leute in meiner Gegend. Immer
das Unmögliche vom Arzt verlangen. Den alten Glauben haben sie verloren; der Pfarrer sitzt zu Hause und zerzupft die
Meßgewänder, eines nach dem andern; aber der Arzt soll alles leisten mit seiner zarten chirurgischen Hand. Nun, wie es
beliebt: ich habe mich nicht angeboten; verbraucht ihr mich
zu heiligen Zwecken, lasse ich auch das mit mir geschehen;
was will ich Besseres, alter Landarzt, meines Dienstmäd-
chens beraubt! Und sie kommen, die Familie und die Dorf-
ältesten, und entkleiden mich; ein Schulchor mit dem Lehrer
an der Spitze steht vor dem Haus und singt eine äußerst
einfache Melodie auf den Text:

>   »Entkleidet ihn, dann wird er heilen,
>   Und heilt er nicht, so tötet ihn!
>   'Sist nur ein Arzt, 'sist nur ein Arzt.«

Dann bin ich entkleidet und sehe, die Finger im Barte,
mit geneigtem Kopf die Leute ruhig an. Ich bin durchaus

gefaßt und allen überlegen und bleibe es auch, trotzdem es mir nichts hilft, denn jetzt nehmen sie mich beim Kopf und bei den Füßen und tragen mich ins Bett. Zur Mauer, an die Seite der Wunde legen sie mich. Dann gehen alle aus der Stube; die Tür wird zugemacht; der Gesang verstummt; Wolken treten vor den Mond; warm liegt das Bettzeug um mich; schattenhaft schwanken die Pferdeköpfe in den Fensterlöchern. »Weißt du«, höre ich, mir ins Ohr gesagt, »mein Vertrauen zu dir ist sehr gering. Du bist ja auch nur irgendwo abgeschüttelt, kommst nicht auf eigenen Füßen. Statt zu helfen, engst du mir mein Sterbebett ein. Am liebsten kratzte ich dir die Augen aus.« »Richtig«, sage ich, »es ist eine Schmach. Nun bin ich aber Arzt. Was soll ich tun? Glaube mir, es wird auch mir nicht leicht.« »Mit dieser Entschuldigung soll ich mich begnügen? Ach, ich muß wohl. Immer muß ich mich begnügen. Mit einer schönen Wunde kam ich auf die Welt; das war meine ganze Ausstattung.« »Junger Freund«, sage ich, »dein Fehler ist: du hast keinen Überblick. Ich, der ich schon in allen Krankenstuben, weit und breit, gewesen bin, sage dir: deine Wunde ist so übel nicht. Im spitzen Winkel mit zwei Hieben der Hacke geschaffen. Viele bieten ihre Seite an und hören kaum die Hacke im Forst, geschweige denn, daß sie ihnen näher kommt.« »Ist es wirklich so oder täuschest du mich im Fieber?« »Es ist wirklich so, nimm das Ehrenwort eines Amtsarztes mit hinüber.« Und er nahm's und wurde still. Aber jetzt war es Zeit, an meine Rettung zu denken. Noch standen treu die Pferde an ihren Plätzen. Kleider, Pelz und Tasche waren schnell zusammengerafft; mit dem Ankleiden wollte ich mich nicht aufhalten; beeilten sich die Pferde wie auf der Herfahrt, sprang ich ja gewissermaßen aus diesem Bett in meines. Gehorsam zog sich ein Pferd vom Fenster zurück; ich warf den Ballen in den Wagen; der Pelz flog zu weit, nur mit einem Ärmel hielt er sich an einem Haken fest. Gut genug. Ich zwang mich aufs Pferd. Die Riemen lose schleifend, ein Pferd kaum mit dem andern verbunden,

der Wagen irrend hinterher, der Pelz als letzter im Schnee.
»Munter!« sagte ich, aber munter ging's nicht; langsam wie
alte Männer zogen wir durch die Schneewüste; lange klang
hinter uns der neue, aber irrtümliche Gesang der Kinder:

> »Freuet Euch, Ihr Patienten,
> Der Arzt ist Euch ins Bett gelegt!«

Niemals komme ich so nach Hause; meine blühende Pra-
xis ist verloren; ein Nachfolger bestiehlt mich, aber ohne
Nutzen, denn er kann mich nicht ersetzen; in meinem
Hause wütet der ekle Pferdeknecht; Rosa ist sein Opfer; ich
will es nicht ausdenken. Nackt, dem Froste dieses unglückseligsten Zeitalters ausgesetzt, mit irdischem Wagen, unirdischen Pferden, treibe ich mich alter Mann umher. Mein Pelz
hängt hinten am Wagen, ich kann ihn aber nicht erreichen,
und keiner aus dem beweglichen Gesindel der Patienten
rührt den Finger. Betrogen! Betrogen! Einmal dem Fehlläu-
ten der Nachtglocke gefolgt – es ist niemals gutzumachen.

Auf der Galerie

Wenn irgendeine hinfällige, lungensüchtige Kunstreiterin in
der Manege auf schwankendem Pferd vor einem unermüdli-
chen Publikum vom peitschenschwingenden erbarmungslo-
sen Chef monatelang ohne Unterbrechung im Kreise rundum getrieben würde, auf dem Pferde schwirrend, Küsse
werfend, in der Taille sich wiegend, und wenn dieses Spiel
unter dem nichtaussetzenden Brausen des Orchesters und
der Ventilatoren in die immerfort weiter sich öffnende
graue Zukunft sich fortsetzte, begleitet vom vergehenden
und neu anschwellenden Beifallsklatschen der Hände, die
eigentlich Dampfhämmer sind – vielleicht eilte dann ein
junger Galeriebesucher die lange Treppe durch alle Ränge
hinab, stürzte in die Manege, riefe das: Halt! durch die Fanfaren des immer sich anpassenden Orchesters.

Da es aber nicht so ist; eine schöne Dame, weiß und rot,
hereinfliegt, zwischen den Vorhängen, welche die stolzen
Livrierten vor ihr öffnen; der Direktor, hingebungsvoll ihre
Augen suchend, in Tierhaltung ihr entgegenatmet; vorsorg-
lich sie auf den Apfelschimmel hebt, als wäre sie seine über
alles geliebte Enkelin, die sich auf gefährliche Fahrt begibt;
sich nicht entschließen kann, das Peitschenzeichen zu
geben; schließlich in Selbstüberwindung es knallend gibt;
neben dem Pferde mit offenem Munde einherläuft; die
Sprünge der Reiterin scharfen Blickes verfolgt; ihre Kunstfertigkeit kaum begreifen kann; mit englischen Ausrufen zu
warnen versucht; die reifenhaltenden Reitknechte wütend
zu peinlichster Achtsamkeit ermahnt; vor dem großen Sal-
tomortale das Orchester mit aufgehobenen Händen beschwört, es möge schweigen; schließlich die Kleine vom zitternden Pferde hebt, auf beide Backen küßt und keine Hul-
digung des Publikums für genügend erachtet; während
sie selbst, von ihm gestützt, hoch auf den Fußspitzen, vom
Staub umweht, mit ausgebreiteten Armen, zurückgelehntem Köpfchen ihr Glück mit dem ganzen Zirkus teilen will
– da dies so ist, legt der Galeriebesucher das Gesicht auf die
Brüstung und, im Schlußmarsch wie in einem schweren
Traum versinkend, weint er, ohne es zu wissen.

Ein altes Blatt

Es ist, als wäre viel vernachlässigt worden in der Verteidigung unseres Vaterlandes. Wir haben uns bisher nicht
darum gekümmert und sind unserer Arbeit nachgegangen;
die Ereignisse der letzten Zeit machen uns aber Sorgen.

Ich habe eine Schusterwerkstatt auf dem Platz vor dem
kaiserlichen Palast. Kaum öffne ich in der Morgendämme-
rung meinen Laden, sehe ich schon die Eingänge aller hier
einlaufenden Gassen von Bewaffneten besetzt. Es sind aber
nicht unsere Soldaten, sondern offenbar Nomaden aus dem

Norden. Auf eine mir unbegreifliche Weise sind sie bis in
die Hauptstadt gedrungen, die doch sehr weit von der
Grenze entfernt ist. Jedenfalls sind sie also da; es scheint,
daß jeden Morgen mehr werden.

Ihrer Natur entsprechend lagern sie unter freiem Himmel, denn Wohnhäuser verabscheuen sie. Sie beschäftigen
sich mit dem Schärfen der Schwerter, dem Zuspitzen der
Pfeile, mit Übungen zu Pferde. Aus diesem stillen, immer
ängstlich rein gehaltenen Platz haben sie einen wahren Stall
gemacht. Wir versuchen zwar manchmal aus unseren Geschäften hervorzulaufen und wenigstens den ärgsten Unrat
wegzuschaffen, aber es geschieht immer seltener, denn die
Anstrengung ist nutzlos und bringt uns überdies in die Gefahr, unter die wilden Pferde zu kommen oder von den
Peitschen verletzt zu werden.

Sprechen kann man mit den Nomaden nicht. Unsere
Sprache kennen sie nicht, ja sie haben kaum eine eigene.
Unter einander verständigen sie sich ähnlich wie Dohlen.
Immer wieder hört man diesen Schrei der Dohlen. Unsere
Lebensweise, unsere Einrichtungen sind ihnen ebenso unbegreiflich wie gleichgültig. Infolgedessen zeigen sie sich
auch gegen jede Zeichensprache ablehnend. Du magst dir
die Kiefer verrenken und die Hände aus den Gelenken winden, sie haben dich doch nicht verstanden und werden dich
nie verstehen. Oft machen sie Grimassen; dann dreht sich
das Weiß ihrer Augen und Schaum schwillt aus ihrem
Munde, doch wollen sie damit weder etwas sagen noch auch
erschrecken; sie tun es, weil es so ihre Art ist. Was sie brauchen, nehmen sie. Man kann nicht sagen, daß sie Gewalt an-
wenden. Vor ihrem Zugriff tritt man beiseite und überläßt
ihnen alles.

Auch von meinen Vorräten haben sie manches gute Stück
genommen. Ich kann aber darüber nicht klagen, wenn ich
zum Beispiel zusehe, wie es dem Fleischer gegenüber geht.
Kaum bringt er seine Waren ein, ist ihm schon alles entris-
sen und wird von den Nomaden verschlungen. Auch ihre

Pferde fressen Fleisch; oft liegt ein Reiter neben seinem
Pferd und beide nähren sich vom gleichen Fleischstück, jeder an einem Ende. Der Fleischhauer ist ängstlich und wagt
es nicht, mit den Fleischlieferungen aufzuhören. Wir verstehen das aber, schießen Geld zusammen und unterstützen
ihn. Bekämen die Nomaden kein Fleisch, wer weiß, was
ihnen zu tun einfiele; wer weiß allerdings, was ihnen einfal-
len wird, selbst wenn sie täglich Fleisch bekommen.

Letzthin dachte der Fleischer, er könne sich wenigstens
die Mühe des Schlachtens sparen, und brachte am Morgen
einen lebendigen Ochsen. Das darf er nicht mehr wiederholen. Ich lag wohl eine Stunde ganz hinten in meiner Werk-
statt platt auf dem Boden und alle meine Kleider, Decken
und Polster hatte ich über mir aufgehäuft, nur um das Ge-
brüll des Ochsen nicht zu hören, den von allen Seiten die
Nomaden ansprangen, um mit den Zähnen Stücke aus seinem warmen Fleisch zu reißen. Schon lange war es still, ehe
ich mich auszugehen getraute; wie Trinker um ein Weinfaß
lagen sie müde um die Reste des Ochsen.

Gerade damals glaubte ich den Kaiser selbst in einem Fenster des Palastes gesehen zu haben; niemals sonst kommt
er in diese äußeren Gemächer, immer nur lebt er in dem
innersten Garten; diesmal aber stand er, so schien es mir
wenigstens, an einem der Fenster und blickte mit gesenk-
tem Kopf auf das Treiben vor seinem Schloß.

»Wie wird es werden?« fragen wir uns alle. »Wie lange
werden wir diese Last und Qual ertragen? Der kaiserliche
Palast hat die Nomaden angelockt, versteht es aber nicht,
sie wieder zu vertreiben. Das Tor bleibt verschlossen; die
Wache, früher immer festlich ein- und ausmarschierend,
hält sich hinter vergitterten Fenstern. Uns Handwerkern
und Geschäftsleuten ist die Rettung des Vaterlandes anvertraut; wir sind aber einer solchen Aufgabe nicht gewachsen;
haben uns doch auch nie gerühmt, dessen fähig zu sein. Ein
Mißverständnis ist es, und wir gehen daran zugrunde.«

Vor dem Gesetz

Vor dem Gesetz steht ein Türhüter. Zu diesem Türhüter kommt ein Mann vom Lande und bittet um Eintritt in das Gesetz. Aber der Türhüter sagt, daß er ihm jetzt den Eintritt nicht gewähren könne. Der Mann überlegt und fragt dann, ob er also später werde eintreten dürfen. »Es ist möglich«, sagt der Türhüter, »jetzt aber nicht.« Da das Tor zum Gesetz offensteht wie immer und der Türhüter beiseite tritt, bückt sich der Mann, um durch das Tor in das Innere zu sehn. Als der Türhüter das merkt, lacht er und sagt: »Wenn es dich so lockt, versuche es doch, trotz meines Verbotes hineinzugehn. Merke aber: Ich bin mächtig. Und ich bin nur der unterste Türhüter. Von Saal zu Saal stehn aber Türhüter, einer mächtiger als der andere. Schon den Anblick des dritten kann nicht einmal ich mehr ertragen.« Solche Schwierigkeiten hat der Mann vom Lande nicht erwartet; das Gesetz soll doch jedem und immer zugänglich sein, denkt er, aber als er jetzt den Türhüter in seinem Pelzmantel genauer ansieht, seine große Spitznase, den langen, dünnen, schwarzen tatarischen Bart, entschließt er sich, doch lieber zu warten, bis er die Erlaubnis zum Eintritt bekommt. Der Türhüter gibt ihm einen Schemel und läßt ihn seitwärts von der Tür sich niedersetzen. Dort sitzt er Tage und Jahre. Er macht viele Versuche, eingelassen zu werden, und ermüdet den Türhüter durch seine Bitten. Der Türhüter stellt öfters kleine Verhöre mit ihm an, fragt ihn über seine Heimat aus und nach vielem andern, es sind aber teilnahmslose Fragen, wie sie große Herren stellen, und zum Schlusse sagt er ihm immer wieder, daß er ihn noch nicht einlassen könne. Der Mann, der sich für seine Reise mit vielem ausgerüstet hat, verwendet alles, und sei es noch so wertvoll, um den Türhüter zu bestechen. Dieser nimmt zwar alles an, aber sagt dabei: »Ich nehme es nur an, damit du nicht glaubst, etwas versäumt zu haben.« Während der vielen Jahre beobachtet der Mann den Türhüter fast ununterbrochen. Er vergißt die andern Türhüter und dieser erste scheint ihm das einzige Hindernis für den Eintritt in das Gesetz. Er verflucht den unglücklichen Zufall, in den ersten Jahren rücksichtslos und laut, später, als er alt wird, brummt er nur noch vor sich hin. Er wird kindisch, und, da er in dem jahrelangen Studium des Türhüters auch die Flöhe in seinem Pelzkragen erkannt hat, bittet er auch die Flöhe, ihm zu helfen und den Türhüter umzustimmen. Schließlich wird sein Augenlicht schwach, und er weiß nicht, ob es um ihn wirklich dunkler wird, oder ob ihn nur seine Augen täuschen. Wohl aber erkennt er jetzt im Dunkel einen Glanz, der unverlöschlich aus der Türe des Gesetzes bricht. Nun lebt er nicht mehr lange. Vor seinem Tode sammeln sich in seinem Kopfe alle Erfahrungen der ganzen Zeit zu einer Frage, die er bisher an den Türhüter noch nicht gestellt hat. Er winkt ihm zu, da er seinen erstarrenden Körper nicht mehr aufrichten kann. Der Türhüter muß sich tief zu ihm hinunterneigen, denn der Größenunterschied hat sich sehr zu ungunsten des Mannes verändert. »Was willst du denn jetzt noch wissen?« fragt der Türhüter, »du bist unersättlich.« »Alle streben doch nach dem Gesetz«, sagt der Mann, »wieso kommt es, daß in den vielen Jahren niemand außer mir Einlaß verlangt hat?« Der Türhüter erkennt, daß der Mann schon an seinem Ende ist, und, um sein vergehendes Gehör noch zu erreichen, brüllt er ihn an: »Hier konnte niemand sonst Einlaß erhalten, denn dieser Eingang war nur für dich bestimmt. Ich gehe jetzt und schließe ihn.«

Schakale und Araber

Wir lagerten in der Oase. Die Gefährten schliefen. Ein Araber, hoch und weiß, kam an mir vorüber; er hatte die Kamele versorgt und ging zum Schlafplatz.

Ich warf mich rücklings ins Gras; ich wollte schlafen; ich konnte nicht; das Klagegeheul eines Schakals in der Ferne;

ich saß wieder aufrecht. Und was so weit gewesen war, war plötzlich nah. Ein Gewimmel von Schakalen um mich her; in mattem Gold erglänzende, verlöschende Augen; schlanke Leiber, wie unter einer Peitsche gesetzmäßig und flink bewegt.

Einer kam von rückwärts, drängte sich, unter meinem Arm durch, eng an mich, als brauche er meine Wärme, trat dann vor mich und sprach, fast Aug in Aug mit mir:

»Ich bin der älteste Schakal, weit und breit. Ich bin glücklich, dich noch hier begrüßen zu können. Ich hatte schon die Hoffnung fast aufgegeben, denn wir warten unendlich lange auf dich; meine Mutter hat gewartet und ihre Mutter und weiter alle ihre Mütter bis hinauf zur Mutter aller Schakale. Glaube es!«

»Das wundert mich«, sagte ich und vergaß, den Holzstoß anzuzünden, der bereit lag, um mit seinem Rauch die Schakale abzuhalten, »das wundert mich sehr zu hören. Nur zufällig komme ich aus dem hohen Norden und bin auf einer kurzen Reise begriffen. Was wollt Ihr denn, Schakale?«

Und wie ermutigt durch diesen vielleicht allzu freundlichen Zuspruch zogen sie ihren Kreis enger um mich; alle atmeten kurz und fauchend.

»Wir wissen«, begann der Älteste, »daß du vom Norden kommst, darauf eben baut sich unsere Hoffnung. Dort ist der Verstand, der hier unter den Arabern nicht zu finden ist. Aus diesem kalten Hochmut, weißt du, ist kein Funken Verstand zu schlagen. Sie töten Tiere, um sie zu fressen, und Aas mißachten sie.«

»Rede nicht so laut«, sagte ich, »es schlafen Araber in der Nähe.«

»Du bist wirklich ein Fremder«, sagte der Schakal, »sonst wüßtest du, daß noch niemals in der Weltgeschichte ein Schakal einen Araber gefürchtet hat. Fürchten sollten wir sie? Ist es nicht Unglück genug, daß wir unter solches Volk verstoßen sind?«

»Mag sein, mag sein«, sagte ich, »ich maße mir kein Urteil an in Dingen, die mir so fern liegen; es scheint ein sehr alter Streit; liegt also wohl im Blut; wird also vielleicht erst mit dem Blute enden.«

»Du bist sehr klug«, sagte der alte Schakal; und alle atmeten noch schneller; mit gehetzten Lungen, trotzdem sie doch stillestanden; ein bitterer, zeitweilig nur mit zusammengeklemmten Zähnen erträglicher Geruch entströmte den offenen Mäulern, »du bist sehr klug; das, was du sagst, entspricht unserer alten Lehre. Wir nehmen ihnen also ihr Blut und der Streit ist zu Ende.«

»Oh!« sagte ich wilder, als ich wollte, »sie werden sich wehren; sie werden mit ihren Flinten euch rudelweise niederschießen.«

»Du mißverstehst uns«, sagte er, »nach Menschenart, die sich also auch im hohen Norden nicht verliert. Wir werden sie doch nicht töten. Soviel Wasser hätte der Nil nicht, um uns rein zu waschen. Wir laufen doch schon vor dem bloßen Anblick ihres lebenden Leibes weg, in reinere Luft, in die Wüste, die deshalb unsere Heimat ist.«

Und alle Schakale ringsum, zu denen inzwischen noch viele von fernher gekommen waren, senkten die Köpfe zwischen die Vorderbeine und putzten sie mit den Pfoten; es war, als wollten sie einen Widerwillen verbergen, der so schrecklich war, daß ich am liebsten mit einem hohen Sprung aus ihrem Kreis entflohen wäre.

»Was beabsichtigt Ihr also zu tun«, fragte ich und wollte aufstehn; aber ich konnte nicht; zwei junge Tiere hatten sich mir hinten in Rock und Hemd festgebissen; ich mußte sitzen bleiben. »Sie halten deine Schleppe«, sagte der alte Schakal erklärend und ernsthaft, »eine Ehrbezeugung.« »Sie sollen mich loslassen!« rief ich, bald zum Alten, bald zu den Jungen gewendet. »Sie werden es natürlich«, sagte der Alte, »wenn du es verlangst. Es dauert aber ein Weilchen, denn sie haben nach der Sitte tief sich eingebissen und müssen erst langsam die Gebisse voneinander lösen. Inzwischen höre unsere Bitte.« »Euer Verhalten hat mich dafür nicht sehr empfänglich gemacht«, sagte ich. »Laß uns unser Ungeschick nicht entgelten«, sagte er und nahm jetzt zum erstenmal den Klageton seiner natürlichen Stimme zu Hilfe, »wir sind arme Tiere, wir haben nur das Gebiß; für alles, was wir tun wollen, das Gute und das Schlechte, bleibt uns einzig das Gebiß.« »Was willst du also?« fragte ich, nur wenig besänftigt.

»Herr«, rief er, und alle Schakale heulten auf; in fernster Ferne schien es mir eine Melodie zu sein. »Herr, du sollst den Streit beenden, der die Welt entzweit. So wie du bist, haben unsere Alten den beschrieben, der es tun wird. Frieden müssen wir haben von den Arabern; atembare Luft; gereinigt von ihnen den Ausblick rund am Horizont; kein Klagegeschrei eines Hammels, den der Araber absticht; ruhig soll alles Getier krepieren; ungestört soll es von uns leergetrunken und bis auf die Knochen gereinigt werden. Reinheit, nichts als Reinheit wollen wir«, – und nun weinten, schluchzten alle – »wie erträgst nur du es in dieser Welt, du edles Herz und süßes Eingeweide? Schmutz ist ihr Weiß; Schmutz ist ihr Schwarz; ein Grauen ist ihr Bart; speien muß man beim Anblick ihrer Augenwinkel; und heben sie den Arm, tut sich in der Achselhöhle die Hölle auf. Darum, o Herr, darum o teuerer Herr, mit Hilfe deiner alles vermögenden Hände, mit Hilfe deiner alles vermögenden Hände schneide ihnen mit dieser Schere die Hälse durch!« Und einem Ruck seines Kopfes folgend kam ein Schakal herbei, der an einem Eckzahn eine kleine, mit altem Rost bedeckte Nähschere trug.

»Also endlich die Schere und damit Schluß!« rief der Araberführer unserer Karawane, der sich gegen den Wind an uns herangeschlichen hatte und nun seine riesige Peitsche schwang.

Alles verlief sich eiligst, aber in einiger Entfernung blieben sie doch, eng zusammengekauert, die vielen Tiere so eng und starr, daß es aussah wie eine schmale Hürde, von Irrlichtern umflogen.

»So hast du, Herr, auch dieses Schauspiel gesehen und gehört«, sagte der Araber und lachte so fröhlich, als es die Zurückhaltung seines Stammes erlaubte. »Du weißt also, was die Tiere wollen?« fragte ich. »Natürlich, Herr«, sagte er, »das ist doch allbekannt; solange es Araber gibt, wandert diese Schere durch die Wüste und wird mit uns wandern bis ans Ende der Tage. Jedem Europäer wird sie angeboten zu dem großen Werk; jeder Europäer ist gerade derjenige, welcher ihnen berufen scheint. Eine unsinnige Hoffnung haben diese Tiere; Narren, wahre Narren sind sie. Wir lieben sie deshalb; es sind unsere Hunde; schöner als die Eurigen. Sieh nur, ein Kamel ist in der Nacht verendet, ich habe es herschaffen lassen.«

Vier Träger kamen und warfen den schweren Kadaver vor uns hin. Kaum lag er da, erhoben die Schakale ihre Stimmen. Wie von Stricken unwiderstehlich jeder einzelne gezogen, kamen sie, stockend, mit dem Leib den Boden streifend, heran. Sie hatten die Araber vergessen, den Haß vergessen, die alles auslöschende Gegenwart des stark ausdunstenden Leichnams bezauberte sie. Schon hing einer am Hals und fand mit dem ersten Biß die Schlagader. Wie eine kleine rasende Pumpe, die ebenso unbedingt wie aussichtslos einen übermächtigen Brand löschen will, zerrte und zuckte jede Muskel seines Körpers an ihrem Platz. Und schon lagen in gleicher Arbeit alle auf dem Leichnam hoch zu Berg.

Da strich der Führer kräftig mit der scharfen Peitsche kreuz und quer über sie. Sie hoben die Köpfe; halb in Rausch und Ohnmacht; sahen die Araber vor sich stehen; bekamen jetzt die Peitsche mit den Schnauzen zu fühlen; zogen sich im Sprung zurück und liefen eine Strecke rückwärts. Aber das Blut des Kamels lag schon in Lachen da, rauchte empor, der Körper war an mehreren Stellen weit aufgerissen. Sie konnten nicht widerstehen; wieder waren sie da; wieder hob der Führer die Peitsche; ich faßte seinen Arm.

»Du hast Recht, Herr«, sagte er, »wir lassen sie bei ihrem Beruf; auch ist es Zeit aufzubrechen. Gesehen hast du sie. Wunderbare Tiere, nicht wahr? Und wie sie uns hassen!«

Ein Besuch im Bergwerk

Heute waren die obersten Ingenieure bei uns unten. Es ist irgendein Auftrag der Direktion ergangen, neue Stollen zu legen, und da kamen die Ingenieure, um die allerersten Ausmessungen vorzunehmen. Wie jung diese Leute sind und dabei schon so verschiedenartig! Sie haben sich alle frei entwickelt, und ungebunden zeigt sich ihr klar bestimmtes Wesen schon in jungen Jahren.

Einer, schwarzhaarig, lebhaft, läßt seine Augen überallhin laufen.

Ein Zweiter mit einem Notizblock, macht im Gehen Aufzeichnungen, sieht umher, vergleicht, notiert.

Ein Dritter, die Hände in den Rocktaschen, so daß sich alles an ihm spannt, geht aufrecht; wahrt die Würde; nur im fortwährenden Beißen seiner Lippen zeigt sich die ungeduldige, nicht zu unterdrückende Jugend.

Ein Vierter gibt dem Dritten Erklärungen, die dieser nicht verlangt; kleiner als er, wie ein Versucher neben ihm herlaufend, scheint er, den Zeigefinger immer in der Luft, eine Litanei über alles, was hier zu sehen ist, ihm vorzutragen.

Ein Fünfter, vielleicht der oberste im Rang, duldet keine Begleitung; ist bald vorn, bald hinten; die Gesellschaft richtet ihren Schritt nach ihm; er ist bleich und schwach; die Verantwortung hat seine Augen ausgehöhlt; oft drückt er im Nachdenken die Hand an die Stirn.

Der Sechste und Siebente gehen ein wenig gebückt, Kopf nah an Kopf, Arm in Arm, in vertrautem Gespräch; wäre hier nicht offenbar unser Kohlenbergwerk und unser Arbeitsplatz im tiefsten Stollen, könnte man glauben, diese knochigen, bartlosen, knollennasigen Herren seien junge Geistliche. Der eine lacht meistens mit katzenartigem Schnurren in sich hinein; der andere, gleichfalls lächelnd, führt das Wort und gibt mit der freien Hand irgendeinen Takt dazu. Wie sicher müssen diese zwei Herren ihrer Stellung sein, ja welche Verdienste müssen sie sich trotz ihrer Jugend um unser Bergwerk schon erworben haben, daß sie hier, bei einer so wichtigen Begehung, unter den Augen ihres Chefs, nur mit eigenen oder wenigstens mit solchen Angelegenheiten, die nicht mit der augenblicklichen Aufgabe zusammenhängen, so unbeirrbar sich beschäftigen dürfen. Oder sollte es möglich sein, daß sie, trotz alles Lachens und aller Unaufmerksamkeit, das, was nötig ist, sehr wohl bemerken? Man wagt über solche Herren kaum ein bestimmtes Urteil abzugeben.

Andererseits ist es aber doch wieder zweifellos, daß zum Beispiel der Achte unvergleichlich mehr als diese, ja mehr als alle anderen Herren bei der Sache ist. Er muß alles anfassen und mit einem kleinen Hammer, den er immer wieder aus der Tasche zieht und immer wieder dort verwahrt, beklopfen. Manchmal kniet er trotz seiner eleganten Kleidung in den Schmutz nieder und beklopft den Boden, dann wieder nur im Gehen die Wände oder die Decke über seinem Kopf. Einmal hat er sich lang hingelegt und lag dort still; wir dachten schon, es sei ein Unglück geschehen; aber dann sprang er mit einem kleinen Zusammenzucken seines schlanken Körpers auf. Er hatte also wieder nur eine Untersuchung gemacht. Wir glauben unser Bergwerk und seine Steine zu kennen, aber was dieser Ingenieur auf diese Weise hier immerfort untersucht, ist uns unverständlich.

Ein Neunter schiebt vor sich eine Art Kinderwagen, in welchem die Meßapparate liegen. Äußerst kostbare Apparate, tief in zarteste Watte eingelegt. Diesen Wagen sollte ja eigentlich der Diener schieben, aber es wird ihm nicht anvertraut; ein Ingenieur mußte heran und er tut es gern, wie man sieht. Er ist wohl der Jüngste, vielleicht versteht er noch gar nicht alle Apparate, aber sein Blick ruht immerfort auf ihnen, fast kommt er dadurch manchmal in Gefahr, mit dem Wagen an eine Wand zu stoßen.

Aber da ist ein anderer Ingenieur, der neben dem Wagen hergeht und es verhindert. Dieser versteht offenbar die Apparate von Grund aus und scheint ihr eigentlicher Verwahrer zu sein. Von Zeit zu Zeit nimmt er, ohne den Wagen anzuhalten, einen Bestandteil der Apparate heraus, blickt hindurch, schraubt auf oder zu, schüttelt und beklopft, hält ans Ohr und horcht; und legt schließlich, während der Wagenführer meist stillsteht, das kleine, von der Ferne kaum sichtbare Ding mit aller Vorsicht wieder in den Wagen. Ein wenig herrschsüchtig ist dieser Ingenieur, aber doch nur im Namen der Apparate. Zehn Schritte vor dem Wagen sollen wir schon, auf ein wortloses Fingerzeichen hin, zur Seite weichen, selbst dort, wo kein Platz zum Ausweichen ist.

Hinter diesen zwei Herren geht der unbeschäftigte Diener. Die Herren haben, wie es bei ihrem großen Wissen selbstverständlich ist, längst jeden Hochmut abgelegt, der Diener dagegen scheint ihn in sich aufgesammelt zu haben. Die eine Hand im Rücken, mit der anderen vorn über seine vergoldeten Knöpfe oder das feine Tuch seines Livreerockes streichend, nickt er öfters nach rechts und links, so als ob wir gegrüßt hätten und er antwortete, oder so, als nehme er an, daß wir gegrüßt hätten, könne es aber von seiner Höhe aus nicht nachprüfen. Natürlich grüßen wir ihn nicht, aber doch möchte man bei seinem Anblick fast glauben, es sei etwas Ungeheures, Kanzleidiener der Bergdirektion zu sein. Hinter ihm lachen wir allerdings, aber da auch ein Donnerschlag ihn nicht veranlassen könnte, sich umzudrehen, bleibt er doch als etwas Unverständliches in unserer Achtung.

Heute wird wenig mehr gearbeitet; die Unterbrechung war zu ausgiebig; ein solcher Besuch nimmt alle Gedanken an Arbeit mit sich fort. Allzu verlockend ist es, den Herren in das Dunkel des Probestollens nachzublicken, in dem sie alle verschwunden sind. Auch geht unsere Arbeitsschicht bald zu Ende; wir werden die Rückkehr der Herren nicht mehr mit ansehen.

Das nächste Dorf

Mein Großvater pflegte zu sagen: »Das Leben ist erstaunlich kurz. Jetzt in der Erinnerung drängt es sich mir so zusammen, daß ich zum Beispiel kaum begreife, wie ein junger Mensch sich entschließen kann ins nächste Dorf zu reiten, ohne zu fürchten, daß – von unglücklichen Zufällen ganz abgesehen – schon die Zeit des gewöhnlichen, glücklich ablaufenden Lebens für einen solchen Ritt bei weitem nicht hinreicht.«

Eine kaiserliche Botschaft

Der Kaiser – so heißt es – hat Dir, dem Einzelnen, dem jämmerlichen Untertanen, dem winzig vor der kaiserlichen Sonne in die fernste Ferne geflüchteten Schatten, gerade Dir hat der Kaiser von seinem Sterbebett aus eine Botschaft gesendet. Den Boten hat er beim Bett niederknieen lassen und ihm die Botschaft ins Ohr zugeflüstert; so sehr war ihm an ihr gelegen, daß er sich sie noch ins Ohr wiedersagen ließ. Durch Kopfnicken hat er die Richtigkeit des Gesagten bestätigt. Und vor der ganzen Zuschauerschaft seines Todes – alle hindernden Wände werden niedergebrochen und auf den weit und hoch sich schwingenden Freitreppen stehen im Ring die Großen des Reichs – vor allen diesen hat er den Boten abgefertigt. Der Bote hat sich gleich auf den Weg gemacht; ein kräftiger, ein unermüdlicher Mann; einmal diesen, einmal den andern Arm vorstreckend schafft er sich Bahn durch die Menge; findet er Widerstand, zeigt er auf die Brust, wo das Zeichen der Sonne ist; er kommt auch

leicht vorwärts, wie kein anderer. Aber die Menge ist so
groß; ihre Wohnstätten nehmen kein Ende. Öffnete sich
freies Feld, wie würde er fliegen und bald wohl hörtest
Du das herrliche Schlagen seiner Fäuste an Deiner Tür.
Aber statt dessen, wie nutzlos müht er sich ab; immer noch
zwängt er sich durch die Gemächer des innersten Palastes;
niemals wird er sie überwinden; und gelänge ihm dies,
nichts wäre gewonnen; die Treppen hinab müßte er sich
kämpfen; und gelänge ihm dies, nichts wäre gewonnen; die
Höfe wären zu durchmessen; und nach den Höfen der
zweite umschließende Palast; und wieder Treppen und
Höfe; und wieder ein Palast; und so weiter durch Jahrtausende; und stürzte er endlich aus dem äußersten Tor – aber
niemals, niemals kann es geschehen – liegt erst die Residenzstadt vor ihm, die Mitte der Welt, hochgeschüttet voll
ihres Bodensatzes. Niemand dringt hier durch und gar mit
der Botschaft eines Toten. – Du aber sitzt an Deinem Fenster und erträumst sie Dir, wenn der Abend kommt.

Die Sorge des Hausvaters

Die einen sagen, das Wort Odradek stamme aus dem Slawischen und sie suchen auf Grund dessen die Bildung des
Wortes nachzuweisen. Andere wieder meinen, es stamme
aus dem Deutschen, vom Slawischen sei es nur beeinflußt.
Die Unsicherheit beider Deutungen aber läßt wohl mit
Recht darauf schließen, daß keine zutrifft, zumal man auch
mit keiner von ihnen einen Sinn des Wortes finden kann.

Natürlich würde sich niemand mit solchen Studien
beschäftigen, wenn es nicht wirklich ein Wesen gäbe, das
Odradek heißt. Es sieht zunächst aus wie eine flache sternartige Zwirnspule, und tatsächlich scheint es auch mit
Zwirn bezogen; allerdings dürften es nur abgerissene, alte,
aneinander geknotete, aber auch ineinander verfitzte Zwirn-
stücke von verschiedenster Art und Farbe sein. Es ist aber

nicht nur eine Spule, sondern aus der Mitte des Sternes kommt ein kleines Querstäbchen hervor und an dieses Stäbchen fügt sich dann im rechten Winkel noch eines. Mit Hilfe dieses letzteren Stäbchens auf der einen Seite, und einer der Ausstrahlungen des Sternes auf der anderen Seite, kann das Ganze wie auf zwei Beinen aufrecht stehen.

Man wäre versucht zu glauben, dieses Gebilde hätte früher irgendeine zweckmäßige Form gehabt und jetzt sei es nur zerbrochen. Dies scheint aber nicht der Fall zu sein; wenigstens findet sich kein Anzeichen dafür; nirgends sind Ansätze oder Bruchstellen zu sehen, die auf etwas Derartiges hinweisen würden; das Ganze erscheint zwar sinnlos, aber in seiner Art abgeschlossen. Näheres läßt sich übrigens nicht darüber sagen, da Odradek außerordentlich beweglich und nicht zu fangen ist.

Er hält sich abwechselnd auf dem Dachboden, im Treppenhaus, auf den Gängen, im Flur auf. Manchmal ist er monatelang nicht zu sehen; da ist er wohl in andere Häuser übersiedelt; doch kehrt er dann unweigerlich wieder in unser Haus zurück. Manchmal, wenn man aus der Tür tritt und er lehnt gerade unten am Treppengeländer, hat man Lust, ihn anzusprechen. Natürlich stellt man an ihn keine schwierigen Fragen, sondern behandelt ihn – schon seine Winzigkeit verführt dazu – wie ein Kind. »Wie heißt du denn?« fragt man ihn. »Odradek«, sagt er. »Und wo wohnst du?« »Unbestimmter Wohnsitz«, sagt er und lacht; es ist aber nur ein Lachen, wie man es ohne Lungen hervorbringen kann. Es klingt etwa so, wie das Rascheln in gefallenen Blättern. Damit ist die Unterhaltung meist zu Ende. Übrigens sind selbst diese Antworten nicht immer zu erhalten; oft ist er lange stumm, wie das Holz, das er zu sein scheint.

Vergeblich frage ich mich, was mit ihm geschehen wird. Kann er denn sterben? Alles, was stirbt, hat vorher eine Art Ziel, eine Art Tätigkeit gehabt und daran hat es sich zerrieben; das trifft bei Odradek nicht zu. Sollte er also einstmals etwa noch vor den Füßen meiner Kinder und Kindeskinder mit nachschleifendem Zwirnsfaden die Treppe hinunterkollern? Er schadet ja offenbar niemandem; aber die Vorstellung, daß er mich auch noch überleben sollte, ist mir eine fast schmerzliche.

Elf Söhne

Ich habe elf Söhne.

Der Erste ist äußerlich sehr unansehnlich, aber ernsthaft und klug; trotzdem schätze ich ihn, wiewohl ich ihn als Kind wie alle andern liebe, nicht sehr hoch ein. Sein Denken scheint mir zu einfach. Er sieht nicht rechts noch links und nicht in die Weite; in seinem kleinen Gedankenkreis läuft er immerfort rundum oder dreht sich vielmehr.

Der Zweite ist schön, schlank, wohlgebaut; es entzückt, ihn in Fechterstellung zu sehen. Auch er ist klug, aber überdies welterfahren; er hat viel gesehen, und deshalb scheint selbst die heimische Natur vertrauter mit ihm zu sprechen, als mit den Daheimgebliebenen. Doch ist gewiß dieser Vorzug nicht nur und nicht einmal wesentlich dem Reisen zu verdanken, er gehört vielmehr zu dem Unnachahmlichen dieses Kindes, das zum Beispiel von jedem anerkannt wird, der etwa seinen vielfach sich überschlagenden und doch geradezu wild beherrschten Kunstsprung ins Wasser ihm nachmachen will. Bis zum Ende des Sprungbrettes reicht der Mut und die Lust, dort aber statt zu springen, setzt sich plötzlich der Nachahmer und hebt entschuldigend die Arme. – Und trotz dem allen (ich sollte doch eigentlich glückselig sein über ein solches Kind) ist mein Verhältnis zu ihm nicht ungetrübt. Sein linkes Auge ist ein wenig kleiner als das rechte und zwinkert viel; ein kleiner Fehler nur, gewiß, der sein Gesicht sogar noch verwegener macht als es sonst gewesen wäre, und niemand wird gegenüber der unnahbaren Abgeschlossenheit seines Wesens dieses kleinere zwinkernde Auge tadelnd bemerken. Ich, der Vater, tue es.

Es ist natürlich nicht dieser körperliche Fehler, der mir
weh tut, sondern eine ihm irgendwie entsprechende kleine
Unregelmäßigkeit seines Geistes, irgendein in seinem Blut
irrendes Gift, irgendeine Unfähigkeit, die mir allein sichtbare Anlage seines Lebens rund zu vollenden. Gerade
dies macht ihn allerdings andererseits wieder zu meinem
wahren Sohn, denn dieser sein Fehler ist gleichzeitig der
Fehler unserer ganzen Familie und an diesem Sohn nur
überdeutlich.

Der dritte Sohn ist gleichfalls schön, aber es ist nicht die
Schönheit, die mir gefällt. Es ist die Schönheit des Sängers:
der geschwungene Mund; das träumerische Auge; der Kopf,
der eine Draperie hinter sich benötigt, um zu wirken; die
unmäßig sich wölbende Brust; die leicht auffahrenden und
viel zu leicht sinkenden Hände; die Beine, die sich zieren,
weil sie nicht tragen können. Und überdies: der Ton seiner
Stimme ist nicht voll; trügt einen Augenblick; läßt den Kenner aufhorchen; veratmet aber kurz darauf. – Trotzdem im
allgemeinen alles verlockt, diesen Sohn zur Schau zu stellen,
halte ich ihn doch am liebsten im Verborgenen; er selbst
drängt sich nicht auf, aber nicht etwa deshalb, weil er seine
Mängel kennt, sondern aus Unschuld. Auch fühlt er sich
fremd in unserer Zeit; als gehöre er zwar zu meiner Familie,
aber überdies noch zu einer andern, ihm für immer verlore-
nen, ist er oft unlustig und nichts kann ihn aufheitern.

Mein vierter Sohn ist vielleicht der umgänglichste von
allen. Ein wahres Kind seiner Zeit, ist er jedermann verständlich, er steht auf dem allen gemeinsamen Boden und
jeder ist versucht, ihm zuzunicken. Vielleicht durch diese
allgemeine Anerkennung gewinnt sein Wesen etwas Leichtes, seine Bewegungen etwas Freies, seine Urteile etwas Un-
bekümmertes. Manche seiner Aussprüche möchte man oft
wiederholen, allerdings nur manche, denn in seiner Gesamtheit krankt er doch wieder an allzu großer Leichtigkeit. Er
ist wie einer, der bewundernswert abspringt, schwalben-
gleich die Luft teilt, dann aber doch trostlos im öden Staube

endet, ein Nichts. Solche Gedanken vergällen mir den Anblick dieses Kindes.

Der fünfte Sohn ist lieb und gut; versprach viel weniger als er hielt; war so unbedeutend, daß man sich förmlich in seiner Gegenwart allein fühlte; hat es aber doch zu einigem Ansehen gebracht. Fragte man mich, wie das geschehen ist, so könnte ich kaum antworten. Unschuld dringt vielleicht doch noch am leichtesten durch das Toben der Elemente in dieser Welt, und unschuldig ist er. Vielleicht allzu unschuldig. Freundlich zu jedermann. Vielleicht allzu freundlich. Ich gestehe: mir wird nicht wohl, wenn man ihn mir gegenüber lobt. Es heißt doch, sich das Loben etwas zu leicht zu machen, wenn man einen so offensichtlich Lobenswürdigen lobt, wie es mein Sohn ist.

Mein sechster Sohn scheint, wenigstens auf den ersten Blick, der tiefsinnigste von allen. Ein Kopfhänger und doch ein Schwätzer. Deshalb kommt man ihm nicht leicht bei. Ist er am Unterliegen, so verfällt er in unbesiegbare Traurigkeit; erlangt er das Übergewicht, so wahrt er es durch Schwätzen. Doch spreche ich ihm eine gewisse selbstvergessene Leidenschaft nicht ab; bei hellem Tag kämpft er sich oft durch das Denken wie im Traum. Ohne krank zu sein – vielmehr hat er eine sehr gute Gesundheit – taumelt er manchmal, besonders in der Dämmerung, braucht aber keine Hilfe, fällt nicht. Vielleicht hat an dieser Erscheinung seine körperliche Entwicklung schuld, er ist viel zu groß für sein Alter. Das macht ihn unschön im Ganzen, trotz auffallend schöner Einzelheiten, zum Beispiel der Hände und Füße. Unschön ist übrigens auch seine Stirn; sowohl in der Haut, als in der Knochenbildung irgendwie verschrumpft.

Der siebente Sohn gehört mir vielleicht mehr als alle andern. Die Welt versteht ihn nicht zu würdigen; seine besondere Art von Witz versteht sie nicht. Ich überschätze ihn nicht; ich weiß, er ist geringfügig genug; hätte die Welt keinen andern Fehler als den, daß sie ihn nicht zu würdigen weiß, sie wäre noch immer makellos. Aber innerhalb der

Familie wollte ich diesen Sohn nicht missen. Sowohl Unruhe bringt er, als auch Ehrfurcht vor der Überlieferung, und beides fügt er, wenigstens für mein Gefühl, zu einem unanfechtbaren Ganzen. Mit diesem Ganzen weiß er allerdings selbst am wenigsten etwas anzufangen; das Rad der Zukunft wird er nicht ins Rollen bringen; aber diese seine Anlage ist so aufmunternd, so hoffnungsreich; ich wollte, er hätte Kinder und diese wieder Kinder. Leider scheint sich dieser Wunsch nicht erfüllen zu wollen. In einer mir zwar begreiflichen, aber ebenso unerwünschten Selbstzufriedenheit, die allerdings in großartigem Gegensatz zum Urteil seiner Umgebung steht, treibt er sich allein umher, kümmert sich nicht um Mädchen und wird trotzdem niemals seine gute Laune verlieren.

Mein achter Sohn ist mein Schmerzenskind, und ich weiß eigentlich keinen Grund dafür. Er sieht mich fremd an, und ich fühle mich doch väterlich eng mit ihm verbunden. Die Zeit hat vieles gut gemacht; früher aber befiel mich manchmal ein Zittern, wenn ich nur an ihn dachte. Er geht seinen eigenen Weg; hat alle Verbindungen mit mir abgebrochen; und wird gewiß mit seinem harten Schädel, seinem kleinen athletischen Körper – nur die Beine hatte er als Junge recht schwach, aber das mag sich inzwischen schon ausgeglichen haben – überall durchkommen, wo es ihm beliebt. Öfters hatte ich Lust, ihn zurückzurufen, ihn zu fragen, wie es eigentlich um ihn steht, warum er sich vom Vater so abschließt und was er im Grunde beabsichtigt, aber nun ist er so weit und so viel Zeit ist schon vergangen, nun mag es so bleiben wie es ist. Ich höre, daß er als der einzige meiner Söhne einen Vollbart trägt; schön ist das bei einem so kleinen Mann natürlich nicht.

Mein neunter Sohn ist sehr elegant und hat den für Frauen bestimmten süßen Blick. So süß, daß er bei Gelegenheit sogar mich verführen kann, der ich doch weiß, daß förmlich ein nasser Schwamm genügt, um allen diesen überirdischen Glanz wegzuwischen. Das Besondere an diesem

Jungen aber ist, daß er gar nicht auf Verführung ausgeht;
ihm würde es genügen, sein Leben lang auf dem Kanapee
zu liegen und seinen Blick an die Zimmerdecke zu ver-
schwenden oder noch viel lieber ihn unter den Augenlidern
ruhen zu lassen. Ist er in dieser von ihm bevorzugten Lage,
dann spricht er gern und nicht übel; gedrängt und anschaulich; aber doch nur in engen Grenzen; geht er über sie hinaus, was sich bei ihrer Enge nicht vermeiden läßt, wird sein
Reden ganz leer. Man würde ihm abwinken, wenn man
Hoffnung hätte, daß dieser mit Schlaf gefüllte Blick es bemerken könnte.

Mein zehnter Sohn gilt als unaufrichtiger Charakter. Ich
will diesen Fehler nicht ganz in Abrede stellen, nicht ganz
bestätigen. Sicher ist, daß, wer ihn in der weit über sein
Alter hinausgehenden Feierlichkeit herankommen sieht, im
immer festgeschlossenen Gehrock, im alten, aber übersorg-
fältig geputzten schwarzen Hut, mit dem unbewegten Gesicht, dem etwas vorragenden Kinn, den schwer über die
Augen sich wölbenden Lidern, den manchmal an den Mund
geführten zwei Fingern – wer ihn so sieht, denkt: das ist ein
grenzenloser Heuchler. Aber, nun höre man ihn reden! Ver-
ständig; mit Bedacht; kurz angebunden; mit boshafter Lebendigkeit Fragen durchkreuzend; in erstaunlicher, selbst-
verständlicher und froher Übereinstimmung mit dem Welt-
ganzen; eine Übereinstimmung, die notwendigerweise den
Hals strafft und den Kopf erheben läßt. Viele, die sich sehr
klug dünken und die sich, aus diesem Grunde wie sie mein-
ten, von seinem Äußern abgestoßen fühlten, hat er durch
sein Wort stark angezogen. Nun gibt es aber wieder Leute,
die sein Äußeres gleichgültig läßt, denen aber sein Wort
heuchlerisch erscheint. Ich, als Vater, will hier nicht entscheiden, doch muß ich eingestehen, daß die letzteren Beur-
teiler jedenfalls beachtenswerter sind als die ersteren.

Mein elfter Sohn ist zart, wohl der schwächste unter meinen Söhnen; aber täuschend in seiner Schwäche; er kann
nämlich zu Zeiten kräftig und bestimmt sein, doch ist aller-

dings selbst dann die Schwäche irgendwie grundlegend. Es
ist aber keine beschämende Schwäche, sondern etwas, das
nur auf diesem unsern Erdboden als Schwäche erscheint. Ist
nicht zum Beispiel auch Flugbereitschaft Schwäche, da sie
doch Schwanken und Unbestimmtheit und Flattern ist?
Etwas Derartiges zeigt mein Sohn. Den Vater freuen natürlich solche Eigenschaften nicht; sie gehen ja offenbar auf
Zerstörung der Familie aus. Manchmal blickt er mich an, als
wollte er mir sagen: »Ich werde dich mitnehmen, Vater.«
Dann denke ich: »Du wärst der Letzte, dem ich mich ver-
traue.« Und sein Blick scheint wieder zu sagen: »Mag ich
also wenigstens der Letzte sein.«

Das sind die elf Söhne.

Ein Brudermord

Es ist erwiesen, daß der Mord auf folgende Weise erfolgte:

Schmar, der Mörder, stellte sich gegen neun Uhr abends
in der mondklaren Nacht an jener Straßenecke auf, wo
Wese, das Opfer, aus der Gasse, in welcher sein Bureau lag,
in jene Gasse einbiegen mußte, in der er wohnte.

Kalte, jeden durchschauernde Nachtluft. Aber Schmar
hatte nur ein dünnes blaues Kleid angezogen; das Röckchen
war überdies aufgeknöpft. Er fühlte keine Kälte; auch war
er immerfort in Bewegung. Seine Mordwaffe, halb Bajonett,
halb Küchenmesser, hielt er ganz bloßgelegt immer fest im
Griff. Betrachtete das Messer gegen das Mondlicht; die
Schneide blitzte auf; nicht genug für Schmar; er hieb mit ihr
gegen die Backsteine des Pflasters, daß es Funken gab; be-
reute es vielleicht; und um den Schaden gut zu machen,
strich er mit ihr violinbogenartig über seine Stiefelsohle,
während er, auf einem Bein stehend, vorgebeugt, gleichzeitig dem Klang des Messers an seinem Stiefel, gleichzeitig in
die schicksalsvolle Seitengasse lauschte.

Warum duldete das alles der Private Pallas, der in der
Nähe aus seinem Fenster im zweiten Stockwerk alles beobachtete? Ergründe die Menschennatur! Mit hochgeschlage-
nem Kragen, den Schlafrock um den weiten Leib gegürtet,
kopfschüttelnd, blickte er hinab.

Und fünf Häuser weiter, ihm schräg gegenüber, sah Frau
Wese, den Fuchspelz über ihrem Nachthemd, nach ihrem
Manne aus, der heute ungewöhnlich lange zögerte.

Endlich ertönt die Türglocke vor Weses Bureau, zu laut
für eine Türglocke, über die Stadt hin, zum Himmel auf,
und Wese, der fleißige Nachtarbeiter, tritt dort, in dieser
Gasse noch unsichtbar, nur durch das Glockenzeichen angekündigt, aus dem Haus; gleich zählt das Pflaster seine ruhigen Schritte.

Pallas beugt sich weit hervor; er darf nichts versäumen.
Frau Wese schließt, beruhigt durch die Glocke, klirrend ihr
Fenster. Schmar aber kniet nieder; da er augenblicklich
keine anderen Blößen hat, drückt er nur Gesicht und Hände
gegen die Steine; wo alles friert, glüht Schmar.

Gerade an der Grenze, welche die Gassen scheidet, bleibt
Wese stehen, nur mit dem Stock stützt er sich in die jenseitige Gasse. Eine Laune. Der Nachthimmel hat ihn angelockt, das Dunkelblaue und das Goldene. Unwissend blickt
er es an, unwissend streicht er das Haar unter dem gelüpf-
ten Hut; nichts rückt dort oben zusammen, um ihm die
allernächste Zukunft anzuzeigen; alles bleibt an seinem
unsinnigen, unerforschlichen Platz. An und für sich sehr
vernünftig, daß Wese weitergeht, aber er geht ins Messer
des Schmar.

»Wese!« schreit Schmar, auf den Fußspitzen stehend, den
Arm aufgereckt, das Messer scharf gesenkt, »Wese! Vergebens wartet Julia!« Und rechts in den Hals und links in den
Hals und drittens tief in den Bauch sticht Schmar. Wasser-
ratten, aufgeschlitzt, geben einen ähnlichen Laut von sich
wie Wese.

»Getan«, sagt Schmar und wirft das Messer, den überflüssigen blutigen Ballast, gegen die nächste Hausfront. »Seligkeit des Mordes! Erleichterung, Beflügelung durch das Fließen des fremden Blutes! Wese, alter Nachtschatten, Freund, Bierbankgenosse, versickerst im dunklen Straßengrund. Warum bist du nicht einfach eine mit Blut gefüllte Blase, daß ich mich auf dich setzte und du verschwändest ganz und gar. Nicht alles wird erfüllt, nicht alle Blütenträume reiften, dein schwerer Rest liegt hier, schon unzugänglich jedem Tritt. Was soll die stumme Frage, die du damit stellst?«

Pallas, alles Gift durcheinander würgend in seinem Leib, steht in seiner zweiflügelig aufspringenden Haustür. »Schmar! Schmar! Alles bemerkt, nichts übersehen.« Pallas und Schmar prüfen einander. Pallas befriedigt's, Schmar kommt zu keinem Ende.

Frau Wese mit einer Volksmenge zu ihren beiden Seiten eilt mit vor Schrecken ganz gealtertem Gesicht herbei. Der Pelz öffnet sich, sie stürzt über Wese, der nachthemdbekleidete Körper gehört ihm, der über dem Ehepaar sich wie der Rasen eines Grabes schließende Pelz gehört der Menge.

Schmar, mit Mühe die letzte Übelkeit verbeißend, den Mund an die Schulter des Schutzmannes gedrückt, der leichtfüßig ihn davonführt.

Ein Traum

Josef K. träumte:

Es war ein schöner Tag und K. wollte spazieren gehen. Kaum aber hatte er zwei Schritte gemacht, war er schon auf dem Friedhof. Es waren dort sehr künstliche, unpraktisch gewundene Wege, aber er glitt über einen solchen Weg wie auf einem reißenden Wasser in unerschütterlich schwebender Haltung. Schon von der Ferne faßte er einen frisch aufgeworfenen Grabhügel ins Auge, bei dem er Halt machen wollte. Dieser Grabhügel übte fast eine Verlockung auf ihn aus und er glaubte, gar nicht eilig genug hinkommen zu können. Manchmal aber sah er den Grabhügel kaum, er wurde ihm verdeckt durch Fahnen, deren Tücher sich wanden und mit großer Kraft aneinanderschlugen; man sah die Fahnenträger nicht, aber es war, als herrsche dort viel Jubel.

Während er den Blick noch in die Ferne gerichtet hatte, sah er plötzlich den gleichen Grabhügel neben sich am Weg, ja fast schon hinter sich. Er sprang eilig ins Gras. Da der Weg unter seinem abspringenden Fuß weiter raste, schwankte er und fiel gerade vor dem Grabhügel ins Knie. Zwei Männer standen hinter dem Grab und hielten zwischen sich einen Grabstein in der Luft; kaum war K. erschienen, stießen sie den Stein in die Erde und er stand wie festgemauert. Sofort trat aus einem Gebüsch ein dritter Mann hervor, den K. gleich als einen Künstler erkannte. Er war nur mit Hosen und einem schlecht zugeknöpften Hemd bekleidet; auf dem Kopf hatte er eine Samtkappe; in der Hand hielt er einen gewöhnlichen Bleistift, mit dem er schon beim Näherkommen Figuren in der Luft beschrieb.

Mit diesem Bleistift setzte er nun oben auf dem Stein an; der Stein war sehr hoch, er mußte sich gar nicht bücken, wohl aber mußte er sich vorbeugen, denn der Grabhügel, auf den er nicht treten wollte, trennte ihn von dem Stein. Er stand also auf den Fußspitzen und stützte sich mit der linken Hand auf die Fläche des Steines. Durch eine besonders geschickte Hantierung gelang es ihm, mit dem gewöhnlichen Bleistift Goldbuchstaben zu erzielen; er schrieb: »Hier ruht –« Jeder Buchstabe erschien rein und schön, tief geritzt und in vollkommenem Gold. Als er die zwei Worte geschrieben hatte, sah er nach K. zurück; K., der sehr begierig auf das Fortschreiten der Inschrift war, kümmerte sich kaum um den Mann, sondern blickte nur auf den Stein. Tatsächlich setzte der Mann wieder zum Weiterschreiben an, aber er konnte nicht, es bestand irgendein Hindernis, er ließ den Bleistift sinken und drehte sich wieder nach K. um. Nun sah auch K. den Künstler an und merkte, daß dieser in großer Verlegenheit war, aber die Ursache dessen nicht sagen konnte. Alle seine frühere Lebhaftigkeit war verschwunden. Auch K. geriet dadurch in Verlegenheit; sie wechselten hilflose Blicke; es lag ein häßliches Mißverständnis vor, das keiner auflösen konnte. Zur Unzeit begann nun auch eine kleine Glocke von der Grabkapelle zu läuten, aber der Künstler fuchtelte mit der erhobenen Hand und sie hörte auf. Nach einem Weilchen begann sie wieder; diesmal ganz leise und, ohne besondere Aufforderung, gleich abbrechend; es war, als wolle sie nur ihren Klang prüfen. K. war untröstlich über die Lage des Künstlers, er begann zu weinen und schluchzte lange in die vorgehaltenen Hände. Der Künstler wartete, bis K. sich beruhigt hatte, und entschloß sich dann, da er keinen andern Ausweg fand, dennoch zum Weiterschreiben. Der erste kleine Strich, den er machte, war für K. eine Erlösung, der Künstler brachte ihn aber offenbar nur mit dem äußersten Widerstreben zustande; die Schrift war auch nicht mehr so schön, vor allem schien es an Gold zu fehlen, blaß und unsicher zog sich der Strich hin, nur sehr groß wurde der Buchstabe. Es war ein J, fast war es schon beendet, da stampfte der Künstler wütend mit einem Fuß in den Grabhügel hinein, daß die Erde ringsum in die Höhe flog. Endlich verstand ihn K.; ihn abzubitten war keine Zeit mehr; mit allen Fingern grub er in die Erde, die fast keinen Widerstand leistete; alles schien vorbereitet; nur zum Schein war eine dünne Erdkruste aufgerichtet; gleich hinter ihr öffnete sich mit abschüssigen Wänden ein großes Loch, in das K., von einer sanften Strömung auf den Rücken gedreht, versank. Während er aber unten, den Kopf im Genick noch aufgerichtet, schon von der undurchdringlichen Tiefe aufgenommen wurde, jagte oben sein Name mit mächtigen Zieraten über den Stein.

Entzückt von diesem Anblick erwachte er.

Ein Bericht für eine Akademie

Hohe Herren von der Akademie!

Sie erweisen mir die Ehre, mich aufzufordern, der Akademie einen Bericht über mein äffisches Vorleben einzureichen.

In diesem Sinne kann ich leider der Aufforderung nicht nachkommen. Nahezu fünf Jahre trennen mich vom Affentum, eine Zeit, kurz vielleicht am Kalender gemessen, unendlich lang aber durchzugaloppieren, so wie ich es getan habe, streckenweise begleitet von vortrefflichen Menschen, Ratschlägen, Beifall und Orchestralmusik, aber im Grunde allein, denn alle Begleitung hielt sich, um im Bilde zu bleiben, weit vor der Barriere. Diese Leistung wäre unmöglich gewesen, wenn ich eigensinnig hätte an meinem Ursprung, an den Erinnerungen der Jugend festhalten wollen. Gerade Verzicht auf jeden Eigensinn war das oberste Gebot, das ich mir auferlegt hatte; ich, freier Affe, fügte mich diesem Joch. Dadurch verschlossen sich mir aber ihrerseits die Erinnerungen immer mehr. War mir zuerst die Rückkehr, wenn die Menschen gewollt hätten, freigestellt durch das ganze Tor, das der Himmel über der Erde bildet, wurde es gleichzeitig mit meiner vorwärts gepeitschten Entwicklung immer niedriger und enger; wohler und eingeschlossener fühlte ich mich in der Menschenwelt; der Sturm, der mir aus meiner Vergangenheit nachblies, sänftigte sich; heute ist es nur ein Luftzug, der mir die Fersen kühlt; und das Loch in der Ferne, durch das er kommt und durch das ich einstmals kam, ist so klein geworden, daß ich, wenn überhaupt die Kräfte und der Wille hinreichen würden, um bis dorthin zurückzulaufen, das Fell vom Leib mir schinden müßte, um durchzukommen. Offen gesprochen, so gerne ich auch Bilder wähle für diese Dinge, offen gesprochen: Ihr Affentum, meine Herren, soferne Sie etwas Derartiges hinter sich haben, kann Ihnen nicht ferner sein als mir das meine. An der

Ferse aber kitzelt es jeden, der hier auf Erden geht: den kleinen Schimpansen wie den großen Achilles.

In eingeschränktestem Sinn aber kann ich doch vielleicht Ihre Anfrage beantworten und ich tue es sogar mit großer Freude. Das erste, was ich lernte, war: den Handschlag geben; Handschlag bezeugt Offenheit; mag nun heute, wo ich auf dem Höhepunkte meiner Laufbahn stehe, zu jenem ersten Handschlag auch das offene Wort hinzukommen. Es wird für die Akademie nichts wesentlich Neues beibringen und weit hinter dem zurückbleiben, was man von mir verlangt hat und was ich beim besten Willen nicht sagen kann – immerhin, es soll die Richtlinie zeigen, auf welcher ein gewesener Affe in die Menschenwelt eingedrungen ist und sich dort festgesetzt hat. Doch dürfte ich selbst das Geringfügige, was folgt, gewiß nicht sagen, wenn ich meiner nicht völlig sicher wäre und meine Stellung auf allen großen Varietébühnen der zivilisierten Welt sich nicht bis zur Unerschütterlichkeit gefestigt hätte:

Ich stamme von der Goldküste. Darüber, wie ich eingefangen wurde, bin ich auf fremde Berichte angewiesen. Eine Jagdexpedition der Firma Hagenbeck – mit dem Führer habe ich übrigens seither schon manche gute Flasche Rotwein geleert – lag im Ufergebüsch auf dem Anstand, als ich am Abend inmitten eines Rudels zur Tränke lief. Man schoß; ich war der einzige, der getroffen wurde; ich bekam zwei Schüsse.

Einen in die Wange; der war leicht; hinterließ aber eine große ausrasierte rote Narbe, die mir den widerlichen, ganz und gar unzutreffenden, förmlich von einem Affen erfundenen Namen Rotpeter eingetragen hat, so als unterschiede ich mich von dem unlängst krepierten, hie und da bekannten, dressierten Affentier Peter nur durch den roten Fleck auf der Wange. Dies nebenbei.

Der zweite Schuß traf mich unterhalb der Hüfte. Er war schwer, er hat es verschuldet, daß ich noch heute ein wenig hinke. Letzthin las ich in einem Aufsatz irgendeines der zehntausend Windhunde, die sich in den Zeitungen über mich auslassen: meine Affennatur sei noch nicht ganz unterdrückt; Beweis dessen sei, daß ich, wenn Besucher kommen, mit Vorliebe die Hosen ausziehe, um die Einlaufstelle jenes Schusses zu zeigen. Dem Kerl sollte jedes Fingerchen seiner schreibenden Hand einzeln weggeknallt werden. Ich, ich darf meine Hosen ausziehen, vor wem es mir beliebt; man wird dort nichts finden als einen wohlgepflegten Pelz und die Narbe nach einem – wählen wir hier zu einem bestimmten Zwecke ein bestimmtes Wort, das aber nicht mißverstanden werden wolle – die Narbe nach einem frevelhaften Schuß. Alles liegt offen zutage; nichts ist zu verbergen; kommt es auf Wahrheit an, wirft jeder Großgesinnte die allerfeinsten Manieren ab. Würde dagegen jener Schreiber die Hosen ausziehen, wenn Besuch kommt, so hätte dies allerdings ein anderes Ansehen und ich will es als Zeichen der Vernunft gelten lassen, daß er es nicht tut. Aber dann mag er mir auch mit seinem Zartsinn vom Halse bleiben!

Nach jenen Schüssen erwachte ich – und hier beginnt allmählich meine eigene Erinnerung – in einem Käfig im Zwischendeck des Hagenbeckschen Dampfers. Es war kein vierwandiger Gitterkäfig; vielmehr waren nur drei Wände an einer Kiste festgemacht; die Kiste also bildete die vierte Wand. Das Ganze war zu niedrig zum Aufrechtstehen und zu schmal zum Niedersitzen. Ich hockte deshalb mit eingebogenen, ewig zitternden Knien, und zwar, da ich zunächst wahrscheinlich niemanden sehen und immer nur im Dunkel sein wollte, zur Kiste gewendet, während sich mir hinten die Gitterstäbe ins Fleisch einschnitten. Man hält eine solche Verwahrung wilder Tiere in der allerersten Zeit für vorteilhaft, und ich kann heute nach meiner Erfahrung nicht leugnen, daß dies im menschlichen Sinn tatsächlich der Fall ist.

Daran dachte ich aber damals nicht. Ich war zum erstenmal in meinem Leben ohne Ausweg; zumindest geradeaus ging es nicht; geradeaus vor mir war die Kiste, Brett fest an Brett gefügt. Zwar war zwischen den Brettern eine durchlaufende Lücke, die ich, als ich sie zuerst entdeckte, mit dem glückseligen Heulen des Unverstandes begrüßte, aber diese Lücke reichte bei weitem nicht einmal zum Durchstecken des Schwanzes aus und war mit aller Affenkraft nicht zu verbreitern.

Ich soll, wie man mir später sagte, ungewöhnlich wenig Lärm gemacht haben, woraus man schloß, daß ich entweder bald eingehen müsse oder daß ich, falls es mir gelingt, die erste kritische Zeit zu überleben, sehr dressurfähig sein werde. Ich überlebte diese Zeit. Dumpfes Schluchzen, schmerzhaftes Flöhesuchen, müdes Lecken einer Kokosnuß, Beklopfen der Kistenwand mit dem Schädel, Zungen-Blecken, wenn mir jemand nahekam, – das waren die ersten Beschäftigungen in dem neuen Leben. In alledem aber doch nur das eine Gefühl: kein Ausweg. Ich kann natürlich das damals affenmäßig Gefühlte heute nur mit Menschenworten nachzeichnen und verzeichne es infolgedessen, aber wenn ich auch die alte Affenwahrheit nicht mehr erreichen kann, wenigstens in der Richtung meiner Schilderung liegt sie, daran ist kein Zweifel.

Ich hatte doch so viele Auswege bisher gehabt und nun keinen mehr. Ich war festgerannt. Hätte man mich angenagelt, meine Freizügigkeit wäre dadurch nicht kleiner geworden. Warum das? Kratz dir das Fleisch zwischen den Fußzehen auf, du wirst den Grund nicht finden. Drück dich hinten gegen die Gitterstange, bis sie dich fast zweiteilt, du wirst den Grund nicht finden. Ich hatte keinen Ausweg, mußte mir ihn aber verschaffen, denn ohne ihn konnte ich nicht leben. Immer an dieser Kistenwand – ich wäre unweigerlich verreckt. Aber Affen gehören bei Hagenbeck an die Kistenwand – nun, so hörte ich auf, Affe zu sein. Ein klarer, schöner Gedankengang, den ich irgendwie mit dem Bauch ausgeheckt haben muß, denn Affen denken mit dem Bauch.

Ich habe Angst, daß man nicht genau versteht, was ich unter Ausweg verstehe. Ich gebrauche das Wort in seinem gewöhnlichsten und vollsten Sinn. Ich sage absichtlich nicht Freiheit. Ich meine nicht dieses große Gefühl der Freiheit nach allen Seiten. Als Affe kannte ich es vielleicht und ich habe Menschen kennen gelernt, die sich danach sehnen. Was mich aber anlangt, verlangte ich Freiheit weder damals noch heute. Nebenbei: mit Freiheit betrügt man sich unter Menschen allzuoft. Und so wie die Freiheit zu den erhabensten Gefühlen zählt, so auch die entsprechende Täuschung zu den erhabensten. Oft habe ich in den Varietés vor meinem Auftreten irgendein Künstlerpaar oben an der Decke an Trapezen hantieren sehen. Sie schwangen sich, sie schaukelten, sie sprangen, sie schwebten einander in die Arme, einer trug den anderen an den Haaren mit dem Gebiß. »Auch das ist Menschenfreiheit«, dachte ich, »selbstherrliche Bewegung.« Du Verspottung der heiligen Natur! Kein Bau würde standhalten vor dem Gelächter des Affentums bei diesem Anblick.

Nein, Freiheit wollte ich nicht. Nur einen Ausweg; rechts, links, wohin immer; ich stellte keine anderen Forderungen; sollte der Ausweg auch nur eine Täuschung sein; die Forderung war klein, die Täuschung würde nicht größer sein. Weiterkommen, weiterkommen! Nur nicht mit aufgehobenen Armen stillstehn, angedrückt an eine Kistenwand.

Heute sehe ich klar: ohne größte innere Ruhe hätte ich nie entkommen können. Und tatsächlich verdanke ich vielleicht alles, was ich geworden bin, der Ruhe, die mich nach den ersten Tagen dort im Schiff überkam. Die Ruhe wiederum aber verdankte ich wohl den Leuten vom Schiff.

Es sind gute Menschen, trotz allem. Gerne erinnere ich mich noch heute an den Klang ihrer schweren Schritte, der damals in meinem Halbschlaf widerhallte. Sie hatten die Gewohnheit, alles äußerst langsam in Angriff zu nehmen. Wollte sich einer die Augen reiben, so hob er die Hand wie ein Hängegewicht. Ihre Scherze waren grob, aber herzlich. Ihr Lachen war immer mit einem gefährlich klingenden aber nichts bedeutenden Husten gemischt. Immer hatten sie im Mund etwas zum Ausspeien und wohin sie ausspieen war ihnen gleichgültig. Immer klagten sie, daß meine Flöhe auf sie überspringen; aber doch waren sie mir deshalb niemals ernstlich böse; sie wußten eben, daß in meinem Fell Flöhe gedeihen und daß Flöhe Springer sind; damit fanden sie sich ab. Wenn sie dienstfrei waren, setzten sich manchmal einige im Halbkreis um mich nieder; sprachen kaum, sondern gurrten einander nur zu; rauchten, auf Kisten ausgestreckt, die Pfeife; schlugen sich aufs Knie, sobald ich die geringste Bewegung machte; und hie und da nahm einer einen Stecken und kitzelte mich dort, wo es mir angenehm war. Sollte ich heute eingeladen werden, eine Fahrt auf diesem Schiffe mitzumachen, ich würde die Einladung gewiß ablehnen, aber ebenso gewiß ist, daß es nicht nur häßliche Erinnerungen sind, denen ich dort im Zwischendeck nachhängen könnte.

Die Ruhe, die ich mir im Kreise dieser Leute erwarb, hielt mich vor allem von jedem Fluchtversuch ab. Von heute aus gesehen scheint es mir, als hätte ich zumindest geahnt, daß ich einen Ausweg finden müsse, wenn ich leben wolle, daß dieser Ausweg aber nicht durch Flucht zu erreichen sei. Ich weiß nicht mehr, ob Flucht möglich war, aber ich glaube es; einem Affen sollte Flucht immer möglich sein. Mit meinen heutigen Zähnen muß ich schon beim gewöhnlichen Nüsseknacken vorsichtig sein, damals aber hätte es mir wohl im Lauf der Zeit gelingen müssen, das Türschloß durchzubeißen. Ich tat es nicht. Was wäre damit auch gewonnen gewesen? Man hätte mich, kaum war der Kopf hinausgesteckt, wieder eingefangen und in einen noch schlimmeren Käfig gesperrt; oder ich hätte mich unbemerkt zu anderen Tieren, etwa zu den Riesenschlangen mir gegenüber flüchten können und mich in ihren Umarmungen ausgehaucht; oder es wäre mir gar gelungen, mich bis aufs Deck zu stehlen und über Bord zu springen, dann hätte ich ein Weilchen auf dem Weltmeer geschaukelt und wäre ersoffen. Verzweiflungstaten. Ich rechnete nicht so menschlich, aber unter dem Einfluß meiner Umgebung verhielt ich mich so, wie wenn ich gerechnet hätte.

Ich rechnete nicht, wohl aber beobachtete ich in aller Ruhe. Ich sah diese Menschen auf und ab gehen, immer die gleichen Gesichter, die gleichen Bewegungen, oft schien es mir, als wäre es nur einer. Dieser Mensch oder diese Menschen gingen also unbehelligt. Ein hohes Ziel dämmerte mir auf. Niemand versprach mir, daß, wenn ich so wie sie werden würde, das Gitter aufgezogen werde. Solche Versprechungen für scheinbar unmögliche Erfüllungen werden nicht gegeben. Löst man aber die Erfüllungen ein, erscheinen nachträglich auch die Versprechungen genau dort, wo man sie früher vergeblich gesucht hat. Nun war an diesen Menschen an sich nichts, was mich sehr verlockte. Wäre ich ein Anhänger jener erwähnten Freiheit, ich hätte gewiß das Weltmeer dem Ausweg vorgezogen, der sich mir im trüben Blick dieser Menschen zeigte. Jedenfalls aber beobachtete ich sie schon lange vorher, ehe ich an solche Dinge dachte, ja die angehäuften Beobachtungen drängten mich erst in die bestimmte Richtung.

Es war so leicht, die Leute nachzuahmen. Spucken konnte ich schon in den ersten Tagen. Wir spuckten einander dann gegenseitig ins Gesicht; der Unterschied war nur, daß ich mein Gesicht nachher reinleckte, sie ihres nicht. Die Pfeife rauchte ich bald wie ein Alter; drückte ich dann auch noch den Daumen in den Pfeifenkopf, jauchzte das ganze Zwischendeck; nur den Unterschied zwischen der leeren und der gestopften Pfeife verstand ich lange nicht.

Die meiste Mühe machte mir die Schnapsflasche. Der Geruch peinigte mich; ich zwang mich mit allen Kräften; aber es vergingen Wochen, ehe ich mich überwand. Diese inneren Kämpfe nahmen die Leute merkwürdigerweise ernster als irgend etwas sonst an mir. Ich unterscheide die Leute auch in meiner Erinnerung nicht, aber da war einer, der kam immer wieder, allein oder mit Kameraden, bei Tag, bei

Nacht, zu den verschiedensten Stunden; stellte sich mit der Flasche vor mich hin und gab mir Unterricht. Er begriff mich nicht, er wollte das Rätsel meines Seins lösen. Er entkorkte langsam die Flasche und blickte mich dann an, um zu prüfen, ob ich verstanden habe; ich gestehe, ich sah ihm immer mit wilder, mit überstürzter Aufmerksamkeit zu; einen solchen Menschenschüler findet kein Menschenlehrer auf dem ganzen Erdenrund; nachdem die Flasche entkorkt war, hob er sie zum Mund; ich mit meinen Blicken ihm nach bis in die Gurgel; er nickt, zufrieden mit mir, und setzt die Flasche an die Lippen; ich, entzückt von allmählicher Erkenntnis, kratze mich quietschend der Länge und Breite nach, wo es sich trifft; er freut sich, setzt die Flasche an und macht einen Schluck; ich, ungeduldig und verzweifelt, ihm nachzueifern, verunreinige mich in meinem Käfig, was wieder ihm große Genugtuung macht; und nun weit die Flasche von sich streckend und im Schwung sie wieder hinaufführend, trinkt er sie, übertrieben lehrhaft zurückgebeugt, mit einem Zuge leer. Ich, ermattet von allzugroßem Verlangen, kann nicht mehr folgen und hänge schwach am Gitter, während er den theoretischen Unterricht damit beendet, daß er sich den Bauch streicht und grinst.

Nun erst beginnt die praktische Übung. Bin ich nicht schon allzu erschöpft durch das Theoretische? Wohl, allzu erschöpft. Das gehört zu meinem Schicksal. Trotzdem greife ich, so gut ich kann, nach der hingereichten Flasche; entkorke sie zitternd; mit dem Gelingen stellen sich allmählich neue Kräfte ein; ich hebe die Flasche, vom Original schon kaum zu unterscheiden; setze sie an und – und werfe sie mit Abscheu, mit Abscheu, trotzdem sie leer ist und nur noch der Geruch sie füllt, werfe sie mit Abscheu auf den Boden. Zur Trauer meines Lehrers, zur größeren Trauer meiner selbst; weder ihn, noch mich versöhne ich dadurch, daß ich auch nach dem Wegwerfen der Flasche nicht vergesse, ausgezeichnet meinen Bauch zu streichen und dabei zu grinsen.

Allzuoft nur verlief so der Unterricht. Und zur Ehre meines Lehrers: er war mir nicht böse; wohl hielt er mir
manchmal die brennende Pfeife ans Fell, bis es irgendwo,
wo ich nur schwer hinreichte, zu glimmen anfing, aber dann
löschte er es selbst wieder mit seiner riesigen guten Hand;
er war mir nicht böse, er sah ein, daß wir auf der gleichen
Seite gegen die Affennatur kämpften und daß ich den
schwereren Teil hatte.

Was für ein Sieg dann allerdings für ihn wie für mich, als
ich eines Abends vor großem Zuschauerkreis – vielleicht
war ein Fest, ein Grammophon spielte, ein Offizier erging
sich zwischen den Leuten – als ich an diesem Abend, gerade
unbeachtet, eine vor meinem Käfig versehentlich stehen ge-
lassene Schnapsflasche ergriff, unter steigender Aufmerksamkeit der Gesellschaft sie schulgerecht entkorkte, an den
Mund setzte und ohne Zögern, ohne Mundverziehen, als
Trinker von Fach, mit rund gewälzten Augen, schwappen-
der Kehle, wirklich und wahrhaftig leer trank; nicht mehr
als Verzweifelter, sondern als Künstler die Flasche hinwarf;
zwar vergaß den Bauch zu streichen; dafür aber, weil ich
nicht anders konnte, weil es mich drängte, weil mir die
Sinne rauschten, kurz und gut »Hallo!« ausrief, in Men-
schenlaut ausbrach, mit diesem Ruf in die Menschenge-
meinschaft sprang und ihr Echo: »Hört nur, er spricht!« wie
einen Kuß auf meinem ganzen schweißtriefenden Körper
fühlte.

Ich wiederhole: es verlockte mich nicht, die Menschen
nachzuahmen; ich ahmte nach, weil ich einen Ausweg suchte, aus keinem anderen Grund. Auch war mit jenem Sieg
noch wenig getan. Die Stimme versagte mir sofort wieder;
stellte sich erst nach Monaten ein; der Widerwille gegen
die Schnapsflasche kam sogar noch verstärkt. Aber meine
Richtung allerdings war mir ein für allemal gegeben.

Als ich in Hamburg dem ersten Dresseur übergeben
wurde, erkannte ich bald die zwei Möglichkeiten, die mir
offen standen: Zoologischer Garten oder Varieté. Ich zö-

gerte nicht. Ich sagte mir: setze alle Kraft an, um ins Varieté zu kommen; das ist der Ausweg; Zoologischer Garten ist nur ein neuer Gitterkäfig; kommst du in ihn, bist du verloren.

Und ich lernte, meine Herren. Ach, man lernt, wenn man muß; man lernt, wenn man einen Ausweg will; man lernt rücksichtslos. Man beaufsichtigt sich selbst mit der Peitsche; man zerfleischt sich beim geringsten Widerstand. Die Affennatur raste, sich überkugelnd, aus mir hinaus und weg, so daß mein erster Lehrer selbst davon fast äffisch wurde, bald den Unterricht aufgeben und in eine Heilanstalt gebracht werden mußte. Glücklicherweise kam er wieder bald hervor.

Aber ich verbrauchte viele Lehrer, ja sogar einige Lehrer gleichzeitig. Als ich meiner Fähigkeiten schon sicherer geworden war, die Öffentlichkeit meinen Fortschritten folgte, meine Zukunft zu leuchten begann, nahm ich selbst Lehrer auf, ließ sie in fünf aufeinanderfolgenden Zimmern niedersetzen und lernte bei allen zugleich, indem ich ununterbrochen aus einem Zimmer ins andere sprang.

Diese Fortschritte! Dieses Eindringen der Wissensstrahlen von allen Seiten ins erwachende Hirn! Ich leugne nicht: es beglückte mich. Ich gestehe aber auch ein: ich überschätzte es nicht, schon damals nicht, wieviel weniger heute. Durch eine Anstrengung, die sich bisher auf der Erde nicht wiederholt hat, habe ich die Durchschnittsbildung eines Europäers erreicht. Das wäre an sich vielleicht gar nichts, ist aber insofern doch etwas, als es mir aus dem Käfig half und mir diesen besonderen Ausweg, diesen Menschenausweg verschaffte. Es gibt eine ausgezeichnete deutsche Redensart: sich in die Büsche schlagen; das habe ich getan, ich habe mich in die Büsche geschlagen. Ich hatte keinen anderen Weg, immer vorausgesetzt, daß nicht die Freiheit zu wählen war.

Überblicke ich meine Entwicklung und ihr bisheriges Ziel, so klage ich weder, noch bin ich zufrieden. Die Hände in den Hosentaschen, die Weinflasche auf dem Tisch, liege ich halb, halb sitze ich im Schaukelstuhl und schaue aus dem Fenster. Kommt Besuch, empfange ich ihn, wie es sich gebührt. Mein Impresario sitzt im Vorzimmer; läute ich, kommt er und hört, was ich zu sagen habe. Am Abend ist fast immer Vorstellung, und ich habe wohl kaum mehr zu steigernde Erfolge. Komme ich spät nachts von Banketten, aus wissenschaftlichen Gesellschaften, aus gemütlichem Beisammensein nach Hause, erwartet mich eine kleine halbdressierte Schimpansin und ich lasse es mir nach Affenart bei ihr wohlgehen. Bei Tag will ich sie nicht sehen; sie hat nämlich den Irrsinn des verwirrten dressierten Tieres im Blick; das erkenne nur ich und ich kann es nicht ertragen.

Im Ganzen habe ich jedenfalls erreicht, was ich erreichen wollte. Man sage nicht, es wäre der Mühe nicht wert gewesen. Im übrigen will ich keines Menschen Urteil, ich will nur Kenntnisse verbreiten, ich berichte nur, auch Ihnen, hohe Herren von der Akademie, habe ich nur berichtet.

Der Kübelreiter

Verbraucht alle Kohle; leer der Kübel; sinnlos die Schaufel; Kälte atmend der Ofen; das Zimmer vollgeblasen von Frost; vor dem Fenster Bäume starr im Reif; der Himmel, ein silberner Schild gegen den, der von ihm Hilfe will. Ich muß Kohle haben; ich darf doch nicht erfrieren; hinter mir der erbarmungslose Ofen, vor mir der Himmel ebenso; infolgedessen muß ich scharf zwischendurch reiten und in der Mitte beim Kohlenhändler Hilfe suchen. Gegen meine gewöhnlichen Bitten aber ist er schon abgestumpft; ich muß ihm ganz genau nachweisen, daß ich kein einziges Kohlenstäubchen mehr habe und daß er daher für mich geradezu die Sonne am Firmament bedeutet. Ich muß kommen, wie der Bettler, der röchelnd vor Hunger an der Türschwelle verenden will und dem deshalb die Herrschaftsköchin den Bodensatz des letzten Kaffees einzuflößen sich entscheidet; ebenso muß mir der Händler, wütend, aber unter dem Strahl des Gebotes »Du sollst nicht töten!« eine Schaufel voll in den Kübel schleudern.

Meine Auffahrt schon muß es entscheiden; ich reite deshalb auf dem Kübel hin. Als Kübelreiter, die Hand oben am Griff, dem einfachsten Zaumzeug, drehe ich mich beschwerlich die Treppe hinab; unten aber steigt mein Kübel auf, prächtig, prächtig; Kameele, niedrig am Boden hingelagert, steigen, sich schüttelnd unter dem Stock des Führers, nicht schöner auf. Durch die fest gefrorene Gasse geht es in ebenmäßigem Trab; oft werde ich bis zur Höhe der ersten Stockwerke gehoben; niemals sinke ich bis zur Haustüre hinab. Und außergewöhnlich hoch schwebe ich vor dem Kellergewölbe des Händlers, in dem er tief unten an seinem Tischchen kauert und schreibt; um die übergroße Hitze abzulassen, hat er die Tür geöffnet.

»Kohlenhändler!« rufe ich mit vor Kälte hohl gebrannter Stimme, in Rauchwolken des Atems gehüllt, »bitte Kohlenhändler, gib mir ein wenig Kohle. Mein Kübel ist schon so leer, daß ich auf ihm reiten kann. Sei so gut. Bis ich kann, bezahl ichs.«

Der Händler legt die Hand ans Ohr. »Hör ich recht?« fragt er über die Schulter weg seine Frau, die auf der Ofenbank strickt, »hör ich recht? Eine Kundschaft.«

»Ich höre gar nichts«, sagt die Frau, ruhig aus- und einatmend über den Stricknadeln, wohlig im Rücken gewärmt.

»O ja«, rufe ich, »ich bin es; eine alte Kundschaft; treu ergeben; nur augenblicklich mittellos.«

»Frau«, sagt der Händler, »es ist, es ist jemand; so sehr kann ich mich doch nicht täuschen; eine alte, eine sehr alte Kundschaft muß es sein, die mir so zum Herzen zu sprechen weiß.«

»Was hast du, Mann?« sagt die Frau und drückt, einen Augenblick ausruhend, die Handarbeit an die Brust, »niemand ist es; die Gasse ist leer; alle unsere Kundschaft ist versorgt; wir könnten für Tage das Geschäft sperren und ausruhn.«

»Aber ich sitze doch hier auf dem Kübel«, rufe ich und gefühllose Tränen der Kälte verschleiern mir die Augen, »bitte seht doch herauf; Ihr werdet mich gleich entdecken; um eine Schaufel voll bitte ich; und gebt Ihr zwei, macht Ihr mich überglücklich. Es ist doch schon alle übrige Kundschaft versorgt. Ach, hörte ich es doch schon in dem Kübel klappern!«

»Ich komme«, sagt der Händler und kurzbeinig will er die Kellertreppe emporsteigen, aber die Frau ist schon bei ihm, hält ihn beim Arm fest und sagt: »Du bleibst. Läßt du von deinem Eigensinn nicht ab, so gehe ich hinauf. Erinnere dich an deinen schweren Husten heute nachts. Aber für ein Geschäft und sei es auch ein eingebildetes, vergißt du Frau und Kind und opferst deine Lungen. Ich gehe.« »Dann nenn ihm aber alle Sorten, die wir auf Lager haben; die

Preise rufe ich dir nach.« »Gut«, sagt die Frau und steigt zur Gasse auf. Natürlich sieht sie mich gleich.

»Frau Kohlenhändlerin«, rufe ich, »ergebenen Gruß; nur eine Schaufel Kohle; gleich hier in den Kübel; ich führe sie selbst nach Hause; eine Schaufel von der schlechtesten. Ich bezahle sie natürlich voll, aber nicht gleich, nicht gleich.« Was für ein Glockenklang sind die zwei Worte »nicht gleich« und wie sinnverwirrend mischen sie sich mit dem Abendläuten, das eben vom nahen Kirchturm zu hören ist.

»Was will er also haben?« ruft der Händler. »Nichts«, ruft die Frau zurück, »es ist ja nichts; ich sehe nichts, ich höre nichts; nur sechs Uhr läutet es und wir schließen. Ungeheuer ist die Kälte; morgen werden wir wahrscheinlich doch viel Arbeit haben.«

Sie sieht nichts und hört nichts; aber dennoch löst sie das Schürzenband und versucht mich mit der Schürze fortzuwehen. Leider gelingt es. Alle Vorzüge eines guten Reittieres hat mein Kübel; Widerstandskraft hat er nicht; zu leicht ist er; eine Frauenschürze jagt ihm die Beine vom Boden.

»Du Böse!« rufe ich noch zurück, während sie, zum Geschäft sich wendend, halb verächtlich, halb befriedigt mit der Hand in die Luft schlägt, »du Böse! Um eine Schaufel von der schlechtesten habe ich gebeten und du hast sie mir nicht gegeben.« Und damit steige ich in die Regionen der Eisgebirge und verliere mich auf Nimmerwiedersehn.

Erzählungen aus dem Nachlaß

Die Brücke

Ich war steif und kalt, ich war eine Brücke, über einem Abgrund lag ich. Diesseits waren die Fußspitzen, jenseits die Hände eingebohrt, in bröckelndem Lehm hatte ich mich festgebissen. Die Schöße meines Rockes wehten zu meinen Seiten. In der Tiefe lärmte der eisige Forellenbach. Kein Tourist verirrte sich zu dieser unwegsamen Höhe, die Brücke war in den Karten noch nicht eingezeichnet. – So lag ich und wartete; ich mußte warten. Ohne einzustürzen kann keine einmal errichtete Brücke aufhören, Brücke zu sein.

Einmal gegen Abend war es – war es der erste, war es der tausendste, ich weiß nicht – meine Gedanken gingen immer in einem Wirrwarr und immer in der Runde. Gegen Abend im Sommer, dunkler rauschte der Bach, da hörte ich einen Mannesschritt! Zu mir, zu mir. – Strecke dich, Brücke, setze dich in Stand, geländerloser Balken, halte den dir Anvertrauten. Die Unsicherheit seines Schrittes gleiche unmerklich aus, schwankt er aber, dann gib dich zu erkennen und wie ein Berggott schleudere ihn ans Land.

Er kam, mit der Eisenspitze seines Stockes beklopfte er mich, dann hob er mit ihr meine Rockschöße und ordnete sie auf mir. In mein buschiges Haar fuhr er mit der Spitze und ließ sie, wahrscheinlich wild umherblickend, lange drin liegen. Dann aber – gerade träumte ich ihm nach über Berg und Tal – sprang er mit beiden Füßen mir mitten auf den Leib. Ich erschauerte in wildem Schmerz, gänzlich unwissend. Wer war es? Ein Kind? Ein Traum? Ein Wegelagerer? Ein Selbstmörder? Ein Versucher? Ein Vernichter? Und ich drehte mich um, ihn zu sehen. – Brücke dreht sich um! Ich war noch nicht umgedreht, da stürzte ich schon, ich stürzte, und schon war ich zerrissen und aufgespießt von den zugespitzten Kieseln, die mich immer so friedlich aus dem rasenden Wasser angestarrt hatten.

Der Jäger Gracchus

Zwei Knaben saßen auf der Quaimauer und spielten Würfel. Ein Mann las eine Zeitung auf den Stufen eines Denkmals im Schatten des säbelschwingenden Helden. Ein Mädchen am Brunnen füllte Wasser in ihre Bütte. Ein Obstverkäufer lag neben seiner Ware und blickte auf den See hinaus. In der Tiefe einer Kneipe sah man durch die leeren Tür- und Fensterlöcher zwei Männer beim Wein. Der Wirt saß vorn an einem Tisch und schlummerte. Eine Barke schwebte leise, als werde sie über dem Wasser getragen, in den kleinen Hafen. Ein Mann in blauem Kittel stieg ans Land und zog die Seile durch die Ringe. Zwei andere Männer in dunklen Röcken mit Silberknöpfen trugen hinter dem Bootsmann eine Bahre, auf der unter einem großen blumengemusterten, gefransten Seidentuch offenbar ein Mensch lag.

Auf dem Quai kümmerte sich niemand um die Ankömmlinge, selbst als sie die Bahre niederstellten, um auf den Bootsführer zu warten, der noch an den Seilen arbeitete, trat niemand heran, niemand richtete eine Frage an sie, niemand sah sie genauer an.

Der Führer wurde noch ein wenig aufgehalten durch eine Frau, die, ein Kind an der Brust, mit aufgelösten Haaren sich jetzt auf Deck zeigte. Dann kam er, wies auf ein gelbliches, zweistöckiges Haus, das sich links nahe beim Wasser geradlinig erhob, die Träger nahmen die Last auf und trugen sie durch das niedrige, aber von schlanken Säulen gebildete Tor. Ein kleiner Junge öffnete ein Fenster, bemerkte noch gerade, wie der Trupp im Haus verschwand, und schloß wieder eilig das Fenster. Auch das Tor wurde nun geschlossen, es war aus schwarzem Eichenholz sorgfältig gefügt. Ein Taubenschwarm, der bisher den Glockenturm umflogen hatte, ließ sich jetzt vor dem Hause nieder. Als werde im Hause ihre Nahrung aufbewahrt, sammelten sich die Tauben vor dem Tor. Eine flog bis zum ersten Stock auf und pickte an die Fensterscheibe. Es waren hellfarbige wohlgepflegte, lebhafte Tiere. In großem Schwung warf ihnen die Frau aus der Barke Körner hin, die sammelten sie auf und flogen dann zu der Frau hinüber.

Ein Mann im Zylinderhut mit Trauerband kam eines der schmalen, stark abfallenden Gäßchen, die zum Hafen führten, herab. Er blickte aufmerksam umher, alles bekümmerte ihn, der Anblick von Unrat in einem Winkel ließ ihn das Gesicht verzerren. Auf den Stufen des Denkmals lagen Obstschalen, er schob sie im Vorbeigehen mit seinem Stock hinunter. An der Stubentür klopfte er an, gleichzeitig nahm er den Zylinderhut in seine schwarzbehandschuhte Rechte. Gleich wurde geöffnet, wohl fünfzig kleine Knaben bildeten ein Spalier im langen Flurgang und verbeugten sich.

Der Bootsführer kam die Treppe herab, begrüßte den Herrn, führte ihn hinauf, im ersten Stockwerk umging er mit ihm den von leicht gebauten, zierlichen Loggien umgebenen Hof und beide traten, während die Knaben in respektvoller Entfernung nachdrängten, in einen kühlen, großen Raum an der Hinterseite des Hauses, dem gegenüber kein Haus mehr, sondern nur eine kahle, grauschwarze Felsenwand zu sehen war. Die Träger waren damit beschäftigt, zu Häupten der Bahre einige lange Kerzen aufzustellen und anzuzünden, aber Licht entstand dadurch nicht, es wurden förmlich nur die früher ruhenden Schatten aufgescheucht und flackerten über die Wände. Von der Bahre war das Tuch zurückgeschlagen. Es lag dort ein Mann mit wild durcheinandergewachsenem Haar und Bart, gebräunter Haut, etwa einem Jäger gleichend. Er lag bewegungslos, scheinbar atemlos mit geschlossenen Augen da, trotzdem deutete nur die Umgebung an, daß es vielleicht ein Toter war.

Der Herr trat zur Bahre, legte eine Hand dem Daliegenden auf die Stirn, kniete dann nieder und betete. Der Bootsführer winkte den Trägern, das Zimmer zu verlassen, sie gingen hinaus, vertrieben die Knaben, die sich draußen an-

gesammelt hatten, und schlossen die Tür. Dem Herrn
schien aber auch diese Stille noch nicht zu genügen, er
sah den Bootsführer an, dieser verstand und ging durch
eine Seitentür ins Nebenzimmer. Sofort schlug der Mann
auf der Bahre die Augen auf, wandte schmerzlich lächelnd
das Gesicht dem Herrn zu und sagte: »Wer bist du?« –
Der Herr erhob sich ohne weiteres Staunen aus seiner
knieenden Stellung und antwortete: »Der Bürgermeister
von Riva.«

Der Mann auf der Bahre nickte, zeigte mit schwach aus-
gestrecktem Arm auf einen Sessel und sagte, nachdem der
Bürgermeister seiner Einladung gefolgt war: »Ich wußte es
ja, Herr Bürgermeister, aber im ersten Augenblick habe ich
immer alles vergessen, alles geht mir in der Runde und es ist
besser, ich frage, auch wenn ich alles weiß. Auch Sie wissen
wahrscheinlich, daß ich der Jäger Gracchus bin.«

»Gewiß«, sagte der Bürgermeister. »Sie wurden mir heute
in der Nacht angekündigt. Wir schliefen längst. Da rief gegen Mitternacht meine Frau: ›Salvatore‹, – so heiße ich –
›sieh die Taube am Fenster!‹ Es war wirklich eine Taube,
aber groß wie ein Hahn. Sie flog zu meinem Ohr und sagte:
›Morgen kommt der tote Jäger Gracchus, empfange ihn im
Namen der Stadt.‹«

Der Jäger nickte und zog die Zungenspitze zwischen den
Lippen durch: »Ja, die Tauben fliegen vor mir her. Glauben
Sie aber, Herr Bürgermeister, daß ich in Riva bleiben soll?«

»Das kann ich noch nicht sagen«, antwortete der Bürgermeister. »Sind Sie tot?«

»Ja«, sagte der Jäger, »wie Sie sehen. Vor vielen Jahren,
es müssen aber ungemein viel Jahre sein, stürzte ich im
Schwarzwald – das ist in Deutschland – von einem Felsen,
als ich eine Gemse verfolgte. Seitdem bin ich tot.«

»Aber Sie leben doch auch«, sagte der Bürgermeister.

»Gewissermaßen«, sagte der Jäger, »gewissermaßen lebe
ich auch. Mein Todeskahn verfehlte die Fahrt, eine falsche
Drehung des Steuers, ein Augenblick der Unaufmerksam-

keit des Führers, eine Ablenkung durch meine wunderschöne Heimat, ich weiß nicht, was es war, nur das weiß ich, daß ich auf der Erde blieb und daß mein Kahn seither die irdischen Gewässer befährt. So reise ich, der nur in seinen Bergen leben wollte, nach meinem Tode durch alle Länder der Erde.«

»Und Sie haben keinen Teil am Jenseits?« fragte der Bürgermeister mit gerunzelter Stirne.

»Ich bin«, antwortete der Jäger, »immer auf der großen Treppe, die hinaufführt. Auf dieser unendlich weiten Freitreppe treibe ich mich herum, bald oben, bald unten, bald rechts, bald links, immer in Bewegung. Aus dem Jäger ist ein Schmetterling geworden. Lachen Sie nicht.« »Ich lache nicht«, verwahrte sich der Bürgermeister.

»Sehr einsichtig«, sagte der Jäger. »Immer bin ich in Bewegung. Nehme ich aber den größten Aufschwung und leuchtet mir schon oben das Tor, erwache ich auf meinem alten, in irgendeinem irdischen Gewässer öde steckenden Kahn. Der Grundfehler meines einstmaligen Sterbens umgrinst mich in meiner Kajüte. Julia, die Frau des Bootsführers, klopft und bringt mir zu meiner Bahre das Morgengetränk des Landes, dessen Küste wir gerade befahren. Ich liege auf einer Holzpritsche, habe – es ist kein Vergnügen, mich zu betrachten – ein schmutziges Totenhemd an, Haar und Bart, grau und schwarz, geht unentwirrbar durcheinander, meine Beine sind mit einem großen, seidenen, blumengemusterten, langgefransten Frauentuch bedeckt. Zu meinen Häupten steht eine Kirchenkerze und leuchtet mir. An der Wand mir gegenüber ist ein kleines Bild, ein Buschmann offenbar, der mit einem Speer nach mir zielt und hinter einem großartig bemalten Schild sich möglichst deckt. Man begegnet auf Schiffen manchen dummen Darstellungen, diese ist aber eine der dümmsten. Sonst ist mein Holzkäfig ganz leer. Durch eine Luke der Seitenwand kommt die warme Luft der südlichen Nacht und ich höre das Wasser an die alte Barke schlagen.

Hier liege ich seit damals, als ich, noch lebendiger Jäger Gracchus, zu Hause im Schwarzwald eine Gemse verfolgte und abstürzte. Alles ging der Ordnung nach. Ich verfolgte, stürzte ab, verblutete in einer Schlucht, war tot und diese Barke sollte mich ins Jenseits tragen. Ich erinnere mich noch, wie fröhlich ich mich hier auf der Pritsche ausstreckte zum erstenmal. Niemals haben die Berge solchen Gesang von mir gehört wie diese vier damals noch dämmerigen Wände.

Ich hatte gern gelebt und war gern gestorben, glücklich warf ich, ehe ich den Bord betrat, das Lumpenpack der Büchse, der Tasche, des Jagdgewehrs vor mir hinunter, das ich immer stolz getragen hatte, und in das Totenhemd schlüpfte ich wie ein Mädchen ins Hochzeitskleid. Hier lag ich und wartete. Dann geschah das Unglück.«

»Ein schlimmes Schicksal«, sagte der Bürgermeister mit abwehrend erhobener Hand. »Und Sie tragen gar keine Schuld daran?«

»Keine«, sagte der Jäger, »ich war Jäger, ist das etwa eine Schuld? Aufgestellt war ich als Jäger im Schwarzwald, wo es damals noch Wölfe gab. Ich lauerte auf, schoß, traf, zog das Fell ab, ist das eine Schuld? Meine Arbeit wurde gesegnet. ›Der große Jäger vom Schwarzwald‹ hieß ich. Ist das eine Schuld?«

»Ich bin nicht berufen, das zu entscheiden«, sagte der Bürgermeister, »doch scheint auch mir keine Schuld darin zu liegen. Aber wer trägt denn Schuld?«

»Der Bootsmann«, sagte der Jäger. »Niemand wird lesen, was ich hier schreibe, niemand wird kommen, mir zu helfen; wäre als Aufgabe gesetzt mir zu helfen, so blieben alle Türen aller Häuser geschlossen, alle Fenster geschlossen, alle liegen in den Betten, die Decken über den Kopf geschlagen, eine nächtliche Herberge die ganze Erde. Das hat guten Sinn, denn niemand weiß von mir, und wüßte er von mir, so wüßte er meinen Aufenthalt nicht, und wüßte er meinen Aufenthalt, so wüßte er mich dort nicht festzuhalten, so wüßte er nicht, wie mir zu helfen. Der Gedanke, mir helfen zu wollen, ist eine Krankheit und muß im Bett geheilt werden.

Das weiß ich und schreibe also nicht, um Hilfe herbeizurufen, selbst wenn ich in Augenblicken – unbeherrscht wie ich bin, zum Beispiel gerade jetzt – sehr stark daran denke. Aber es genügt wohl zum Austreiben solcher Gedanken, wenn ich umherblicke und mir vergegenwärtige, wo ich bin und – das darf ich wohl behaupten – seit Jahrhunderten wohne.«

»Außerordentlich«, sagte der Bürgermeister, »außerordentlich. – Und nun gedenken Sie bei uns in Riva zu bleiben?«

»Ich gedenke nicht«, sagte der Jäger lächelnd und legte, um den Spott gutzumachen, die Hand auf das Knie des Bürgermeisters. »Ich bin hier, mehr weiß ich nicht, mehr kann ich nicht tun. Mein Kahn ist ohne Steuer, er fährt mit dem Wind, der in den untersten Regionen des Todes bläst.«

Beim Bau der Chinesischen Mauer

Die Chinesische Mauer ist an ihrer nördlichsten Stelle beendet worden. Von Südosten und Südwesten wurde der Bau herangeführt und hier vereinigt. Dieses System des Teilbaues wurde auch im Kleinen innerhalb der zwei großen Arbeitsheere, des Ost- und des Westheeres, befolgt. Es geschah das so, daß Gruppen von etwa zwanzig Arbeitern gebildet wurden, welche eine Teilmauer von etwa fünfhundert Metern Länge aufzuführen hatten, eine Nachbargruppe baute ihnen dann eine Mauer von gleicher Länge entgegen. Nachdem dann aber die Vereinigung vollzogen war, wurde nicht etwa der Bau am Ende dieser tausend Meter wieder fortgesetzt, vielmehr wurden die Arbeitergruppen wieder in ganz andere Gegenden zum Mauerbau verschickt. Natürlich entstanden auf diese Weise viele große Lücken, die erst nach und nach langsam ausgefüllt wurden, manche sogar

erst, nachdem der Mauerbau schon als vollendet verkündigt
worden war. Ja, es soll Lücken geben, die überhaupt nicht
verbaut worden sind, eine Behauptung allerdings, die möglicherweise nur zu den vielen Legenden gehört, die um den
Bau entstanden sind, und die, für den einzelnen Menschen
wenigstens, mit eigenen Augen und eigenem Maßstab infolge der Ausdehnung des Baues unnachprüfbar sind.

Nun würde man von vornherein glauben, es wäre in
jedem Sinne vorteilhafter gewesen, zusammenhängend zu
bauen oder wenigstens zusammenhängend innerhalb der
zwei Hauptteile. Die Mauer war doch, wie allgemein verbreitet wird und bekannt ist, zum Schutze gegen die Nordvölker gedacht. Wie kann aber eine Mauer schützen, die
nicht zusammenhängend gebaut ist. Ja, eine solche Mauer
kann nicht nur nicht schützen, der Bau selbst ist in fortwäh-
render Gefahr. Diese in öder Gegend verlassen stehenden
Mauerteile können immer wieder leicht von den Nomaden
zerstört werden, zumal diese damals, geängstigt durch den
Mauerbau, mit unbegreiflicher Schnelligkeit wie Heu-
schrecken ihre Wohnsitze wechselten und deshalb vielleicht
einen besseren Überblick über die Baufortschritte hatten als
selbst wir, die Erbauer. Trotzdem konnte der Bau wohl
nicht anders ausgeführt werden, als es geschehen ist. Um
das zu verstehen, muß man folgendes bedenken: Die Mauer
sollte zum Schutz für die Jahrhunderte werden; sorgfältig-
ster Bau, Benützung der Bauweisheit aller bekannten Zeiten
und Völker, dauerndes Gefühl der persönlichen Verantwortung der Bauenden waren deshalb unumgängliche Voraus-
setzung für die Arbeit. Zu den niederen Arbeiten konnten zwar unwissende Taglöhner aus dem Volke, Männer,
Frauen, Kinder, wer sich für gutes Geld anbot, verwendet
werden; aber schon zur Leitung von vier Taglöhnern war
ein verständiger, im Baufach gebildeter Mann nötig; ein
Mann, der imstande war, bis in die Tiefe des Herzens mit-
zufühlen, worum es hier ging. Und je höher die Leistung,
desto größer die Anforderungen. Und solche Männer stan-

den tatsächlich zur Verfügung, wenn auch nicht in jener Menge, wie sie dieser Bau hätte verbrauchen können, so doch in großer Zahl.

Man war nicht leichtsinnig an das Werk herangegangen. Fünfzig Jahre vor Beginn des Baues hatte man im ganzen China, das ummauert werden sollte, die Baukunst, insbesondere das Maurerhandwerk, zur wichtigsten Wissenschaft erklärt und alles andere nur anerkannt, soweit es damit in Beziehung stand. Ich erinnere mich noch sehr wohl, wie wir als kleine Kinder, kaum unserer Beine sicher, im Gärtchen unseres Lehrers standen, aus Kieselsteinen eine Art Mauer bauen mußten, wie der Lehrer den Rock schürzte, gegen die Mauer rannte, natürlich alles zusammenwarf, und uns wegen der Schwäche unseres Baues solche Vorwürfe machte, daß wir heulend uns nach allen Seiten zu unseren Eltern verliefen. Ein winziger Vorfall, aber bezeichnend für den Geist der Zeit.

Ich hatte das Glück, daß, als ich mit zwanzig Jahren die oberste Prüfung der untersten Schule abgelegt hatte, der Bau der Mauer gerade begann. Ich sage Glück, denn viele, die früher die oberste Höhe der ihnen zugänglichen Ausbildung erreicht hatten, wußten jahrelang mit ihrem Wissen nichts anzufangen, trieben sich, im Kopf die großartigsten Baupläne, nutzlos herum und verlotterten in Mengen. Aber diejenigen, die endlich als Bauführer, sei es auch untersten Ranges, zum Bau kamen, waren dessen tatsächlich würdig. Es waren Maurer, die viel über den Bau nachgedacht hatten und nicht aufhörten, darüber nachzudenken, die sich mit dem ersten Stein, den sie in den Boden einsenken ließen, dem Bau verwachsen fühlten. Solche Maurer trieb aber natürlich, neben der Begierde, gründlichste Arbeit zu leisten, auch die Ungeduld, den Bau in seiner Vollkommenheit endlich erstehen zu sehen. Der Taglöhner kennt diese Ungeduld nicht, den treibt nur der Lohn, auch die oberen Führer, ja selbst die mittleren Führer sehen von dem vielseitigen Wachsen des Baues genug, um sich im Geiste dadurch kräftig zu halten. Aber für die unteren, geistig weit über ihrer äußerlich kleinen Aufgabe stehenden Männer, mußte anders vorgesorgt werden. Man konnte sie nicht zum Beispiel in einer unbewohnten Gebirgsgegend, hunderte Meilen von ihrer Heimat, Monate oder gar Jahre lang Mauerstein an Mauerstein fügen lassen; die Hoffnungslosigkeit solcher fleißigen, aber selbst in einem langen Menschenleben nicht zum Ziel führenden Arbeit hätte sie verzweifelt und vor allem wertloser für die Arbeit gemacht. Deshalb wählte man das System des Teilbaues. Fünfhundert Meter konnten etwa in fünf Jahren fertiggestellt werden, dann waren freilich die Führer in der Regel zu erschöpft, hatten alles Vertrauen zu sich, zum Bau, zur Welt verloren. Drum wurden sie dann, während sie noch im Hochgefühl des Vereinigungsfestes der tausend Meter Mauer standen, weit, weit verschickt, sahen auf der Reise hier und da fertige Mauerteile ragen, kamen an Quartieren höherer Führer vorüber, die sie mit Ehrenzeichen beschenkten, hörten den Jubel neuer Arbeitsheere, die aus der Tiefe der Länder herbeiströmten, sahen Wälder niederlegen, die zum Mauergerüst bestimmt waren, sahen Berge in Mauersteine zerhämmern, hörten auf den heiligen Stätten Gesänge der Frommen Vollendung des Baues erflehen. Alles dieses besänftigte ihre Ungeduld. Das ruhige Leben der Heimat, in der sie einige Zeit verbrachten, kräftigte sie, das Ansehen, in dem alle Bauenden standen, die gläubige Demut, mit der ihre Berichte angehört wurden, das Vertrauen, das der einfache, stille Bürger in die einstige Vollendung der Mauer setzte, alles dies spannte die Saiten der Seele. Wie ewig hoffende Kinder nahmen sie dann von der Heimat Abschied, die Lust, wieder am Volkswerk zu arbeiten, wurde unbezwinglich. Sie reisten früher von Hause fort, als es nötig gewesen wäre, das halbe Dorf begleitete sie lange Strecken weit. Auf allen Wegen Gruppen, Wimpel, Fahnen, niemals hatten sie gesehen, wie groß und reich und schön und liebenswert ihr Land war. Jeder Landmann war ein Bruder, für den man eine Schutzmauer baute,

und der mit allem, was er hatte und war, sein Leben lang
dafür dankte. Einheit! Einheit! Brust an Brust, ein Reigen
des Volkes, Blut, nicht mehr eingesperrt im kärglichen
Kreislauf des Körpers, sondern süß rollend und doch wie-
derkehrend durch das unendliche China.

Dadurch also wird das System des Teilbaues verständlich;
aber es hatte doch wohl noch andere Gründe. Es ist auch
keine Sonderbarkeit, daß ich mich bei dieser Frage so lange
aufhalte, es ist eine Kernfrage des ganzen Mauerbaues, so
unwesentlich sie zunächst scheint. Will ich den Gedanken
und die Erlebnisse jener Zeit vermitteln und begreiflich machen, kann ich gerade dieser Frage nicht tief genug nachboh-
ren.

Zunächst muß man sich doch wohl sagen, daß damals
Leistungen vollbracht worden sind, die wenig hinter dem
Turmbau von Babel zurückstehen, an Gottgefälligkeit allerdings, wenigstens nach menschlicher Rechnung, geradezu
das Gegenteil jenes Baues darstellen. Ich erwähne dies, weil
in den Anfangszeiten des Baues ein Gelehrter ein Buch geschrieben hat, in welchem er diese Vergleiche sehr genau
zog. Er suchte darin zu beweisen, daß der Turmbau zu Babel keineswegs aus den allgemein behaupteten Ursachen
nicht zum Ziele geführt hat, oder daß wenigstens unter diesen bekannten Ursachen sich nicht die allerersten befinden.
Seine Beweise bestanden nicht nur aus Schriften und Berichten, sondern er wollte auch am Orte selbst Untersuchungen angestellt und dabei gefunden haben, daß der
Bau an der Schwäche des Fundamentes scheiterte und schei-
tern mußte. In dieser Hinsicht allerdings war unsere Zeit
jener längst vergangenen weit überlegen. Fast jeder gebildete Zeitgenosse war Maurer vom Fach und in der Frage
der Fundamentierung untrüglich. Dahin zielte aber der
Gelehrte gar nicht, sondern er behauptete, erst die große
Mauer werde zum erstenmal in der Menschenzeit ein siche-
res Fundament für einen neuen Babelturm schaffen. Also
zuerst die Mauer und dann der Turm. Das Buch war damals

in aller Hände, aber ich gestehe ein, daß ich noch heute nicht genau begreife, wie er sich diesen Turmbau dachte. Die Mauer, die doch nicht einmal einen Kreis, sondern nur eine Art Viertel- oder Halbkreis bildete, sollte das Fundament eines Turmes abgeben? Das konnte doch nur in geistiger Hinsicht gemeint sein. Aber wozu dann die Mauer, die doch etwas Tatsächliches war, Ergebnis der Mühe und des Lebens von Hunderttausenden? Und wozu waren in dem Werk Pläne, allerdings nebelhafte Pläne, des Turmes gezeichnet und Vorschläge bis·ins einzelne gemacht, wie man die Volkskraft in dem kräftigen neuen Werk zusammenfassen solle?

Es gab – dieses Buch ist nur ein Beispiel – viel Verwirrung der Köpfe damals, vielleicht gerade deshalb, weil sich so viele möglichst auf einen Zweck hin zu sammeln suchten. Das menschliche Wesen, leichtfertig in seinem Grund, von der Natur des auffliegenden Staubes, verträgt keine Fesselung; fesselt es sich selbst, wird es bald wahnsinnig an den Fesseln zu rütteln anfangen und Mauer, Kette und sich selbst in alle Himmelsrichtungen zerreißen.

Es ist möglich, daß auch diese, dem Mauerbau sogar gegensätzlichen Erwägungen von der Führung bei der Festsetzung des Teilbaues nicht unberücksichtigt geblieben sind. Wir – ich rede hier wohl im Namen vieler – haben eigentlich erst im Nachbuchstabieren der Anordnungen der obersten Führerschaft uns selbst kennengelernt und gefunden, daß ohne die Führerschaft weder unsere Schulweisheit noch unser Menschenverstand für das kleine Amt, das wir innerhalb des großen Ganzen hatten, ausgereicht hätte. In der Stube der Führerschaft – wo sie war und wer dort saß, weiß und wußte niemand, den ich fragte – in dieser Stube kreisten wohl alle menschlichen Gedanken und Wünsche und in Gegenkreisen alle menschlichen Ziele und Erfüllungen. Durch das Fenster aber fiel der Abglanz der göttlichen Welten auf die Pläne zeichnenden Hände der Führerschaft.

Und deshalb will es dem unbestechlichen Betrachter

nicht eingehen, daß die Führerschaft, wenn sie es ernstlich gewollt hätte, nicht auch jene Schwierigkeiten hätte überwinden können, die einem zusammenhängenden Mauerbau entgegenstanden. Bleibt also nur die Folgerung, daß die Führerschaft den Teilbau beabsichtigte. Aber der Teilbau war nur ein Notbehelf und unzweckmäßig. Bleibt die Folgerung, daß die Führerschaft etwas Unzweckmäßiges wollte. – Sonderbare Folgerung! – Gewiß, und doch hat sie auch von anderer Seite manche Berechtigung für sich. Heute kann davon vielleicht ohne Gefahr gesprochen werden. Damals war es geheimer Grundsatz Vieler, und sogar der Besten: Suche mit allen deinen Kräften die Anordnungen der Führerschaft zu verstehen, aber nur bis zu einer bestimmten Grenze, dann höre mit dem Nachdenken auf. Ein sehr vernünftiger Grundsatz, der übrigens noch eine weitere Auslegung in einem später oft wiederholten Vergleich fand: Nicht weil es dir schaden könnte, höre mit dem weiteren Nachdenken auf, es ist auch gar nicht sicher, daß es dir schaden wird. Man kann hier überhaupt weder von Schaden noch Nichtschaden sprechen. Es wird dir geschehen wie dem Fluß im Frühjahr. Er steigt, wird mächtiger, nährt kräftiger das Land an seinen langen Ufern, behält sein eignes Wesen weiter ins Meer hinein und wird dem Meere ebenbürtiger und willkommener. – So weit denke den Anordnungen der Führerschaft nach. – Dann aber übersteigt der Fluß seine Ufer, verliert Umrisse und Gestalt, verlangsamt seinen Abwärtslauf, versucht gegen seine Bestimmung kleine Meere ins Binnenland zu bilden, schädigt die Fluren, und kann sich doch für die Dauer in dieser Ausbreitung nicht halten, sondern rinnt wieder in seine Ufer zusammen, ja trocknet sogar in der folgenden heißen Jahreszeit kläglich aus. – So weit denke den Anordnungen der Führerschaft nicht nach.

Nun mag dieser Vergleich während des Mauerbaues außerordentlich treffend gewesen sein, für meinen jetzigen Bericht hat er doch zum mindesten nur beschränkte Geltung. Meine Untersuchung ist doch nur eine historische; aus

den längst verflogenen Gewitterwolken zuckt kein Blitz
mehr, und ich darf deshalb nach einer Erklärung des Teilbaues suchen, die weitergeht als das, womit man sich damals
begnügte. Die Grenzen, die meine Denkfähigkeit mir setzt,
sind ja eng genug, das Gebiet aber, das hier zu durchlaufen
wäre, ist das Endlose.

Gegen wen sollte die große Mauer schützen? Gegen die
Nordvölker. Ich stamme aus dem südöstlichen China. Kein
Nordvolk kann uns dort bedrohen. Wir lesen von ihnen in
den Büchern der Alten, die Grausamkeiten, die sie ihrer
Natur gemäß begehen, machen uns aufseufzen in unserer
friedlichen Laube. Auf den wahrheitsgetreuen Bildern der
Künstler sehen wir diese Gesichter der Verdammnis, die
aufgerissenen Mäuler, die mit hoch zugespitzten Zähnen
besteckten Kiefer, die verkniffenen Augen, die schon nach
dem Raub zu schielen scheinen, den das Maul zermalmen
und zerreißen wird. Sind die Kinder böse, halten wir ihnen
diese Bilder hin und schon fliegen sie weinend an unsern
Hals. Aber mehr wissen wir von diesen Nordländern nicht.
Gesehen haben wir sie nicht, und bleiben wir in unserem
Dorf, werden wir sie niemals sehen, selbst wenn sie auf ihren wilden Pferden geradeaus zu uns hetzen und jagen, – zu
groß ist das Land und läßt sie nicht zu uns, in die leere Luft
werden sie sich verrennen.

Warum also, da es sich so verhält, verlassen wir die Heimat, den Fluß und die Brücken, die Mutter und den Vater,
das weinende Weib, die lehrbedürftigen Kinder und ziehen
weg zur Schule nach der fernen Stadt und unsere Gedanken
sind noch weiter bei der Mauer im Norden? Warum? Frage
die Führerschaft. Sie kennt uns. Sie, die ungeheure Sorgen
wälzt, weiß von uns, kennt unser kleines Gewerbe, sieht
uns alle zusammensitzen in der niedrigen Hütte und das
Gebet, das der Hausvater am Abend im Kreise der Seinigen
sagt, ist ihr wohlgefällig, oder mißfällt ihr. Und wenn ich
mir einen solchen Gedanken über die Führerschaft erlauben
darf, so muß ich sagen, meiner Meinung nach bestand die

Führerschaft schon früher, kam nicht zusammen, wie etwa hohe Mandarinen, durch einen schönen Morgentraum angeregt, eiligst eine Sitzung einberufen, eiligst beschließen, und schon am Abend die Bevölkerung aus den Betten trommeln lassen, um die Beschlüsse auszuführen, sei es auch nur um eine Illumination zu Ehren eines Gottes zu veranstalten, der sich gestern den Herren günstig gezeigt hat, um sie morgen, kaum sind die Lampions verlöscht, in einem dunkeln Winkel zu verprügeln. Vielmehr bestand die Führerschaft wohl seit jeher und der Beschluß des Mauerbaues gleichfalls. Unschuldige Nordvölker, die glaubten, ihn verursacht zu haben, verehrungswürdiger, unschuldiger Kaiser, der glaubte, er hätte ihn angeordnet. Wir vom Mauerbau wissen es anders und schweigen.

Ich habe mich, schon damals während des Mauerbaues und nachher bis heute, fast ausschließlich mit vergleichender Völkergeschichte beschäftigt – es gibt bestimmte Fragen, denen man nur mit diesem Mittel gewissermaßen an den Nerv herankommt – und ich habe dabei gefunden, daß wir Chinesen gewisse volkliche und staatliche Einrichtungen in einzigartiger Klarheit, andere wieder in einzigartiger Unklarheit besitzen. Den Gründen, insbesondere der letzten Erscheinung, nachzuspüren, hat mich immer gereizt, reizt mich noch immer, und auch der Mauerbau ist von diesen Fragen wesentlich betroffen.

Nun gehört zu unseren allerundeutlichsten Einrichtungen jedenfalls das Kaisertum. In Peking natürlich, gar in der Hofgesellschaft, besteht darüber einige Klarheit, wiewohl auch diese eher scheinbar als wirklich ist. Auch die Lehrer des Staatsrechtes und der Geschichte an den hohen Schulen geben vor, über diese Dinge genau unterrichtet zu sein und diese Kenntnis den Studenten weiterzuvermitteln zu können. Je tiefer man zu den unteren Schulen herabsteigt, desto mehr schwinden begreiflicherweise die Zweifel am eigenen Wissen, und Halbbildung wogt bergehoch um wenige seit Jahrhunderten eingerammte Lehrsätze, die zwar nichts an ewiger Wahrheit verloren haben, aber in diesem Dunst und Nebel auch ewig unerkannt bleiben.

Gerade über das Kaisertum aber sollte man meiner Meinung nach das Volk befragen, da doch das Kaisertum seine letzten Stützen dort hat. Hier kann ich allerdings wieder nur von meiner Heimat sprechen. Außer den Feldgottheiten und ihrem das ganze Jahr so abwechslungsreich und schön erfüllenden Dienst gilt unser Denken nur dem Kaiser. Aber nicht dem gegenwärtigen; oder vielmehr es hätte dem gegenwärtigen gegolten, wenn wir ihn gekannt, oder Bestimmtes von ihm gewußt hätten. Wir waren freilich – die einzige Neugierde, die uns erfüllte – immer bestrebt, irgend etwas von der Art zu erfahren, aber so merkwürdig es klingt, es war kaum möglich, etwas zu erfahren, nicht vom Pilger, der doch viel Land durchzieht, nicht in den nahen, nicht in den fernen Dörfern, nicht von den Schiffern, die doch nicht nur unsere Flüßchen, sondern auch die heiligen Ströme befahren. Man hörte zwar viel, konnte aber dem Vielen nichts entnehmen.

So groß ist unser Land, kein Märchen reicht an seine Größe, kaum der Himmel umspannt es – und Peking ist nur ein Punkt und das kaiserliche Schloß nur ein Pünktchen. Der Kaiser als solcher allerdings wiederum groß durch alle Stockwerke der Welt. Der lebendige Kaiser aber, ein Mensch wie wir, liegt ähnlich wie wir auf einem Ruhebett, das zwar reichlich bemessen, aber doch möglicherweise nur schmal und kurz ist. Wie wir streckt er manchmal die Glieder, und ist er sehr müde, gähnt er mit seinem zartgezeichneten Mund. Wie aber sollten wir davon erfahren – tausende Meilen im Süden –, grenzen wir doch schon fast ans tibetanische Hochland. Außerdem aber käme jede Nachricht, selbst wenn sie uns erreichte, viel zu spät, wäre längst veraltet. Um den Kaiser drängt sich die glänzende und doch dunkle Menge des Hofstaates – Bosheit und Feindschaft im Kleid der Diener und Freunde –, das Gegengewicht des Kaisertums, immer bemüht, mit vergifteten

Pfeilen den Kaiser von seiner Wagschale abzuschießen. Das Kaisertum ist unsterblich, aber der einzelne Kaiser fällt und stürzt ab, selbst ganze Dynastien sinken endlich nieder und veratmen durch ein einziges Röcheln. Von diesen Kämpfen und Leiden wird das Volk nie erfahren, wie Zu-spät-gekommene, wie Stadtfremde stehen sie am Ende der dichtgedrängten Seitengassen, ruhig zehrend vom mitgebrachten Vorrat, während auf dem Marktplatz in der Mitte weit vorn die Hinrichtung ihres Herrn vor sich geht.

Es gibt eine Sage, die dieses Verhältnis gut ausdrückt. Der Kaiser, so heißt es, hat Dir, dem Einzelnen, dem jämmerlichen Untertanen, dem winzig vor der kaiserlichen Sonne in die fernste Ferne geflüchteten Schatten, gerade Dir hat der Kaiser von seinem Sterbebett aus eine Botschaft gesendet. Den Boten hat er beim Bett niederknien lassen und ihm die Botschaft zugeflüstert; so sehr war ihm an ihr gelegen, daß er sich sie noch ins Ohr wiedersagen ließ. Durch Kopfnikken hat er die Richtigkeit des Gesagten bestätigt. Und vor der ganzen Zuschauerschaft seines Todes – alle hindernden Wände werden niedergebrochen und auf den weit und hoch sich schwingenden Freitreppen stehen im Ring die Großen des Reiches – vor allen diesen hat er den Boten abgefertigt. Der Bote hat sich gleich auf den Weg gemacht; ein kräftiger, ein unermüdlicher Mann; einmal diesen, einmal den andern Arm vorstreckend, schafft er sich Bahn durch die Menge; findet er Widerstand, zeigt er auf die Brust, wo das Zeichen der Sonne ist; er kommt auch leicht vorwärts wie kein anderer. Aber die Menge ist so groß; ihre Wohnstätten nehmen kein Ende. Öffnete sich freies Feld, wie würde er fliegen und bald wohl hörtest Du das herrliche Schlagen seiner Fäuste an Deiner Tür. Aber statt dessen, wie nutzlos müht er sich ab; immer noch zwängt er sich durch die Gemächer des innersten Palastes; niemals wird er sie überwinden; und gelänge ihm dies, nichts wäre gewonnen; die Treppen hinab müßte er sich kämpfen; und gelänge ihm dies, nichts wäre gewonnen; die Höfe wären zu durchmessen; und nach den

Höfen der zweite umschließende Palast; und wieder Treppen und Höfe; und wieder ein Palast; und so weiter durch Jahrtausende; und stürzte er endlich aus dem äußersten Tor – aber niemals, niemals kann es geschehen –, liegt erst die Residenzstadt vor ihm, die Mitte der Welt, hochgeschüttet voll ihres Bodensatzes. Niemand dringt hier durch und gar mit der Botschaft eines Toten. – Du aber sitzt an Deinem Fenster und erträumst sie Dir, wenn der Abend kommt.

Genau so, so hoffnungslos und hoffnungsvoll, sieht unser Volk den Kaiser. Es weiß nicht, welcher Kaiser regiert, und selbst über den Namen der Dynastie bestehen Zweifel. In der Schule wird vieles dergleichen der Reihe nach gelernt, aber die allgemeine Unsicherheit in dieser Hinsicht ist so groß, daß auch der beste Schüler mit in sie gezogen wird. Längst verstorbene Kaiser werden in unseren Dörfern auf den Thron gesetzt, und der nur noch im Liede lebt, hat vor kurzem eine Bekanntmachung erlassen, die der Priester vor dem Altare verliest. Schlachten unserer ältesten Geschichte werden jetzt erst geschlagen und mit glühendem Gesicht fällt der Nachbar mit der Nachricht dir ins Haus. Die kaiserlichen Frauen, überfüttert in den seidenen Kissen, von schlauen Höflingen der edlen Sitte entfremdet, anschwellend in Herrschsucht, auffahrend in Gier, ausgebreitet in Wollust, verüben ihre Untaten immer wieder von neuem. Je mehr Zeit schon vergangen ist, desto schrecklicher leuchten alle Farben, und mit lautem Wehgeschrei erfährt einmal das Dorf, wie eine Kaiserin vor Jahrtausenden in langen Zügen ihres Mannes Blut trank.

So verfährt also das Volk mit den vergangenen, die gegenwärtigen Herrscher aber mischt es unter die Toten. Kommt einmal, einmal in einem Menschenalter, ein kaiserlicher Beamter, der die Provinz bereist, zufällig in unser Dorf, stellt im Namen der Regierenden irgendwelche Forderungen, prüft die Steuerlisten, wohnt dem Schulunterricht bei, befragt den Priester über unser Tun und Treiben, und faßt dann alles, ehe er in seine Sänfte steigt, in langen Ermah-

nungen an die herbeigetriebene Gemeinde zusammen, dann
geht ein Lächeln über alle Gesichter, einer blickt verstohlen
zum andern und beugt sich zu den Kindern hinab, um sich
vom Beamten nicht beobachten zu lassen. Wie, denkt man,
er spricht von einem Toten wie von einem Lebendigen, dieser Kaiser ist doch schon längst gestorben, die Dynastie ausgelöscht, der Herr Beamte macht sich über uns lustig, aber
wir tun so, als ob wir es nicht merkten, um ihn nicht zu
kränken. Ernstlich gehorchen aber werden wir nur unserem
gegenwärtigen Herrn, denn alles andere wäre Versündi-
gung. Und hinter der davoneilenden Sänfte des Beamten
steigt irgendein willkürlich aus schon zerfallener Urne Ge-
hobener aufstampfend als Herr des Dorfes auf.

Ähnlich werden die Leute bei uns von staatlichen Um-
wälzungen, von zeitgenössischen Kriegen in der Regel wenig betroffen. Ich erinnere mich hier an einen Vorfall aus
meiner Jugend. In einer benachbarten, aber immerhin sehr
weit entfernten Provinz war ein Aufstand ausgebrochen.
Die Ursachen sind mir nicht mehr erinnerlich, sie sind hier
auch nicht wichtig, Ursachen für Aufstände ergeben sich
dort mit jedem neuen Morgen, es ist ein aufgeregtes Volk.
Und nun wurde einmal ein Flugblatt der Aufständischen
durch einen Bettler, der jene Provinz durchreist hatte, in das
Haus meines Vaters gebracht. Es war gerade ein Feiertag,
Gäste füllten unsere Stuben, in der Mitte saß der Priester
und studierte das Blatt. Plötzlich fing alles zu lachen an, das
Blatt wurde im Gedränge zerrissen, der Bettler, der allerdings schon reichlich beschenkt worden war, wurde mit
Stößen aus dem Zimmer gejagt, alles zerstreute sich und lief
in den schönen Tag. Warum? Der Dialekt der Nachbarpro-
vinz ist von dem unseren wesentlich verschieden, und dies
drückt sich auch in gewissen Formen der Schriftsprache aus,
die für uns einen altertümlichen Charakter haben. Kaum
hatte nun der Priester zwei derartige Seiten gelesen, war
man schon entschieden. Alte Dinge, längst gehört, längst
verschmerzt. Und obwohl – so scheint es mir in der Erinne-

rung – aus dem Bettler das grauenhafte Leben unwiderleg-
lich sprach, schüttelte man lachend den Kopf und wollte
nichts mehr hören. So bereit ist man bei uns, die Gegenwart
auszulöschen.

Wenn man aus solchen Erscheinungen folgern wollte, daß
wir im Grunde gar keinen Kaiser haben, wäre man von der
Wahrheit nicht weit entfernt. Immer wieder muß ich sagen:
Es gibt vielleicht kein kaisertreueres Volk als das unsrige im
Süden, aber die Treue kommt dem Kaiser nicht zugute.
Zwar steht auf der kleinen Säule am Dorfausgang der hei-
lige Drache und bläst huldigend seit Menschengedenken
den feurigen Atem genau in die Richtung von Peking – aber
Peking selbst ist den Leuten im Dorf viel fremder als das
jenseitige Leben. Sollte es wirklich ein Dorf geben, wo
Haus an Haus steht, Felder bedeckend, weiter als der Blick
von unserem Hügel reicht und zwischen diesen Häusern
stünden bei Tag und bei Nacht Menschen Kopf an Kopf?
Leichter als eine solche Stadt sich vorzustellen ist es uns, zu
glauben, Peking und sein Kaiser wäre eines, etwa eine
Wolke, ruhig unter der Sonne sich wandelnd im Laufe der
Zeiten.

Die Folge solcher Meinungen ist nun ein gewissermaßen
freies, unbeherrschtes Leben. Keineswegs sittenlos, ich habe
solche Sittenreinheit, wie in meiner Heimat, kaum jemals
angetroffen auf meinen Reisen. – Aber doch ein Leben, das
unter keinem gegenwärtigen Gesetze steht und nur der
Weisung und Warnung gehorcht, die aus alten Zeiten zu uns
herüberreicht.

Ich hüte mich vor Verallgemeinerungen und behaupte
nicht, daß es sich in allen zehntausend Dörfern unserer Provinz so verhält oder gar in allen fünfhundert Provinzen
Chinas. Wohl aber darf ich vielleicht auf Grund der vielen
Schriften, die ich über diesen Gegenstand gelesen habe, sowie auf Grund meiner eigenen Beobachtungen – besonders
bei dem Mauerbau gab das Menschenmaterial dem Fühlen-
den Gelegenheit, durch die Seelen fast aller Provinzen zu

reisen – auf Grund alles dessen darf ich vielleicht sagen, daß die Auffasung, die hinsichtlich des Kaisers herrscht, immer wieder und überall einen gewissen und gemeinsamen Grundzug mit der Auffassung in meiner Heimat zeigt. Die Auffassung will ich nun durchaus nicht als eine Tugend gelten lassen, im Gegenteil. Zwar ist sie in der Hauptsache von der Regierung verschuldet, die im ältesten Reich der Erde bis heute nicht imstande war oder dies über anderem vernachlässigte, die Institution des Kaisertums zu solcher Klarheit auszubilden, daß sie bis an die fernsten Grenzen des Reiches unmittelbar und unablässig wirke. Andererseits aber liegt doch auch darin eine Schwäche der Vorstellungs- oder Glaubenskraft beim Volke, welches nicht dazu gelangt, das Kaisertum aus der Pekinger Versunkenheit in aller Lebendigkeit und Gegenwärtigkeit an seine Untertanenbrust zu ziehen, die doch nichts besseres will, als einmal diese Berührung zu fühlen und an ihr zu vergehen.

Eine Tugend ist also diese Auffassung wohl nicht. Um so auffälliger ist es, daß gerade diese Schwäche eines der wichtigsten Einigungsmittel unseres Volkes zu sein scheint; ja, wenn man sich im Ausdruck soweit vorwagen darf, geradezu der Boden, auf dem wir leben. Hier einen Tadel ausführlich begründen, heißt nicht an unserem Gewissen, sondern, was viel ärger ist, an unseren Beinen rütteln. Und darum will ich in der Untersuchung dieser Frage vorderhand nicht weiter gehen.

Der Schlag ans Hoftor

Es war im Sommer, ein heißer Tag. Ich kam auf dem Nachhauseweg mit meiner Schwester an einem Hoftor vorüber. Ich weiß nicht, schlug sie aus Mutwillen ans Tor oder aus Zerstreutheit oder drohte sie nur mit der Faust und schlug gar nicht. Hundert Schritte weiter an der nach links sich wendenden Landstraße begann das Dorf. Wir kannten es

nicht, aber gleich nach dem ersten Haus kamen Leute hervor und winkten uns, freundschaftlich oder warnend, selbst
erschrocken, gebückt vor Schrecken. Sie zeigten nach dem
Hof, an dem wir vorübergekommen waren, und erinnerten
uns an den Schlag ans Tor. Die Hofbesitzer werden uns ver-
klagen, gleich werde die Untersuchung beginnen. Ich war
sehr ruhig und beruhigte auch meine Schwester. Sie hatte
den Schlag wahrscheinlich gar nicht getan, und hätte sie ihn
getan, so wird deswegen nirgends auf der Welt ein Beweis
geführt. Ich suchte das auch den Leuten um uns begreiflich
zu machen, sie hörten mich an, enthielten sich aber eines
Urteils. Später sagten sie, nicht nur meine Schwester, auch
ich als Bruder werde angeklagt werden. Ich nickte lächelnd.
Alle blickten wir zum Hofe zurück, wie man eine ferne
Rauchwolke beobachtet und auf die Flamme wartet. Und
wirklich, bald sahen wir Reiter ins weit offene Hoftor ein-
reiten. Staub erhob sich, verhüllte alles, nur die Spitzen der
hohen Lanzen blinkten. Und kaum war die Truppe im Hof
verschwunden, schien sie gleich die Pferde gewendet zu haben und war auf dem Wege zu uns. Ich drängte meine
Schwester fort, ich werde alles allein ins reine bringen. Sie
weigerte sich, mich allein zu lassen. Ich sagte, sie solle sich
aber wenigstens umkleiden, um in einem besseren Kleid vor
die Herren zu treten. Endlich folgte sie und machte sich auf
den langen Weg nach Hause. Schon waren die Reiter bei
uns, noch von den Pferden herab fragten sie nach meiner
Schwester. Sie ist augenblicklich nicht hier, wurde ängstlich
geantwortet, werde aber später kommen. Die Antwort
wurde fast gleichgültig aufgenommen; wichtig schien vor allem, daß sie mich gefunden hatten. Es waren hauptsächlich
zwei Herren, der Richter, ein junger, lebhafter Mann, und
sein stiller Gehilfe, der Aßmann genannt wurde. Ich wurde
aufgefordert in die Bauernstube einzutreten. Langsam, den
Kopf wiegend, an den Hosenträgern rückend, setzte ich
mich unter den scharfen Blicken der Herren in Gang. Noch
glaubte ich fast, ein Wort werde genügen, um mich, den

Städter, sogar noch unter Ehren, aus diesem Bauernvolk zu befreien. Aber als ich die Schwelle der Stube überschritten hatte, sagte der Richter, der vorgesprungen war und mich schon erwartete: »Dieser Mann tut mir leid.« Es war aber über allem Zweifel, daß er damit nicht meinen gegenwärtigen Zustand meinte, sondern das, was mit mir geschehen würde. Die Stube sah einer Gefängniszelle ähnlicher als einer Bauernstube. Große Steinfliesen, dunkel, ganz kahle Wand, irgendwo eingemauert ein eiserner Ring, in der Mitte etwas, das halb Pritsche, halb Operationstisch war.

Könnte ich noch andere Luft schmecken als die des Gefängnisses? Das ist die große Frage oder vielmehr, sie wäre es, wenn ich noch Aussicht auf Entlassung hätte.

Der Nachbar

Mein Geschäft ruht ganz auf meinen Schultern. Zwei Fräulein mit Schreibmaschinen und Geschäftsbüchern im Vorzimmer, mein Zimmer mit Schreibtisch, Kasse, Beratungstisch, Klubsessel und Telephon, das ist mein ganzer Arbeitsapparat. So einfach zu überblicken, so leicht zu führen. Ich bin ganz jung und die Geschäfte rollen vor mir her. Ich klage nicht, ich klage nicht.

Seit Neujahr hat ein junger Mann die kleine, leerstehende Nebenwohnung, die ich ungeschickterweise so lange zu mieten gezögert habe, frischweg gemietet. Auch ein Zimmer mit Vorzimmer, außerdem aber noch eine Küche. – Zimmer und Vorzimmer hätte ich wohl brauchen können – meine zwei Fräulein fühlten sich schon manchmal überlastet –, aber wozu hätte mir die Küche gedient? Dieses kleinliche Bedenken war daran schuld, daß ich mir die Wohnung habe nehmen lassen. Nun sitzt dort dieser junge Mann. Harras heißt er. Was er dort eigentlich macht, weiß ich nicht. Auf der Tür steht: ›Harras, Bureau.‹ Ich habe Erkundigungen eingezogen, man hat mir mitgeteilt, es sei ein Geschäft ähnlich dem meinigen. Vor Kreditgewährung könne man nicht geradezu warnen, denn es handle sich doch um einen jungen, aufstrebenden Mann, dessen Sache vielleicht Zukunft habe, doch könne man zum Kredit nicht geradezu raten, denn gegenwärtig sei allem Anschein nach kein Vermögen vorhanden. Die übliche Auskunft, die man gibt, wenn man nichts weiß.

Manchmal treffe ich Harras auf der Treppe, er muß es immer außerordentlich eilig haben, er huscht förmlich an mir vorüber. Genau gesehen habe ich ihn noch gar nicht, den Büroschlüssel hat er schon vorbereitet in der Hand. Im Augenblick hat er die Tür geöffnet. Wie der Schwanz einer Ratte ist er hineingeglitten und ich stehe wieder vor der Tafel ›Harras, Bureau‹, die ich schon viel öfter gelesen habe, als sie es verdient.

Die elend dünnen Wände, die den ehrlich tätigen Mann verraten, den Unehrlichen aber decken. Mein Telephon ist an der Zimmerwand angebracht, die mich von meinem Nachbar trennt. Doch hebe ich das bloß als besonders ironische Tatsache hervor. Selbst wenn es an der entgegengesetzten Wand hinge, würde man in der Nebenwohnung alles hören. Ich habe mir abgewöhnt, den Namen der Kunden beim Telephon zu nennen. Aber es gehört natürlich nicht viel Schlauheit dazu, aus charakteristischen, aber unvermeidlichen Wendungen des Gesprächs die Namen zu erraten. – Manchmal umtanze ich, die Hörmuschel am Ohr, von Unruhe gestachelt, auf den Fußspitzen den Apparat und kann es doch nicht verhüten, daß Geheimnisse preisgegeben werden.

Natürlich werden dadurch meine geschäftlichen Entscheidungen unsicher, meine Stimme zittrig. Was macht Harras, während ich telephoniere? Wollte ich sehr übertreiben – aber das muß man oft, um sich Klarheit zu verschaffen –, so könnte ich sagen: Harras braucht kein Telephon, er benutzt meines, er hat sein Kanapee an die Wand gerückt und horcht, ich dagegen muß, wenn geläutet wird, zum Telephon laufen, die Wünsche des Kunden entgegennehmen, schwerwiegende Entschlüsse fassen, großangelegte Überredungen ausführen – vor allem aber während des Ganzen unwillkürlich durch die Zimmerwand Harras Bericht erstatten.

Vielleicht wartet er gar nicht das Ende des Gespräches ab, sondern erhebt sich nach der Gesprächsstelle, die ihn über den Fall genügend aufgeklärt hat, huscht nach seiner Gewohnheit durch die Stadt und, ehe ich die Hörmuschel aufgehängt habe, ist er vielleicht schon daran, mir entgegenzuarbeiten.

Eine Kreuzung

Ich habe ein eigentümliches Tier, halb Kätzchen, halb Lamm. Es ist ein Erbstück aus meines Vaters Besitz. Entwickelt hat es sich aber doch erst in meiner Zeit, früher war es viel mehr Lamm als Kätzchen. Jetzt aber hat es von beiden wohl gleich viel. Von der Katze Kopf und Krallen, vom Lamm Größe und Gestalt; von beiden die Augen, die flackernd und wild sind, das Fellhaar, das weich ist und knapp anliegt, die Bewegungen, die sowohl Hüpfen als Schleichen sind. Im Sonnenschein auf dem Fensterbrett macht es sich rund und schnurrt, auf der Wiese läuft es wie toll und ist kaum einzufangen. Vor Katzen flieht es, Lämmer will es anfallen. In der Mondnacht ist die Dachtraufe sein liebster Weg. Miauen kann es nicht und vor Ratten hat es Abscheu. Neben dem Hühnerstall kann es stundenlang auf der Lauer liegen, doch hat es noch niemals eine Mordgelegenheit ausgenutzt.

Ich nähre es mit süßer Milch, sie bekommt ihm bestens. In langen Zügen saugte es sie über seine Raubtierzähne hinweg in sich ein. Natürlich ist es ein großes Schauspiel für Kinder. Sonntag Vormittag ist Besuchstunde. Ich habe das Tierchen auf dem Schoß und die Kinder der ganzen Nachbarschaft stehen um mich herum.

Da werden die wunderbarsten Fragen gestellt, die kein Mensch beantworten kann: Warum es nur ein solches Tier gibt, warum gerade ich es habe, ob es vor ihm schon ein solches Tier gegeben hat und wie es nach seinem Tode sein wird, ob es sich einsam fühlt, warum es keine Jungen hat, wie es heißt und so weiter.

Ich gebe mir keine Mühe zu antworten, sondern begnüge mich ohne weitere Erklärungen damit, das zu zeigen, was ich habe. Manchmal bringen die Kinder Katzen mit, einmal haben sie sogar zwei Lämmer gebracht. Es kam aber entgegen ihren Erwartungen zu keinen Erkennungsszenen. Die Tiere sahen einander ruhig aus Tieraugen an und nahmen offenbar ihr Dasein als göttliche Tatsache gegenseitig hin.

In meinem Schoß kennt das Tier weder Angst noch Verfolgungslust. An mich angeschmiegt, fühlt es sich am wohlsten. Es hält zur Familie, die es aufgezogen hat. Es ist das wohl nicht irgendeine außergewöhnliche Treue, sondern der richtige Instinkt eines Tieres, das auf der Erde zwar unzählige Verschwägerte, aber vielleicht keinen einzigen Blutsverwandten hat und dem deshalb der Schutz, den es bei uns gefunden hat, heilig ist.

Manchmal muß ich lachen, wenn es mich umschnuppert, zwischen den Beinen sich durchwindet und gar nicht von mir zu trennen ist. Nicht genug damit, daß es Lamm und Katze ist, will es fast auch noch ein Hund sein. – Einmal als ich, wie es ja jedem geschehen kann, in meinen Geschäften und allem, was damit zusammenhängt, keinen Ausweg mehr finden konnte, alles verfallen lassen wollte und in solcher Verfassung zu Hause im Schaukelstuhl lag, das Tier auf dem Schoß, da tropften, als ich zufällig einmal hinuntersah, von seinen riesenhaften Barthaaren Tränen. – Waren es meine, waren es seine? – Hatte diese Katze mit Lammesseele auch Menschenehrgeiz? – Ich habe nicht viel von meinem Vater geerbt, dieses Erbstück aber kann sich sehen lassen.

Es hat beiderlei Unruhe in sich, die von der Katze und die vom Lamm, so verschiedenartig sie sind. Darum ist ihm seine Haut zu eng. – Manchmal springt es auf den Sessel neben mir, stemmt sich mit den Vorderbeinen an meine Schulter und hält seine Schnauze an mein Ohr. Es ist, als sagte es mir etwas, und tatsächlich beugt es sich dann vor und blickt mir ins Gesicht, um den Eindruck zu beobachten, den die Mitteilung auf mich gemacht hat. Und um gefällig zu sein, tue ich, als hätte ich etwas verstanden, und nicke. – Dann springt es hinunter auf den Boden und tänzelt umher.

Vielleicht wäre für dieses Tier das Messer des Fleischers eine Erlösung, die muß ich ihm aber als einem Erbstück versagen. Es muß deshalb warten, bis ihm der Atem von selbst ausgeht, wenn es mich manchmal auch wie aus verständigen Menschenaugen ansieht, die zu verständigem Tun auffordern.

Eine alltägliche Verwirrung

Ein alltäglicher Vorfall: sein Ertragen eine alltägliche Verwirrung. A hat mit B aus H ein wichtiges Geschäft abzuschließen. Er geht zur Vorbesprechung nach H, legt den Hin- und Herweg in je zehn Minuten zurück und rühmt sich zu Hause dieser besonderen Schnelligkeit. Am nächsten Tag geht er wieder nach H, diesmal zum endgültigen Geschäftsabschluß. Da dieser voraussichtlich mehrere Stunden erfordern wird, geht A sehr früh morgens fort. Obwohl aber alle Nebenumstände, wenigstens nach A's Meinung, völlig die gleichen sind wie am Vortag, braucht er diesmal zum Weg nach H zehn Stunden. Als er dort ermüdet abends ankommt, sagt man ihm, daß B, ärgerlich wegen A's Ausbleiben, vor einer halben Stunde zu A in sein Dorf gegangen sei und sie sich eigentlich unterwegs hätten treffen müssen. Man rät A zu warten. A aber, in Angst wegen des Geschäftes, macht sich sofort auf und eilt nach Hause.

Diesmal legt er den Weg, ohne besonders darauf zu achten, geradezu in einem Augenblick zurück. Zu Hause erfährt er, B sei doch schon gleich früh gekommen – gleich nach dem Weggang A's; ja, er habe A im Haustor getroffen, ihn an das Geschäft erinnert, aber A habe gesagt, er hätte jetzt keine Zeit, er müsse jetzt eilig fort.

Trotz diesem unverständlichen Verhalten A's sei aber B doch hier geblieben, um auf A zu warten. Er habe zwar schon oft gefragt, ob A nicht schon wieder zurück sei, befinde sich aber noch oben in A's Zimmer. Glücklich darüber, B jetzt noch zu sprechen und ihm alles erklären zu können, läuft A die Treppe hinauf. Schon ist er fast oben, da stolpert er, erleidet eine Sehnenzerrung und fast ohnmächtig vor Schmerz, unfähig sogar zu schreien, nur winselnd im Dunkel hört er, wie B – undeutlich ob in großer Ferne oder knapp neben ihm – wütend die Treppe hinunterstampft und endgültig verschwindet.

Das Schweigen der Sirenen

Beweis dessen, daß auch unzulängliche, ja kindische Mittel zur Rettung dienen können:

Um sich vor den Sirenen zu bewahren, stopfte sich Odysseus Wachs in die Ohren und ließ sich am Mast festschmieden. Ähnliches hätten natürlich seit jeher alle Reisenden tun können, außer denen, welche die Sirenen schon aus der Ferne verlockten, aber es war in der ganzen Welt bekannt, daß dies unmöglich helfen konnte. Der Sang der Sirenen durchdrang alles, und die Leidenschaft der Verführten hätte mehr als Ketten und Mast gesprengt. Daran aber dachte Odysseus nicht, obwohl er davon vielleicht gehört hatte. Er vertraute vollständig der Handvoll Wachs und dem Gebinde Ketten und in unschuldiger Freude über seine Mittelchen fuhr er den Sirenen entgegen.

Nun haben aber die Sirenen eine noch schrecklichere

Waffe als den Gesang, nämlich ihr Schweigen. Es ist zwar nicht geschehen, aber vielleicht denkbar, daß sich jemand vor ihrem Gesang gerettet hätte, vor ihrem Schweigen gewiß nicht. Dem Gefühl, aus eigener Kraft sie besiegt zu haben, der daraus folgenden alles fortreißenden Überhebung kann nichts Irdisches widerstehen.

Und tatsächlich sangen, als Odysseus kam, die gewaltigen Sängerinnen nicht, sei es, daß sie glaubten, diesem Gegner könne nur noch das Schweigen beikommen, sei es, daß der Anblick der Glückseligkeit im Gesicht des Odysseus, der an nichts anderes als an Wachs und Ketten dachte, sie allen Gesang vergessen ließ.

Odysseus aber, um es so auszudrücken, hörte ihr Schweigen nicht, er glaubte, sie sängen, und nur er sei behütet, es zu hören. Flüchtig sah er zuerst die Wendungen ihrer Hälse, das tiefe Atmen, die tränenvollen Augen, den halb geöffneten Mund, glaubte aber, dies gehöre zu den Arien, die ungehört um ihn verklangen. Bald aber glitt alles an seinen in die Ferne gerichteten Blicken ab, die Sirenen verschwanden förmlich vor seiner Entschlossenheit, und gerade als er ihnen am nächsten war, wußte er nichts mehr von ihnen.

Sie aber – schöner als jemals – streckten und drehten sich, ließen das schaurige Haar offen im Winde wehen und spannten die Krallen frei auf den Felsen. Sie wollten nicht mehr verführen, nur noch den Abglanz vom großen Augenpaar des Odysseus wollten sie so lange als möglich erhaschen.

Hätten die Sirenen Bewußtsein, sie wären damals vernichtet worden. So aber blieben sie, nur Odysseus ist ihnen entgangen.

Es wird übrigens noch ein Anhang hierzu überliefert. Odysseus, sagt man, war so listenreich, war ein solcher Fuchs, daß selbst die Schicksalsgöttin nicht in sein Innerstes dringen konnte. Vielleicht hat er, obwohl das mit Menschenverstand nicht mehr zu begreifen ist, wirklich ge-

merkt, daß die Sirenen schwiegen, und hat ihnen und den
Göttern den obigen Scheinvorgang nur gewissermaßen als
Schild entgegengehalten.

Prometheus

Von Prometheus berichten vier Sagen: Nach der ersten
wurde er, weil er die Götter an die Menschen verraten hatte,
am Kaukasus festgeschmiedet, und die Götter schickten
Adler, die von seiner immer wachsenden Leber fraßen.

Nach der zweiten drückte sich Prometheus im Schmerz
vor den zuhackenden Schnäbeln immer tiefer in den Felsen,
bis er mit ihm eins wurde.

Nach der dritten wurde in den Jahrtausenden sein Verrat
vergessen, die Götter vergaßen, die Adler, er selbst.

Nach der vierten wurde man des grundlos Gewordenen
müde. Die Götter wurden müde, die Adler wurden müde,
die Wunde schloß sich müde.

Blieb das unerklärliche Felsgebirge. – Die Sage versucht
das Unerklärliche zu erklären. Da sie aus einem Wahrheits-
grund kommt, muß sie wieder im Unerklärlichen enden.

Zur Frage der Gesetze

Unsere Gesetze sind nicht allgemein bekannt, sie sind Geheimnis der kleinen Adelsgruppe, welche uns beherrscht.
Wir sind davon überzeugt, daß diese alten Gesetze genau
eingehalten werden, aber es ist doch etwas äußerst Quälen-
des, nach Gesetzen beherrscht zu werden, die man nicht
kennt. Ich denke hierbei nicht an die verschiedenen Aus-
legungsmöglichkeiten und die Nachteile, die es mit sich
bringt, wenn nur einzelne und nicht das ganze Volk an
der Auslegung sich beteiligen dürfen. Diese Nachteile sind
vielleicht gar nicht sehr groß. Die Gesetze sind ja so alt,

Jahrhunderte haben an ihrer Auslegung gearbeitet, auch diese Auslegung ist wohl schon Gesetz geworden, die möglichen Freiheiten bei der Auslegung bestehen zwar immer noch, sind aber sehr eingeschränkt. Außerdem hat offenbar der Adel keinen Grund, sich bei der Auslegung von seinem persönlichen Interesse zu unseren Ungunsten beeinflussen zu lassen, denn die Gesetze sind ja von ihrem Beginne an für den Adel festgelegt worden, der Adel steht außerhalb des Gesetzes, und gerade deshalb scheint das Gesetz sich ausschließlich in die Hände des Adels gegeben zu haben. Darin liegt natürlich Weisheit – wer zweifelt die Weisheit der alten Gesetze an? –, aber eben auch Qual für uns, wahrscheinlich ist das unumgänglich.

Übrigens können auch diese Scheingesetze eigentlich nur vermutet werden. Es ist eine Tradition, daß sie bestehen und dem Adel als Geheimnis anvertraut sind, aber mehr als alte und durch ihr Alter glaubwürdige Tradition ist es nicht und kann es nicht sein, denn der Charakter dieser Gesetze verlangt auch das Geheimhalten ihres Bestandes. Wenn wir im Volk aber seit ältesten Zeiten die Handlungen des Adels aufmerksam verfolgen, Aufschreibungen unserer Voreltern darüber besitzen, sie gewissenhaft fortgesetzt haben und in den zahllosen Tatsachen gewisse Richtlinien zu erkennen glauben, die auf diese oder jene geschichtliche Bestimmung schließen lassen, und wenn wir nach diesen sorgfältigst gesiebten und geordneten Schlußfolgerungen uns für die Gegenwart und Zukunft ein wenig einzurichten suchen – so ist das alles unsicher und vielleicht nur ein Spiel des Verstandes, denn vielleicht bestehen diese Gesetze, die wir hier zu erraten suchen, überhaupt nicht. Es gibt eine kleine Partei, die wirklich dieser Meinung ist und die nachzuweisen sucht, daß, wenn ein Gesetz besteht, es nur lauten kann: Was der Adel tut, ist Gesetz. Diese Partei sieht nur Willküracte des Adels und verwirft die Volkstradition, die ihrer Meinung nach nur geringen zufälligen Nutzen bringt, dagegen meistens schweren Schaden, da sie dem Volk den kommenden

Ereignissen gegenüber eine falsche, trügerische, zu Leichtsinn führende Sicherheit gibt. Dieser Schaden ist nicht zu leugnen, aber die bei weitem überwiegende Mehrheit unseres Volkes sieht die Ursache dessen darin, daß die Tradition noch bei weitem nicht ausreicht, daß also noch viel mehr in ihr geforscht werden muß und daß allerdings auch ihr Material, so riesenhaft es scheint, noch viel zu klein ist und daß noch Jahrhunderte vergehen müssen, ehe es genügen wird. Das für die Gegenwart Trübe dieses Ausblicks erhellt nur der Glaube, daß einmal eine Zeit kommen wird, wo die Tradition und ihre Forschung gewissermaßen aufatmend den Schlußpunkt macht, alles klar geworden ist, das Gesetz nur dem Volk gehört und der Adel verschwindet. Das wird nicht etwa mit Haß gegen den Adel gesagt, durchaus nicht und von niemandem. Eher hassen wir uns selbst, weil wir noch nicht des Gesetzes gewürdigt werden können. Und darum eigentlich ist jene in gewissem Sinn doch sehr verlockende Partei, welche an kein eigentliches Gesetz glaubt, so klein geblieben, weil auch sie den Adel und das Recht seines Bestandes vollkommen anerkennt.

Man kann es eigentlich nur in einer Art Widerspruch ausdrücken: Eine Partei, die neben dem Glauben an die Gesetze auch den Adel verwerfen würde, hätte sofort das ganze Volk hinter sich, aber eine solche Partei kann nicht entstehen, weil den Adel niemand zu verwerfen wagt. Auf dieses Messers Schneide leben wir. Ein Schriftsteller hat das einmal so zusammengefaßt: Das einzige, sichtbare, zweifellose Gesetz, das uns auferlegt ist, ist der Adel und um dieses einzige Gesetz sollten wir uns selbst bringen wollen?

Poseidon

Poseidon saß an seinem Arbeitstisch und rechnete. Die Verwaltung aller Gewässer gab ihm unendliche Arbeit. Er hätte Hilfskräfte haben können, wie viel er wollte, und er hatte auch sehr viele, aber da er sein Amt sehr ernst nahm, rechnete er alles noch einmal durch und so halfen ihm die Hilfskräfte wenig. Man kann nicht sagen, daß ihn die Arbeit freute, er führte sie eigentlich nur aus, weil sie ihm auferlegt war, ja er hatte sich schon oft um fröhlichere Arbeit, wie er sich ausdrückte, beworben, aber immer, wenn man ihm dann verschiedene Vorschläge machte, zeigte es sich, daß ihm doch nichts so zusagte, wie sein bisheriges Amt. Es war auch sehr schwer, etwas anderes für ihn zu finden. Man konnte ihm doch unmöglich etwa ein bestimmtes Meer zuweisen; abgesehen davon, daß auch hier die rechnerische Arbeit nicht kleiner, sondern nur kleinlicher war, konnte der große Poseidon doch immer nur eine beherrschende Stellung bekommen. Und bot man ihm eine Stellung außerhalb des Wassers an, wurde ihm schon von der Vorstellung übel, sein göttlicher Atem geriet in Unordnung, sein eherner Brustkorb schwankte. Übrigens nahm man seine Beschwerden nicht eigentlich ernst; wenn ein Mächtiger quält, muß man ihm auch in der aussichtslosesten Angelegenheit scheinbar nachzugeben versuchen; an eine wirkliche Enthebung Poseidons von seinem Amt dachte niemand, seit Urbeginn war er zum Gott der Meere bestimmt worden und dabei mußte es bleiben.

Am meisten ärgerte er sich – und dies verursachte hauptsächlich seine Unzufriedenheit mit dem Amt – wenn er von den Vorstellungen hörte, die man sich von ihm machte, wie er etwa immerfort mit dem Dreizack durch die Fluten kutschiere. Unterdessen saß er hier in der Tiefe des Weltmeeres und rechnete ununterbrochen, hie und da eine Reise zu Jupiter war die einzige Unterbrechung der Eintönigkeit, eine Reise übrigens, von der er meistens wütend zurückkehrte.

So hatte er die Meere kaum gesehn, nur flüchtig beim eiligen Aufstieg zum Olymp, und niemals wirklich durchfahren. Er pflegte zu sagen, er warte damit bis zum Weltuntergang, dann werde sich wohl noch ein stiller Augenblick ergeben, wo er knapp vor dem Ende nach Durchsicht der letzten Rechnung noch schnell eine kleine Rundfahrt werde machen können.

Das Stadtwappen

Anfangs war beim babylonischen Turmbau alles in leidlicher Ordnung; ja, die Ordnung war vielleicht zu groß, man dachte zu sehr an Wegweiser, Dolmetscher, Arbeiterunterkünfte und Verbindungswege, so als habe man Jahrhunderte freier Arbeitsmöglichkeit vor sich. Die damals herrschende Meinung ging sogar dahin, man könne gar nicht langsam genug bauen; man mußte diese Meinung gar nicht sehr übertreiben und konnte überhaupt davor zurückschrecken, die Fundamente zu legen. Man argumentierte nämlich so: Das Wesentliche des ganzen Unternehmens ist der Gedanke, einen bis in den Himmel reichenden Turm zu bauen. Neben diesem Gedanken ist alles andere nebensächlich. Der Gedanke, einmal in seiner Größe gefaßt, kann nicht mehr verschwinden; solange es Menschen gibt, wird auch der starke Wunsch da sein, den Turm zu Ende zu bauen. In dieser Hinsicht aber muß man wegen der Zukunft keine Sorgen haben, im Gegenteil, das Wissen der Menschheit steigert sich, die Baukunst hat Fortschritte gemacht und wird weitere Fortschritte machen, eine Arbeit, zu der wir ein Jahr brauchen, wird in hundert Jahren vielleicht in einem halben Jahr geleistet werden und überdies besser, haltbarer. Warum also schon heute sich an die Grenze der Kräfte abmühen? Das hätte nur dann Sinn, wenn man hoffen könnte, den Turm in der Zeit einer Generation aufzubauen. Das aber war auf keine Weise zu erwarten. Eher ließ sich denken, daß die nächste Generation mit ihrem vervollkommneten Wissen die Arbeit der vorigen Generation schlecht finden und das Gebaute niederreißen werde, um von neuem anzufangen. Solche Gedanken lähmten die Kräfte, und mehr als um den Turmbau kümmerte man sich um den Bau der Arbeiterstadt. Jede Landsmannschaft wollte das schönste Quartier haben, dadurch ergaben sich Streitigkeiten, die sich bis zu blutigen Kämpfen steigerten. Diese Kämpfe hörten nicht mehr auf; den Führern waren sie ein neues Argument dafür, daß der Turm auch mangels der nötigen Konzentration sehr langsam oder lieber erst nach allgemeinem Friedensschluß gebaut werden sollte. Doch verbrachte man die Zeit nicht nur mit Kämpfen, in den Pausen verschönerte man die Stadt, wodurch man allerdings neuen Neid und neue Kämpfe hervorrief. So verging die Zeit der ersten Generation, aber keine der folgenden war anders, nur die Kunstfertigkeit steigerte sich immerfort und damit die Kampfsucht. Dazu kam, daß schon die zweite oder dritte Generation die Sinnlosigkeit des Himmelsturmbaues erkannte, doch war man schon viel zu sehr miteinander verbunden, um die Stadt zu verlassen.

Alles was in dieser Stadt an Sagen und Liedern entstanden ist, ist erfüllt von der Sehnsucht nach einem prophezeiten Tag, an welchem die Stadt von einer Riesenfaust in fünf kurz aufeinanderfolgenden Schlägen zerschmettert werden wird. Deshalb hat auch die Stadt die Faust im Wappen.

Kleine Fabel

»Ach«, sagte die Maus, »die Welt wird enger mit jedem Tag. Zuerst war sie so breit, daß ich Angst hatte, ich lief weiter und war glücklich, daß ich endlich rechts und links in der Ferne Mauern sah, aber diese langen Mauern eilen so schnell aufeinander zu, daß ich schon im letzten Zimmer

bin, und dort im Winkel steht die Falle, in die ich laufe.« –
»Du mußt nur die Laufrichtung ändern«, sagte die Katze
und fraß sie.

Gibs auf!

Es war sehr früh am Morgen, die Straßen rein und leer, ich
ging zum Bahnhof. Als ich eine Turmuhr mit meiner Uhr
verglich, sah ich, daß es schon viel später war, als ich geglaubt hatte, ich mußte mich sehr beeilen, der Schrecken
über diese Entdeckung ließ mich im Weg unsicher werden,
ich kannte mich in dieser Stadt noch nicht sehr gut aus,
glücklicherweise war ein Schutzmann in der Nähe, ich lief
zu ihm und fragte ihn atemlos nach dem Weg. Er lächelte
und sagte: »Von mir willst du den Weg erfahren?« »Ja«,
sagte ich, »da ich ihn selbst nicht finden kann.« »Gibs auf,
gibs auf«, sagte er und wandte sich mit einem großen
Schwunge ab, so wie Leute, die mit ihrem Lachen allein sein
wollen.

Von den Gleichnissen

Viele beklagen sich, daß die Worte der Weisen immer wieder nur Gleichnisse seien, aber unverwendbar im täglichen
Leben, und nur dieses allein haben wir. Wenn der Weise
sagt: »Gehe hinüber«, so meint er nicht, daß man auf die
andere Seite hinübergehen solle, was man immerhin noch
leisten könnte, wenn das Ergebnis des Weges wert wäre,
sondern er meint irgendein sagenhaftes Drüben, etwas,
das wir nicht kennen, das auch von ihm nicht näher zu bezeichnen ist und das uns also hier gar nichts helfen kann.
Alle diese Gleichnisse wollen eigentlich nur sagen, daß das
Unfaßbare unfaßbar ist, und das haben wir gewußt. Aber
das, womit wir uns jeden Tag abmühen, sind andere
Dinge.

Darauf sagte einer: »Warum wehrt ihr euch? Würdet ihr den Gleichnissen folgen, dann wäret ihr selbst Gleichnisse geworden und damit schon der täglichen Mühe frei.«

Ein anderer sagte: »Ich wette, daß auch das ein Gleichnis ist.«

Der erste sagte: »Du hast gewonnen.«

Der zweite sagte: »Aber leider nur im Gleichnis.«

Der erste sagte: »Nein, in Wirklichkeit; im Gleichnis hast du verloren.«

Ein Hungerkünstler
Vier Geschichten

Erstes Leid

Ein Trapezkünstler – bekanntlich ist diese hoch in den Kuppeln der großen Varietébühnen ausgeübte Kunst eine der schwierigsten unter allen, Menschen erreichbaren – hatte, zuerst nur aus dem Streben nach Vervollkommnung, später auch aus tyrannisch gewordener Gewohnheit sein Leben derart eingerichtet, daß er, so lange er im gleichen Unternehmen arbeitete, Tag und Nacht auf dem Trapeze blieb. Allen seinen, übrigens sehr geringen Bedürfnissen wurde durch einander ablösende Diener entsprochen, welche unten wachten und alles, was oben benötigt wurde, in eigens konstruierten Gefäßen hinauf- und hinabzogen. Besondere Schwierigkeiten für die Umwelt ergaben sich aus dieser Lebensweise nicht; nur während der sonstigen Programmnummern war es ein wenig störend, daß er, wie sich nicht verbergen ließ, oben geblieben war und daß, trotzdem er sich in solchen Zeiten meist ruhig verhielt, hie und da ein Blick aus dem Publikum zu ihm abirrte. Doch verziehen ihm dies die Direktionen, weil er ein außerordentlicher, unersetzlicher Künstler war. Auch sah man natürlich ein, daß er nicht aus Mutwillen so lebte, und eigentlich nur so sich in dauernder Übung erhalten, nur so seine Kunst in ihrer Vollkommenheit bewahren konnte.

Doch war es oben auch sonst gesund, und wenn in der wärmeren Jahreszeit in der ganzen Runde der Wölbung die Seitenfenster aufgeklappt wurden und mit der frischen Luft die Sonne mächtig in den dämmernden Raum eindrang, dann war es dort sogar schön. Freilich, sein menschlicher Verkehr war eingeschränkt, nur manchmal kletterte auf der Strickleiter ein Turnerkollege zu ihm hinauf, dann saßen sie beide auf dem Trapez, lehnten rechts und links an den Haltestricken und plauderten, oder es verbesserten Bauarbeiter das Dach und wechselten einige Worte mit ihm durch ein offenes Fenster, oder es überprüfte der Feuerwehrmann die Notbeleuchtung auf der obersten Galerie und rief ihm

etwas Respektvolles, aber wenig Verständliches zu. Sonst
blieb es um ihn still; nachdenklich sah nur manchmal irgendein Angestellter, der sich etwa am Nachmittag in das
leere Theater verirrte, in die dem Blick sich fast entziehende
Höhe empor, wo der Trapezkünstler, ohne wissen zu können, daß jemand ihn beobachtete, seine Künste trieb oder
ruhte.

So hätte der Trapezkünstler ungestört leben können,
wären nicht die unvermeidlichen Reisen von Ort zu Ort gewesen, die ihm äußerst lästig waren. Zwar sorgte der Impresario dafür, daß der Trapezkünstler von jeder unnötigen
Verlängerung seiner Leiden verschont blieb: für die Fahrten
in den Städten benützte man Rennautomobile, mit denen
man, womöglich in der Nacht oder in den frühesten Morgenstunden, durch die menschenleeren Straßen mit letzter
Geschwindigkeit jagte, aber freilich zu langsam für des Trapezkünstlers Sehnsucht; im Eisenbahnzug war ein ganzes
Kupee bestellt, in welchem der Trapezkünstler, zwar in
kläglichem, aber doch irgendeinem Ersatz seiner sonstigen
Lebensweise die Fahrt oben im Gepäcknetz zubrachte; im
nächsten Gastspielort war im Theater lange vor der Ankunft des Trapezkünstlers das Trapez schon an seiner Stelle,
auch waren alle zum Theaterraum führenden Türen weit
geöffnet, alle Gänge freigehalten – aber es waren doch immer die schönsten Augenblicke im Leben des Impresario,
wenn der Trapezkünstler dann den Fuß auf die Strickleiter
setzte und im Nu, endlich, wieder oben an seinem Trapeze
hing.

So viele Reisen nun auch schon dem Impresario geglückt
waren, jede neue war ihm doch wieder peinlich, denn die
Reisen waren, von allem anderen abgesehen, für die Nerven
des Trapezkünstlers jedenfalls zerstörend.

So fuhren sie wieder einmal miteinander, der Trapezkünstler lag im Gepäcknetz und träumte, der Impresario
lehnte in der Fensterecke gegenüber und las ein Buch, da
redete ihn der Trapezkünstler leise an. Der Impresario war

gleich zu seinen Diensten. Der Trapezkünstler sagte, die Lippen beißend, er müsse jetzt für sein Turnen, statt des bisherigen einen, immer zwei Trapeze haben, zwei Trapeze einander gegenüber. Der Impresario war damit sofort einverstanden. Der Trapezkünstler aber, so als wolle er zeigen, daß hier die Zustimmung des Impresario ebenso bedeutungslos sei, wie es etwa sein Widerspruch wäre, sagte, daß er nun niemals mehr und unter keinen Umständen nur auf einem Trapez turnen werde. Unter der Vorstellung, daß es vielleicht doch einmal geschehen könnte, schien er zu schaudern. Der Impresario erklärte, zögernd und beobachtend, nochmals sein volles Einverständnis, zwei Trapeze seien besser als eines, auch sonst sei diese neue Einrichtung vorteilhaft, sie mache die Produktion abwechslungsreicher. Da fing der Trapezkünstler plötzlich zu weinen an. Tief erschrocken sprang der Impresario auf und fragte, was denn geschehen sei, und da er keine Antwort bekam, stieg er auf die Bank, streichelte ihn und drückte sein Gesicht an das eigene, so daß es auch von des Trapezkünstlers Tränen überflossen wurde. Aber erst nach vielen Fragen und Schmeichelworten sagte der Trapezkünstler schluchzend: »Nur diese eine Stange in den Händen – wie kann ich denn leben!« Nun war es dem Impresario schon leichter, den Trapezkünstler zu trösten; er versprach, gleich aus der nächsten Station an den nächsten Gastspielort wegen des zweiten Trapezes zu telegraphieren; machte sich Vorwürfe, daß er den Trapezkünstler so lange Zeit nur auf einem Trapez hatte arbeiten lassen, und dankte ihm und lobte ihn sehr, daß er endlich auf den Fehler aufmerksam gemacht hatte. So gelang es dem Impresario, den Trapezkünstler langsam zu beruhigen, und er konnte wieder zurück in seine Ecke gehen. Er selbst aber war nicht beruhigt, mit schwerer Sorge betrachtete er heimlich über das Buch hinweg den Trapezkünstler. Wenn ihn einmal solche Gedanken zu quälen begannen, konnten sie je gänzlich aufhören? Mußten sie sich nicht immerfort steigern? Waren sie nicht existenzbedro-

hend? Und wirklich glaubte der Impresario zu sehn, wie
jetzt im scheinbar ruhigen Schlaf, in welchen das Weinen
geendet hatte, die ersten Falten auf des Trapezkünstlers
glatter Kinderstirn sich einzuzeichnen begannen.

Eine kleine Frau

Es ist eine kleine Frau; von Natur aus recht schlank, ist sie
doch stark geschnürt; ich sehe sie immer im gleichen Kleid,
es ist aus gelblich-grauem, gewissermaßen holzfarbigem
Stoff und ist ein wenig mit Troddeln oder knopfartigen Behängen von gleicher Farbe versehen; sie ist immer ohne
Hut, ihr stumpf-blondes Haar ist glatt und nicht unordent-
lich, aber sehr locker gehalten. Trotzdem sie geschnürt ist,
ist sie doch leicht beweglich, sie übertreibt freilich diese Beweglichkeit, gern hält sie die Hände in den Hüften und
wendet den Oberkörper mit einem Wurf überraschend
schnell seitlich. Den Eindruck, den ihre Hand auf mich
macht, kann ich nur wiedergeben, wenn ich sage, daß ich
noch keine Hand gesehen habe, bei der die einzelnen Finger
derart scharf voneinander abgegrenzt wären, wie bei der ihren; doch hat ihre Hand keineswegs irgendeine anatomische
Merkwürdigkeit, es ist eine völlig normale Hand.

Diese kleine Frau nun ist mit mir sehr unzufrieden, immer hat sie etwas an mir auszusetzen, immer geschieht ihr
Unrecht von mir, ich ärgere sie auf Schritt und Tritt; wenn
man das Leben in allerkleinste Teile teilen und jedes Teil-
chen gesondert beurteilen könnte, wäre gewiß jedes Teil-
chen meines Lebens für sie ein Ärgernis. Ich habe oft darüber nachgedacht, warum ich sie denn so ärgere; mag sein,
daß alles an mir ihrem Schönheitssinn, ihrem Gerechtig-
keitsgefühl, ihren Gewohnheiten, ihren Überlieferungen,
ihren Hoffnungen widerspricht, es gibt derartige einander
widersprechende Naturen, aber warum leidet sie so sehr
darunter? Es besteht ja gar keine Beziehung zwischen uns,

die sie zwingen würde, durch mich zu leiden. Sie müßte sich nur entschließen, mich als völlig Fremden anzusehn, der ich ja auch bin und der ich gegen einen solchen Entschluß mich nicht wehren, sondern ihn sehr begrüßen würde, sie müßte sich nur entschließen, meine Existenz zu vergessen, die ich ihr ja niemals aufgedrängt habe oder aufdrängen würde – und alles Leid wäre offenbar vorüber. Ich sehe hiebei ganz von mir ab und davon, daß ihr Verhalten natürlich auch mir peinlich ist, ich sehe davon ab, weil ich ja wohl erkenne, daß alle diese Peinlichkeit nichts ist im Vergleich mit ihrem Leid. Wobei ich mir allerdings durchaus dessen bewußt bin, daß es kein liebendes Leid ist; es liegt ihr gar nichts daran, mich wirklich zu bessern, zumal ja auch alles, was sie an mir aussetzt, nicht von einer derartigen Beschaffenheit ist, daß mein Fortkommen dadurch gestört würde. Aber mein Fortkommen kümmert sie eben auch nicht, sie kümmert nichts anderes als ihr persönliches Interesse, nämlich die Qual zu rächen, die ich ihr bereite, und die Qual, die ihr in Zukunft von mir droht, zu verhindern. Ich habe schon einmal versucht, sie darauf hinzuweisen, wie diesem fortwährenden Ärger am besten ein Ende gemacht werden könnte, doch habe ich sie gerade dadurch in eine derartige Aufwallung gebracht, daß ich den Versuch nicht mehr wiederholen werde.

Auch liegt ja, wenn man will, eine gewisse Verantwortung auf mir, denn so fremd mir die kleine Frau auch ist, und so sehr die einzige Beziehung, die zwischen uns besteht, der Ärger ist, den ich ihr bereite, oder vielmehr der Ärger, den sie sich von mir bereiten läßt, dürfte es mir doch nicht gleichgültig sein, wie sie sichtbar unter diesem Ärger auch körperlich leidet. Es kommen hie und da, sich mehrend in letzter Zeit, Nachrichten zu mir, daß sie wieder einmal am Morgen bleich, übernächtig, von Kopfschmerzen gequält und fast arbeitsunfähig gewesen sei; sie macht damit ihren Angehörigen Sorgen, man rät hin und her nach den Ursachen ihres Zustandes und hat sie bisher noch nicht ge-

funden. Ich allein kenne sie, es ist der alte und immer neue
Ärger. Nun teile ich freilich die Sorgen ihrer Angehörigen
nicht; sie ist stark und zäh; wer sich so zu ärgern vermag,
vermag wahrscheinlich auch die Folgen des Ärgers zu überwinden; ich habe sogar den Verdacht, daß sie sich – wenigstens zum Teil – nur leidend stellt, um auf diese Weise den
Verdacht der Welt auf mich hinzulenken. Offen zu sagen,
wie ich sie durch mein Dasein quäle, ist sie zu stolz; an andere meinetwegen zu appellieren, würde sie als eine Herab-
würdigung ihrer selbst empfinden; nur aus Widerwillen, aus
einem nicht aufhörenden, ewig sie antreibenden Widerwillen beschäftigt sie sich mit mir; diese unreine Sache auch
noch vor der Öffentlichkeit zu besprechen, das wäre für
ihre Scham zu viel. Aber es ist doch auch zu viel, von der
Sache ganz zu schweigen, unter deren unaufhörlichem
Druck sie steht. Und so versucht sie in ihrer Frauenschlau-
heit einen Mittelweg; schweigend, nur durch die äußern
Zeichen eines geheimen Leides will sie die Angelegenheit
vor das Gericht der Öffentlichkeit bringen. Vielleicht hofft
sie sogar, daß, wenn die Öffentlichkeit einmal ihren vollen
Blick auf mich richtet, ein allgemeiner öffentlicher Ärger gegen mich entstehen und mit seinen großen Machtmitteln
mich bis zur vollständigen Endgültigkeit viel kräftiger und
schneller richten wird, als es ihr verhältnismäßig doch
schwacher privater Ärger imstande ist; dann aber wird sie
sich zurückziehen, aufatmen und mir den Rücken kehren.
Nun, sollten dies wirklich ihre Hoffnungen sein, so täuscht
sie sich. Die Öffentlichkeit wird nicht ihre Rolle übernehmen; die Öffentlichkeit wird niemals so unendlich viel an
mir auszusetzen haben, auch wenn sie mich unter ihre
stärkste Lupe nimmt. Ich bin kein so unnützer Mensch, wie
sie glaubt; ich will mich nicht rühmen und besonders nicht
in diesem Zusammenhang; wenn ich aber auch nicht durch
besondere Brauchbarkeit ausgezeichnet sein sollte, werde
ich doch auch gewiß nicht gegenteilig auffallen; nur für sie,
für ihre fast weißstrahlenden Augen bin ich so, niemanden

andern wird sie davon überzeugen können. Also könnte ich
in dieser Hinsicht völlig beruhigt sein? Nein, doch nicht;
denn wenn es wirklich bekannt wird, daß ich sie geradezu
krank mache durch mein Benehmen, und einige Aufpasser,
eben die fleißigsten Nachrichten-Überbringer, sind schon
nahe daran, es zu durchschauen oder sie stellen sich wenigstens so, als durchschauten sie es, und es kommt die Welt
und wird mir die Frage stellen, warum ich denn die arme
kleine Frau durch meine Unverbesserlichkeit quäle und ob
ich sie etwa bis in den Tod zu treiben beabsichtige und
wann ich endlich die Vernunft und das einfache menschliche
Mitgefühl haben werde, damit aufzuhören – wenn mich die
Welt so fragen wird, es wird schwer sein, ihr zu antworten.
Soll ich dann eingestehn, daß ich an jene Krankheitszeichen
nicht sehr glaube und soll ich damit den unangenehmen
Eindruck hervorrufen, daß ich, um von einer Schuld loszu-
kommen, andere beschuldige und gar in so unfeiner Weise?
Und könnte ich etwa gar offen sagen, daß ich, selbst wenn
ich an ein wirkliches Kranksein glaubte, nicht das geringste
Mitgefühl hätte, da mir ja die Frau völlig fremd ist und die
Beziehung, die zwischen uns besteht, nur von ihr hergestellt
ist und nur von ihrer Seite aus besteht. Ich will nicht sagen,
daß man mir nicht glauben würde; man würde mir vielmehr
weder glauben noch nicht glauben; man käme gar nicht so
weit, daß davon die Rede sein könnte; man würde lediglich
die Antwort registrieren, die ich hinsichtlich einer schwachen, kranken Frau gegeben habe, und das wäre wenig günstig für mich. Hier wie bei jeder andern Antwort wird mir
eben hartnäckig in die Quere kommen die Unfähigkeit der
Welt, in einem Fall wie diesem den Verdacht einer Liebesbe-
ziehung nicht aufkommen zu lassen, trotzdem es bis zur
äußersten Deutlichkeit zutage liegt, daß eine solche Beziehung nicht besteht und daß, wenn sie bestehen würde, sie
eher noch von mir ausginge, der ich tatsächlich die kleine
Frau in der Schlagkraft ihres Urteils und der Unermüdlich-
keit ihrer Folgerungen immerhin zu bewundern fähig wäre,

wenn ich nicht eben durch ihre Vorzüge immerfort gestraft
würde. Bei ihr aber ist jedenfalls keine Spur einer freundlichen Beziehung zu mir vorhanden; darin ist sie aufrichtig
und wahr; darauf ruht meine letzte Hoffnung; nicht einmal,
wenn es in ihren Kriegsplan passen würde, an eine solche
Beziehung zu mir glauben zu machen, würde sie sich soweit
vergessen, etwas derartiges zu tun. Aber die in dieser Richtung völlig stumpfe Öffentlichkeit wird bei ihrer Meinung
bleiben und immer gegen mich entscheiden.

So bliebe mir eigentlich doch nur übrig, rechtzeitig, ehe
die Welt eingreift, mich soweit zu ändern, daß ich den Ärger
der kleinen Frau nicht etwa beseitige, was undenkbar ist,
aber doch ein wenig mildere. Und ich habe mich tatsächlich
öfters gefragt, ob mich denn mein gegenwärtiger Zustand
so befriedige, daß ich ihn gar nicht ändern wolle, und ob es
denn nicht möglich wäre, gewisse Änderungen an mir vorzunehmen, auch wenn ich es nicht täte, weil ich von ihrer
Notwendigkeit überzeugt wäre, sondern nur, um die Frau
zu besänftigen. Und ich habe es ehrlich versucht, nicht ohne
Mühe und Sorgfalt, es entsprach mir sogar, es belustigte
mich fast; einzelne Änderungen ergaben sich, waren weithin sichtbar, ich mußte die Frau nicht auf sie aufmerksam
machen, sie merkt alles derartige früher als ich, sie merkt
schon den Ausdruck der Absicht in meinem Wesen; aber ein
Erfolg war mir nicht beschieden. Wie wäre er auch möglich? Ihre Unzufriedenheit mit mir ist ja, wie ich jetzt schon
einsehe, eine grundsätzliche; nichts kann sie beseitigen,
nicht einmal die Beseitigung meiner selbst; ihre Wutanfälle
etwa bei der Nachricht meines Selbstmordes wären gren-
zenlos. Nun kann ich mir nicht vorstellen, daß sie, diese
scharfsinnige Frau, dies nicht ebenso einsieht wie ich, und
zwar sowohl die Aussichtslosigkeit ihrer Bemühungen als
auch meine Unschuld, meine Unfähigkeit, selbst bei bestem
Willen ihren Forderungen zu entsprechen. Gewiß sieht sie
es ein, aber als Kämpfernatur vergißt sie es in der Leidenschaft des Kampfes, und meine unglückliche Art, die ich

aber nicht anders wählen kann, denn sie ist mir nun einmal
so gegeben, besteht darin, daß ich jemandem, der außer
Rand und Band geraten ist, eine leise Mahnung zuflüstern
will. Auf diese Weise werden wir uns natürlich nie verständigen. Immer wieder werde ich etwa im Glück der ersten
Morgenstunden aus dem Hause treten und dieses um mei-
netwillen vergrämte Gesicht sehn, die verdrießlich aufge-
stülpten Lippen, den prüfenden und schon vor der Prüfung
das Ergebnis kennenden Blick, der über mich hinfährt und
dem selbst bei größter Flüchtigkeit nichts entgehen kann,
das bittere in die mädchenhafte Wange sich einbohrende Lächeln, das klagende Aufschauen zum Himmel, das Einlegen
der Hände in die Hüften, um sich zu festigen, und dann in
der Empörung das Bleichwerden und Erzittern.

Letzthin machte ich, überhaupt zum erstenmal, wie ich
mir bei dieser Gelegenheit erstaunt eingestand, einem guten
Freund einige Andeutungen von dieser Sache, nur nebenbei, leicht, mit ein paar Worten, ich drückte die Bedeutung
des Ganzen, so klein sie für mich nach außen hin im
Grunde ist, noch ein wenig unter die Wahrheit hinab. Sonderbar, daß der Freund dennoch nicht darüber hinweg-
hörte, ja sogar aus eigenem der Sache an Bedeutung hinzu-
gab, sich nicht ablenken ließ und dabei verharrte. Noch
sonderbarer allerdings, daß er trotzdem in einem entscheidenden Punkt die Sache unterschätzte, denn er riet mir
ernstlich, ein wenig zu verreisen. Kein Rat könnte unver-
ständiger sein; die Dinge liegen zwar einfach, jeder kann sie,
wenn er näher hinzutritt, durchschauen, aber so einfach
sind sie doch auch nicht, daß durch mein Wegfahren alles
oder auch nur das Wichtigste in Ordnung käme. Im Gegenteil, vor dem Wegfahren muß ich mich vielmehr hüten;
wenn ich überhaupt irgendeinen Plan befolgen soll, dann
jedenfalls den, die Sache in ihren bisherigen, engen, die Außenwelt noch nicht einbeziehenden Grenzen zu halten, also
ruhig zu bleiben, wo ich bin, und keine großen, durch diese
Sache veranlaßten, auffallenden Veränderungen zuzulassen,

wozu auch gehört, mit niemandem davon zu sprechen, aber
dies alles nicht deshalb, weil es irgendein gefährliches Geheimnis wäre, sondern deshalb, weil es eine kleine, rein
persönliche und als solche immerhin leicht zu tragende Angelegenheit ist und weil sie dieses auch bleiben soll. Darin
waren die Bemerkungen des Freundes doch nicht ohne
Nutzen, sie haben mich nichts Neues gelehrt, aber mich in
meiner Grundansicht bestärkt.

Wie es sich ja überhaupt bei genauerem Nachdenken
zeigt, daß die Veränderungen, welche die Sachlage im Laufe
der Zeit erfahren zu haben scheint, keine Veränderungen
der Sache selbst sind, sondern nur die Entwicklung meiner
Anschauung von ihr, insofern, als diese Anschauung teils
ruhiger, männlicher wird, dem Kern näher kommt, teils allerdings auch unter dem nicht zu verwindenden Einfluß der
fortwährenden Erschütterungen, seien diese auch noch so
leicht, eine gewisse Nervosität annimmt.

Ruhiger werde ich der Sache gegenüber, indem ich zu erkennen glaube, daß eine Entscheidung, so nahe sie manchmal bevorzustehen scheint, doch wohl noch nicht kommen
wird; man ist leicht geneigt, besonders in jungen Jahren, das
Tempo, in dem Entscheidungen kommen, sehr zu überschätzen; wenn einmal meine kleine Richterin, schwach geworden durch meinen Anblick, seitlich in den Sessel sank,
mit der einen Hand sich an der Rückenlehne festhielt, mit
der anderen an ihrem Schnürleib nestelte, und Tränen des
Zornes und der Verzweiflung ihr die Wangen hinabroll-
ten, dachte ich immer, nun sei die Entscheidung da und
gleich würde ich vorgerufen werden, mich zu verantworten.
Aber nichts von Entscheidung, nichts von Verantwortung,
Frauen wird leicht übel, die Welt hat nicht Zeit, auf alle
Fälle aufzupassen. Und was ist denn eigentlich in all den
Jahren geschehn? Nichts weiter, als daß sich solche Fälle
wiederholten, einmal stärker, einmal schwächer, und daß
nun also ihre Gesamtzahl größer ist. Und daß Leute sich in
der Nähe herumtreiben und gern eingreifen würden, wenn

sie eine Möglichkeit dazu finden würden; aber sie finden keine, bisher verlassen sie sich nur auf ihre Witterung, und Witterung allein genügt zwar, um ihren Besitzer reichlich zu beschäftigen, aber zu anderem taugt sie nicht. So aber war es im Grunde immer, immer gab es diese unnützen Ekkensteher und Lufteinatmer, welche ihre Nähe immer auf irgendeine überschlaue Weise, am liebsten durch Verwandtschaft, entschuldigten, immer haben sie aufgepaßt, immer haben sie die Nase voll Witterung gehabt, aber das Ergebnis alles dessen ist nur, daß sie noch immer dastehn. Der ganze Unterschied besteht darin, daß ich sie allmählich erkannt habe, ihre Gesichter unterscheide; früher habe ich geglaubt, sie kämen allmählich von überall her zusammen, das Ausmaße der Angelegenheit vergrößerten sich und würden von selbst die Entscheidung erzwingen; heute glaube ich zu wissen, daß das alles von altersher da war und mit dem Herankommen der Entscheidung sehr wenig oder nichts zu tun hat. Und die Entscheidung selbst, warum benenne ich sie mit einem so großen Wort? Wenn es einmal – und gewiß nicht morgen und übermorgen und wahrscheinlich niemals – dazu kommen sollte, daß sich die Öffentlichkeit doch mit dieser Sache, für die sie, wie ich immer wiederholen werde, nicht zuständig ist, beschäftigt, werde ich zwar nicht unbeschädigt aus dem Verfahren hervorgehen, aber es wird doch wohl in Betracht gezogen werden, daß ich der Öffentlichkeit nicht unbekannt bin, in ihrem vollen Licht seit jeher lebe, vertrauensvoll und Vertrauen verdienend, und daß deshalb diese nachträglich hervorgekommene leidende kleine Frau, die nebenbei bemerkt ein anderer als ich vielleicht längst als Klette erkannt und für die Öffentlichkeit völlig geräuschlos unter seinem Stiefel zertreten hätte, daß diese Frau doch schlimmstenfalls nur einen kleinen häßlichen Schnörkel dem Diplom hinzufügen könnte, in welchem mich die Öffentlichkeit längst als ihr achtungswertes Mitglied erklärt. Das ist der heutige Stand der Dinge, der also wenig geeignet ist, mich zu beunruhigen.

Daß ich mit den Jahren doch ein wenig unruhig geworden bin, hat mit der eigentlichen Bedeutung der Sache gar nichts zu tun; man hält es einfach nicht aus, jemanden immerfort zu ärgern, selbst wenn man die Grundlosigkeit des Ärgers wohl erkennt; man wird unruhig, man fängt an, gewissermaßen nur körperlich, auf Entscheidungen zu lauern, auch wenn man an ihr Kommen vernünftigerweise nicht sehr glaubt. Zum Teil aber handelt es sich auch nur um eine Alterserscheinung; die Jugend kleidet alles gut; unschöne Einzelheiten verlieren sich in der unaufhörlichen Kraftquelle der Jugend; mag einer als Junge einen etwas lauernden Blick gehabt haben, er ist ihm nicht übelgenommen, er ist gar nicht bemerkt worden, nicht einmal von ihm selbst, aber, was im Alter übrigbleibt, sind Reste, jeder ist nötig, keiner wird erneut, jeder steht unter Beobachtung, und der lauernde Blick eines alternden Mannes ist eben ein ganz deutlich lauernder Blick, und es ist nicht schwierig, ihn festzustellen. Nur ist es aber auch hier keine wirkliche sachliche Verschlimmerung.

Von wo aus also ich es auch ansehe, immer wieder zeigt sich und dabei bleibe ich, daß, wenn ich mit der Hand auch nur ganz leicht diese kleine Sache verdeckt halte, ich noch sehr lange, ungestört von der Welt, mein bisheriges Leben ruhig werde fortsetzen dürfen, trotz allen Tobens der Frau.

Ein Hungerkünstler

In den letzten Jahrzehnten ist das Interesse an Hungerkünstlern sehr zurückgegangen. Während es sich früher gut lohnte, große derartige Vorführungen in eigener Regie zu veranstalten, ist dies heute völlig unmöglich. Es waren andere Zeiten. Damals beschäftigte sich die ganze Stadt mit dem Hungerkünstler; von Hungertag zu Hungertag stieg die Teilnahme; jeder wollte den Hungerkünstler zumindest einmal täglich sehn; an den spätern Tagen gab es Abonnen-

ten, welche tagelang vor dem kleinen Gitterkäfig saßen;
auch in der Nacht fanden Besichtigungen statt, zur Erhö-
hung der Wirkung bei Fackelschein; an schönen Tagen
wurde der Käfig ins Freie getragen, und nun waren es besonders die Kinder, denen der Hungerkünstler gezeigt
wurde; während er für die Erwachsenen oft nur ein Spaß
war, an dem sie der Mode halber teilnahmen, sahen die Kinder staunend, mit offenem Mund, der Sicherheit halber einander bei der Hand haltend, zu, wie er bleich, im schwarzen
Trikot, mit mächtig vortretenden Rippen, sogar einen Sessel
verschmähend, auf hingestreutem Stroh saß, einmal höflich
nickend, angestrengt lächelnd Fragen beantwortete, auch
durch das Gitter den Arm streckte, um seine Magerkeit befühlen zu lassen, dann aber wieder ganz in sich selbst versank, um niemanden sich kümmerte, nicht einmal um den
für ihn so wichtigen Schlag der Uhr, die das einzige Möbel-
stück des Käfigs war, sondern nur vor sich hinsah mit fast
geschlossenen Augen und hie und da aus einem winzigen
Gläschen Wasser nippte, um sich die Lippen zu feuchten.

Außer den wechselnden Zuschauern waren auch ständige,
vom Publikum gewählte Wächter da, merkwürdigerweise
gewöhnlich Fleischhauer, welche, immer drei gleichzeitig,
die Aufgabe hatten, Tag und Nacht den Hungerkünstler zu
beobachten, damit er nicht etwa auf irgendeine heimliche
Weise doch Nahrung zu sich nehme. Es war das aber lediglich eine Formalität, eingeführt zur Beruhigung der Massen,
denn die Eingeweihten wußten wohl, daß der Hungerkünstler während der Hungerzeit niemals, unter keinen
Umständen, selbst unter Zwang nicht, auch das Geringste
nur gegessen hätte; die Ehre seiner Kunst verbot dies. Freilich, nicht jeder Wächter konnte das begreifen, es fanden
sich manchmal nächtliche Wachgruppen, welche die Bewachung sehr lax durchführten, absichtlich in eine ferne Ecke
sich zusammensetzten und dort sich ins Kartenspiel vertief-
ten, in der offenbaren Absicht, dem Hungerkünstler eine
kleine Erfrischung zu gönnen, die er ihrer Meinung nach

aus irgendwelchen geheimen Vorräten hervorholen konnte. Nichts war dem Hungerkünstler quälender als solche Wächter; sie machten ihn trübselig; sie machten ihm das Hungern entsetzlich schwer; manchmal überwand er seine Schwäche und sang während dieser Wachzeit, solange er es nur aushielt, um den Leuten zu zeigen, wie ungerecht sie ihn verdächtigten. Doch half das wenig; sie wunderten sich dann nur über seine Geschicklichkeit, selbst während des Singens zu essen. Viel lieber waren ihm die Wächter, welche sich eng zum Gitter setzten, mit der trüben Nachtbeleuchtung des Saales sich nicht begnügten, sondern ihn mit den elektrischen Taschenlampen bestrahlten, die ihnen der Impresario zur Verfügung stellte. Das grelle Licht störte ihn gar nicht, schlafen konnte er ja überhaupt nicht, und ein wenig hindämmern konnte er immer, bei jeder Beleuchtung und zu jeder Stunde, auch im übervollen, lärmenden Saal. Er war sehr gerne bereit, mit solchen Wächtern die Nacht gänzlich ohne Schlaf zu verbringen; er war bereit, mit ihnen zu scherzen, ihnen Geschichten aus seinem Wanderleben zu erzählen, dann wieder ihre Erzählungen anzuhören, alles nur um sie wachzuhalten, um ihnen immer wieder zeigen zu können, daß er nichts Eßbares im Käfig hatte und daß er hungerte, wie keiner von ihnen es könnte. Am glücklichsten aber war er, wenn dann der Morgen kam, und ihnen auf seine Rechnung ein überreiches Frühstück gebracht wurde, auf das sie sich warfen mit dem Appetit gesunder Männer nach einer mühevoll durchwachten Nacht. Es gab zwar sogar Leute, die in diesem Frühstück eine ungebührliche Beeinflussung der Wächter sehen wollten, aber das ging doch zu weit, und wenn man sie fragte, ob etwa sie nur um der Sache willen ohne Frühstück die Nachtwache übernehmen wollten, verzogen sie sich, aber bei ihren Verdächtigungen blieben sie dennoch.

Dieses allerdings gehörte schon zu den vom Hungern überhaupt nicht zu trennenden Verdächtigungen. Niemand war ja imstande, alle die Tage und Nächte beim Hungerkünstler ununterbrochen als Wächter zu verbringen, niemand also konnte aus eigener Anschauung wissen, ob wirklich ununterbrochen, fehlerlos gehungert worden war; nur der Hungerkünstler selbst konnte das wissen, nur er also gleichzeitig der von seinem Hungern vollkommen befriedigte Zuschauer sein. Er aber war wieder aus einem andern Grunde niemals befriedigt; vielleicht war er gar nicht vom Hungern so sehr abgemagert, daß manche zu ihrem Bedauern den Vorführungen fernbleiben mußten, weil sie seinen Anblick nicht ertrugen, sondern er war nur so abgemagert aus Unzufriedenheit mit sich selbst. Er allein nämlich wußte, auch kein Eingeweihter sonst wußte das, wie leicht das Hungern war. Es war die leichteste Sache von der Welt. Er verschwieg es auch nicht, aber man glaubte ihm nicht, hielt ihn günstigstenfalls für bescheiden, meist aber für reklamesüchtig oder gar für einen Schwindler, dem das Hungern allerdings leicht war, weil er es sich leicht zu machen verstand, und der auch noch die Stirn hatte, es halb zu gestehn. Das alles mußte er hinnehmen, hatte sich auch im Laufe der Jahre daran gewöhnt, aber innerlich nagte diese Unbefriedigtheit immer an ihm, und noch niemals, nach keiner Hungerperiode – dieses Zeugnis mußte man ihm ausstellen – hatte er freiwillig den Käfig verlassen. Als Höchstzeit für das Hungern hatte der Impresario vierzig Tage festgesetzt, darüber hinaus ließ er niemals hungern, auch in den Weltstädten nicht, und zwar aus gutem Grund. Vierzig Tage etwa konnte man erfahrungsgemäß durch allmählich sich steigernde Reklame das Interesse einer Stadt immer mehr aufstacheln, dann aber versagte das Publikum, eine wesentliche Abnahme des Zuspruchs war festzustellen; es bestanden natürlich in dieser Hinsicht kleine Unterschiede zwischen den Städten und Ländern, als Regel aber galt, daß vierzig Tage die Höchstzeit war. Dann also am vierzigsten Tage wurde die Tür des mit Blumen umkränzten Käfigs geöffnet, eine begeisterte Zuschauerschaft erfüllte das Amphitheater, eine Militärkapelle spielte, zwei Ärzte

betraten den Käfig, um die nötigen Messungen am Hungerkünstler vorzunehmen, durch ein Megaphon wurden die
Resultate dem Saale verkündet, und schließlich kamen zwei
junge Damen, glücklich darüber, daß gerade sie ausgelost
worden waren, und wollten den Hungerkünstler aus dem
Käfig ein paar Stufen hinabführen, wo auf einem kleinen
Tischchen eine sorgfältig ausgewählte Krankenmahlzeit ser-
viert war. Und in diesem Augenblick wehrte sich der Hungerkünstler immer. Zwar legte er noch freiwillig seine Kno-
chenarme in die hilfsbereit ausgestreckten Hände der zu
ihm hinabgebeugten Damen, aber aufstehen wollte er nicht.
Warum gerade jetzt nach vierzig Tagen aufhören? Er hätte
es noch lange, unbeschränkt lange ausgehalten; warum gerade jetzt aufhören, wo er im besten, ja noch nicht einmal
im besten Hungern war? Warum wollte man ihn des Ruh-
mes berauben, weiter zu hungern, nicht nur der größte
Hungerkünstler aller Zeiten zu werden, der er ja wahrscheinlich schon war, aber auch noch sich selbst zu übertref-
fen bis ins Unbegreifliche, denn für seine Fähigkeit zu hungern fühlte er keine Grenzen. Warum hatte diese Menge,
die ihn so sehr zu bewundern vorgab, so wenig Geduld mit
ihm; wenn er es aushielt, noch weiter zu hungern, warum
wollte sie es nicht aushalten? Auch war er müde, saß gut im
Stroh und sollte sich nun hoch und lang aufrichten und zu
dem Essen gehn, das ihm schon allein in der Vorstellung
Übelkeiten verursachte, deren Äußerung er nur mit Rücksicht auf die Damen mühselig unterdrückte. Und er blickte
empor in die Augen der scheinbar so freundlichen, in Wirklichkeit so grausamen Damen und schüttelte den auf dem
schwachen Halse überschweren Kopf. Aber dann geschah,
was immer geschah. Der Impresario kam, hob stumm –
die Musik machte das Reden unmöglich – die Arme über
dem Hungerkünstler, so, als lade er den Himmel ein, sich
sein Werk hier auf dem Stroh einmal anzusehn, diesen bedauernswerten Märtyrer, welcher der Hungerkünstler allerdings war, nur in ganz anderem Sinn; faßte den Hunger-

künstler um die dünne Taille, wobei er durch übertriebene
Vorsicht glaubhaft machen wollte, mit einem wie gebrech-
lichen Ding er es hier zu tun habe; und übergab ihn –
nicht ohne ihn im geheimen ein wenig zu schütteln, so daß
der Hungerkünstler mit den Beinen und dem Oberkörper
unbeherrscht hin und her schwankte – den inzwischen
totenbleich gewordenen Damen. Nun duldete der Hungerkünstler alles; der Kopf lag auf der Brust, es war, als sei er
hingerollt und halte sich dort unerklärlich; der Leib war
ausgehöhlt; die Beine drückten sich im Selbsterhaltungs-
trieb fest in den Knien aneinander, scharrten aber doch den
Boden, so, als sei es nicht der wirkliche, den wirklichen
suchten sie erst; und die ganze, allerdings sehr kleine Last
des Körpers lag auf einer der Damen, welche hilfesuchend,
mit fliegendem Atem – so hatte sie sich dieses Ehrenamt
nicht vorgestellt – zuerst den Hals möglichst streckte, um
wenigstens das Gesicht vor der Berührung mit dem Hungerkünstler zu bewahren, dann aber, da ihr dies nicht gelang
und ihre glücklichere Gefährtin ihr nicht zu Hilfe kam, sondern sich damit begnügte, zitternd die Hand des Hungerkünstlers, dieses kleine Knochenbündel, vor sich herzutra-
gen, unter dem entzückten Gelächter des Saales in Weinen
ausbrach und von einem längst bereitgestellten Diener ab-
gelöst werden mußte. Dann kam das Essen, von dem der
Impresario dem Hungerkünstler während eines ohnmacht-
ähnlichen Halbschlafes ein wenig einflößte, unter lustigem
Plaudern, das die Aufmerksamkeit vom Zustand des Hungerkünstlers ablenken sollte; dann wurde noch ein Trink-
spruch auf das Publikum ausgebracht, welcher dem Impresario angeblich vom Hungerkünstler zugeflüstert worden
war; das Orchester bekräftigte alles durch einen großen
Tusch, man ging auseinander, und niemand hatte das Recht,
mit dem Gesehenen unzufrieden zu sein, niemand, nur der
Hungerkünstler, immer nur er.

So lebte er mit regelmäßigen kleinen Ruhepausen viele
Jahre, in scheinbarem Glanz, von der Welt geehrt, bei alle-

dem aber meist in trüber Laune, die immer noch trüber wurde dadurch, daß niemand sie ernst zu nehmen verstand. Womit sollte man ihn auch trösten? Was blieb ihm zu wünschen übrig? Und wenn sich einmal ein Gutmütiger fand, der ihn bedauerte und ihm erklären wollte, daß seine Traurigkeit wahrscheinlich von dem Hungern käme, konnte es, besonders bei vorgeschrittener Hungerzeit, geschehn, daß der Hungerkünstler mit einem Wutausbruch antwortete und zum Schrecken aller wie ein Tier an dem Gitter zu rütteln begann. Doch hatte für solche Zustände der Impresario ein Strafmittel, das er gern anwandte. Er entschuldigte den Hungerkünstler vor versammeltem Publikum, gab zu, daß nur die durch das Hungern hervorgerufene, für satte Menschen nicht ohne weiteres begreifliche Reizbarkeit das Benehmen des Hungerkünstlers verzeihlich machen könne; kam dann im Zusammenhang damit auch auf die ebenso zu erklärende Behauptung des Hungerkünstlers zu sprechen, er könnte noch viel länger hungern, als er hungere; lobte das hohe Streben, den guten Willen, die große Selbstverleugnung, die gewiß auch in dieser Behauptung enthalten seien; suchte dann aber die Behauptung einfach genug durch Vorzeigen von Photographien, die gleichzeitig verkauft wurden, zu widerlegen, denn auf den Bildern sah man den Hungerkünstler an einem vierzigsten Hungertag, im Bett, fast verlöscht vor Entkräftung. Diese dem Hungerkünstler zwar wohlbekannte, immer aber von neuem ihn entnervende Verdrehung der Wahrheit war ihm zu viel. Was die Folge der vorzeitigen Beendigung des Hungerns war, stellte man hier als die Ursache dar! Gegen diesen Unverstand, gegen diese Welt des Unverstandes zu kämpfen, war unmöglich. Noch hatte er immer wieder in gutem Glauben begierig am Gitter dem Impresario zugehört, beim Erscheinen der Photographien aber ließ er das Gitter jedesmal los, sank mit Seufzen ins Stroh zurück, und das beruhigte Publikum konnte wieder herankommen und ihn besichtigen.

Wenn die Zeugen solcher Szenen ein paar Jahre später

daran zurückdachten, wurden sie sich oft selbst unverständlich. Denn inzwischen war jener erwähnte Umschwung eingetreten; fast plötzlich war das geschehen; es mochte tiefere Gründe haben, aber wem lag daran, sie aufzufinden; jedenfalls sah sich eines Tages der verwöhnte Hungerkünstler von der vergnügungssüchtigen Menge verlassen, die lieber zu anderen Schaustellungen strömte. Noch einmal jagte der Impresario mit ihm durch halb Europa, um zu sehn, ob sich nicht noch hie und da das alte Interesse wiederfände; alles vergeblich; wie in einem geheimen Einverständnis hatte sich überall geradezu eine Abneigung gegen das Schauhungern ausgebildet. Natürlich hatte das in Wirklichkeit nicht plötzlich so kommen können, und man erinnerte sich jetzt nachträglich an manche zu ihrer Zeit im Rausch der Erfolge nicht genügend beachtete, nicht genügend unterdrückte Vorboten, aber jetzt etwas dagegen zu unternehmen, war zu spät. Zwar war es sicher, daß einmal auch für das Hungern wieder die Zeit kommen werde, aber für die Lebenden war das kein Trost. Was sollte nun der Hungerkünstler tun? Der, welchen Tausende umjubelt hatten, konnte sich nicht in Schaubuden auf kleinen Jahrmärkten zeigen, und um einen andern Beruf zu ergreifen, war der Hungerkünstler nicht nur zu alt, sondern vor allem dem Hungern allzu fanatisch ergeben. So verabschiedete er denn den Impresario, den Genossen einer Laufbahn ohnegleichen, und ließ sich von einem großen Zirkus engagieren; um seine Empfindlichkeit zu schonen, sah er die Vertragsbedingungen gar nicht an.

Ein großer Zirkus mit seiner Unzahl von einander immer wieder ausgleichenden und ergänzenden Menschen und Tieren und Apparaten kann jeden und zu jeder Zeit gebrauchen, auch einen Hungerkünstler, bei entsprechend bescheidenen Ansprüchen natürlich, und außerdem war es ja in diesem besonderen Fall nicht nur der Hungerkünstler selbst, der engagiert wurde, sondern auch sein alter berühmter Name, ja man konnte bei der Eigenart dieser im zunehmenden Alter nicht abnehmenden Kunst nicht einmal

sagen, daß ein ausgedienter, nicht mehr auf der Höhe seines
Könnens stehender Künstler sich in einen ruhigen Zirkus-
posten flüchten wolle, im Gegenteil, der Hungerkünstler
versicherte, daß er, was durchaus glaubwürdig war, ebenso-
gut hungere wie früher, ja er behauptete sogar, er werde,
wenn man ihm seinen Willen lasse, und dies versprach man
ihm ohne weiteres, eigentlich erst jetzt die Welt in berech-
tigtes Erstaunen setzen, eine Behauptung allerdings, die mit
Rücksicht auf die Zeitstimmung, welche der Hungerkünstler im Eifer leicht vergaß, bei den Fachleuten nur ein Lächeln hervorrief.

Im Grunde aber verlor auch der Hungerkünstler den Blick
für die wirklichen Verhältnisse nicht und nahm es als selbstverständlich hin, daß man ihn mit seinem Käfig nicht etwa
als Glanznummer mitten in die Manege stellte, sondern
draußen an einem im übrigen recht gut zugänglichen Ort in
der Nähe der Stallungen unterbrachte. Große, bunt gemalte
Aufschriften umrahmten den Käfig und verkündeten, was
dort zu sehen war. Wenn das Publikum in den Pausen der
Vorstellung zu den Ställen drängte, um die Tiere zu besichtigen, war es fast unvermeidlich, daß es beim Hungerkünstler
vorüberkam und ein wenig dort haltmachte, man wäre vielleicht länger bei ihm geblieben, wenn nicht in dem schmalen
Gang die Nachdrängenden, welche diesen Aufenthalt auf
dem Weg zu den ersehnten Ställen nicht verstanden, eine längere ruhige Betrachtung unmöglich gemacht hätten. Dieses
war auch der Grund, warum der Hungerkünstler vor
diesen Besuchszeiten, die er als seinen Lebenszweck natürlich her-
beiwünschte, doch auch wieder zitterte. In der ersten Zeit
hatte er die Vorstellungspausen kaum erwarten können; entzückt hatte er der sich heranwälzenden Menge entgegenge-
sehn, bis er sich nur zu bald – auch die hartnäckigste, fast be-
wußte Selbsttäuschung hielt den Erfahrungen nicht stand –
davon überzeugte, daß es zumeist der Absicht nach, immer
wieder, ausnahmslos, lauter Stallbesucher waren. Und dieser
Anblick von der Ferne blieb noch immer der schönste. Denn

wenn sie bis zu ihm herangekommen waren, umtobte ihn
sofort Geschrei und Schimpfen der ununterbrochen neu
sich bildenden Parteien, jener, welche – sie wurde dem
Hungerkünstler bald die peinlichere – ihn bequem ansehen
wollte, nicht etwa aus Verständnis, sondern aus Laune und
Trotz, und jener zweiten, die zunächst nur nach den Ställen
verlangte. War der große Haufe vorüber, dann kamen die
Nachzügler, und diese allerdings, denen es nicht mehr ver-
wehrt war, stehen zu bleiben, solange sie nur Lust hatten,
eilten mit langen Schritten, fast ohne Seitenblick, vorüber,
um rechtzeitig zu den Tieren zu kommen. Und es war kein
allzu häufiger Glücksfall, daß ein Familienvater mit seinen
Kindern kam, mit dem Finger auf den Hungerkünstler
zeigte, ausführlich erklärte, um was es sich hier handelte,
von früheren Jahren erzählte, wo er bei ähnlichen, aber unvergleichlich großartigeren Vorführungen gewesen war, und
dann die Kinder, wegen ihrer ungenügenden Vorbereitung
von Schule und Leben her, zwar immer noch verständnislos
blieben – was war ihnen Hungern? – aber doch in dem
Glanz ihrer forschenden Augen etwas von neuen, kommenden, gnädigeren Zeiten verrieten. Vielleicht, so sagte sich der
Hungerkünstler dann manchmal, würde alles doch ein wenig besser werden, wenn sein Standort nicht gar so nahe bei
den Ställen wäre. Den Leuten wurde dadurch die Wahl zu
leicht gemacht, nicht zu reden davon, daß ihn die Ausdün-
stungen der Ställe, die Unruhe der Tiere in der Nacht, das
Vorübertragen der rohen Fleischstücke für die Raubtiere,
die Schreie bei der Fütterung sehr verletzten und dauernd
bedrückten. Aber bei der Direktion vorstellig zu werden,
wagte er nicht; immerhin verdankte er ja den Tieren die
Menge der Besucher, unter denen sich hie und da auch ein
für ihn Bestimmter finden konnte, und wer wußte, wohin
man ihn verstecken würde, wenn er an seine Existenz erinnern wollte und damit auch daran, daß er, genau genommen, nur ein Hindernis auf dem Weg zu den Ställen war.

Ein kleines Hindernis allerdings, ein immer kleiner werdendes Hindernis. Man gewöhnte sich an die Sonderbarkeit, in den heutigen Zeiten Aufmerksamkeit für einen Hungerkünstler beanspruchen zu wollen, und mit dieser Gewöhnung war das Urteil über ihn gesprochen. Er mochte so gut hungern, als er nur konnte, und er tat es, aber nichts konnte ihn mehr retten, man ging an ihm vorüber. Versuche, jemandem die Hungerkunst zu erklären! Wer es nicht fühlt, dem kann man es nicht begreiflich machen. Die schönen Aufschriften wurden schmutzig und unleserlich, man riß sie herunter, niemandem fiel es ein, sie zu ersetzen; das Täfelchen mit der Ziffer der abgeleisteten Hungertage, das in der ersten Zeit sorgfältig täglich erneut worden war, blieb schon längst immer das gleiche, denn nach den ersten Wochen war das Personal selbst dieser kleinen Arbeit überdrüssig geworden; und so hungerte zwar der Hungerkünstler weiter, wie er es früher einmal erträumt hatte, und es gelang ihm ohne Mühe ganz so, wie er es damals vorausgesagt hatte, aber niemand zählte die Tage, niemand, nicht einmal der Hungerkünstler selbst wußte, wie groß die Leistung schon war, und sein Herz wurde schwer. Und wenn einmal in der Zeit ein Müßiggänger stehen blieb, sich über die alte Ziffer lustig machte und von Schwindel sprach, so war das in diesem Sinn die dümmste Lüge, welche Gleichgültigkeit und eingeborene Bösartigkeit erfinden konnte, denn nicht der Hungerkünstler betrog, er arbeitete ehrlich, aber die Welt betrog ihn um seinen Lohn.

Doch vergingen wieder viele Tage, und auch das nahm ein Ende. Einmal fiel einem Aufseher der Käfig auf, und er fragte die Diener, warum man hier diesen gut brauchbaren Käfig mit dem verfaulten Stroh drinnen unbenützt stehen lasse; niemand wußte es, bis sich einer mit Hilfe der Ziffertafel an den Hungerkünstler erinnerte. Man rührte mit Stangen das Stroh auf und fand den Hungerkünstler darin. »Du hungerst noch immer?« fragte der Aufseher, »wann wirst du denn endlich aufhören?« »Verzeiht mir alle«, flüsterte der

Hungerkünstler; nur der Aufseher, der das Ohr ans Gitter hielt, verstand ihn. »Gewiß«, sagte der Aufseher und legte den Finger an die Stirn, um damit den Zustand des Hungerkünstlers dem Personal anzudeuten, »wir verzeihen dir.« »Immerfort wollte ich, daß ihr mein Hungern bewundert«, sagte der Hungerkünstler. »Wir bewundern es auch«, sagte der Aufseher entgegenkommend. »Ihr sollt es aber nicht bewundern«, sagte der Hungerkünstler. »Nun, dann bewundern wir es also nicht«, sagte der Aufseher, »warum sollen wir es denn nicht bewundern?« »Weil ich hungern muß, ich kann nicht anders«, sagte der Hungerkünstler. »Da sieh mal einer«, sagte der Aufseher, »warum kannst du denn nicht anders?« »Weil ich«, sagte der Hungerkünstler, hob das Köpfchen ein wenig und sprach mit wie zum Kuß gespitzten Lippen gerade in das Ohr des Aufsehers hinein, damit nichts verloren ginge, »weil ich nicht die Speise finden konnte, die mir schmeckt. Hätte ich sie gefunden, glaube mir, ich hätte kein Aufsehen gemacht und mich vollgegessen wie du und alle.« Das waren die letzten Worte, aber noch in seinen gebrochenen Augen war die feste, wenn auch nicht mehr stolze Überzeugung, daß er weiterhungre.

»Nun macht aber Ordnung!« sagte der Aufseher, und man begrub den Hungerkünstler samt dem Stroh. In den Käfig aber gab man einen jungen Panther. Es war eine selbst dem stumpfsten Sinn fühlbare Erholung, in dem so lange öden Käfig dieses wilde Tier sich herumwerfen zu sehn. Ihm fehlte nichts. Die Nahrung, die ihm schmeckte, brachten ihm ohne langes Nachdenken die Wächter; nicht einmal die Freiheit schien er zu vermissen; dieser edle, mit allem Nötigen bis knapp zum Zerreißen ausgestattete Körper schien auch die Freiheit mit sich herumzutragen; irgendwo im Gebiß schien sie zu stecken; und die Freude am Leben kam mit derart starker Glut aus seinem Rachen, daß es für die Zuschauer nicht leicht war, ihr standzuhalten. Aber sie überwanden sich, umdrängten den Käfig und wollten sich gar nicht fortrühren.

Josefine, die Sängerin
oder
Das Volk der Mäuse

Unsere Sängerin heißt Josefine. Wer sie nicht gehört hat, kennt nicht die Macht des Gesanges. Es gibt niemanden, den ihr Gesang nicht fortreißt, was umso höher zu bewerten ist, als unser Geschlecht im ganzen Musik nicht liebt. Stiller Frieden ist uns die liebste Musik; unser Leben ist schwer, wir können uns, auch wenn wir einmal alle Tagessorgen abzuschütteln versucht haben, nicht mehr zu solchen, unserem sonstigen Leben so fernen Dingen erheben, wie es die Musik ist. Doch beklagen wir es nicht sehr; nicht einmal so weit kommen wir; eine gewisse praktische Schlauheit, die wir freilich auch äußerst dringend brauchen, halten wir für unsern größten Vorzug, und mit dem Lächeln dieser Schlauheit pflegen wir uns über alles hinwegzutrösten, auch wenn wir einmal – was aber nicht geschieht – das Verlangen nach dem Glück haben sollten, das von der Musik vielleicht ausgeht. Nur Josefine macht eine Ausnahme; sie liebt die Musik und weiß sie auch zu vermitteln; sie ist die einzige; mit ihrem Hingang wird die Musik – wer weiß wie lange – aus unserem Leben verschwinden.

Ich habe oft darüber nachgedacht, wie es sich mit dieser Musik eigentlich verhält. Wir sind doch ganz unmusikalisch; wie kommt es, daß wir Josefinens Gesang verstehn oder, da Josefine unser Verständnis leugnet, wenigstens zu verstehen glauben. Die einfachste Antwort wäre, daß die Schönheit dieses Gesanges so groß ist, daß auch der stumpfste Sinn ihr nicht widerstehen kann, aber diese Antwort ist nicht befriedigend. Wenn es wirklich so wäre, müßte man vor diesem Gesang zunächst und immer das Gefühl des Außerordentlichen haben, das Gefühl, aus dieser Kehle erklinge etwas, was wir nie vorher gehört haben und das zu hören wir auch gar nicht die Fähigkeit haben, etwas, was zu hören uns nur diese eine Josefine und niemand sonst befähigt. Gerade das trifft aber meiner Meinung nach nicht zu, ich fühle es nicht und habe auch bei andern nichts dergleichen bemerkt. Im vertrauten Kreise gestehen wir einander offen, daß Josefinens Gesang als Gesang nichts Außerordentliches darstellt.

Ist es denn überhaupt Gesang? Trotz unserer Unmusikalität haben wir Gesangsüberlieferungen; in den alten Zeiten unseres Volkes gab es Gesang; Sagen erzählen davon und sogar Lieder sind erhalten, die freilich niemand mehr singen kann. Eine Ahnung dessen, was Gesang ist, haben wir also und dieser Ahnung nun entspricht Josefinens Kunst eigentlich nicht. Ist es denn überhaupt Gesang? Ist es nicht vielleicht doch nur ein Pfeifen? Und Pfeifen allerdings kennen wir alle, es ist die eigentliche Kunstfertigkeit unseres Volkes, oder vielmehr gar keine Fertigkeit, sondern eine charakteristische Lebensäußerung. Alle pfeifen wir, aber freilich denkt niemand daran, das als Kunst auszugeben, wir pfeifen, ohne darauf zu achten, ja, ohne es zu merken und es gibt sogar viele unter uns, die gar nicht wissen, daß das Pfeifen zu unsern Eigentümlichkeiten gehört. Wenn es also wahr wäre, daß Josefine nicht singt, sondern nur pfeift und vielleicht gar, wie es mir wenigstens scheint, über die Grenzen des üblichen Pfeifens kaum hinauskommt – ja vielleicht reicht ihre Kraft für dieses übliche Pfeifen nicht einmal ganz hin, während es ein gewöhnlicher Erdarbeiter ohne Mühe den ganzen Tag über neben seiner Arbeit zustandebringt – wenn das alles wahr wäre, dann wäre zwar Josefinens angebliche Künstlerschaft widerlegt, aber es wäre dann erst recht das Rätsel ihrer großen Wirkung zu lösen.

Es ist aber eben doch nicht nur Pfeifen, was sie produziert. Stellt man sich recht weit von ihr hin und horcht, oder noch besser, läßt man sich in dieser Hinsicht prüfen, singt also Josefine etwa unter andern Stimmen und setzt man sich die Aufgabe, ihre Stimme zu erkennen, dann wird man unweigerlich nichts anderes heraushören, als ein gewöhnli-

ches, höchstens durch Zartheit oder Schwäche ein wenig
auffallendes Pfeifen. Aber steht man vor ihr, ist es doch
nicht nur ein Pfeifen; es ist zum Verständnis ihrer Kunst
notwendig, sie nicht nur zu hören sondern auch zu sehn.
Selbst wenn es nur unser tagtägliches Pfeifen wäre, so
besteht hier doch schon zunächst die Sonderbarkeit, daß
jemand sich feierlich hinstellt, um nichts anderes als das
Übliche zu tun. Eine Nuß aufknacken ist wahrhaftig keine
Kunst, deshalb wird es auch niemand wagen, ein Publikum
zusammenzurufen und vor ihm, um es zu unterhalten,
Nüsse knacken. Tut er es dennoch und gelingt seine Absicht, dann kann es sich eben doch nicht nur um bloßes
Nüsseknacken handeln. Oder es handelt sich um Nüsseknacken, aber es stellt sich heraus, daß wir über diese Kunst
hinweggesehen haben, weil wir sie glatt beherrschten und
daß uns dieser neue Nußknacker erst ihr eigentliches Wesen
zeigt, wobei es dann für die Wirkung sogar nützlich sein
könnte, wenn er etwas weniger tüchtig im Nüsseknacken ist
als die Mehrzahl von uns.

Vielleicht verhält es sich ähnlich mit Josefinens Gesang;
wir bewundern an ihr das, was wir an uns gar nicht bewundern; übrigens stimmt sie in letzterer Hinsicht mit uns völlig überein. Ich war einmal zugegen, als sie jemand, wie dies
natürlich öfters geschieht, auf das allgemeine Volkspfeifen
aufmerksam machte und zwar nur ganz bescheiden, aber für
Josefine war es schon zu viel. Ein so freches, hochmütiges
Lächeln, wie sie es damals aufsetzte, habe ich noch leicht gesehn; sie, die äußerlich eigentlich vollendete Zartheit ist,
auffallend zart selbst in unserem an solchen Frauengestalten
reichen Volk, erschien damals geradezu gemein; sie mochte
es übrigens in ihrer großen Empfindlichkeit auch gleich
selbst fühlen und faßte sich. Jedenfalls leugnet sie also jeden
Zusammenhang zwischen ihrer Kunst und dem Pfeifen. Für
die, welche gegenteiliger Meinung sind, hat sie nur Verach-
tung und wahrscheinlich uneingestandenen Haß. Das ist
nicht gewöhnliche Eitelkeit, denn diese Opposition, zu der

auch ich halb gehöre, bewundert sie gewiß nicht weniger als
es die Menge tut, aber Josefine will nicht nur bewundert,
sondern genau in der von ihr bestimmten Art bewundert
sein, an Bewunderung allein liegt ihr nichts. Und wenn man
vor ihr sitzt, versteht man sie; Opposition treibt man nur in
der Ferne; wenn man vor ihr sitzt, weiß man: was sie hier
pfeift, ist kein Pfeifen.

Da Pfeifen zu unseren gedankenlosen Gewohnheiten gehört, könnte man meinen, daß auch in Josefinens Auditorium gepfiffen wird; es wird uns wohl bei ihrer Kunst und
wenn uns wohl ist, pfeifen wir; aber ihr Auditorium pfeift
nicht, es ist mäuschenstill, so als wären wir des ersehnten
Friedens teilhaftig geworden, von dem uns zumindest unser
eigenes Pfeifen abhält, schweigen wir. Ist es ihr Gesang, der
uns entzückt oder nicht vielmehr die feierliche Stille, von
der das schwache Stimmchen umgeben ist? Einmal geschah
es, daß irgendein törichtes kleines Ding während Josefinens
Gesang in aller Unschuld auch zu pfeifen anfing. Nun, es
war ganz dasselbe, was wir auch von Josefine hörten; dort
vorne das trotz aller Routine immer noch schüchterne Pfeifen und hier im Publikum das selbstvergessene kindliche
Gepfeife; den Unterschied zu bezeichnen, wäre unmöglich
gewesen; aber doch zischten und pfiffen wir gleich die Stö-
rerin nieder, trotzdem es gar nicht nötig gewesen wäre,
denn sie hätte sich gewiß auch sonst in Angst und Scham
verkrochen, während Josefine ihr Triumphpfeifen an-
stimmte und ganz außer sich war mit ihren ausgespreizten
Armen und dem gar nicht mehr höher dehnbaren Hals.

So ist sie übrigens immer, jede Kleinigkeit, jeden Zufall,
jede Widerspenstigkeit, ein Knacken im Parkett, ein Zäh-
neknirschen, eine Beleuchtungsstörung hält sie für geeignet,
die Wirkung ihres Gesanges zu erhöhen; sie singt ja ihrer
Meinung nach vor tauben Ohren; an Begeisterung und Beifall fehlt es nicht, aber auf wirkliches Verständnis, wie sie
es meint, hat sie längst verzichten gelernt. Da kommen ihr
denn alle Störungen sehr gelegen; alles, was sich von außen

her der Reinheit ihres Gesanges entgegenstellt, in leichtem
Kampf, ja ohne Kampf, bloß durch die Gegenüberstellung
besiegt wird, kann dazu beitragen, die Menge zu erwecken,
sie zwar nicht Verständnis, aber ahnungsvollen Respekt zu
lehren.

Wenn ihr aber nun das Kleine so dient, wie erst das
Große. Unser Leben ist sehr unruhig, jeder Tag bringt
Überraschungen, Beängstigungen, Hoffnungen und Schrek-
ken, daß der Einzelne unmöglich dies alles ertragen könnte, hätte er nicht jederzeit bei Tag und Nacht den Rück-
halt der Genossen; aber selbst so wird es oft recht schwer;
manchmal zittern selbst tausend Schultern unter der Last,
die eigentlich nur für einen bestimmt war. Dann hält Josefine ihre Zeit für gekommen. Schon steht sie da, das zarte
Wesen, besonders unterhalb der Brust beängstigend vibrie-
rend, es ist, als hätte sie alle ihre Kraft im Gesang versammelt, als sei allem an ihr, was nicht dem Gesange unmittelbar diene, jede Kraft, fast jede Lebensmöglichkeit entzogen,
als sei sie entblößt, preisgegeben, nur dem Schutze guter
Geister überantwortet, als könne sie, während sie so, sich
völlig entzogen, im Gesange wohnt, ein kalter Hauch im
Vorüberwehn töten. Aber gerade bei solchem Anblick pflegen wir angeblichen Gegner uns zu sagen: »Sie kann nicht
einmal pfeifen; so entsetzlich muß sie sich anstrengen, um
nicht Gesang – reden wir nicht von Gesang – aber um das
landesübliche Pfeifen einigermaßen sich abzuzwingen.« So
scheint es uns, doch ist dies, wie erwähnt, ein zwar unver-
meidlicher, aber flüchtiger, schnell vorübergehender Eindruck. Schon tauchen auch wir in das Gefühl der Menge,
die warm, Leib an Leib, scheu atmend horcht.

Und um diese Menge unseres fast immer in Bewegung
befindlichen, wegen oft nicht sehr klarer Zwecke hin- und
herschießenden Volkes um sich zu versammeln, muß Josefine meist nichts anderes tun, als mit zurückgelegtem Köpfchen, halboffenem Mund, der Höhe zugewandten Augen
jene Stellung einnehmen, die darauf hindeutet, daß sie zu

singen beabsichtigt. Sie kann dies tun, wo sie will, es muß
kein weithin sichtbarer Platz sein, irgendein verborgener,
in zufälliger Augenblickslaune gewählter Winkel ist eben-
sogut brauchbar. Die Nachricht, daß sie singen will, verbreitet sich gleich, und bald zieht es in Prozessionen hin. Nun,
manchmal treten doch Hindernisse ein, Josefine singt mit
Vorliebe gerade in aufgeregten Zeiten, vielfache Sorgen und
Nöte zwingen uns dann zu vielerlei Wegen, man kann sich
beim besten Willen nicht so schnell versammeln, wie es Josefine wünscht, und sie steht dort diesmal in ihrer großen
Haltung vielleicht eine Zeitlang ohne genügende Hörer-
zahl – dann freilich wird sie wütend, dann stampft sie mit
den Füßen, flucht ganz unmädchenhaft, ja sie beißt sogar.
Aber selbst ein solches Verhalten schadet ihrem Rufe nicht;
statt ihre übergroßen Ansprüche ein wenig einzudämmen,
strengt man sich an, ihnen zu entsprechen; es werden Boten
ausgeschickt, um Hörer herbeizuholen; es wird vor ihr ge-
heim gehalten, daß das geschieht; man sieht dann auf den
Wegen im Umkreis Posten aufgestellt, die den Herankom-
menden zuwinken, sie möchten sich beeilen; dies alles so
lange, bis dann schließlich doch eine leidliche Anzahl beisammen ist.

Was treibt das Volk dazu, sich für Josefine so zu bemü-
hen? Eine Frage, nicht leichter zu beantworten als die nach
Josefinens Gesang, mit der sie ja auch zusammenhängt. Man
könnte sie streichen und gänzlich mit der zweiten Frage
vereinigen, wenn sich etwa behaupten ließe, daß das Volk
wegen des Gesanges Josefine bedingungslos ergeben ist.
Dies ist aber eben nicht der Fall; bedingungslose Ergeben-
heit kennt unser Volk kaum; dieses Volk, das über alles die
freilich harmlose Schlauheit liebt, das kindliche Wispern,
den freilich unschuldigen, bloß die Lippen bewegenden
Tratsch, ein solches Volk kann immerhin nicht bedingungslos sich hingeben, das fühlt wohl auch Josefine, das ist es,
was sie bekämpft mit aller Anstrengung ihrer schwachen
Kehle.

Nur darf man freilich bei solchen allgemeinen Urteilen nicht zu weit gehn, das Volk ist Josefine doch ergeben, nur nicht bedingungslos. Es wäre z. B. nicht fähig, über Josefine zu lachen. Man kann es sich eingestehn: an Josefine fordert manches zum Lachen auf; und an und für sich ist uns das Lachen immer nah; trotz allem Jammer unseres Lebens ist ein leises Lachen bei uns gewissermaßen immer zu Hause; aber über Josefine lachen wir nicht. Manchmal habe ich den Eindruck, das Volk fasse sein Verhältnis zu Josefine derart auf, daß sie, dieses zerbrechliche, schonungsbedürftige, irgendwie ausgezeichnete, ihrer Meinung nach durch Gesang ausgezeichnete Wesen ihm anvertraut sei und es müsse für sie sorgen; der Grund dessen ist niemandem klar, nur die Tatsache scheint festzustehn. Über das aber, was einem anvertraut ist, lacht man nicht; darüber zu lachen, wäre Pflichtverletzung; es ist das Äußerste an Boshaftigkeit, was die Boshaftesten unter uns Josefine zufügen, wenn sie manchmal sagen: »Das Lachen vergeht uns, wenn wir Josefine sehn.«

So sorgt also das Volk für Josefine in der Art eines Vaters, der sich eines Kindes annimmt, das sein Händchen – man weiß nicht recht, ob bittend oder fordernd – nach ihm ausstreckt. Man sollte meinen, unser Volk tauge nicht zur Erfüllung solcher väterlicher Pflichten, aber in Wirklichkeit versieht es sie, wenigstens in diesem Falle, musterhaft; kein Einzelner könnte es, was in dieser Hinsicht das Volk als Ganzes zu tun imstande ist. Freilich, der Kraftunterschied zwischen dem Volk und dem Einzelnen ist so ungeheuer, es genügt, daß es den Schützling in die Wärme seiner Nähe zieht, und er ist beschützt genug. Zu Josefine wagt man allerdings von solchen Dingen nicht zu reden. »Ich pfeife auf eueren Schutz«, sagt sie dann. »Ja, ja, du pfeifst«, denken wir. Und außerdem ist es wahrhaftig keine Widerlegung, wenn sie rebelliert, vielmehr ist das durchaus Kindesart und Kindesdankbarkeit, und Art des Vaters ist es, sich nicht daran zu kehren.

Nun spricht aber doch noch anderes mit herein, das schwerer aus diesem Verhältnis zwischen Volk und Josefine zu erklären ist. Josefine ist nämlich der gegenteiligen Meinung, sie glaubt, sie sei es, die das Volk beschütze. Aus schlimmer politischer oder wirtschaftlicher Lage rettet uns angeblich ihr Gesang, nichts weniger als das bringt er zuwege, und wenn er das Unglück nicht vertreibt, so gibt er uns wenigstens die Kraft, es zu ertragen. Sie spricht es nicht so aus und auch nicht anders, sie spricht überhaupt wenig, sie ist schweigsam unter den Plappermäulern, aber aus ihren Augen blitzt es, von ihrem geschlossenen Mund – bei uns können nur wenige den Mund geschlossen halten, sie kann es – ist es abzulesen. Bei jeder schlechten Nachricht – und an manchen Tagen überrennen sie einander, falsche und halbrichtige darunter – erhebt sie sich sofort, während es sie sonst müde zu Boden zieht, erhebt sich und streckt den Hals und sucht den Überblick über ihre Herde wie der Hirt vor dem Gewitter. Gewiß, auch Kinder stellen ähnliche Forderungen in ihrer wilden, unbeherrschten Art, aber bei Josefine sind sie doch nicht so unbegründet wie bei jenen. Freilich, sie rettet uns nicht und gibt uns keine Kräfte, es ist leicht, sich als Retter dieses Volkes aufzuspielen, das leidensgewohnt, sich nicht schonend, schnell in Entschlüssen, den Tod wohl kennend, nur dem Anscheine nach ängstlich in der Atmosphäre von Tollkühnheit, in der es ständig lebt, und überdies ebenso fruchtbar wie wagemutig – es ist leicht, sage ich, sich nachträglich als Retter dieses Volkes aufzuspielen, das sich noch immer irgendwie selbst gerettet hat, sei es auch unter Opfern, über die der Geschichtsforscher – im allgemeinen vernachlässigen wir Geschichtsforschung gänzlich – vor Schrecken erstarrt. Und doch ist es wahr, daß wir gerade in Notlagen noch besser als sonst auf Josefinens Stimme horchen. Die Drohungen, die über uns stehen, machen uns stiller, bescheidener, für Josefinens Befehlshaberei gefügiger; gern kommen wir zusammen, gern drängen wir uns aneinander, besonders weil es bei einem Anlaß ge-

schieht, der ganz abseits liegt von der quälenden Hauptsache; es ist, als tränken wir noch schnell – ja, Eile ist nötig,
das vergißt Josefine allzuoft – gemeinsam einen Becher des
Friedens vor dem Kampf. Es ist nicht so sehr eine Gesangs-
vorführung als vielmehr eine Volksversammlung, und zwar
eine Versammlung, bei der es bis auf das kleine Pfeifen
vorne völlig still ist; viel zu ernst ist die Stunde, als daß man
sie verschwätzen wollte.

Ein solches Verhältnis könnte nun freilich Josefine gar
nicht befriedigen. Trotz all ihres nervösen Mißbehagens,
welches Josefine wegen ihrer niemals ganz geklärten Stellung erfüllt, sieht sie doch, verblendet von ihrem Selbstbe-
wußtsein, manches nicht und kann ohne große Anstrengung
dazu gebracht werden, noch viel mehr zu übersehen, ein
Schwarm von Schmeichlern ist in diesem Sinne, also eigentlich in einem allgemein nützlichen Sinne, immerfort tätig, –
aber nur nebenbei, unbeachtet, im Winkel einer Volksversammlung zu singen, dafür würde sie, trotzdem es an sich
gar nicht wenig wäre, ihren Gesang gewiß nicht opfern.

Aber sie muß es auch nicht, denn ihre Kunst bleibt nicht
unbeachtet. Trotzdem wir im Grunde mit ganz anderen Dingen beschäftigt sind und die Stille durchaus nicht nur dem
Gesange zuliebe herrscht und mancher gar nicht aufschaut,
sondern das Gesicht in den Pelz des Nachbars drückt und
Josefine also dort oben sich vergeblich abzumühen scheint,
dringt doch – das ist nicht zu leugnen – etwas von ihrem Pfeifen unweigerlich auch zu uns. Dieses Pfeifen, das sich erhebt,
wo allen anderen Schweigen auferlegt ist, kommt fast wie
eine Botschaft des Volkes zu dem Einzelnen; das dünne Pfeifen Josefinens mitten in den schweren Entscheidungen ist
fast wie die armselige Existenz unseres Volkes mitten im Tumult der feindlichen Welt. Josefine behauptet sich, dieses
Nichts an Stimme, dieses Nichts an Leistung behauptet sich
und schafft sich den Weg zu uns, es tut wohl, daran zu denken. Einen wirklichen Gesangskünstler, wenn einer einmal
sich unter uns finden sollte, würden wir in solcher Zeit gewiß

nicht ertragen und die Unsinnigkeit einer solchen Vorführung einmütig abweisen. Möge Josefine beschützt werden vor der Erkenntnis, daß die Tatsache, daß wir ihr zuhören, ein Beweis gegen ihren Gesang ist. Eine Ahnung dessen hat sie wohl, warum würde sie sonst so leidenschaftlich leugnen, daß wir ihr zuhören, aber immer wieder singt sie, pfeift sie sich über diese Ahnung hinweg.

Aber es gäbe auch sonst noch immer einen Trost für sie: wir hören ihr doch auch gewissermaßen wirklich zu, wahrscheinlich ähnlich, wie man einem Gesangskünstler zuhört; sie erreicht Wirkungen, die ein Gesangskünstler vergeblich bei uns anstreben würde und die nur gerade ihren unzureichenden Mitteln verliehen sind. Dies hängt wohl hauptsächlich mit unserer Lebensweise zusammen.

In unserem Volke kennt man keine Jugend, kaum eine winzige Kinderzeit. Es treten zwar regelmäßig Forderungen auf, man möge den Kindern eine besondere Freiheit, eine besondere Schonung gewährleisten, ihr Recht auf ein wenig Sorglosigkeit, ein wenig sinnloses Sichherumtummeln, auf ein wenig Spiel, dieses Recht möge man anerkennen und ihm zur Erfüllung verhelfen; solche Forderungen treten auf und fast jedermann billigt sie, es gibt nichts, was mehr zu billigen wäre, aber es gibt auch nichts, was in der Wirklichkeit unseres Lebens weniger zugestanden werden könnte, man billigt die Forderungen, man macht Versuche in ihrem Sinn, aber bald ist wieder alles beim Alten. Unser Leben ist eben derart, daß ein Kind, sobald es nur ein wenig läuft und die Umwelt ein wenig unterscheiden kann, ebenso für sich sorgen muß wie ein Erwachsener; die Gebiete, auf denen wir aus wirtschaftlichen Rücksichten zerstreut leben müssen, sind zu groß, unserer Feinde sind zu viele, die uns überall bereiteten Gefahren zu unberechenbar – wir können die Kinder vom Existenzkampfe nicht fernhalten, täten wir es, es wäre ihr vorzeitiges Ende. Zu diesen traurigen Gründen kommt freilich auch ein erhebender: die Fruchtbarkeit unseres Stammes. Eine Generation – und jede ist zahlreich

– drängt die andere, die Kinder haben nicht Zeit, Kinder zu
sein. Mögen bei anderen Völkern die Kinder sorgfältig ge-
pflegt werden, mögen dort Schulen für die Kleinen errichtet
sein, mögen dort aus diesen Schulen täglich die Kinder strömen, die Zukunft des Volkes, so sind es doch immer lange
Zeit Tag für Tag die gleichen Kinder, die dort hervorkom-
men. Wir haben keine Schulen, aber aus unserem Volke
strömen in allerkürzesten Zwischenräumen die unüberseh-
baren Scharen unserer Kinder, fröhlich zischend oder piep-
send, solange sie noch nicht pfeifen können, sich wälzend
oder kraft des Druckes weiterrollend, solange sie noch nicht
laufen können, täppisch durch ihre Masse alles mit sich
fortreißend, solange sie noch nicht sehen können, unsere
Kinder! Und nicht wie in jenen Schulen die gleichen Kinder,
nein, immer, immer wieder neue, ohne Ende, ohne Unterbrechung, kaum erscheint ein Kind, ist es nicht mehr Kind,
aber schon drängen hinter ihm die neuen Kindergesichter
ununterscheidbar in ihrer Menge und Eile, rosig vor Glück.
Freilich, wie schön dies auch sein mag und wie sehr uns andere darum auch mit Recht beneiden mögen, eine wirkliche
Kinderzeit können wir eben unseren Kindern nicht geben.
Und das hat seine Folgewirkungen. Eine gewisse unerstor-
bene, unausrottbare Kindlichkeit durchdringt unser Volk;
im geraden Widerspruch zu unserem Besten, dem untrügli-
chen praktischen Verstande, handeln wir manchmal ganz
und gar töricht, und zwar eben in der Art, wie Kinder töricht handeln, sinnlos, verschwenderisch, großzügig, leichtsinnig und dies alles oft einem kleinen Spaß zuliebe. Und
wenn unsere Freude darüber natürlich nicht mehr die volle
Kraft der Kinderfreude haben kann, etwas von dieser lebt
darin noch gewiß. Von dieser Kindlichkeit unseres Volkes
profitiert seit jeher auch Josefine.

Aber unser Volk ist nicht nur kindlich, es ist gewissermaßen auch vorzeitig alt, Kindheit und Alter machen sich bei
uns anders als bei anderen. Wir haben keine Jugend, wir
sind gleich Erwachsene, und Erwachsene sind wir dann zu

lange, eine gewisse Müdigkeit und Hoffnungslosigkeit durchzieht von da aus mit breiter Spur das im ganzen doch so zähe und hoffnungsstarke Wesen unseres Volkes. Damit hängt wohl auch unsere Unmusikalität zusammen; wir sind zu alt für Musik, ihre Erregung, ihr Aufschwung paßt nicht für unsere Schwere, müde winken wir ihr ab; wir haben uns auf das Pfeifen zurückgezogen; ein wenig Pfeifen hie und da, das ist das Richtige für uns. Wer weiß, ob es nicht Musiktalente unter uns gibt; wenn es sie aber gäbe, der Charakter der Volksgenossen müßte sie noch vor ihrer Entfaltung unterdrücken. Dagegen mag Josefine nach ihrem Belieben pfeifen oder singen oder wie sie es nennen will, das stört uns nicht, das entspricht uns, das können wir wohl vertragen; wenn darin etwas von Musik enthalten sein sollte, so ist es auf die möglichste Nichtigkeit reduziert; eine gewisse Musiktradition wird gewahrt, aber ohne daß uns dies im geringsten beschweren würde.

Aber Josefine bringt diesem so gestimmten Volke noch mehr. Bei ihren Konzerten, besonders in ernster Zeit, haben nur noch die ganz Jungen Interesse an der Sängerin als solcher, nur sie sehen mit Staunen zu, wie sie ihre Lippen kräuselt, zwischen den niedlichen Vorderzähnen die Luft ausstößt, in Bewunderung der Töne, die sie selbst hervorbringt, erstirbt und dieses Hinsinken benützt, um sich zu neuer, ihr immer unverständlicher werdender Leistung anzufeuern, aber die eigentliche Menge hat sich – das ist deutlich zu erkennen – auf sich selbst zurückgezogen. Hier in den dürftigen Pausen zwischen den Kämpfen träumt das Volk, es ist, als lösten sich dem Einzelnen die Glieder, als dürfte sich der Ruhelose einmal nach seiner Lust im großen warmen Bett des Volkes dehnen und strecken. Und in diese Träume klingt hie und da Josefinens Pfeifen; sie nennt es perlend, wir nennen es stoßend; aber jedenfalls ist es hier an seinem Platze, wie nirgends sonst, wie Musik kaum jemals den auf sie wartenden Augenblick findet. Etwas von der armen kurzen Kindheit ist darin, etwas von verlorenem, nie

wieder aufzufindendem Glück, aber auch etwas vom tätigen
heutigen Leben ist darin, von seiner kleinen, unbegreiflichen und dennoch bestehenden und nicht zu ertötenden
Munterkeit. Und dies alles ist wahrhaftig nicht mit großen
Tönen gesagt, sondern leicht, flüsternd, vertraulich, manchmal ein wenig heiser. Natürlich ist es ein Pfeifen. Wie denn
nicht? Pfeifen ist die Sprache unseres Volkes, nur pfeift
mancher sein Leben lang und weiß es nicht, hier aber ist das
Pfeifen freigemacht von den Fesseln des täglichen Lebens
und befreit auch uns für eine kurze Weile. Gewiß, diese
Vorführungen wollten wir nicht missen.

Aber von da bis zu Josefinens Behauptung, sie gebe uns
in solchen Zeiten neue Kräfte usw. usw., ist noch ein sehr
weiter Weg. Für gewöhnliche Leute allerdings, nicht für Josefinens Schmeichler. »Wie könnte es anders sein« – sagen
sie in recht unbefangener Keckheit – »wie könnte man anders den großen Zulauf, besonders unter unmittelbar drän-
gender Gefahr, erklären, der schon manchmal sogar die genügende, rechtzeitige Abwehr eben dieser Gefahr verhindert hat.« Nun, dies letztere ist leider richtig, gehört aber
doch nicht zu den Ruhmestiteln Josefinens, besonders wenn
man hinzufügt, daß, wenn solche Versammlungen unerwartet vom Feind gesprengt wurden, und mancher der unseri-
gen dabei sein Leben lassen mußte, Josefine, die alles verschuldet, ja, durch ihr Pfeifen den Feind vielleicht angelockt
hatte, immer im Besitz des sichersten Plätzchens war und
unter dem Schutze ihres Anhanges sehr still und eiligst als
erste verschwand. Aber auch dieses wissen im Grunde alle,
und dennoch eilen sie wieder hin, wenn Josefine nächstens
nach ihrem Belieben irgendwo, irgendwann zum Gesange
sich erhebt. Daraus könnte man schließen, daß Josefine fast
außerhalb des Gesetzes steht, daß sie tun darf, was sie will,
selbst wenn es die Gesamtheit gefährdet, und daß ihr alles
verziehen wird. Wenn dies so wäre, dann wären auch Josefinens Ansprüche völlig verständlich, ja, man könnte gewissermaßen in dieser Freiheit, die ihr das Volk geben würde,

in diesem außerordentlichen, niemand sonst gewährten, die
Gesetze eigentlich widerlegenden Geschenk ein Eingeständnis dessen sehen, daß das Volk Josefine, wie sie es behauptet, nicht versteht, ohnmächtig ihre Kunst anstaunt, sich
ihrer nicht würdig fühlt, dieses Leid, das es Josefine tut,
durch eine geradezu verzweifelte Leistung auszugleichen
strebt und, so wie ihre Kunst außerhalb seines Fassungsver-
mögens ist, auch ihre Person und deren Wünsche außerhalb
seiner Befehlsgewalt stellt. Nun, das ist allerdings ganz und
gar nicht richtig, vielleicht kapituliert im einzelnen das Volk
zu schnell vor Josefine, aber wie es bedingungslos vor niemandem kapituliert, also auch nicht vor ihr.

Schon seit langer Zeit, vielleicht schon seit Beginn ihrer
Künstlerlaufbahn, kämpft Josefine darum, daß sie mit Rücksicht auf ihren Gesang von jeder Arbeit befreit werde; man
solle ihr also die Sorge um das tägliche Brot und alles, was
sonst mit unserem Existenzkampf verbunden ist, abnehmen
und es – wahrscheinlich – auf das Volk als Ganzes überwäl-
zen. Ein schnell Begeisterter – es fanden sich auch solche –
könnte schon allein aus der Sonderbarkeit dieser Forderung,
aus der Geistesverfassung, die eine solche Forderung auszudenken imstande ist, auf deren innere Berechtigung schließen. Unser Volk zieht aber andere Schlüsse, und lehnt ruhig
die Forderung ab. Es müht sich auch mit der Widerlegung
der Gesuchsbegründung nicht sehr ab. Josefine weist z. B.
darauf hin, daß die Anstrengung bei der Arbeit ihrer Stimme
schade, daß zwar die Anstrengung bei der Arbeit gering sei
im Vergleich zu jener beim Gesang, daß sie ihr aber doch die
Möglichkeit nehme, nach dem Gesang sich genügend auszu-
ruhen und für neuen Gesang sich zu stärken, sie müsse sich
dabei gänzlich erschöpfen und könne trotzdem unter diesen
Umständen ihre Höchstleistung niemals erreichen. Das Volk
hört sie an und geht darüber hinweg. Dieses so leicht zu rüh-
rende Volk ist manchmal gar nicht zu rühren. Die Abweisung ist manchmal so hart, daß selbst Josefine stutzt, sie
scheint sich zu fügen, arbeitet wie sichs gehört, singt so gut

sie kann, aber das alles nur eine Weile, dann nimmt sie den Kampf mit neuen Kräften – dafür scheint sie unbeschränkt viele zu haben – wieder auf.

Nun ist es ja klar, daß Josefine nicht eigentlich das anstrebt, was sie wörtlich verlangt. Sie ist vernünftig, sie scheut die Arbeit nicht, wie ja Arbeitsscheu überhaupt bei uns unbekannt ist, sie würde auch nach Bewilligung ihrer Forderung gewiß nicht anders leben als früher, die Arbeit würde ihrem Gesang gar nicht im Wege stehn, und der Gesang allerdings würde auch nicht schöner werden – was sie anstrebt, ist also nur die öffentliche, eindeutige, die Zeiten überdauernde, über alles bisher Bekannte sich weit erhebende Anerkennung ihrer Kunst. Während ihr aber fast alles andere erreichbar scheint, versagt sich ihr dieses hartnäckig. Vielleicht hätte sie den Angriff gleich anfangs in andere Richtung lenken sollen, vielleicht sieht sie jetzt selbst den Fehler ein, aber nun kann sie nicht mehr zurück, ein Zurückgehen hieße sich selbst untreu werden, nun muß sie schon mit dieser Forderung stehen oder fallen.

Hätte sie wirklich Feinde, wie sie sagt, sie könnten diesem Kampfe, ohne selbst den Finger rühren zu müssen, belustigt zusehen. Aber sie hat keine Feinde, und selbst wenn mancher hie und da Einwände gegen sie hat, dieser Kampf belustigt niemanden. Schon deshalb nicht, weil sich hier das Volk in seiner kalten richterlichen Haltung zeigt, wie man es sonst bei uns nur sehr selten sieht. Und wenn einer auch diese Haltung in diesem Falle billigen mag, so schließt doch die bloße Vorstellung, daß sich einmal das Volk ähnlich gegen ihn selbst verhalten könnte, jede Freude aus. Es handelt sich eben auch bei der Abweisung, ähnlich wie bei der Forderung, nicht um die Sache selbst, sondern darum, daß sich das Volk gegen einen Volksgenossen derart undurchdringlich abschließen kann und um so undurchdringlicher, als es sonst für eben diesen Genossen väterlich und mehr als väterlich, demütig sorgt.

Stünde hier an Stelle des Volkes ein Einzelner: man

könnte glauben, dieser Mann habe die ganze Zeit über Josefine nachgegeben unter dem fortwährenden brennenden Verlangen endlich der Nachgiebigkeit ein Ende zu machen; er habe übermenschlich viel nachgegeben im festen Glauben, daß das Nachgeben trotzdem seine richtige Grenze finden werde; ja, er habe mehr nachgegeben als nötig war, nur um die Sache zu beschleunigen, nur, um Josefine zu verwöhnen und zu immer neuen Wünschen zu treiben, bis sie dann wirklich diese letzte Forderung erhob; da habe er nun freilich, kurz, weil längst vorbereitet, die endgültige Abweisung vorgenommen. Nun, so verhält es sich ganz gewiß nicht, das Volk braucht solche Listen nicht, außerdem ist seine Verehrung für Josefine aufrichtig und erprobt und Josefines Forderung ist allerdings so stark, daß jedes unbefangene Kind ihr den Ausgang hätte voraussagen können; trotzdem mag es sein, daß in der Auffassung, die Josefine von der Sache hat, auch solche Vermutungen mitspielen und dem Schmerz der Abgewiesenen eine Bitternis hinzufügen.

Aber mag sie auch solche Vermutungen haben, vom Kampf abschrecken läßt sie sich dadurch nicht. In letzter Zeit verschärft sich sogar der Kampf; hat sie ihn bisher nur durch Worte geführt, fängt sie jetzt an, andere Mittel anzuwenden, die ihrer Meinung nach wirksamer, unserer Meinung nach für sie selbst gefährlicher sind.

Manche glauben, Josefine werde deshalb so dringlich, weil sie sich alt werden fühle, die Stimme Schwächen zeige, und es ihr daher höchste Zeit zu sein scheine, den letzten Kampf um ihre Anerkennung zu führen. Ich glaube daran nicht. Josefine wäre nicht Josefine, wenn dies wahr wäre. Für sie gibt es kein Altern und keine Schwächen ihrer Stimme. Wenn sie etwas fordert, so wird sie nicht durch äußere Dinge, sondern durch innere Folgerichtigkeit dazu gebracht. Sie greift nach dem höchsten Kranz, nicht, weil er im Augenblick gerade ein wenig tiefer hängt, sondern weil es der höchste ist; wäre es in ihrer Macht, sie würde ihn noch höher hängen.

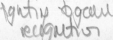

Diese Mißachtung äußerer Schwierigkeiten hindert sie allerdings nicht, die unwürdigsten Mittel anzuwenden. Ihr Recht steht ihr außer Zweifel; was liegt also daran, wie sie es erreicht; besonders da doch in dieser Welt, so wie sie sich ihr darstellt, gerade die würdigen Mittel versagen müssen. Vielleicht hat sie sogar deshalb den Kampf um ihr Recht aus dem Gebiet des Gesanges auf ein anderes ihr wenig teures verlegt. Ihr Anhang hat Aussprüche von ihr in Umlauf gebracht, nach denen sie sich durchaus fähig fühlt, so zu singen, daß es dem Volk in allen seinen Schichten bis in die versteckteste Opposition hinein eine wirkliche Lust wäre, wirkliche Lust nicht im Sinne des Volkes, welches ja behauptet, diese Lust seit jeher bei Josefinens Gesang zu fühlen, sondern Lust im Sinne von Josefinens Verlangen. Aber, fügt sie hinzu, da sie das Hohe nicht fälschen und dem Gemeinen nicht schmeicheln könne, müsse es eben bleiben, wie es sei. Anders aber ist es bei ihrem Kampf um die Arbeitsbefreiung, zwar ist es auch ein Kampf um ihren Gesang, aber hier kämpft sie nicht unmittelbar mit der kostbaren Waffe des Gesanges, jedes Mittel, das sie anwendet, ist daher gut genug.

So wurde z. B. das Gerücht verbreitet, Josefine beabsichtige, wenn man ihr nicht nachgebe, die Koloraturen zu kürzen. Ich weiß nichts von Koloraturen, habe in ihrem Gesange niemals etwas von Koloraturen bemerkt. Josefine aber will die Koloraturen kürzen, vorläufig nicht beseitigen, sondern nur kürzen. Sie hat angeblich ihre Drohung wahr gemacht, mir allerdings ist kein Unterschied gegenüber ihren früheren Vorführungen aufgefallen. Das Volk als Ganzes hat zugehört wie immer, ohne sich über die Koloraturen zu äußern, und auch die Behandlung von Josefinens Forderung hat sich nicht geändert. Übrigens hat Josefine, wie in ihrer Gestalt, unleugbar auch in ihrem Denken manchmal etwas recht Graziöses. So hat sie z. B. nach jener Vorführung, so als sei ihr Entschluß hinsichtlich der Koloraturen gegenüber dem Volk zu hart oder zu plötzlich gewesen, erklärt, nächstens werde sie die Koloraturen doch wieder vollständig singen. Aber nach dem nächsten Konzert besann sie sich wieder anders, nun sei es endgültig zu Ende mit den großen Koloraturen, und vor einer für Josefine günstigen Entscheidung kämen sie nicht wieder. Nun, das Volk hört über alle diese Erklärungen, Entschlüsse und Entschlußänderungen hinweg, wie ein Erwachsener in Gedanken über das Plaudern eines Kindes hinweghört, grundsätzlich wohlwollend, aber unerreichbar.

Josefine aber gibt nicht nach. So behauptete sie z. B. neulich, sie habe sich bei der Arbeit eine Fußverletzung zugezogen, die ihr das Stehen während des Gesanges beschwerlich mache; da sie aber nur stehend singen könne, müsse sie jetzt sogar die Gesänge kürzen. Trotzdem sie hinkt und sich von ihrem Anhang stützen läßt, glaubt niemand an eine wirkliche Verletzung. Selbst die besondere Empfindlichkeit ihres Körperchens zugegeben, sind wir doch ein Arbeitsvolk und auch Josefine gehört zu ihm; wenn wir aber wegen jeder Hautabschürfung hinken wollten, dürfte das ganze Volk mit Hinken gar nicht aufhören. Aber mag sie sich wie eine Lahme führen lassen, mag sie sich in diesem bedauernswerten Zustand öfters zeigen als sonst, das Volk hört ihren Gesang dankbar und entzückt wie früher, aber wegen der Kürzung macht es nicht viel Aufhebens.

Da sie nicht immerfort hinken kann, erfindet sie etwas anderes, sie schützt Müdigkeit vor, Mißstimmung, Schwäche. Wir haben nun außer dem Konzert auch ein Schauspiel. Wir sehen hinter Josefine ihren Anhang, wie er sie bittet und beschwört zu singen. Sie wollte gern, aber sie kann nicht. Man tröstet sie, umschmeichelt sie, trägt sie fast auf den schon vorher ausgesuchten Platz, wo sie singen soll. Endlich gibt sie mit undeutbaren Tränen nach, aber wie sie mit offenbar letztem Willen zu singen anfangen will, matt, die Arme nicht wie sonst ausgebreitet, sondern am Körper leblos herunterhängend, wobei man den Eindruck erhält, daß sie vielleicht ein wenig zu kurz sind – wie sie so anstim-

men will, nun, da geht es doch wieder nicht, ein unwilliger
Ruck des Kopfes zeigt es an und sie sinkt vor unseren Augen zusammen. Dann allerdings rafft sie sich doch wieder
auf und singt, ich glaube, nicht viel anders als sonst, vielleicht wenn man für feinste Nuancen das Ohr hat, hört man
ein wenig außergewöhnliche Erregung heraus, die der Sache
aber nur zugute kommt. Und am Ende ist sie sogar weniger
müde als vorher, mit festem Gang, soweit man ihr huschen-
des Trippeln so nennen kann, entfernt sie sich, jede Hilfe
des Anhangs ablehnend und mit kalten Blicken die ihr ehr-
furchtsvoll ausweichende Menge prüfend.

So war es letzthin, das Neueste aber ist, daß sie zu einer
Zeit, wo ihr Gesang erwartet wurde, verschwunden war.
Nicht nur der Anhang sucht sie, viele stellen sich in den
Dienst des Suchens, es ist vergeblich; Josefine ist ver-
schwunden, sie will nicht singen, sie will nicht einmal dar-
um gebeten werden, sie hat uns diesmal völlig verlassen.

Sonderbar, wie falsch sie rechnet, die Kluge, so falsch, daß
man glauben sollte, sie rechne gar nicht, sondern werde nur
weiter getrieben von ihrem Schicksal, das in unserer Welt
nur ein sehr trauriges werden kann. Selbst entzieht sie sich
dem Gesang, selbst zerstört sie die Macht, die sie über die
Gemüter erworben hat. Wie konnte sie nur diese Macht er-
werben, da sie diese Gemüter so wenig kennt. Sie versteckt
sich und singt nicht, aber das Volk, ruhig, ohne sichtbare
Enttäuschung, herrisch, eine in sich ruhende Masse, die
förmlich, auch wenn der Anschein dagegen spricht, Geschenke nur geben, niemals empfangen kann, auch von
Josefine nicht, dieses Volk zieht weiter seines Weges.

Mit Josefine aber muß es abwärts gehn. Bald wird die
Zeit kommen, wo ihr letzter Pfiff ertönt und verstummt.
Sie ist eine kleine Episode in der ewigen Geschichte unseres
Volkes und das Volk wird den Verlust überwinden. Leicht
wird es uns ja nicht werden; wie werden die Versammlungen in völliger Stummheit möglich sein? Freilich, waren sie
nicht auch mit Josefine stumm? War ihr wirkliches Pfeifen

nennenswert lauter und lebendiger, als die Erinnerung
daran sein wird? War es denn noch bei ihren Lebzeiten
mehr als eine bloße Erinnerung? Hat nicht vielmehr das
Volk in seiner Weisheit Josefinens Gesang, eben deshalb,
weil er in dieser Art unverlierbar war, so hoch gestellt?

Vielleicht werden wir also gar nicht sehr viel entbehren,
Josefine aber, erlöst von der irdischen Plage, die aber ihrer
Meinung nach Auserwählten bereitet ist, wird fröhlich sich
verlieren in der zahllosen Menge der Helden unseres Volkes, und bald, da wir keine Geschichte treiben, in gesteigerter Erlösung vergessen sein wie alle ihre Brüder.

Zu dieser Ausgabe

Im vorliegenden Band sind Erzählungen und kleinere Prosaskizzen Franz Kafkas versammelt, die im Zeitraum von etwa
1906 bis 1924 entstanden sind. Der größte Teil dieser Texte ist
zu Lebzeiten des Autors veröffentlicht worden. Dies mag für
einige überraschend sein, der verbreiteten Ansicht zufolge, daß
Kafkas Werke erst nach seinem Tod von seinem Freund Max
Brod publiziert worden seien. Kafka gilt vielen als Inbegriff
eines unglücklichen Menschen; mit ihm assoziieren sie im
Grunde nur Negatives: Pessimismus, Einsamkeit, Krankheit
und frühen Tod. Wenn man sie tatsächlich aufforderte, im kon-
kreten Sinn ein Bild dieses Menschen zu malen, so würden sie
ihn zeichnen, wie er in einem kargen, düsteren Zimmer, das von
einer Kerze erleuchtet ist, über ein Blatt gebeugt am Schreibtisch sitzt und für sich selbst schreibt. Eine aufmerksame
Lektüre seiner Briefe und Tagebuchaufzeichnungen sowie der
Erinnerungen von Zeitgenossen an ihn würde für die Anhänger
eines solchen Kafka-Bildes eine Reihe von Überraschungen ergeben. Wie sollte es mit der Vorstellung von dem großen Einsamen, der in selbstgewählter Abgeschiedenheit seine phanta-
stisch-finsteren Geschichten zu Papier bringt, zu vereinbaren
sein, daß dieser es offenbar auch verstand, sein Leben zu genie-
ßen und durchaus die Gesellschaft anderer suchte: daß er als
junger Mann in den Ferien mit dem Motorrad über die Landstraßen Böhmens knatterte, Tennis spielte, sich für technische
Neuerungen wie Flugzeuge und Automobile interessierte, oft
und mit Begeisterung ins Kino ging und sich auch mit Freunden
Hals über Kopf ins Prager Nachtleben stürzte, sich zum Beispiel den Auftritt der »Vier Rocking Girls« in einem Prager Ka-
barett ebenso wenig entgehen ließ wie den der »Nackttänzerin
Odys«. Verabschieden müßte man aber auch die Vorstellung,
daß der Prager Autor 1924 unbekannt und verkannt ins Grab
sank. Weit verbreitet ist die Ansicht, daß Kafka erst Jahrzehnte
nach seinem Tod Leser gefunden habe, und dies quasi gegen seinen Willen, da er testamentarisch die Vernichtung seiner Manuskripte verfügt hatte. Wahr ist, daß Kafkas Romane und eine

ganze Reihe von Prosaskizzen und Novellen aus dem Nachlaß publiziert wurden. Wahr ist aber auch, daß die Erzählungen – Texte wie *Das Urteil, Die Verwandlung, In der Strafkolonie* –, auf denen sein Weltruhm nicht weniger gründet, von ihm selbst zur Publikation gegeben wurden. An die fünfzig Titel umfaßt eine Bibliographie seiner Veröffentlichungen zu Lebzeiten, und wenn er sich auch beim großen Lesepublikum keinen Namen gemacht hatte, so war er doch durchaus kein unbekannter Autor. Brods Aussage in seinem Nachwort zur ersten Ausgabe des Romans *Der Proceß* (1925), daß er »fast alles, was Kafka veröffentlicht hat«, diesem mit »List und Überredungskunst« abgefordert habe, kann nicht unwidersprochen bleiben. Allerdings muß man einräumen, daß einige der frühesten Publikationen ohne die Intervention Brods nicht zustande gekommen wären. Brod hatte Kafka 1902 in Prag kennengelernt, zunächst aber nichts davon gewußt, daß dieser literarisch tätig war. Als er die ersten Proben aus dessen Werk zu sehen bekam, war er sofort vom Talent des um ein Jahr Älteren überzeugt und drängte ihn immer wieder zur Veröffentlichung. Er besaß als bereits etablierter Schriftsteller und Kritiker die nötigen Verlagsverbindungen und lancierte gewissermaßen Kafka. Brod war wenig skrupulös, was die Qualität von Texten anbelangte, die der Öffentlichkeit im Druck vorgestellt wurden. Kafka dagegen hielt seine frühen Stücke einfach noch nicht für publikationswürdig, er glaubte, noch nicht sein Bestes gegeben zu haben. Der erste Text, der vor seinen Augen wirklich Bestand hatte, war die im September 1912 entstandene Erzählung *Das Urteil*. Diese Erzählung bestimmte er selbst sofort nach ihrer Fertigstellung zur Publikation, und auch in der Zeit danach nahm er persönlich Kontakt zu Verlagen, Zeitungen und Zeitschriften auf, um Texte anzubieten, die es nach seiner Meinung verdient hatten, von anderen gelesen zu werden. Wenn er etwas für mißlungen oder unfertig hielt, wie etwa im Fall der Romane *Der Proceß* und *Das Schloß*, blieb er – auch Brod gegenüber – hart.

In der vorliegenden Ausgabe wird die erste Phase der schriftstellerischen Produktion Kafkas, in der er nur ungern und zögernd etwas zum Druck gab, durch die Titel *Gespräch mit dem Beter, Gespräch mit dem Betrunkenen, Großer Lärm* und Be-

trachtung dokumentiert. Von dem frühesten erhaltenen umfangreicheren literarischen Text *Hochzeitsvorbereitungen auf dem Lande* hat Kafka nie etwas veröffentlicht, während aus dem chronologisch zweiten, *Beschreibung eines Kampfes*, sowohl die beiden »Gespräche« als auch einige der in dem Band *Betrachtung* publizierten Skizzen herausgenommen wurden.

Eine neue Phase beginnt mit dem hier abgedruckten Text *Das Urteil*. Die Niederschrift dieser Erzählung, die er seiner späteren Verlobten Felice Bauer widmete, ermutigte Kafka Ende September 1912 dazu, den Versuch zu unternehmen, einen »Amerika«-Roman zu schreiben. Die Arbeit an diesem Roman, der den Titel *Der Verschollene* erhielt, litt unter vielfachen äußeren Störungen, so unter Kafkas beruflichen Verpflichtungen für die Arbeiter-Unfall-Versicherungs-Anstalt, in die er 1908 als Jurist eingetreten war. Die Fortführung des Romans wurde im November / Dezember 1912 durch die Niederschrift der Erzählung *Die Verwandlung* unterbrochen, die Kafka nach ihrer Fertigstellung ebenfalls zum Druck anbot. Die Erzählung *In der Strafkolonie* entstand im Oktober 1914, als die Arbeit an dem im August des Jahres begonnenen *Proceß*-Roman stagnierte. Eine Lesung der *Strafkolonie* durch den Autor in München im Jahr 1916 war ein völliger Mißerfolg. Auch bei dem Verleger Kurt Wolff stieß der Text zunächst auf Ablehnung, Kafka setzte sich aber hartnäckig für eine Veröffentlichung ein, die dann 1919 erfolgte. Der Roman *Der Proceß* blieb – wie schon zuvor *Der Verschollene* – fragmentarisch. Kafka dachte vermutlich daran, ihn später einmal fertigstellen zu können; zur Wiederaufnahme der Arbeit kam es aber nie. Er publizierte lediglich unter dem Titel *Vor dem Gesetz* die im »Dom«-Kapitel des *Proceß* enthaltene »Türhüterlegende« sowie die kurze Skizze *Ein Traum*, die im Zusammenhang mit dem größeren Projekt entstanden sein dürfte, ohne jedoch Bestandteil des Romantextes zu sein. *Vor dem Gesetz* und *Ein Traum* wurden in den Sammelband *Ein Landarzt* aufgenommen, der ansonsten überwiegend Texte enthält, die im Winter 1916/17, einer besonders fruchtbaren Schaffensperiode des Autors, zu Papier gebracht wurden. Die Drucklegung und das Erscheinen dieses Bandes verzögerten sich – u. a. wegen einer kriegsbedingten Materialknappheit – um mehrere Jahre; er wurde erst im Mai 1920 ausgeliefert. Ein Text, der ursprünglich in ihm enthalten sein sollte und auch schon gesetzt war, wurde von Kafka aus dem ihm zugesandten Korrekturexemplar herausgenommen: vielleicht war *Ein Kübelreiter* zu zeitbezogen, jedenfalls spiegelt der Text bis zu einem gewissen Grad auch die Situation, in der sich der Autor in dem entbehrungsreichen Kriegswinter 1916/17 befand. Er arbeitete damals in einem kleinen Haus in der auf dem Hradschin, dem Prager Burgberg, gelegenen Alchimistengasse, das spartanisch eingerichtet war und sich nicht heizen ließ. Es ist vermutet worden, daß diese Wohn- und Arbeitsverhältnisse mit zu Kafkas Lungenerkrankung geführt haben, die im August 1917 als Tuberkulose erkannt wurde. Kafka nahm diese Krankheit zum Anlaß, seine Verlobung mit Felice Bauer endgültig zu lösen, und hielt sich von nun an immer öfter zur Erholung oder zur Kur außerhalb von Prag auf. Seine literarische Arbeit kam für eine längere Zeit mehr oder weniger zum Erliegen; er kümmerte sich aber nach wie vor darum, daß die beim Kurt Wolff Verlag liegenden Manuskripte von *In der Strafkolonie* und *Ein Landarzt* zum Druck befördert wurden.

Im November 1919 verfaßte er in einer Pension in dem nordböhmischen Ort Schelesen den berühmten *Brief an den Vater*, der ihm und dem Adressaten – dem das Schreiben allerdings nie übermittelt wurde – »Leben und Sterben leichter machen« sollte. Im Jahr darauf läßt sich ein Wiederbeginn der literarischen Arbeit verzeichnen. Es entstanden eine Reihe kleinerer Texte wie *Poseidon*, *Zur Frage der Gesetze*, *Kleine Fabel*, von denen aber keiner zur Veröffentlichung angeboten wurde; einige sind erkennbar fragmentarisch geblieben.

Anfang 1922 erlitt Kafka, dessen Gesundheitszustand sich mehr und mehr verschlechterte, einen Nervenzusammenbruch. Er begab sich in den Kurort Spindlermühle im Riesengebirge, wo er sein letztes großes Projekt, den Roman *Das Schloß*, begann. Erste Schwierigkeiten, den Roman fortzuführen, gaben Anlaß zur Entstehung der Skizze *Erstes Leid*; auch die Erzählung *Ein Hungerkünstler* entstand, als die Arbeit an dem Roman stagnierte. Wie der fragmentarische Text *Forschungen eines Hundes* aus demselben Jahr handeln *Erstes Leid* und *Ein Hun-*

gerkünstler von der Problematik der Künstlerexistenz. *Das Schloß* wurde im Augsut 1922, nach einem erneuten psychischen und physischen Zusammenbruch, aufgegeben. Am 1. Juli war Kafka bereits aufgrund seiner Krankheit pensioniert worden.

Im Sommer 1923 lernte er an der Ostsee die aus Polen stammende jüdische Kinderkrankenschwester Dora Diamant kennen, mit der er vom September an in Berlin lebte. Dort entstanden noch die Erzählungen *Der Bau* (die entweder unabgeschlossen blieb oder unvollständig überliefert ist) und *Eine kleine Frau.* Anfang 1924 mußte Kafka wegen seines kritischen Gesundheitszustandes nach Prag zurückkehren. Hier schrieb er noch im März *Josefine, die Sängerin oder Das Volk der Mäuse,* das als sein letztes vollendetes Werk gilt. Für den Berliner Verlag »Die Schmiede« stellte er den Band *Ein Hungerkünstler* zusammen, der neben der Titelgeschichte die Texte *Erstes Leid, Eine kleine Frau* und *Josefine, die Sängerin* enthielt. In einem Sanatorium in Kierling bei Klosterneuburg, in das er im April 1924 eingewiesen wurde, las Kafka noch für diesen Band Korrektur, sein Erscheinen – im August 1924 – erlebte er aber nicht mehr; er starb am 3. Juni 1924.

Max Brod begann bald nach Kafkas Tod, Texte aus dem Nachlaß zu veröffentlichen. Den Anfang machten die drei Romane *Der Proceß, Das Schloß* und *Der Verschollene,* die von 1925 an jeweils im Abstand von einem Jahr erschienen. An die editorisch oft anspruchsvollere Aufgabe, aus den Heften, in denen Kafka vorwiegend schrieb, die kürzeren, für eine Veröffentlichung geeigneten Prosatexte zu sichten, machte sich Brod erst Ende der zwanziger Jahre. 1931 erschien im Berliner Kiepenheuer Verlag der von ihm gemeinsam mit Hans Joachim Schoeps herausgegebene Band *Beim Bau der chinesischen Mauer. Ungedruckte Erzählungen und Prosa aus dem Nachlaß,* der neunzehn Erzählungen Kafkas enthält. Brod legte dann im Rahmen der von ihm herausgegebenen Gesamtausgabe der Werke Kafkas 1936 den Band *Beschreibung eines Kampfes. Novellen, Skizzen, Aphorismen. Aus dem Nachlaß* vor und schließlich 1953 den Band *Hochzeitsvorbereitungen auf dem Lande und andere Prosa aus dem Nachlaß.* Für diese Publikationen wurden die

Texte Kafkas von Brod in vielfacher Hinsicht bearbeitet: Interpunktion und Orthographie wurden normalisiert, gewisse regionale Sprachformen – Austriazismen und Pragismen – geglättet; Brod griff aber auch in die Textgestalt ein, um eine lesbare Fassung herzustellen, und ergänzte fehlende Überschriften und Titel. Das Ausmaß seiner Eingriffe kann heute durch einen Vergleich der von ihm betreuten Nachlaßtexte mit den in der Kritischen Kafka-Ausgabe edierten *Nachgelassenen Schriften und Fragmenten I / II* dokumentiert werden.

In den Bänden der Kritischen Ausgabe versuchen die Herausgeber auch, die einzelnen Texte, soweit dies möglich ist, zu datieren. Wie erwähnt, schrieb Kafka bevorzugt in Heften, von Ende 1916 bis etwa 1918 auch in kleinformatigen »Oktavheften«, die man bequem mit sich tragen konnte. (Die erhaltenen Hefte wurden von der Kafka-Forschung zur Unterscheidung mit Buchstaben sigliert.) In den meisten Fällen läßt sich ermitteln, wann Kafka ein bestimmtes Heft führte und wann dieses Heft vollgeschrieben war. Aus der Position eines Textes in einem solchen Heft kann man dann Rückschlüsse auf die Zeit seiner Entstehung ziehen. Eine Anzahl von Texten ist auch innerhalb eines Konvoluts von losen Blättern überliefert, die aus der Zeit von September bis Spätjahr 1920 stammen (»Konvolut 1920«). Schwieriger ist die Datierung von gedruckten Texten, bei denen die Handschrift nicht erhalten ist (es ist zu vermuten, daß zumindest ein komplettes Oktavheft, in dem einige dieser Stücke gestanden haben dürften, verlorenging). In diesen Fällen ist man auf andere Indizien angewiesen: auf Briefe oder Tagebuchaufzeichnungen, in denen die Titel der Texte erwähnt werden, oder – wie beim *Landarzt*-Band – auf zwei Titellisten, die sich annähernd datieren lassen (siehe S. 326).

Die Nachlaßtexte werden in der vorliegenden Ausgabe in der Chronologie ihrer – mutmaßlichen – Entstehung abgedruckt.

Zu den einzelnen Texten

Gespräch mit dem Beter
Gespräch mit dem Betrunkenen

Entstehung: Beide Texte wurden von Kafka aus dem von ihm als »Novelle« bezeichneten Text *Beschreibung eines Kampfes* herausgenommen, der in zwei Fassungen vorliegt. Die Fassung A, die die Vorlage für den Druck der beiden »Gespräche« lieferte, entstand vermutlich in zwei zeitlich relativ weit auseinander liegenden Arbeitsphasen, nämlich im Sommer und Herbst 1904 und im Jahr 1907 (vgl. KKAN 1 App.-Bd. 47); sie hat weitgehend Reinschriftcharakter, geht also auf ältere, nicht erhaltene Manuskripte zurück. Das *Gespräch mit dem Beter* wurde wohl während der ersten Phase konzipiert, das *Gespräch mit dem Betrunkenen* während der zweiten. Der erste Teil der Fassung B der *Beschreibung eines Kampfes* erweist sich als Bearbeitung des bereits in der früheren Fassung vorliegenden Textes, dann entwickelt sich jedoch die Novelle ganz anders, so daß von einer »Neukonzeption« gesprochen werden kann (vgl. KKAN 1 App.-Bd. 52). Vermutlich erfolgte der Ansatz zur Ausarbeitung der – fragmentarisch gebliebenen – neuen Fassung aber erst, nachdem die aus der Fassung A herausgelösten Partien im März/April 1909 im Druck erschienen waren, wobei nicht auszuschließen ist, daß diese Veröffentlichung sogar den Anlaß zu einer radikalen Umgestaltung des bereits Geschriebenen gegeben hat. Max Brod gegenüber äußerte Kafka nämlich seine Unzufriedenheit mit den publizierten Texten. In einem Brief an den Freund aus dem Jahr 1912, in dem es um die Vorbereitung des Bandes *Betrachtung* geht, heißt es: »[...] willst Du mir wirklich raten [...] etwas Schlechtes drucken zu lassen, das mich dann anwidern würde, wie die zwei Gespräche im Hyperion.« (BKB 110)

Der Abdruck der beiden Gespräche kam durch die Vermittlung Brods zustande. Kafka, der mit Franz Blei, dem Herausgeber des *Hyperion*, flüchtig bekannt war, hatte diesem schon im Sommer 1907 acht kurze Prosatexte überlassen, die dann in der

Ausgabe der Zeitschrift vom Januar/Februar 1908 unter dem Titel *Betrachtung* erschienen. Brod, der glaubte, Kafka den Weg in die literarische Öffentlichkeit ebnen zu müssen, schickte Blei dann zwei weitere Manuskripte seines Freundes zu, eben die beiden »Gespräche«. Dieser Sachverhalt erklärt auch den vorwurfsvollen Ton, den Kafka in dem zitierten Brief von 1912 gegenüber Brod anschlägt.

Überlieferung: handschriftlich innerhalb des Manuskripts der Fassung A der *Beschreibung eines Kampfes* (»Schwarzes Wachstuchheft«), die erste Textpassage unter der Überschrift »b Begonnenes Gespräch mit dem Beter«, die zweite nach einem Leerraum innerhalb des Abschnitts »c Geschichte des Beters«; zur Textgestalt der handschriftlichen Fassung siehe KKAN 1,84–95 und KKAN 1,101–107. – Erstdruck in: Hyperion. Eine Zweimonatsschrift. Hrsg. von Franz Blei. Folge 2. Bd. 1. H. 8 (März/April). München: Hans von Weber, 1909. S. 126–131; 131–133. [Textgrundlage.]

Großer Lärm

Entstehung: In seinem »dritten Tagebuchheft« brachte Kafka, der damals – wie auch seine Schwestern – bei seinen Eltern lebte, im Anschluß an eine Aufzeichnung vom 5. November 1911 eine Eintragung über seine Wohnverhältnisse, über die Bedingungen, unter denen er zu schreiben versuchte, zu Papier. Der Text war wohl nicht von Anfang an als literarische Skizze angelegt, sondern zunächst eher eine autobiographische Notiz, die Kafka jedoch der Prager Zeitschrift *Herder-Blätter* übergab. In der Oktobernummer der Zeitschrift waren Brod und Kafka mit Beiträgen vertreten: von Brod wurden drei Gedichte veröffentlicht, von Kafka die kleine Prosaskizze *Großer Lärm* – im Anhang in der Abteilung »Anmerkungen« und in einem sehr kleinen Schriftgrad. Die Tagebucheintragung wurde von Kafka für die Publikation kaum überarbeitet. Lediglich der Einleitungssatz »Ich will schreiben mit einem ständigen Zittern auf der Stirn« wurde gestrichen. Der Text hat im Tagebuch keinen Titel.

Überlieferung: handschriftlich im »dritten Tagebuchheft«; zur
Textgestalt der handschriftlichen Fassung siehe KKAT 225 f. –
Erstdruck in: Herder-Blätter. Hrsg. von Willy Haas, Norbert
Eisler, Otto Pick. Jg. 1. Nr. 4/5 (Oktober). Prag: Verlag der Her-
der-Vereinigung, 1912. S. 44. [Textgrundlage.]

Betrachtung

Druckgeschichte: Im Juni 1912 stellte Brod auf einer Ferienreise
in Leipzig Kafka dem Verleger Ernst Rowohlt und dessen So-
zius Kurt Wolff vor. Brod beabsichtigte, für den neu gegründe-
ten Rowohlt-Verlag ein Jahrbuch herauszugeben, das die Öffentlichkeit mit den Texten einer ›neuen Dichtergruppe‹ bekannt machen sollte. Brod setzte sich – wohl völlig unerwartet
für Kafka – bei den beiden Verlegern für seinen Freund ein. Das
Ergebnis des Gesprächs hielt Kafka in seinem Reisetagebuch
fest; aus der Formulierung scheint noch seine Überraschung zu
sprechen: »R. will ziemlich ernsthaft ein Buch von mir« (KKAT
1023). Kafka quälte sich in den folgenden Wochen mit der
»Herausgabe des kleinen Buches« (11. August 1912; KKAT
428) ab. Er besaß keinen längeren Text, der ihm für eine Veröffentlichung geeignet erschien. Um seine Zusage irgendwie ein-
halten zu können, stellte er daher eine Sammlung kleinerer Prosastücke zusammen. Dabei griff er zum einen auf Texte zurück,
die bereits 1908 in der Zeitschrift *Hyperion* (siehe Druck A)
und 1910 in der Tageszeitung *Bohemia* (siehe Druck B) erschienen waren. Außerdem sah er seine Manuskripte – einschließlich
seiner Tagebuchhefte – nach unveröffentlichten, fertigen oder
halbfertigen Texten durch, die hinzukommen könnten. Die Tatsache, daß er Rowohlt nur ältere Stücke anbieten konnte, war
ihm besonders unangenehm, er glaubte, daß diese nicht sein
wahres oder gewissermaßen aktuelles schriftstellerisches Vermögen erkennen ließen. »Eines ist z. B. darunter, das ist gewiß
8–10 Jahre alt«, schrieb er später an Felice Bauer (F 175). Trotz
seiner Bedenken unterschrieb Kafka am 25. September den Vertrag und kündigte in dem Begleitbrief noch eine neue Fassung
des Textes *Der plötzliche Spaziergang* an. – Von einer Reihe der

in *Betrachtung* enthaltenen Texte sind keine Handschriften überliefert. Da sie auch nicht in Briefen oder Tagebuchaufzeichnungen erwähnt werden, gibt es keine Anhaltspunkte für ihre Datierung, in einigen Fällen liefert der Druck in *Hyperion* (1908) den Terminus ante quem für ihre Entstehung.

Kinder auf der Landstraße

Entstehung: Der Text ist im wesentlichen identisch mit dem von Kafka als »III« bezeichneten Abschnitt der 1909 niedergeschriebenen Fassung B der *Beschreibung eines Kampfes*. Dem ersten Absatz des gedruckten Textes geht in der Handschrift folgende Einleitung voraus: »Ich schlief und fuhr mit meinem ganzen Wesen in den ersten Traum hinein. Ich warf mich in ihm so in Angst und Schmerz herum, daß er es nicht ertrug, mich aber auch nicht wecken durfte, denn ich schlief doch nur, weil die Welt um mich zuende war. Und so lief ich durch den in seiner Tiefe gerissenen Traum und kehrte wie gerettet – dem Schlaf und dem Traum entflohn – in die Dörfer meiner Heimat zurück.« (KKAN 1,145)

Überlieferung: handschriftlich innerhalb des Manuskripts der Fassung B der *Beschreibung eines Kampfes* (Konvolut von losen Blättern); zur Textgestalt der handschriftlichen Fassung siehe KKAN 1,145–150. – Druck: C.

Entlarvung eines Bauernfängers

Entstehung: nach einer Tagebucheintragung am 8. August 1912 – also im Hinblick auf die Publikation in dem Sammelband *Betrachtung* – beendet: »›Bauernfänger‹ zur beiläufigen Zufriedenheit fertig gemacht.« (KKAT 427)

Überlieferung: Handschrift nicht erhalten. – Druck: C.

Der plötzliche Spaziergang

Entstehung: im Tagebuch nach einer Eintragung vom 5. Januar 1912 niedergeschrieben. Der Text trägt hier keinen Titel; darüber steht zwar, durch einen Querstrich von dem Text abgesetzt, »Die Einförmigkeit. Geschichte«, vermutlich ist damit aber ein anderes – wohl nicht ausgeführtes – Prosastück gemeint. Eine letzte Bearbeitung des Textes erfolgte im September 1912 (siehe S. 309).

Überlieferung: handschriftlich im »fünften Tagebuchheft«; zur Textgestalt der handschriftlichen Fassung siehe KKAT 347 f. – Druck: C.

Entschlüsse

Entstehung: Der Text folgt im Tagebuch Kafkas auf eine Eintragung vom 5. Februar 1912; er trägt dort keinen Titel. Die Initialen, mit denen in der gedruckten Fassung die Personen bezeichnet werden, ersetzen zwei Namen und eine Verwandtschaftsbezeichnung in der handschriftlichen Fassung:

A.] Löwy   *Gemeint ist Jizchak Löwy, ein Schauspieler, mit dem Kafka sich 1912 anfreundete*
B.] meine Schwester
C.] Max   *Gemeint ist Max Brod*

Überlieferung: handschriftlich im »fünften Tagebuchheft«; zur Textgestalt der handschriftlichen Fassung siehe KKAT 371 f. – Druck: C.

Der Ausflug ins Gebirge

Entstehung: Der Text stammt aus der 1909 niedergeschriebenen Fassung B der *Beschreibung eines Kampfes*. Er ist dort in dem zweiten mit »I« bezeichneten Abschnitt enthalten, dessen Mittelstück er bildet. Für den Druck wurde eine Rahmenhandlung gestrichen, in der beschrieben wird, wie der Ich-Erzähler seinem »Bekannten auf die Schultern« springt und ihn dazu zwingt, ihn im Trab durch die Gegend zu tragen. Der als *Ausflug ins Gebirge* veröffentlichte Text wird in direkter Rede von dem Ich-Erzähler vorgetragen, während er auf dem Rücken des Bekannten sitzt. Der Abschnitt endet damit, daß der ›Träger‹ zu Fall kommt und sich am Knie schwer verwundet. Der letzte Satz lautet: »Da er mir nicht mehr nützlich sein konnte, ließ ich ihn nicht ungern auf den Steinen und pfiff nur einige Geier aus der Höhe herab, die sich gehorsam mit ernstem Schnabel auf ihn setzten, um ihn zu bewachen.« (KKAN 1,142)

Überlieferung: handschriftlich innerhalb des Manuskripts der Fassung B der *Beschreibung eines Kampfes*; zur Textgestalt der handschriftlichen Fassung siehe KKAN 1,140–142. – Druck: C.

Das Unglück des Junggesellen

Entstehung: Der Text findet sich in Kafkas Tagebuch. Die letzte datierte Eintragung, die vorausgeht, ist vom 14. November 1911, es folgt eine vom 15. November. Der Text hat keinen Titel. Vor dem ersten Satz, aber in einer Zeile mit diesem und offenbar nicht als Überschrift gedacht, steht: »Vor dem Einschlafen«. Der handschriftliche Text variiert relativ stark gegenüber dem gedruckten. Die wesentlichen Abweichungen (die Fassung des Drucks steht vor, die der Handschrift nach der Lemmaklammer):

35,16 hinaufzudrängen] hinaufdrängen zu können, kranksein und nur den Trost der Aussicht aus seinem Fenster haben wenn man sich aufsetzen kann

35,17–19 führen ⟨...⟩ fremde Kinder] führen, die Fremdheit seiner Verwandten zu spüren bekommen, mit denen man nur durch das Mittel der Ehe befreundet bleiben kann, zuerst durch die Ehe seiner Eltern, dann wenn deren Wirkung vergeht durch die eigene, fremde Kinder

35,20 keine«, sich] keine, da keine Familie mit einem wächst ein unveränderliches Altersgefühl haben, sich

35,22 f. auszubilden. ⟨...⟩ Wirklichkeit] ausbilden. Das alles ist wahr, nur begeht man leicht dabei den Fehler die künftigen Leiden so sehr vor sich auszubreiten, daß der Blick weit über sie hinweggehn muß und nicht mehr zurückkommt, während man doch in Wirklichkeit

Überlieferung: handschriftlich im »dritten Tagebuchheft«; zur Textgestalt der handschriftlichen Fassung siehe KKAT 249 f. – Druck: C.

Der Kaufmann

Entstehung: vor 1908.
Überlieferung: kein Manuskript erhalten. – Druck: A, C.

Zerstreutes Hinausschaun

Entstehung: vor 1908.
Überlieferung: kein Manuskript erhalten. – Druck: A, B, C.

Der Nachhauseweg

Entstehung: vor 1908.
Überlieferung: kein Manuskript erhalten. – Druck: A, C.

Die Vorüberlaufenden

Entstehung: vor 1908.
Überlieferung: kein Manuskript erhalten. – Druck: A, B, C.

Der Fahrgast

Entstehung: vor 1908.
Überlieferung: kein Manuskript erhalten. – Druck: A, B, C.

Kleider

Entstehung: Der Text wurde aus der 1907 niedergeschriebenen Fassung A der *Beschreibung eines Kampfes* herausgenommen. Er findet sich dort in Abschnitt »III«.
Überlieferung: handschriftlich im Manuskript der Fassung A der *Beschreibung eines Kampfes*; zur Textgestalt der handschriftlichen Fassung siehe KKAN 1,114 f. – Druck: A, B, C.

Die Abweisung

Entstehung: Ein Anhaltspunkt für die Datierung ergibt sich aus einem Brief Kafkas an seine Bekannte Hedwig Weiler. Er schickte ihr den Text und merkte an, daß es sich um eine »schlechte, vielleicht ein Jahr alte Kleinigkeit« (Br 50) handle. Der Brief ist von Kafka nicht datiert; Max Brod nimmt an, daß er vom November 1907 stammt. Wenn dies zutrifft, müßte die kleine Prosaskizze also gegen Ende des Jahres 1906 entstanden sein.
Überlieferung: kein Manuskript erhalten. – Druck: A, C.

Zum Nachdenken für Herrenreiter

Entstehung: Der Text erschien erstmals 1910. Es gibt keine Anhaltspunkte für eine nähere Datierung.
Überlieferung: kein Manuskript erhalten. – Druck: B, C.

Das Gassenfenster

Entstehung: Es gibt keine Anhaltspunkte für eine Datierung.
Überlieferung: kein Manuskript erhalten. – Druck: C.

Wunsch, Indianer zu werden

Entstehung: Es gibt keine Anhaltspunkte für eine Datierung.
Überlieferung: kein Manuskript erhalten. – Druck: C.

Die Bäume

Entstehung: Der Text wurde aus der 1907 niedergeschriebenen Fassung A der *Beschreibung eines Kampfes* herausgenommen. Die entsprechenden Sätze finden sich in dem »d Fortgesetztes Gespräch zwischen Dicken und dem Beter« bezeichneten Abschnitt, sie werden von dem »Dicken« gesprochen. Für den Druck wurde die Passage leicht überarbeitet.
Überlieferung: handschriftlich innerhalb des Manuskripts der Fassung A der *Beschreibung eines Kampfes*; zur Textgestalt der handschriftlichen Fassung siehe KKAN 1,110. – Druck: A, C.

Unglücklichsein

Entstehung: Der Text ist – unvollständig – auf den ersten Seiten von Kafkas »zweitem Tagebuchheft« enthalten. Er ist offenbar in mehreren Arbeitsphasen entstanden. Äußere wie auch inhaltliche Kriterien (siehe KKAT App.-Bd. 89) legen die Vermutung nahe, daß er Ende des Jahres 1909 in dem Heft, das damals noch kein Tagebuchheft war, sondern der Aufnahme von literarischen Skizzen dienen sollte, begonnen und zunächst bis zu der Stelle »augenblicklich« (46,20) geschrieben wurde. Eine spätere Fortführung endete bei der Stelle »Nichts weiß ich.« (46,33) In einer dritten Phase wurde der Text dann bis zu seinem Ende geführt. Da in dem Heft in der Zwischenzeit bereits andere Texte niedergeschrieben waren und der freie Raum zwischen der Stelle, an dem er abgebrochen worden war, und diesen Texten nicht ausreichte, wurden die letzten Passagen wohl auf einem separaten Blatt niedergeschrieben, welches sich nicht erhalten hat.

Vermutlich ist die Erzählung erst im Februar oder März 1911 abgeschlossen worden, denn Brod notiert in seinem Tagebuch, daß Kafka ihm am 3. März 1911 *Unglücklichsein* vorgelesen habe. In der Regel pflegte dieser aber nur Texte vorzulesen, die er kurz zuvor beendet hatte.

Überlieferung: handschriftlich im »zweiten Tagebuchheft« bis 40,17 »ich glaube an Gespenster?«; der Schluß ist handschriftlich nicht erhalten. – Druck: C.

Drucke:

A Betrachtung. [8 durchlaufend numerierte Texte ohne Titel:] I [= Der Kaufmann]. II [= Zerstreutes Hinausschaun]. III [= Der Nachhauseweg]. IV [= Die Vorüberlaufenden]. V [= Kleider]. VI [= Der Fahrgast]. VII [= Die Abweisung]. VIII [= Die Bäume]. In: Hyperion. Eine Zweimonatsschrift. Hrsg. von Franz Blei und Carl Sternheim. [Folge 1.] Bd. 1. H. 1 (Januar/Februar). München: Hans von Weber, 1908. S. 91–94.

B Betrachtungen. Am Fenster [= Zerstreutes Hinausschaun]. In der Nacht [= Die Vorüberlaufenden]. Kleider. Der Fahrgast. Zum Nachdenken für Herrenreiter. In: Bohemia. Jg. 83. Nr. 86 (Morgen-Ausgabe). Prag, Sonntag, 27. März 1910. S. 39.

C Franz Kafka: Betrachtung. Leipzig: Ernst Rowohlt, 1913 [ersch. Dezember 1912]. [Widmung:] Für M. B.
[Enthält die 18 Prosastücke, die in Textgestalt und Anordnung dem Abdruck in der vorliegenden Ausgabe zugrunde liegen.]

Das Urteil

Entstehung: Über die Entstehung berichtet der Autor selbst in einer Eintragung, die dem im »sechsten Tagebuchheft« im Anschluß an eine Eintragung vom 20. September 1912 niedergeschriebenen Text unmittelbar folgt: »23 [September 1912]

Diese Geschichte ›das Urteil‹ habe ich in der Nacht vom 22 zum 23 von 10 Uhr abends bis 6 Uhr früh in einem Zug geschrieben.« (KKAT 460) Den Entschluß, die Erzählung zu veröffentlichen, faßte er schon am Tag nach ihrer Fertigstellung; in dem erwähnten Bericht über die Entstehung heißt es: »[...] Freude daß ich etwas Schönes für Maxens Arcadia haben werde« (KKAT 461). *Arkadia* war der Titel eines Jahrbuchs, das Max Brod damals für den Rowohlt-Verlag (der kurze Zeit später von Kurt Wolff übernommen wurde) zusammenstellte und das – mit der Erzählung Kafkas – 1913 vorgelegt wurde. Kafka hielt *Das Urteil* für eine seiner gelungensten Erzählungen und betrieb in der Folge weitere Veröffentlichungen des Textes. 1916 erschien er als Einzelband in der Reihe »Der jüngste Tag« des Kurt Wolff Verlags; Kafka verbesserte für diesen Neudruck nachweislich den Zeitschriftendruck von 1913. Dieser Druck ist daher die Textgrundlage für die vorliegende Ausgabe. Seine Beteiligung am Zustandekommen der zweiten Auflage, die zwischen 1920 und 1922 erschien, ist hingegen nicht gesichert.

Überlieferung: handschriftlich im »sechsten Tagebuchheft«; zur Textgestalt der handschriftlichen Fassung siehe KKAT 442–460. Die Titelgebung findet sich erst in der Eintragung, die sich an den Text anschließt (KKAT 460).

Drucke:

Das Urteil. Eine Geschichte von Franz Kafka. [Widmung:] Für Fräulein Felice B. In: Arkadia. Ein Jahrbuch für Dichtkunst. Hrsg. von Max Brod. Leipzig: Kurt Wolff, 1913. S. 53–65.

Franz Kafka: Das Urteil. Eine Geschichte. [Widmung:] Für F. Leipzig: Kurt Wolff, 1916. (Der jüngste Tag. 34.) [Textgrundlage.]

Franz Kafka: Das Urteil. Eine Geschichte. [Widmung:] Für F. München: Kurt Wolff, [o. J.]. (Der jüngste Tag. 34.)

Schluß des *Urteils* und Notiz zu seiner Entstehung
in Kafkas »sechstem Tagebuchheft«

Die Verwandlung

Entstehung: Die Entstehung des Textes ist durch Briefe Kafkas an seine spätere Verlobte Felice Bauer dokumentiert. Kafka hatte Ende September 1912 den Roman *Der Verschollene* begonnen. Über den Fortgang dieser Arbeit setzte er Felice Bauer, die für ihn, wie er es nannte, mit seinem »Schreiben verschwistert« war (F 66), regelmäßig in Kenntnis. Am 17. November 1912 teilte er ihr dann mit, daß er, statt an dem Roman weiterzuarbeiten, »eine kleine Geschichte niederschreibe werde, die mir in dem Jammer im Bett eingefallen ist und mich innerlichst bedrängt« (F 102). Diese »kleine Geschichte« wuchs sich dann in den folgenden Wochen zu der recht umfangreichen Novelle *Die Verwandlung* aus. Den Titel nannte Kafka erstmals in einem Brief an Felice vom 23. November; es heißt dort: »[...] die Geschichte ist ein wenig fürchterlich. Sie heißt ›Verwandlung‹, sie würde Dir tüchtig Angst machen [...].« (F 116) Am 24. November las der Autor Freunden »den ersten Teil« der Geschichte vor. Eine Dienstreise, die er im Auftrag der Arbeiter-Unfall-Versicherungs-Anstalt unternehmen mußte, wirkte sich störend auf den Fortgang der Arbeit aus; am 25. November teilte er der Briefpartnerin seine Besorgnisse mit und meinte: »Eine solche Geschichte müßte man höchstens mit einer Unterbrechung in zweimal 10 Stunden niederschreiben, dann hätte sie ihren natürlichen Zug und Sturm [...]. Aber über zweimal 10 Stunden verfüge ich nicht.« (F 125) Am 1. Dezember 1912 war jedoch der zweite Teil des Textes beendet, und »ein dritter Teil [...] hat begonnen sich anzusetzen« (F 145). Dieser dritte Teil wurde dann um den 6. Dezember abgeschlossen; Kafka schrieb – vermutlich in der Nacht vom 5. zum 6. Dezember – an Felice: »Weine, Liebste, weine, jetzt ist die Zeit des Weinens da! Der Held meiner kleinen Geschichte ist vor einer Weile gestorben.« (F 160) In einem in der folgenden Nacht verfaßten Brief heißt es dann: »Liebste, also höre, meine kleine Geschichte ist beendet, nur macht mich der heutige Schluß gar nicht froh, er hätte schon besser sein dürfen, das ist kein Zweifel.« (F 163) Seine Unzufriedenheit mit dem Schlußteil äußerte Kafka noch über ein Jahr später in einer Tagebucheintragung: »19. I 14 [...]

Großer Widerwillen vor ›Verwandlung‹. Unlesbares Ende. Unvollkommen fast bis in den Grund. Es wäre viel besser geworden, wenn ich damals nicht durch die Geschäftsreise gestört worden wäre.« (KKAT 624)

Kafka bot den Text – handschriftlich in einem einzelnen gesonderten Heft überliefert – zunächst dem Kurt Wolff Verlag zur Publikation an. Zeitweise war ein größerer Novellenband geplant, der die Erzählungen *Das Urteil*, *Der Heizer* und *Die Verwandlung* enthalten sollte. Als sich abzeichnete, daß dieser Band nicht zustande kommen würde, ging Kafka auf ein Angebot Robert Musils ein, der damals zur Redaktion der im S. Fischer Verlag erscheinenden *Neuen Rundschau* gehörte, die Erzählung in dieser Zeitschrift abzudrucken. Kafka sandte im März 1914 das Manuskript ein, welches auch angenommen wurde. Im Juli des Jahres teilte man ihm aber mit, daß er den Text energisch kürzen müsse. Ein Entwurf seines Antwortschreibens an Musil hat sich erhalten; darin heißt es: »Und jetzt nachdem auch seit dieser Annahme Monate vergangen sind, verlangt man, ich solle die Geschichte um ⅓ kürzen. Das ist unwürdig gehandelt.« (Mitgeteilt bei Binder, S. 103.) Kafka hoffte zwar noch eine Zeitlang, daß man den Text in voller Länge abdrucken würde, sah sich dann aber nach einer anderen Möglichkeit der Veröffentlichung um. Über Max Brod stellte er den Kontakt zu der Zeitschrift *Die weißen Blätter* her, erhielt aber von deren Redakteur René Schickele zunächst ebenfalls die Mitteilung, daß der Text zu lang sei. Kafka antwortete darauf am 7. April 1915, daß er die Erzählung »trotzdem nicht freiwillig zurückziehe«, weil ihm »an ihrer Veröffentlichung besonders gelegen« sei. (Der Brief ist abgedruckt in: *Expressionismus*, S. 140.) Trotz Schickeles Bedenken wurde dann die Erzählung in voller Länge im Oktoberheft der Zeitschrift veröffentlicht.

Die *Weißen Blätter* erschienen zwar offiziell in einem eigenen Verlag, dieser wurde aber vom Kurt Wolff Verlag betreut. Georg Heinrich Meyer, der damalige Leiter des Wolff Verlags, wandte sich am 11. Oktober 1915 schriftlich an Kafka. Nachdem er zunächst auf die Tatsache eingegangen war, daß Kafka offenbar nicht die Gelegenheit gehabt hatte, für den Erstdruck der *Verwandlung* Korrektur zu lesen (»Wenn das der Fall ist, so

trifft die Schuld Herrn Schickele«; Wo 33), schlug er vor, die
Verwandlung auch als Einzeldruck für den »Jüngsten Tag« erscheinen zu lassen, der Reihe des Kurt Wolff Verlags, in der
schon 1913 Kafkas *Der Heizer* veröffentlicht worden war. Kon-
kreter Anlaß für Meyers Wunsch, ein neues Buch Kafkas herauszubringen, war, daß Carl Sternheim, ebenfalls Wolff-Autor,
den »Fontane-Preis für den besten modernen Erzähler« erhalten sollte. Meyer erklärt in seinem Brief an Kafka: »Da aber,
wie Ihnen wohl bekannt ist, Sternheim Millionär ist und man
einem Millionär nicht gut einen Geldpreis geben kann, so hat
Franz Blei, der den Fontane-Preis heuer zu vergeben hat, Sternheim bestimmt, daß er die ganze Summe von ich glaube
800 Mk. Ihnen als dem Würdigsten zukommen läßt. Sternheim
hat Ihre Sachen gelesen und ist [...] ehrlich für Sie begeistert.«
(Wo 34) Der Band war gewissermaßen schon vor seiner Auslie-
ferung im November 1915 preisgekrönt. Kafka verbesserte den
Text dieser Ausgabe gegenüber dem Erstdruck. Eine zweite
Auflage erschien 1918; sie weist einige Textveränderungen
gegenüber der ersten Auflage auf, es ist aber nicht gesichert,
daß diese auf den Autor zurückgehen. Textgrundlage für die
vorliegende Ausgabe ist die erste Buchausgabe von 1915.

Überlieferung: handschriftlich in einem eigenen Heft (»Schwarzes Wachstuchheft«).

Drucke:

Die Verwandlung. In: Die weißen Blätter. Eine Monatsschrift.
   Hrsg. von René Schickele. Jg. 2. H. 10 (Oktober). Leipzig:
   Verlag der weißen Bücher, 1915. S. 1177–1230.

Franz Kafka: Die Verwandlung. Leipzig: Kurt Wolff, 1916
   [ersch. November 1915]. (Der jüngste Tag. 22/23.)

Franz Kafka: Die Verwandlung. [2. Aufl.] Leipzig: Kurt Wolff,
   [1918].

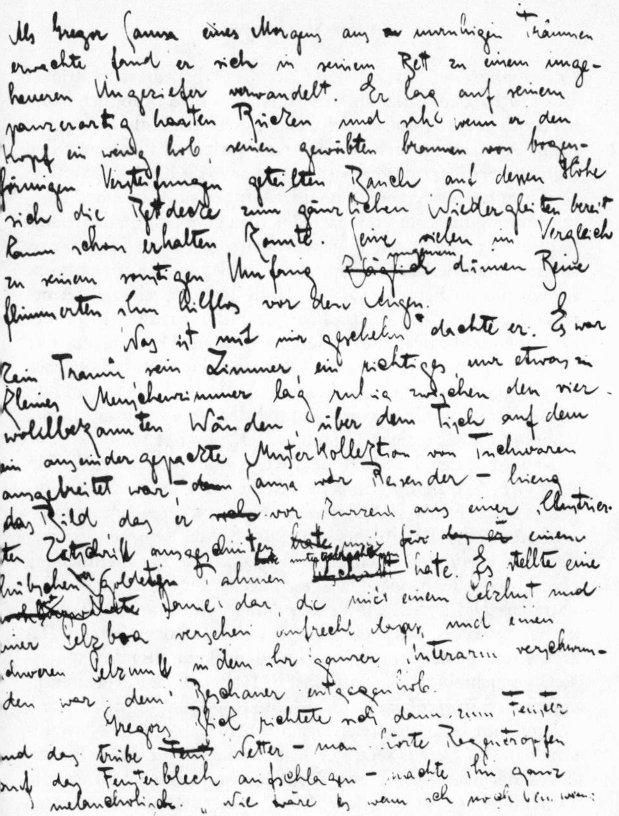

Erste Seite der *Verwandlung*
in der Handschrift Kafkas

In der Strafkolonie

Entstehung: Der Text entstand, als die Arbeit an dem Roman *Der Proceß*, den Kafka um den 13. August 1914 begonnen hatte, ins Stocken geriet und er sich bei der Arbeiter-Unfall-Versicherungs-Anstalt, bei der er tätig war, Urlaub nahm, »um den Roman vorwärtszutreiben« (7. Oktober 1914; KKAT 678). Dieser Urlaub dauerte vom 4. bis 18. Oktober, und aus einer Tagebucheintragung vom 31. Dezember 1914 geht hervor, daß Kafka in dieser Zeit nicht, wie er geplant hatte, den *Proceß* fortführte, sondern statt dessen ein Kapitel des im September 1912 begonnenen und im Februar 1913 vorläufig beiseite gelegten »Amerika«-Romans *Der Verschollene* und die Erzählung *In der Strafkolonie* fertigstellte: »Geschrieben an Unfertigem: Der Proceß, Erinnerungen an die Kaldabahn, Der Dorfschullehrer, Der Unterstaatsanwalt und kleinere Anfänge. An Fertigem nur: In der Strafkolonie und ein Kapitel des Verschollenen, beides während des 14 tägigen Urlaubs.« (KKAT 714 f.)

Kafka bot den Text 1916 dem Kurt Wolff Verlag an, der bereits *Die Verwandlung* in seiner Reihe »Der jüngste Tag« vorgelegt hatte. Der Verlag hatte den Wunsch nach einem umfangreicheren Werk des Autors geäußert, Kafka, dem kein solcher Text zur Verfügung stand, hatte daraufhin die Veröffentlichung eines »Novellenbandes« vorgeschlagen, der unter dem Titel »Strafen« *Das Urteil*, *Die Verwandlung* und *In der Strafkolonie* enthalten sollte. Nach dem Gegenvorschlag des Verlags, *Das Urteil* und *In der Strafkolonie* in einem Band zusammenzufassen, verzichtete Kafka zunächst jedoch auf eine Veröffentlichung der *Strafkolonie*, um die Einzelpublikation des *Urteils*, an der ihm besonders viel lag, nicht zu gefährden. Nach Erscheinen des *Urteils* setzte er sich dann aber für einen Einzeldruck der *Strafkolonie* ein. Wolff machte in einem Brief vom 1. September 1917 seinem Autor, von dem er inzwischen das Manuskript des *Landarzt*-Bandes erhalten hatte, den Vorschlag, gleichzeitig mit der Sammlung von Prosastücken auch die *Strafkolonie* zu veröffentlichen: »[...] in dem Gefühl, daß eine Vereinigung der kleinen Prosaschriften, die Sie unter dem Gesamttitel ›Der Landarzt‹ zusammenfassen wollten mit der großen Erzählung ›Die Strafkolonie‹ in einem Buch redaktionell nicht sehr glücklich wäre, möchte ich gern vorschlagen, ›Die Strafkolonie‹ gleichzeitig mit den kleinen Prosastücken, aber in einem gesonderten Bande für sich herauszubringen. Ich verhandle eben mit der Druckerei Poeschel & Trepte, ob sie in der Lage ist, diese beiden Bücher sogleich in Angriff zu nehmen und zwar in der gleichen für mein Gefühl wunderschönen Druckausstattung, in der seinerzeit ›Die Betrachtung‹ erschien. Wären Sie grundsätzlich mit dieser Absicht einverstanden?« (Wo 45)

Kafka erklärte sich grundsätzlich einverstanden, äußerte aber selbst Kritik an der *Strafkolonie*: »Zwei oder drei Seiten kurz vor ihrem Ende sind Machwerk, ihr Vorhandensein deutet auf einen tieferen Mangel, es ist da irgendwo ein Wurm, der selbst das Volle der Geschichte hohl macht. Ihr Angebot, diese Geschichte in gleicher Weise wie den Landarzt erscheinen zu lassen ist natürlich sehr verlockend und kitzelt so, daß es mich fast wehrlos macht – trotzdem bitte ich die Geschichte, wenigstens vorläufig nicht herauszugeben.« (Wo 45 f.)

Wolff gab jedoch den Gedanken an eine Veröffentlichung nicht auf und bot am 11. Oktober 1918 die Aufnahme des Textes in eine neue Reihe des Verlags an: der der »Drugulin-Drucke«. Er ließ das bei ihm liegende Manuskript der Erzählung zur Überarbeitung an Kafka zurückschicken. Dieser reagierte, weil er schwer erkrankt war, erst am 11. November: »Fast mit dem ersten Federstrich nach einem langen Zu-Bettliegen danke ich Ihnen herzlichst für Ihr freundliches Schreiben. Hinsichtlich der Veröffentlichung der ›Strafkolonie‹ bin ich mit allem gerne einverstanden, was Sie beabsichtigen. Das Manuscript habe ich bekommen, ein kleines Stück herausgenommen und schicke es heute wieder an den Verlag zurück.« (Wo 50) In der veränderten Form erschien der Text dann im Oktober 1919.

Überlieferung: Handschrift nicht erhalten.

Druck:

Franz Kafka: In der Strafkolonie. Leipzig: Kurt Wolff, 1919. [Textgrundlage. – Angabe im Impressum: »Dieses Buch wurde als viertes der neuen Folge der Drugulin-Drucke im

Mai 1919 für Kurt Wolff in der Offizin W. Drugulin in Leipzig in einer einmaligen Auflage von 1000 Exemplaren gedruckt«]

Ein Landarzt

Druckgeschichte: Der Winter 1916/17 war für Kafka eine besonders fruchtbare Schaffensperiode. Max Brod setzte offenbar Kurt Wolff, in dessen Verlag schon mehrere Bücher Kafkas erschienen waren, im Juni 1917 davon in Kenntnis, daß der Autor über eine Reihe neuer Manuskripte verfügte. Wolff wandte sich am 3. Juli in einem Brief an Kafka und bat ihn, die »neuen Arbeiten in einer Maschinenabschrift [zu] schicken« (Wo 42). Kafka kam dieser Aufforderung am 7. Juli nach. Er schrieb an Wolff: »Mir war in diesem Winter, der allerdings schon wieder vorüber ist, ein wenig leichter. Etwas von dem Brauchbaren aus dieser Zeit schicke ich, dreizehn Prosastücke. Es ist weit von dem, was ich wirklich will.« (Wo 42) Wolff erklärte am 20. Juli, daß er die Texte »ganz außerordentlich schön und reif« fände, und fragte, ob Kafka mit einer »verlegerischen Verwertung« einverstanden sei (Wo 43). Dieser stimmte zu und lieferte noch zwei weitere Stücke nach: *Vor dem Gesetz* und *Ein Traum.* Die Drucklegung verzögerte sich aber, was der Verlag mit Herstellungsschwierigkeiten begründete, wie sie aufgrund einer allgemeinen Personal- und Materialknappheit gegen Ende des Krieges tatsächlich auftraten. Keinesfalls sei »Interesselosigkeit« der Grund dafür (Wo 46). Im Januar 1918 war der Text gesetzt, so daß der Autor Korrektur lesen konnte. In einem Brief vom 27. Januar 1918 bat Kafka eindringlich, daß man sich in der Anordnung der einzelnen Stücke an seine Wünsche halten solle, erinnerte daran, daß er noch keine Korrektur des Titels erhalten habe, und bat ein Widmungsblatt mit der Inschrift »Meinem Vater« einzuschalten (Wo 46 f.). Am 29. Januar versicherte man ihm, daß man all dies berücksichtigen werde, und kündigte an, daß er demnächst »Revision« erhalten werde (Wo 47). Tatsächlich aber hörte er dann lange Zeit nichts mehr über das Projekt. Erst am 13. September 1918 erhielt er einen Brief, in dem der

Verlag erneut auf die allgemeinen »Schwierigkeiten der Buch-
herstellung« hinwies. Was den *Landarzt* betreffe, so habe die
»Druckerei nicht aussetzen [können], da sie nicht über genügend Schriftmaterial in dieser Type« verfüge (Wo 48). Aus
diesem Brief geht aber auch hervor, daß man mit den Manu-
skripten Kafkas recht sorglos umgegangen war. Die verworfene
Vorfassung von *Ein Brudermord* mit dem Titel *Ein Mord* hatte
man an den Anfang des gesamten Bandes gestellt, das Manuskript von *Ein Traum* war verlorengegangen. In einem an den
»geehrten Verlag« gerichteten Brief vom 1. Oktober 1918 korri-
gierte Kafka diese Fehler, er fügte eine neue Abschrift von *Ein
Traum* bei (Wo 49). Dann begann für ihn eine neue Periode des
Wartens, in der er vom Schicksal seines Buches nur durch andere – vor allem durch Brod – erfuhr. Vermutlich gegen Ende
des Jahres 1919 erhielt er erneut Korrekturabzüge. Die Jahres-
zahl 1919 auf dem Titelblatt strich er; tatsächlich wurde der
Band erst im Mai 1920 ausgeliefert – fast drei Jahre lagen somit
zwischen der Einsendung der Manuskripte und dem Erscheinen
des fertigen Buches. Zahlreiche der in ihm enthaltenen Texte
waren in der Zwischenzeit schon in Zeitungen, Almanachen
u. ä. erschienen.

Bereits Anfang des Jahres 1917 stellte Kafka einige der im
Winter 1916/17 entstandenen Texte – und die beiden älteren,
Ein Traum und *Vor dem Gesetz* – für die mögliche Publikation
in einem Sammelband zusammen. Er legte zwei Listen an, in
denen er die Texte in eine Reihenfolge brachte. Die erste dieser
Titellisten stammt vermutlich vom Februar 1917, die zweite
vom März oder April des Jahres (siehe S. 326):

Titelliste 1 (»Oktavheft B«)	Titelliste 2 (»Oktavheft C«)
? Auf der Gallerie	Ein Traum
? [Kastengeist]	Vor dem Gesetz
Kübelreiter	Eine kaiserliche Botschaft
? [Ein Reiter]	Die kurze Zeit
? [Ein Kaufmann]	Ein altes Blatt
Ein Landarzt	Schakale und Araber
Traum	Auf der Gallerie
Vor dem Gesetz	Der Kübelreiter
Ein Brudermord	Ein Landarzt
[Die] Schakale und Araber	Der neue Advokat
Der neue Advokat	Ein Brudermord
	Elf Söhne
(KKAN 1 App.-Bd. 81 f.)	(KKAN 1 App.-Bd. 84)

Der neue Advokat

Entstehung: vermutlich Februar 1917. Der Text steht in einem Oktavheft, welches Kafka im Januar/Februar 1917 benutzte. Die Handschrift hat keinen Titel, ihr geht ein längerer Erzählansatz (KKAN 1,324–326) voraus, in dessen Mittelpunkt ebenfalls ein »Advokat Dr. Bucephalas« steht.

Überlieferung: handschriftlich im »Oktavheft B« (KKAN 1, 326 f.). – Erstdruck in: Marsyas. Eine Zweimonatsschrift. Hrsg. von Theodor Tagger. Jg. 1. H. 1 (Juli/August). Berlin: Heinrich Hochstim, 1917. S. 80–82. [Zusammen mit *Ein altes Blatt* und *Ein Brudermord*.]

Ein Landarzt

Entstehung: vermutlich Ende 1916, Anfang 1917. Der Text wird in der ersten Titelliste genannt. In einem Brief an Martin Buber vom 22. April 1917 erwähnt Kafka, daß *Ein Landarzt* bereits bei der Redaktion der Zeitschrift *Marsyas* liege.

Überlieferung: handschriftlich nicht erhalten. – Erstdruck in: Die neue Dichtung. Ein Almanach. Leipzig: Kurt Wolff, 1918. S. 17–26. [Darin auch (S. 72–76) *Ein Mord*.]

Auf der Galerie

Entstehung: vermutlich Ende 1916, Anfang 1917. Der Text wird in der ersten Titelliste genannt.
Überlieferung: handschriftlich nicht erhalten. – Erstdruck in: Ein Landarzt.

Ein altes Blatt

Entstehung: vermutlich März 1917. Der Text findet sich – mit Überschrift – in einem Oktavheft, welches Kafka im Februar/ März 1917 benutzte, und steht dort relativ weit hinten.
Überlieferung: handschriftlich im »Oktavheft C« (KKAN 1,358–361). – Erstdruck in: Marsyas [zusammen mit *Der neue Advokat* (s. d.) und *Ein Brudermord*].

Vor dem Gesetz

Entstehung: Dieser Text ist Teil des Romans *Der Proceß*, er findet sich dort im Kapitel »Im Dom«, das in mehreren Arbeitsphasen zwischen der zweiten Septemberhälfte 1914 und dem 13. Dezember 1914 entstand. (Zur näheren Datierung siehe KKAP App.-Bd. 117.)
Überlieferung: handschriftlich innerhalb des *Proceß*-Manuskripts (siehe KKAP 292–295). – Erstdruck in: Selbstwehr (Unabhängige Jüdische Wochenschrift). Jg. 9. Nr. 34 (Neujahrs-Festnummer). Prag, 7. September 1915. S. 2 f.

Schakale und Araber

Entstehung: Der Text findet sich in einem Oktavheft, welches Kafka im Januar/Februar 1917 benutzte. Die Handschrift hat keinen Titel.
Überlieferung: handschriftlich im »Oktavheft B« (KKAN 1, 317–322). – Erstdruck in: Der Jude. Eine Monatsschrift. Hrsg. von Martin Buber. Jg. 2. Berlin (1917/18); Wien (Oktober 1917). S. 488–490.

Ein Besuch im Bergwerk

Entstehung: Der Text ist vermutlich mit dem in der ersten Titelliste unter dem Titel »Kastengeist« aufgeführten identisch. Er könnte demnach Ende 1916, Anfang 1917 entstanden sein.
Überlieferung: handschriftlich nicht erhalten. – Erstdruck in: Ein Landarzt.

Das nächste Dorf

Entstehung: Der Text ist vielleicht mit dem in der ersten Titelliste unter dem Titel »Ein Reiter« aufgeführten identisch. Er könnte dann Ende 1916, Anfang 1917 entstanden sein.
Überlieferung: handschriftlich nicht erhalten. – Erstdruck in: Ein Landarzt.

Eine kaiserliche Botschaft

Entstehung: Es handelt sich um eine Passage, die aus dem längeren fragmentarischen Text *Beim Bau der Chinesischen Mauer* herausgeschnitten wurde, den Brod aus dem Nachlaß veröffentlichte (siehe S. 305). Der Text wurde in einem Oktavheft niedergeschrieben, welches Kafka im Februar/März 1917 verwendete, und steht dort relativ weit vorne; er dürfte also im Februar des Jahres entstanden sein. Der herausgenommenen Passage geht in der Handschrift noch ein Einleitungssatz voraus: »Es gibt eine Sage, die dieses Verhältnis gut ausdrückt.« (KKAN 1,351)
Überlieferung: handschriftlich im »Oktavheft C«. (KKAN 1,337–357). – Erstdruck in: Selbstwehr (Unabhängige Jüdische Wochenschrift). Jg. 13. Nr. 38/39 (Neujahrs-Festnachrichten). Prag, 24. September 1919. S. 4.

Die Sorge des Hausvaters

Entstehung: Es gibt keine Anhaltspunkte für eine genaue Datierung. Der Titel findet sich in keiner Titelliste; der Text muß spätestens im Sommer 1917 entstanden sein.

Überlieferung: handschriftlich nicht erhalten. – Erstdruck in: Selbstwehr (Unabhängige Jüdische Wochenschrift). Jg. 13. Nr. 51/52. Prag, 19. Dezember 1919. S. 5 f.

Elf Söhne

Entstehung: Es gibt keine Anhaltspunkte für eine genaue Datierung. Der Titel findet sich erstmals in der zweiten Titelliste, der Text muß also spätestens April 1917 entstanden sein.

Überlieferung: handschriftlich nicht erhalten. – Erstdruck in: Ein Landarzt.

Ein Brudermord

Entstehung: Es handelt sich um eine bearbeitete Fassung des Textes *Ein Mord*. Diese Vorfassung wurde 1918 zusammen mit *Ein Landarzt* (s. d.) im Almanach *Die neue Dichtung* des Kurt Wolff Verlags veröffentlicht. Die zweite Fassung dürfte jedoch schon zu Beginn des Jahres 1917 entstanden sein, da ein Text mit dem Titel *Ein Brudermord* schon in der ersten Titelliste erwähnt wird und im Juli 1917 veröffentlicht wurde. Für die Publikation innerhalb des *Landarzt*-Bandes tauschte Kafka die erste gegen die zweite Fassung am 1. Oktober 1918 aus.

Überlieferung: handschriftlich nicht erhalten. – Erstdruck in: Marsyas [zusammen mit *Der neue Advokat* (s. d.) und *Ein altes Blatt*].

Ein Traum

Entstehung: Der Text gehört in das Umfeld des im August 1914 begonnenen *Proceß*, ohne aber Bestandteil dieses Romans zu sein. Kafka schrieb zunächst das Einleitungs- und das Schlußkapitel, welches vom Tod des Protagonisten handelt, im Anschluß daran dann die anderen Partien des Romans. Möglicherweise nimmt die kurze Skizze darauf Bezug: erst in dem Moment, in dem »Josef K.« im Grab liegt, kann »der Künstler« wirklich zu schreiben beginnen (»[...] jagte oben sein Name mit mächtigen Zieraten über den Stein«; 199,31 f.). *Ein Traum* wäre demnach in der ersten Phase der Arbeit am *Proceß*-Roman entstanden.

Überlieferung: handschriftlich nicht erhalten. – Erstdruck in: Der Almanach der Neuen Jugend auf das Jahr 1917. Hrsg. von Heinz Barger. Berlin: Verlag Neue Jugend, 1916. S. 172–174. – Wiederabdruck in: Das jüdische Prag. Eine Sammelschrift. Hrsg. von der Redaktion der ›Selbstwehr‹. Prag: Verlag der Selbstwehr (Unabhängige Jüdische Wochenschrift), 1917 [ersch. 15. Dezember 1916]. S. 32 f. – Prager Tagblatt. Jg. 42. Nr. 5. 6. Januar 1917 (Unterhaltungs-Beilage Nr. 1). S. 1.

Ein Bericht für eine Akademie

Entstehung: Der Text füllt die letzten Seiten eines Oktavheftes, das Kafka im März/April 1917 benutzte. Kafka schickte ihn am 22. April des Jahres an Martin Buber. Ein Artikel aus dem *Prager Tagblatt* über einen dressierten Menschenaffen namens »Consul«, der Kafka zu seiner Erzählung inspirierte, erschien am 1. April 1917. Der »Bericht« muß also zwischen dem 1. und dem 22. April geschrieben worden sein. Im Oktavheft hat der Text keine Überschrift. Ihm gehen in demselben Heft eine Reihe von ersten Ansätzen voraus (siehe KKAN 1,384 ff).

Überlieferung: handschriftlich im »Oktavheft D« (KKAN 1, 390–399). – Erstdruck in: Der Jude. Eine Monatsschrift. Hrsg. von Martin Buber. Jg. 2. Berlin (1917/18); Wien (November 1917). S. 559–565.

Druck:

Franz Kafka: Ein Landarzt. Kleine Erzählungen. München/Leipzig: Kurt Wolff, 1919 [ersch. Mai 1920]. [Widmungsinschrift auf dem Vorsatzblatt:] Meinem Vater. [Textgrundlage.]

Der Kübelreiter

Entstehung: vermutlich Januar 1917. Der Text findet sich – mit Überschrift – in einem Oktavheft, das Kafka im Januar/Februar 1917 benutzte. Der Titel wird bereits in der ersten Titelliste zum *Landarzt*-Band aufgeführt. Der Text war ursprünglich zur

Aufnahme in diesen Band bestimmt und wurde auch schon dafür gesetzt. Kafka strich ihn in seinem Umbruchexemplar.

Überlieferung: handschriftlich im »Oktavheft B« (KKAN 1,313–316). – Erstdruck in: Prager Presse. Jg. 1. Nr. 270 (Morgen-Ausgabe). Sonntag, 25. Dezember 1921 (Weihnachts-Beilage). S. 22. [Textgrundlage.]

Nachlaßtexte

Textgrundlage sind die jeweils genannten Erstdrucke.

Die Brücke

Entstehung: Januar 1917. Der Text steht – ohne Überschrift – am Anfang eines Oktavheftes, welches Kafka im Januar/Februar 1917 benutzte. Brod überarbeitete den Text für den Druck und ergänzte den Titel; ein Eingriff (217,4 hatte] habe) wurde für die vorliegende Ausgabe rückgängig gemacht.

Überlieferung: handschriftlich im »Oktavheft B« (KKAN 1,304 f.). – Erstdruck in: ChM, 1931.

Der Jäger Gracchus

Entstehung: Im »Oktavheft B« folgen auf die Niederschrift von *Die Brücke* (s. d.) mehrere – ebenfalls im Januar 1917 entstandene – Textpassagen, die vom »Jäger Gracchus« handeln. Brod stellte sie zu einem Text zusammen. In der Handschrift reicht die erste Textpartie von »Zwei Knaben« bis »sagte der Jäger« (218,2–222,27; KKAN 1,305–310). Danach folgt – nach einem Querstrich über die ganze Seite – ein Text, der offenbar in keinem inneren Zusammenhang zu dem *Gracchus*-Fragment steht. Im Anschluß daran ist die Passage »Und nun« bis »bläst« (223,11–17) niedergeschrieben, die Brod an den Schluß seiner Fassung stellte. Darunter steht ein Querstrich über die ganze

Seite und ein Neuansatz: »Ich bin der Jäger Gracchus, meine Heimat ist der Schwarzwald in Deutschland.« (KKAN 1,311) Dann folgt nach einem erneuten Querstrich eine längere Passage, die Brod in zwei auflöste und getrennt für seine Fassung verwendete: die Partie von »Niemand wird lesen« bis »seit Jahrhunderten wohne« (222,27–223,8 f.; ein Lesefehler Brods: »schreie also nicht, um Hilfe« statt »schreibe also nicht, um Hilfe« [223,3], wurde für die vorliegende Ausgabe rückgängig gemacht) und die von »Ich liege« bis »Dann geschah« (221,22 f. – 222,14), die Brod in den Mittelteil des Textes integrierte, also vorzog. Der Satz »Dann geschah das Unglück« (222,14) findet sich nicht in der Handschrift. Vielmehr bricht die letzte eben beschriebene Textpartie mit den beiden Wörtern »Dann geschah« ab (KKAN 1,313). Darunter folgt – nach einem Querstrich über die ganze Seite – die Erzählung *Der Kübelreiter*. So wie Brod den Text bietet, ist er also in der Handschrift nicht zu finden; es ist zu vermuten, daß die lange Textpartie von »Niemand wird lesen« bis zu dem unvollständig gebliebenen »Dann geschah« (KKAN 1,311–313) einen eigenen Ansatz darstellt, der zwar in einem inneren Zusammenhang mit dem ersten *Gracchus*-Text (KKAN 1,305–311) steht, diesen aber nicht fortführt. Im »Oktavheft D« findet sich ein weiterer Ansatz zu diesem Text, der vermutlich vom April 1917 stammt (KKAN 1,378–384). Ein weiterer Ansatz, der auf den 6. April 1917 datiert ist, steht in einem Tagebuchheft Kafkas (KKAT 810 f.). Durch die Kontamination zweier Ansätze und die Umstellungen suggeriert Brod eine Geschlossenheit, die der Text nie hatte. Im Grunde existiert dieser gar nicht als ›Text‹, sondern nur als eine Folge verschiedener Ansätze.

Überlieferung: handschriftlich in mehreren – durch Querstriche voneinander getrennten – Teilen im »Oktavheft B« (KKAN 1,305–313). – Erstdruck in: ChM, 1931.

Beim Bau der Chinesischen Mauer

Entstehung: siehe *Eine kaiserliche Botschaft,* S. 328.
Überlieferung: handschriftlich im »Oktavheft C« (KKAN
1,337–357). – Erstdruck in: ChM, 1931.

Der Schlag ans Hoftor

Entstehung: Der Text findet sich – ohne Überschrift – in einem
Oktavheft, welches Kafka im Februar/März 1917 benutzte. Er
steht dort relativ weit hinten, dürfte also im März entstanden
sein. Die beiden Schlußsätze (239,11–13) sind in der Handschrift durch einen Querstrich von dem darüberstehenden Text
abgetrennt. Der Titel stammt von Brod.
Überlieferung: handschriftlich im »Oktavheft C« (KKAN
1,361–363). – Erstdruck in: ChM, 1931.

Der Nachbar

Entstehung: März 1917. Dieser Text ist der erste, den Kafka in
das »Oktavheft D« eintrug, welches er im März/April 1917 benutzte. Die Überschrift stammt von Brod.
Überlieferung: handschriftlich im »Oktavheft D« (KKAN
1,370–372). – Erstdruck in: ChM, 1931.

Eine Kreuzung

Entstehung: März 1917. Der Text ist der zweite, den Kafka in
das »Oktavheft D« eintrug, welches er im März/April 1917 benutzte. Die Überschrift stammt von Kafka. Der Text wurde von
Brod bearbeitet: die Passage von »Manchmal« bis »umher«
(243,1–9) wurde von Kafka gestrichen, ist aber in den Druck
aufgenommen worden. Dasselbe gilt für den Satz »Es muß ...
auffordern« (243,12–15). Dem Text folgt in der Handschrift
nach einem Querstrich noch ein Nachsatz: »Ein kleiner Junge

hatte als einziges Erbstück nach seinem Vater eine Katze und ist durch sie Bürgermeister von London geworden. Was werde ich durch mein Tier werden, mein Erbstück? Wo dehnt sich die riesige Stadt?« (KKAN 1,374)

Überlieferung: handschriftlich im »Oktavheft D« (KKAN 1,372–374). – Erstdruck in: ChM, 1931.

Eine alltägliche Verwirrung

Entstehung: Der Text findet sich im »Oktavheft G«; voraus geht eine auf den 21. [Oktober 1917] datierte Eintragung, später folgt eine auf den 22. [Oktober] datierte. Der Text hat keine Überschrift, Brod orientierte sich bei seiner Titelgebung an der ersten Zeile der Handschrift; allerdings heißt es dort nicht: »Ein alltäglicher Vorfall: sein Ertragen eine alltägliche Verwirrung«, sondern: »... ein alltäglicher Heroismus« (KKAN 2,35). Darüber hinaus weist der Druck kleinere Veränderungen durch den Herausgeber auf.

Überlieferung: handschriftlich im »Oktavheft G« (KKAN 2,35 f.). – Erstdruck in: ChM, 1931.

Das Schweigen der Sirenen

Entstehung: Unter dem Datum 23. [Oktober 1917] findet sich im »Oktavheft G« zunächst der Zusatz »früh im Bett«. Darunter steht die einleitende Bemerkung: »Beweis dessen, daß auch unzulängliche, ja kindische Mittel zur Rettung dienen können.« Daran schließt sich ohne Überschrift der von Brod als *Schweigen der Sirenen* veröffentlichte Text an. Der Druck weist kleinere Eingriffe gegenüber der Handschrift auf; u. a.:

244,26 Sang] Gesang
244,27 alles, und] alles, gar Wachs, und
245,3 Schweigen] Verstummen
245,18 verklangen] erklangen
245,20 förmlich vor seiner Entschlossenheit] ihm förmlich

Überlieferung: handschriftlich im »Oktavheft G« (KKAN 2,40–42). – Erstdruck in: ChM, 1931.

Prometheus

Entstehung: Unter dem Datum 17. [Januar 1918; vermutlich handelte es sich in Wirklichkeit um den 16.] trug Kafka im »Oktavheft G« diesen Text – ohne Überschrift – ein, dem Brod durch Betitelung und einen Eingriff den Charakter einer abgeschlossenen literarischen Skizze verlieh. In der Handschrift beginnt der Text mit der Einleitung: »Die Sage ... enden«, welche Brod ans Ende stellte. Schlußsatz ist also eigentlich: »Blieb das unerklärliche Felsgebirge.« (246,17)

Überlieferung: handschriftlich im »Oktavheft G« (KKAN 2, 69 f.). – Erstdruck in: ChM, 1931.

Zur Frage der Gesetze

Entstehung: August bis Spätjahr 1920. Von Brod für den Druck geringfügig bearbeitet.

Überlieferung: handschriftlich innerhalb des »Konvoluts 1920« (KKAN 2,270–273). – Erstdruck in: ChM, 1931.

Poseidon

Entstehung: August bis Spätjahr 1920. Von Brod für den Druck geringfügig bearbeitet und betitelt. Dem handschriftlichen Text geht folgender Erzählansatz voran: »Im Zirkus wird heute eine große Pantomime, eine Wasserpantomime gespielt, die ganze Manege wird unter Wasser gesetzt werden, Poseidon wird mit seinem Gefolge durch das Wasser jagen, das Schiff des Odysseus wird erscheinen und die Sirenen werden singen, dann wird Venus nackt aus den Fluten steigen womit der Übergang zur Darstellung des Lebens in einem modernen Familienbad gegeben sein wird. Der Direktor, ein weißhaariger alter Herr, aber noch immer der straffe Zirkusreiter, verspricht sich vom Erfolg dieser Pantomime sehr viel. Ein Erfolg ist auch höchst notwendig, das letzte Jahr war sehr schlecht, einige verfehlte Reisen

haben große Verluste gebracht. Nun ist man hier im Städtchen.«
(KKAN 2,300)

Überlieferung: handschriftlich innerhalb des »Konvoluts 1920«
(KKAN 2,300–302). – Erstdruck in: B, 1936.

Das Stadtwappen

Entstehung: vermutlich September 1920.

Überlieferung: Die Textpartie bis »Kampfsucht« (251,17) ist
handschriftlich nicht erhalten. Diese Partie wurde von Brod in
der Zeitschrift *Die literarische Welt* (Jg. 7, Nr. 13, 27. März 1931)
veröffentlicht. Vollständig, d. h. einschließlich des handschriftlich innerhalb des »Konvoluts 1920« überlieferten Schlußteils
(KKAN 2,323), wurde der Text abgedruckt in: ChM, 1931. Der
Titel stammt wohl von Brod.

Kleine Fabel

Entstehung: August bis Spätjahr 1920. Der Text ist in zwei –
unmittelbar untereinander stehenden – Versionen überliefert.
Brod nahm die zweite Fassung als Textgrundlage. Die erste hat
u. a. folgende Abweichungen:

251,30 breit] weit
251,30–252,1 Angst (. . .) Falle] Angst davor hatte, dann lief ich weiter, da
  stiegen schon rechts und links in der Ferne Mauern auf, und jetzt – es ist
  ja noch gar nicht lange her, seitdem ich zu laufen angefangen habe – bin ich
  in dem mir bestimmten Zimmer und dort in der Ecke steht die Falle
252,2 mußt nur] mußt
252,3 fraß sie.] fraß sie auf.

Der Titel stammt von Brod.

Überlieferung: handschriftlich innerhalb des »Konvoluts 1920«
(KKAN 2,343). – Erstdruck in: ChM, 1931.

Gibs auf!

Entstehung: Der Text läßt sich aufgrund eines Zusammenhangs mit dem Entwurf eines Briefes an Franz Werfel auf Mitte November bis Anfang Dezember 1922 datieren. (Zur Datierung des Briefentwurfs siehe KKAN 2 App.-Bd. 124–128.) Er hat keine Überschrift, über ihm steht »Ein Kommentar«; dies bezieht sich ebenfalls auf den Briefentwurf, der mit dem Satz endet: »Das Judentum bringt seit jeher seine Leiden und Freuden fast gleichzeitig mit dem zugehörigen Raschi-Kommentar hervor, so auch hier.« (KKAN 2,529 f.) Der Titel stammt von Brod.

Überlieferung: handschriftlich in einem Heft, in dem u. a. auch *Das Ehepaar* niedergeschrieben wurde (»Ehepaar-Heft«; KKAN 2,530). – Erstdruck in: B, 1936.

Von den Gleichnissen

Entstehung: Oktober bis Dezember 1922. Von Brod für den Druck geringfügig überarbeitet (u. a. 252,19 beklagen] beklagten) und betitelt.

Überlieferung: handschriftlich im »Ehepaar-Heft« (KKAN 2, 531 f.). – Erstdruck in: ChM, 1931.

Ein Hungerkünstler

Druckgeschichte: Von Max Brod wurde Kafka gegen Ende 1923 oder Anfang 1924 mit dem Leiter des neugegründeten Berliner Verlags »Die Schmiede« bekanntgemacht. Was Kafka dazu bewog, nach langer Zusammenarbeit mit Kurt Wolff den Verlag zu wechseln, mag nicht allein die Unzufriedenheit darüber gewesen sein, wie man ihn dort behandelte (siehe die Druckgeschichte zu *Ein Landarzt*). Kafka war an einer raschen Veröffentlichung – und entsprechenden Honorierung – seiner Texte auch deswegen gelegen, weil er sich in jenen Inflationsjahren in einer finanziellen Notlage befand. Der Vertrag über den Sam-

melband *Ein Hungerkünstler* wurde am 7. März 1924 abgeschlossen. Zu diesem Zeitpunkt war der Text *Josefine, die Sängerin oder Das Volk der Mäuse* noch nicht entstanden. Er
wurde später dem Verlag zur zusätzlichen Aufnahme in den
Band angeboten. Brod setzte sich – angesichts des schlechten
Gesundheitszustands seines Freundes – energisch für eine ra-
sche Fertigstellung des Buches ein. Die ersten Korrekturabzüge
erreichten den Autor, als er schon in einem Sanatorium auf dem
Krankenbett lag. Die Korrektur des Umbruchs, den er am
27. Mai 1924 erhielt, konnte er nicht mehr vollständig ausführen. Das Buch wurde im August – also zwei Monate nach seinem Tod – ausgeliefert.

Erstes Leid

Entstehung: Die kurze Skizze entstand während einer Unter-
brechung der Arbeit am *Schloß*-Roman; sie reflektiert das ›erste
Leid‹, das Kafka beim Schreiben des Romans erfuhr: die ersten
Schwierigkeiten, diesen fortzuführen. Kurt Wolff erwähnt den
Text in einem Brief an Kafka vom 10. Mai 1922; dieser muß also
Anfang Mai fertig gewesen sein.

Überlieferung: handschriftlich auf einem Einzelblatt, das ursprünglich zum sogenannten »Schloßheft I« gehörte; dieses
»Heft« hatte sich Kafka aus losen Blättern und einem Umschlag
selbst zusammengestellt. – Erstdruck in: Genius. Zeitschrift für
alte und werdende Kunst. Hrsg. von Carl Georg Heise und
Hans Mardersteig. Jg. 3. Buch 2. München: Kurt Wolff, 1921.
S. 312 f.

Eine kleine Frau

Entstehung: Kafka las den Text Ende Januar 1924 Max Brod
vor. Er dürfte zwischen Ende November 1923 und Ende Januar
1924 entstanden sein.

Überlieferung: handschriftlich – ohne Überschrift – auf vier
Einzelblättern (»Eine kleine Frau«-Konvolut; KKAN 2,633 bis
646). – Erstdruck, in gekürzter Fassung, in: Prager Tagblatt.
Jg. 49. Nr. 95. 20. April 1924 (Oster-Beilage).

Ein Hungerkünstler

Entstehung: Nach einer Tagebuchaufzeichnung (KKAT 922) wurde der Text am 23. Mai 1922 abgeschlossen.

Überlieferung: handschriftlich in einem Heft, das zahlreiche andere Texte enthält, von denen einer aus dem Jahr 1915 stammt (»Hungerkünstler-Heft«; KKAN 2,384–400). – Erstdruck in: Die neue Rundschau. Jg. 33. H. 10 (Oktober). Berlin/Leipzig: S. Fischer, 1922. S. 983–992. – Wiederabdruck in: Prager Presse. Jg. 2. Nr. 279 (Morgen-Ausgabe). 11. Oktober 1922. S. 4–6.

Josefine, die Sängerin oder Das Volk der Mäuse

Entstehung: Die Erzählung wurde beim Vertragsabschluß für den *Hungerkünstler*-Band am 7. März 1924 noch nicht berücksichtigt, vermutlich war sie zu diesem Zeitpunkt noch nicht entstanden oder noch nicht fertiggestellt. Am 8. oder 9. April des Jahres bat Kafka aber Brod auf einer Postkarte, den Text der *Prager Presse* und dem Verlag »Die Schmiede« zur Veröffentlichung anzubieten (BKB 453). Anzunehmen ist also, daß der Text zwischen März und Anfang April 1924 entstanden ist.

Überlieferung: handschriftlich in einem Konvolut von 10 Blättern; auf einigen von diesen stehen andere Texte (»Josefine«-Konvolut; KKAN 2,651–678). – Erstdruck in: Prager Presse. Jg. 4. Nr. 110 (Oster-Nummer). 20. April 1924. S. 4–7.

Druck:

Franz Kafka: Ein Hungerkünstler. Vier Geschichten. Berlin: Die Schmiede, 1924. (Die Romane des XX. Jahrhunderts.) [Textgrundlage.]

Abgekürzt zitierte Ausgaben und Literatur

B			Franz Kafka: Beschreibung eines Kampfes. Novellen, Skizzen, Aphorismen. Aus dem Nachlaß. Hrsg. von Max Brod. Prag: Heinrich Mercy, 1936.

BKB			Max Brod. Franz Kafka. Eine Freundschaft. Briefwechsel. Hrsg. von Malcolm Pasley. Frankfurt a. M.: S. Fischer, 1989.

Br			Franz Kafka: Briefe 1902–1924. [Hrsg. von Max Brod unter Mitarb. von Klaus Wagenbach.] Frankfurt a. M.: S. Fischer, [1958].

ChM			Franz Kafka: Beim Bau der chinesischen Mauer. Ungedruckte Erzählungen und Prosa aus dem Nachlaß. Hrsg. von Max Brod und Hans Joachim Schoeps. Berlin: Kiepenheuer, 1931.

F			Franz Kafka: Briefe an Felice und andere Korrespondenz aus der Verlobungszeit. Hrsg. von Erich Heller und Jürgen Born. Mit einer Einl. von Erich Heller. Frankfurt a. M.: S. Fischer, 1967.

KKAN			Franz Kafka: Schriften, Tagebücher, Briefe. Kritische Ausgabe. Hrsg. von Jürgen Born, Gerhard Neumann [u. a.]. Frankfurt a. M.: S. Fischer, 1982 ff.

			– Nachgelassene Schriften und Fragmente I. Hrsg. von Malcolm Pasley. Textband. 1993. – Apparatband. 1993.

			– Nachgelassene Schriften und Fragmente II. Hrsg. von Jost Schillemeit. Textband. 1992. – Apparatband. 1992.

KKAP			– Der Proceß. Roman. Hrsg. von Malcolm Pasley. Textband. 1990. – Apparatband. 1990.

KKAT			– Tagebücher. Hrsg. von Hans-Gerd Koch, Michael Müller und Malcolm Pasley. Textband. 1990. – Apparatband. 1990.

Wo			Kurt Wolff. Briefwechsel eines Verlegers 1911–1963. Hrsg. von Bernhard Zeller und Ellen Otten. Erg. Ausg. Frankfurt a. M.: Fischer Taschenbuch Verlag, 1980.

Binder   Hartmut Binder: Kafka und »Die neue Rundschau«. Mit
              einem bisher unpublizierten Brief des Dichters zur
              Druckgeschichte der »Verwandlung«. In: Jahrbuch der
              Deutschen Schillergesellschaft 12 (1968) S. 94–111.

Expressionismus Expressionismus. Literatur und Kunst 1910 bis
              1923. Eine Ausstellung des Deutschen Literaturarchivs
              im Schiller-Nationalmuseum, Marbach a. N. [Katalog.]
              Marbach 1961.

Nachwort

Dieses Nachwort will keine kohärente Interpretation von Kafkas Erzählungen versuchen, sondern Hinweise zu wesentlichen formalen und inhaltlichen Aspekten geben und Fingerzeige für die Lektüre. Stichwörter sind: Lyrische Prosa; Erzählzyklen; Sprachliche Winkelzüge; Metaphern, Motive und Figuren; Größe und Fragwürdigkeit der Kunst; Das Judentum.

Lyrische Prosa

1908 erschienen im ersten Heft der Zeitschrift *Hyperion* unter dem Titel *Betrachtung* acht kleine Prosastücke von Franz Kafka – sein literarisches Debut. Da Kafka neben Hofmannsthal, Rilke, Heinrich Mann und Sternheim der einzige unbekannte Autor war, vermutete man in seinem Namen ein Pseudonym. Daraufhin schrieb der Herausgeber, Franz Blei: »Kafka ist nicht Walser, sondern wirklich ein junger Mann in Prag, der so heißt.«

Der Freund Max Brod hatte Kafka gedrängt, Blei einige seiner Arbeiten anzubieten. Blei nahm sie sofort an. Der Ort seines literarischen Debuts will gar nicht dem Bild entsprechen, das sich die Rezeptionsgeschichte von Kafka gemacht hat. *Hyperion* verstand sich als eine Zeitschrift der europäischen Avantgarde, mit einem exklusiven Anspruch in den Beiträgen und der Ausstattung. 1910 mußte die Zeitschrift ihr Erscheinen einstellen. Kafka hat ihr einen Nachruf gewidmet. Sie sollte denen, heißt es darin, »die an den Grenzen der Literatur wohnen, eine große lebendige Repräsentation geben; aber sie gebührte jenen nicht und sie wollten sie im Grunde auch nicht haben. Diejenigen, welche ihre Natur von der Gemeinschaft fernhält, können nicht ohne Verlust regelmäßig in einer Zeitschrift auftreten, wo

sie sich zwischen den andern Arbeiten in eine Art bühne-
mäßigen Lichts gestellt fühlen müssen und fremder aussehn, als sie sind.«

Um einige Texte erweitert, erschien die Sammlung *Betrachtung* 1912 im Rowohlt Verlag. Sie enthält die Themen, die Kafka seit seinen literarischen Anfängen im Ästhe-
tizismus der Jahrhundertwende beschäftigten: das Verhältnis von Kind und Erwachsenem, von Land und Stadt, der
Junggeselle, die Sprachreflexion, die Frauen, der Anspruch
der Kunst, die Melancholie, die Unsicherheit, der Narziß-
mus des Ich, der Wunsch nach einer existentiellen Reinheit, gleichbedeutend mit dem Wunsch, von diesem Leben
erlöst zu werden. Zu diesen Themen traten mit den Erzählungen *Das Urteil*, *Die Verwandlung* und *Der Heizer*
das Thema des Familien- und Vater-Sohn-Konflikts, for-
muliert in seiner ganzen Zweideutigkeit als ein archaisches
Drama.

Hier wie schon in *Betrachtung* verwendet Kafka die literarische Technik, von einer Figur Doppelgänger abzuspal-
ten. Sie diente ihm schon in seinen Anfängen dazu, das Innere einer Figur als Äußeres darzustellen. So sind der Beter
und der Betrunkene in *Gespräch mit dem Beter* und *Gespräch mit dem Betrunkenen* Figuren, mit denen Möglichkeiten des Ich durchgespielt werden.

Den wenigen, aber literaturkundigen Rezensenten der
Betrachtung fielen diese Prosastücke als etwas Neues auf,
schon als Meisterwerke, denen kaum etwas Vergleichbares
an die Seite zu stellen war. Allenfalls wurden sie mit der
Prosa Robert Walsers oder Peter Altenbergs verglichen.
Hervorgehoben wird das Leise, Leichte dieser Prosa, die
Kunst der Andeutung; die Kunst, Stimmungen in ihre Ele-
mente aufzulösen; die Steigerung des Alltäglichen zum
Außerordentlichen, das Auftreten des Gespenstischen im
Alltäglichen und Wohlvertrauten. Aufschlußreich sind be-
sonders die Rezensionen von Kurt Tucholsky und Robert
Musil.

Für Tucholsky zeigt dieses Erstlingswerk zwar noch Einflüsse, »aber da ist schon sehr viel Neues. Es gibt nur noch einen, der diese singende Prosa schreiben kann: Robert Walser.« Und: »Es ist Melodie in dem, was er sagt.« Zu den Schlußsätzen von *Kinder auf der Landstraße* schreibt Tucholsky: »Hier scheint mir der Weg zu liegen, der zum Parnaß führt: so etwas ist tief und mit den feinfühligsten Fingern gemacht.«

Musils Rezension erschien 1914. Auch er vergleicht Kafka mit Robert Walser, um aber, Kafka gegenüber nicht unkritisch, den Unterschied zwischen beiden herauszustellen: »Auch hier Kontemplation in einer Art, für die ein Dichter vor fünfzig Jahren sicher den Buchtitel Seifenblasen erfunden hätte; es genügt, die spezifische Differenz zu erwähnen und zu sagen, daß hier die gleiche Art der Erfindung in traurig klingt wie dort in lustig, daß dort etwas frisch Barockes ist und hier in absichtlich seitenfüllenden Sätzen eher etwas von der gewissenhaften Melancholie, mit der ein Eisläufer seine langen Schleifen und Figuren ausfährt. Sehr große künstlerische Herrschaft übt sich auch hier und vielleicht nur hier ein Hinübertönen dieser kleinen Endlosigkeiten ins Leere, eine demütig erwählte Nichtigkeit, eine freundliche Sanftheit wie in den Stunden eines Selbstmörders zwischen Entschluß und Tat oder wie man dieses Gefühl nennen will, das man sehr verschieden benennen kann, weil es bloß wie ein ganz leiser dunkler Zwischenton mitschwingt; und das sehr reizvoll ist, bloß zu unbestimmt und leise.«

Musil hebt die Melancholie und Artistik der *Betrachtung* hervor, Tucholsky ihren musikalischen Rhythmus. Musils Metapher der Seifenblase deutet an, daß diese Prosastücke noch keine Gattungsbezeichnung gefunden haben. In anderen Rezensionen werden sie einfach »kleine Prosa«, »Prosastücke«, »Arabesken« oder »Skizzenkomplexe« genannt. Kafka nannte sie »kleine Prosa«, »Stückchen«, »meine kleinen Winkelzüge«, »Sachen«. Ihre Form entspricht einer

Tendenz der europäischen Prosakunst seit dem Ende des
19. Jahrhunderts. Sie hängt auch mit dem Aufkommen einer
Kunst des Feuilletons zusammen, wie sie z. B. in Wien Peter Altenberg übte. Diese Form entzieht sich herkömmli-
chen Prosaformen und Gattungsbezeichnungen. Häufig
werden die Ausdrücke »Skizzen«, »novellistische Skizzen«,
»Geschichten«, »Erzählungen«, »Novelletten« verwendet.
Diese Bezeichnungen sollen das Kleine, Flüchtige und Sub-
jektive dieser Form betonen, wie Musils Metapher der Seifenblase.

Mit ihrer Kürze und ihren poetischen Qualitäten nähern
sich diese Texte dem Prosagedicht an. Tucholsky ist von der
»Melodie«, der »singenden Prosa« dieser Texte fasziniert.
Ähnlich Albert Ehrenstein: »Eine seltsam lyrische Prosa,
pointenlos, witzferner als die Peter Altenbergs. Ein merkwürdig großes, merkwürdig feines Buch eines genial-zarten
Dichters!«

Für die Buchpublikation der *Betrachtung* hatte Kafka
diesen Gedichtcharakter noch verstärken wollen. Er ließ die
Stücke in einem großen Schriftgrad und mit einem schmalen
Satzspiegel, also einem breiten Rand drucken, um den Umfang des Buches auszuweiten und um durch das Druckbild
den Eindruck eines Gedichtes zu erzeugen. Im Prosagedicht
macht die poetische Dichte des Textes wett, was ihm an epi-
scher Breite fehlt. Auch die längeren Texte sind »mehr Ge-
dicht als Erzählung«, wie Kafka 1916 an seinen Verleger
Kurt Wolff über *Das Urteil* schreibt, »es braucht freien
Raum um sich und es ist auch nicht unwert ihn zu bekommen«. Elemente dieser poetischen Dichte sind Wiederholungen, Assonanzen, Alliterationen, Rhythmisierungen,
Evokationen, Allusionen, Mehrdeutigkeiten, Metaphorisie-
rungen. Diese Geschichten sollen, wie eine Tagebucheintragung lautet, ein »Orchester von Assoziationen« ins Spiel
bringen. Man lese nur den Anfang von *Die Verwandlung*
mit seinem Spiel der Assonanzen und seinem rhythmischen
Schwung: »Als Gregor Samsa eines Morgens aus unruhigen

Träumen erwachte, fand er sich in seinem Bett zu einem ungeheueren Ungeziefer verwandelt.« Die kleine Erzählung *Der neue Advokat* enthält gar einen rhythmischen Witz. Sie handelt von einem neuen Advokaten, Dr. Bucephalus, dem ehemaligen Streitroß Alexanders des Großen. Dessen Beschreibung geht über in einen hexametrischen Rhythmus: »als dieser, hoch die Schenkel hebend, mit auf dem Marmor aufklingendem Schritt von Stufe zu Stufe stieg«.

In der Erzählung *Ein Traum* wird durch die Assonanz von »faßte« und »fast« wechselseitig sowohl die Verlockung als auch der freie Entschluß in Frage gestellt: »Schon von der Ferne faßte er einen frisch aufgeworfenen Grabhügel ins Auge, bei dem er Halt machen wollte. Dieser Grabhügel übte fast eine Verlockung auf ihn aus und er glaubte, gar nicht eilig genug hinkommen zu können.«

In vielen Erzählungen greift Kafka auch Elemente der Lehrdichtung auf, der Fabel, der Parabel, der Beispielerzählung, des Gleichnisses, des Vergleichs. Solche Elemente sind die Verwendung von Tierfiguren, die historische und geographische Unbestimmtheit (nur in *Gespräch mit dem Beter* und *Gespräch mit dem Betrunkenen* ist als Schauplatz Prag erkennbar; wenige Angaben wie z. B. Elektrischer Wagen, Aufzug, Grammophon markieren als Zeitraum den der Gegenwart), die komprimierte und einsträngige Handlung, die Beschränkung auf eine oder wenige Figuren, die auf wenige relevante Merkmale reduzierte Darstellung der Figuren, die sparsame Verwendung von Eigennamen, schließlich die exemplarische Geltung von Figuren und Handlung. Die Erzählung *Der Fahrgast* läßt sich z. B. verstehen als Gleichnis von der »Stellung« des Menschen »in dieser Welt«, das Prosastück *Die Bäume* vergleicht uns, die Menschen, mit Baumstämmen im Schnee, *Ein Bericht für eine Akademie* kann verstanden werden als Parabel des Zivilisationsprozesses und des Künstlers. In *Von den Gleichnissen* wird, in einer selbstreflexiven Wendung, über die Verwendbarkeit eines Gleichnisses für das Leben nachgedacht.

Erzählzyklen

Die Prosastücke der *Betrachtung* sind als ein Erzählzyklus angeordnet. Nach dieser Form, die den einzelnen Text zugleich als ein Ganzes und als einen Teil bestimmt, ordnete Kafka auch andere Einzelveröffentlichungen zu den Sammlungen *Ein Landarzt. Kleine Erzählungen* (1919), dem Vater gewidmet, und *Ein Hungerkünstler. Vier Geschichten* (1924) an. Für die Erzählungen *Das Urteil* (Erstdruck 1913, Buchausgabe 1916), *Die Verwandlung* (Erstdruck und Buchausgabe 1915) und *Der Heizer. Ein Fragment* (Buchausgabe 1913) erwog Kafka eine Zusammenstellung unter dem Titel »Die Söhne«. An Kurt Wolff schrieb er 1913: »es besteht zwischen ihnen eine offenbare und noch mehr eine geheime Verbindung. [...] Mir liegt eben an der Einheit der drei Geschichten nicht weniger als an der Einheit einer von ihnen.«

1915 hatte Kafka auch erwogen, ein »größeres Novellenbuch« herauszugeben, welches *Das Urteil*, *Die Verwandlung* und *In der Strafkolonie* (entstanden 1914, Erstdruck 1919) unter dem Titel »Strafen« enthalten sollte.

Solche offenbaren oder geheimen Verbindungen werden in den Erzählzyklen weniger von durchgängigen als von sich überkreuzenden Wiederholungen von Erzählelementen gebildet. Sie stellen untereinander eine Art Familienähnlichkeit her. In der *Betrachtung* werden z. B. die erste und letzte Erzählung verbunden durch die Figur des Kindes, das, verdrängt, als Gespenst wiederkehrt; durch die Opposition Erwachsener–Kind, durch die Motive des Schlafs, der Kerze, des Kreuzes, des Schaukelns. Der Erzählzyklus *Ein Landarzt* wird eingerahmt von zwei Erzählungen, *Der neue Advokat* und *Ein Bericht für eine Akademie*, in denen es jeweils um die Evolution eines Tieres zu einem Menschen geht. Aus dem einstigen Streitroß Alexanders des Großen wurde der neue Advokat, der einstige Affe von der Goldküste hat sich in einem gewaltsamen Lernen den Menschen angeglichen. Die Spuren des Ursprungs sind jedoch untilgbar, in der Art des Steigens, »hoch die Schenkel hebend«, beim neuen Advokaten, an der ›Achillesferse‹ des Affen: »An der Ferse aber kitzelt es jeden, der hier auf Erden geht: den kleinen Schimpansen wie den großen Achilles.« In beiden Erzählungen wird der menschheitsgeschichtliche Fortschritt als Verfall, als Verlust einer Wahrheit und Verbindlichkeit dargestellt. »Schon damals waren Indiens Tore unerreichbar«, heißt es in *Der neue Advokat*, »aber ihre Richtung war durch das Königsschwert bezeichnet.« Und in *Ein Bericht für eine Akademie*: »Ich kann natürlich das damals affenmäßig Gefühlte heute nur mit Menschenworten nachzeichnen und verzeichne es infolgedessen, aber wenn ich auch die alte Affenwahrheit nicht mehr erreichen kann, wenigstens in der Richtung meiner Schilderung liegt sie, daran ist kein Zweifel.«

Die vier Erzählungen im Zyklus *Ein Hungerkünstler* handeln von der Kunst, ihrem Erlösungsanspruch und ihrer Lächerlichkeit. Die erste Erzählung, *Erstes Leid*, und die letzte, *Josefine, die Sängerin oder Das Volk der Mäuse*, stellen auch die Frage, was die Kunst zur Kunst macht: die absolute Hingabe des Künstlers, für den das Publikum noch nicht einmal existiert, an seine Kunst, oder die Einstellung des Publikums, oder beides. In beiden Erzählungen zeichnet sich ein Ende der Kunst ab, angedeutet in der ersten, geradezu erlöst ausgesprochen in der letzten.

Sprachliche Winkelzüge

Zu den charakteristischsten und irritierendsten Effekten der Werke Kafkas gehört die Technik des ›einsinnigen‹ Erzählens. Gemeint ist damit ein Erzählen aus der Wahrnehmungs- und Erlebnisperspektive des Protagonisten, auch dann, wenn nicht in der Ich-Form, sondern in der Er-Form erzählt wird. Diese Erzählperspektive wird fast nie verlas-

sen. Das sprachliche Modell dieser Erzähltechnik ist die erlebte Rede, das literarische Vorbild Gustave Flaubert. So
sind *Das Urteil* und *Die Verwandlung* in Er-Form verkleidete Ich-Erzählungen. Das, was durch die Er-Form und das
epische Präteritum als von außen her erzählt erscheint, ist
von innen her erzählt. Der Leser wird desorientiert: er wird
zugleich in die Wahrnehmungswelt des Protagonisten gezogen und durch ihre Unerklärlichkeiten abgewiesen. Der
letzte Satz z. B. in *Das Urteil* ist aus Georg Bendemanns
Perspektive gesagt. Er erfährt, sagt dieser Satz, seinen Tod
als euphorische Auflösung und Befreiung von seiner Existenz. »In diesem Augenblick ging über die Brücke ein geradezu unendlicher Verkehr.« Eine Ausnahme ist der Schluß
von *Die Verwandlung*. Die Erzählung endet nicht mit dem
Tod des Helden. Mit ihr war Kafka auch nicht zufrieden.
Zum erstenmal verwirklichte Kafka diese Technik in *Hochzeitsvorbereitungen auf dem Lande* (entstanden 1907) – gelungen, dies war seine eigene Überzeugung, ist sie ihm zuerst in *Das Urteil*.

Einen weiteren Verstörungseffekt bildet die Aufhebung
von Realitätsgrenzen, zwischen Phantasie und Realität,
Mensch und Ding, Mensch und Tier. Auf groteske Weise
werden in *Gespräch mit dem Betrunkenen* Phantasie und
Realität identifiziert: »dann ließ ich durch Erheben der
Hände das Sausen der Nacht schweigen und fing zu überlegen an«. *Die Brücke* beginnt mit dem Satz: »Ich war steif
und kalt, ich war eine Brücke, über einem Abgrund lag ich.«
Aufgehoben wird in dieser Erzählung nicht nur die Grenze
zwischen »Leib« und Ding, sondern auch zwischen Leben
und Tod. Erzählt wird im Imperfekt aus einem Jenseits des
Lebens. Vertauscht werden auch Tod und Leben. Als
Brücke war das Ich »steif und kalt«, seinen ›Frieden‹ findet
es nach dem Sturz. Über die vertrauten Grenzen der Realität hinaus geht auch der Satz in *Ein Landarzt*: »Nackt, dem
Froste dieses unglückseligsten Zeitalters ausgesetzt, mit

irdischem Wagen, unirdischen Pferden, treibe ich mich alter
Mann umher.«

Verstörend ist die Verwandlung eines Menschen in ein
Ungeziefer, die mit jener Selbstverständlichkeit erzählt
wird, wie man sie vom Märchen kennt: »Es war kein
Traum.« Verstörend ist es, wenn etwas Unerwartetes, Be-
fremdliches geschieht, der Protagonist aber nicht so rea-
giert, wie der Leser reagieren würde. Sinnerwartungen werden erzeugt, aber nicht erfüllt. Bedeutungen werden als
selbstverständliche gesetzt, aber sie verstehen sich nicht von
selbst. Was z. B. das Ich in *Der Nachhauseweg* zum Nachdenken gebracht hat, muß im Text enthalten sein, wird aber
nicht expliziert. Warum braucht es nun, nachdem es so
triumphal begann, Hilfe? »Dann ist es also Zeit«, sagt
plötzlich der Offizier in *In der Strafkolonie.* Wie der Leser
bekommt der Reisende auf seine Frage »Wozu ist es Zeit?«
keine Antwort. Aber auch diese Antwort muß im Text enthalten sein. Warum wird eigentlich Georg Bendemann von
seinem Vater zum Tode verurteilt? So wird der Leser angehalten, über den Text nachzudenken und Interpretationen
zum Verständnis zu erproben, auch gegen die Erwartung
des Vertrauten, die der Text zu bestätigen scheint. Er muß
buchstabieren, auf Doppeldeutigkeiten, Implikationen und
kaum merkliche Abweichungen achten, die Worte, wie es in
Ein Bericht für eine Akademie heißt, in ihrem »gewöhnlichsten und vollsten Sinn« zu verstehen suchen, um den »Win-
kelzügen« dieser Erzählungen, wie Kafka mit einem Begriff
aus der Advokatensprache sein Verfahren nannte, auf die
Spur zu kommen. Dem Reisenden sagt der Offizier in *In
der Strafkolonie* über die Schrift, mit der das Urteil vollzogen wird: »Man muß lange darin lesen.«

Diese Verstörungen werden noch dadurch verstärkt, daß
solche Untiefen sich in einer Sprache auftun, die keine ver-
schwommenen Dunkelheiten kennt. Die Sprache dieser Erzählungen ist von durchsichtiger Logik. Gesprochen wird
in einem einheitlichen Idiom. Seltene, gesuchte Wörter wer

den vermieden, ebenso überquellende Bilder. Adjektive und Metaphern werden sparsam verwendet, fallen aber deswegen um so mehr auf, wie die Metapher des ›rasenden‹ Wassers in *Die Brücke* oder die Sinnliches und Abstraktes identifizierende und auseinanderhaltende Metapher »schwarz vor Umrissenheit« aus *Der plötzliche Spaziergang*. Ein auffallendes Merkmal dieses Stils ist die logische Konstruktion vieler Sätze und ganzer Erzählungen, wie z. B. *Von den Gleichnissen*. In ihr artikuliert sich ein Wille zu einer rationalen Beherrschung der Welt. Die Protagonisten argumentieren geradezu spitzfindig, suchen Gründe, machen Annahmen, ziehen Schlüsse, geben Erklärungen, stellen Vermutungen an, räumen ein, widerlegen. Sprachlich wird dieser Effekt des Rationalen markiert durch Konjunktionen wie: daß, da, aber, trotzdem, allerdings, kaum, also, infolgedessen, sondern, denn, dagegen; durch Wenn-Perioden wie z. B. in *Der plötzliche Spaziergang*: »Wenn man sich [...], wenn man draußen [...], wenn man jetzt auch [...], wenn man auch schon [...] und wenn man nun trotz alledem [...], wenn man sich [...], wenn man durch [...], wenn man mit [...], und wenn man so [...] – dann ist man [...], wenn man [...]«. Dazu kommen viele Modalpartikel wie: offenbar, wahrscheinlich, vielleicht, etwas, kaum, wenigstens.

Die Klarheit und Durchsichtigkeit der Sätze und Gesten, der Wille zum Rationalen auf der einen Seite und auf der anderen Seite ihre Untiefen, die Unklarheit und Undurchsichtigkeit der Handlung, die Schwierigkeit, die einzelnen Sätze und Gesten in einen plausiblen Zusammenhang zu bringen, nötigen dazu, nach der verborgene Logik zu suchen. Es ist, als gäbe es einen Schlüssel, als müsse man ihn nur finden. Vielleicht zielt Musils Bemerkung vom »Eisläufer«, der seine »langen Schleifen und Figuren ausfährt«, auch auf diesen Sachverhalt. Denn unter dem Eis, könnte man ergänzen, liegt die Tiefe.

In dieser Spaltung der Sprache kommt eine Spaltung der Hauptfiguren selbst zum Ausdruck. In ihrer Rede und in ihrem Verhalten kreuzen sich zwei Stimmen, eine manifeste und eine verdrängte. Die eine Stimme redet selbstbewußt und selbstsüchtig vom Verlangen nach Leben und Macht. Die andere von Lebensverweigerung und vom Tod. In der einen äußert sich der Wunsch, zu sein, in der anderen der Wunsch, nicht zu sein. Verräterische, nur zu leicht überlesbare syntaktische und semantische Abweichungen, Verschiebungen, Doppeldeutigkeiten, Fehlleistungen in Form von Versprechern bilden die Stellen, in denen die verdrängte Stimme die Ordnung der manifesten Stimme aufbricht. In *Ein Bericht für eine Akademie* heißt es: »nichts ist zu verbergen«.

Ein Spiel von Doppel- und Zweideutigkeiten inszeniert Kafka in allen seinen Geschichten. Die Doppeldeutigkeit der Äußerung des Türhüters am Schluß von *Vor dem Gesetz* zu bedenken ist für das Verständnis der Erzählung von großem Belang. Die Äußerung des Türhüters: »Hier konnte niemand sonst Einlaß erhalten, denn dieser Eingang war nur für dich bestimmt. Ich gehe jetzt und schließe ihn«, kann bedeuten, daß der Mann vom Lande, der Einlaß in das Gesetz sucht, ausgeschlossen bleibt. Sie kann aber auch bedeuten, daß der Mann »jetzt«, in seinem Tode, Einlaß gefunden hat. Sein Tod ist dann das ›Eingehen‹, das schlechterdings individuelle Ende. Daher war der »Eingang« nur für den Mann bestimmt. Der Türhüter kann ihn nun schließen. In *Das Urteil* besagt die Formulierung, Georg stehe in einem »besonderen Korrespondenzverhältnis« zu seinem Freund in Petersburg, daß Georg mit dem Freund korrespondiert und daß er dem Freund korrespondiert: der Freund ist sein alter ego. Wenn Georg nicht zögert, diesem Freund seine Verlobung »anzuzeigen«, so macht er ihn durch die Doppeldeutigkeit von ›anzeigen‹ zu seinem Richter und dementiert seine eigene Bemerkung, diese Verlobung sei »auch für ihn ein Glück«.

Im Machtkampf zwischen Vater und Sohn verkehrt sich der Versuch Georgs, den Vater zu verlachen, noch im

Augenblick des Aussprechens in das Eingeständnis seiner
tödlichen Schuld: »»Zehntausendmal!‹ sagte Georg, um den
Vater zu verlachen, aber noch in seinem Munde bekam das
Wort einen toternsten Klang.« In dieser Erzählung erscheint das Verhältnis Georgs zum Freund und zum Vater
von Fürsorglichkeit bestimmt. Dem Freund teilt er die
Verlobung mit den Worten mit, er habe jetzt in Georg
»statt eines ganz gewöhnlichen Freundes einen glücklichen
Freund«. Am Schluß lädt er ihn zur Hochzeit ein. Die Formulierung der Einladung will jedoch dem Freund zugleich
nahelegen, der Hochzeit fernzubleiben. Georg betont die
Hindernisse, die der Freund »über den Haufen« werfen
müsse. Die Aufforderung, der Freund solle »ohne alle
Rücksicht« handeln, gibt zu verstehen, rücksichtsvoll wäre
es, gerade nicht zu kommen.

Den Vater hatte Georg aus dem Geschäft verdrängt und
lange vernachlässigt. Schon seit Monaten war er nicht mehr
im Zimmer des Vaters gewesen, wie sich im beiläufigen
»also« verrät: »Einen solchen Schatten warf also die hohe
Mauer, die sich jenseits des schmalen Hofes erhob.« Zwischen Georg und dem Vater spielt sich ein Machtkampf ab.
Auch hier äußert sich in dem, was vordergründig als seine
Fürsorge erscheint, seine Machtbegierde. Georg will die
Zimmer mit den Möbeln tauschen: »Es wird keine Veränderung für dich sein, alles wird mit übertragen werden.« Die
Formulierung »mit übertragen« ist in ihrer Abweichung
verräterisch. Die Abweichung ist das Resultat zweier Rede-
absichten, von ›mit hinübergetragen‹ und ›mir übertragen‹.
In dieser, um einen Begriff von Freud zu gebrauchen,
Mischwortbildung drängt sich Georgs Wunsch hervor, das
ganze Eigentum des Vaters zu übernehmen. Dem Entschluß, den Vater doch in den zukünftigen Haushalt mitzunehmen, folgt sofort der Satz: »Es schien ja fast, wenn man
genauer zusah, daß die Pflege, die dort dem Vater bereitet
werden sollte, zu spät kommen könnte.« In die Formulierung einer Befürchtung drängt sich wieder ein Wunsch: das

»zusah« anstelle von ›hinsah‹ artikuliert den untergründigen Wunsch, zu bewirken, was man befürchtet. Das Verlangen nach dem Tod des Vaters beherrscht wenig später unzensiert Georgs Bewußtsein: »wenn er fiele und zerschmetterte!« Es wird in Erfüllung gehen. Nicht nur Georg, auch der Vater wird sterben. Georgs letzter Satz: »Liebe Eltern, ich habe euch doch immer geliebt«, klingt einerseits wie ein Vorwurf, andererseits wie ein Nachruf. Er gilt Toten, denen Georg nachfolgt.

Der Urteilsspruch des Vaters appelliert schließlich noch an eine andere, tiefere Schicht im Bewußtsein Georgs, an das Bewußtsein seiner Schuld: »Und darum wisse: Ich verurteile dich jetzt zum Tode des Ertrinkens!« Georg vollzieht den Urteilsspruch, als würde in ihm ein unterdrückter Trieb endlich frei: »Aus dem Tor sprang er, über die Fahrbahn zum Wasser trieb es ihn. Schon hielt er das Geländer fest, wie ein Hungriger die Nahrung.« Die unwiderstehliche Bewegung, die ihn zum Wasser treibt, hatte sich schon vorher in der Auflösung von Georgs Selbstbeherrschung und Berechnungen angekündigt. In dieser Auflösung meldet sich ein lang gehegter, bislang unterdrückter Todeswunsch. Er ist ›reif‹ geworden.

Wie bei Georg Bendemann lauerte in *Die Verwandlung* hinter der Fürsorge Gregor Samsas für seine Familie Machtbegierde, Selbstsucht und Aggression. Mit seiner Verwandlung will er »dies alles« hinter sich lassen. Schon in den ersten Sätzen der Erzählung wird eine doppelte Perspektive erzeugt. Vordergründig wehrt sich Gregor Samsa gegen die Verwandlung, verhält er sich rational, im Grunde aber weiß er, daß diese Verwandlung eine in den Tod ist und daß sie die Erfüllung seines Wunsches ist. Der erste Satz suggeriert, er hätte diese Verwandlung, entgegen dem Anschein, gesucht. Die Formulierung »fand er sich [...] verwandelt« kann bedeuten ›fand er sich verwandelt vor‹, kann aber auch bedeuten: in dieser Verwandlung findet er das, was er gesucht hat. Von der Verwandlung ist er auch nicht überrascht. Er sieht nicht ›einen‹, sondern »seinen« Käfer-bauch, und er sieht ›seine‹ vielen, hilflos flimmernden Bein-chen. Sein erster Gedanke ist: »Was ist mit mir geschehen?« Sein zweiter enthält schon einen unterdrückten Todes-wunsch: »Wie wäre es, wenn ich noch ein wenig weiter-schliefe und alle Narrheiten vergäße [...].« ›Alle Narrheiten‹ kann sich auf diese Verwandlung beziehen, die vielleicht nur ein Flimmern vor den Augen ist, obwohl es vorher heißt: »Es war kein Traum.« Sie bezieht sich aber auch, da es nicht ›diese Narrheiten‹, sondern »alle Narrheiten« heißt, auf al-les, das Leben. Im dritten Gedanken verrät sich dieser Wunsch ziemlich direkt. Sein vorheriges Leben überden-kend, sagt er sich: »Der Teufel soll das alles holen!« Beim Gedanken, um Hilfe zu rufen, kann Gregor ein »Lächeln« nicht »unterdrücken«. So wird diese so befremdliche Ver-wandlung eines Menschen in ein Ungeziefer untergründig als Verwandlung in den Tod, als Befreiung und Erlösung er-lebt.

Wie auch in *Prometheus* und *Poseidon* erzählt Kafka in *Das Schweigen der Sirenen* (der Titel stammt von Max Brod) eine antike Geschichte neu, anders. Die Geltung der Überlieferung wird damit in Frage gestellt. Er kehrt die Handlung der Rettung um. Um sich vor dem verführeri-schen, todbringenden Gesang der Sirenen zu schützen, läßt in Homers Epos Odysseus sich an den Mast binden. Die Ohren seiner Gefährten läßt er verstopfen, seine Ohren aber frei. Die List gelingt. Auch in der Erzählung Kafkas scheint es um die Rettung vor dem Gesang der Sirenen zu gehen. In ihr haben die Sirenen eine noch schrecklichere Waffe als ihren Gesang, nämlich ihr Schweigen. Nichts hilft gegen den Gesang, schon gar nichts gegen das Schweigen.

Daher werden die Mittel, denen Odysseus vertraut, abfällig »Mittelchen« genannt, eine »Handvoll Wachs«, ein »Gebinde Ketten«. Der Ausdruck »Gebinde Ketten« (eine Mengenangabe) läßt an zusammengebundene Ketten oder an ein Angebinde denken, gerade nicht an etwas

Festgeschmiedetes. Eine Umkehrung der Überlieferung wird schon vorher durch eine grammatische Doppeldeutigkeit vorbereitet: »Ähnliches hätten natürlich seit jeher alle Reisenden tun können, außer denen, welche die Sirenen schon aus der Ferne verlockten, aber es war in der ganzen Welt bekannt, daß dies unmöglich helfen konnte.« Das Relativpronomen »welche« kann Subjekt und Objekt sein. Dann wären es nicht nur die Sirenen, die Odysseus verlocken, sondern auch Odysseus, der die Sirenen verlockt. Die »Glückseligkeit« auf seinem Gesicht läßt sie ihren Gesang vergessen. Sie hat etwas mit seinem nahen Tod zu tun. Mit der Formulierung »um ihn« anstelle ›von ihm‹ werden die Arien der Sirenen, die, wie er glaubt, »ungehört um ihn verklangen«, als Klagen über seinen Tod verstanden. Indirekt wird dieser dargestellt, im Verschwinden der Außenwelt. Die Sirenen bleiben, Odysseus bleibt nicht. Auch der »Abglanz« seines Augenpaares wird nicht bleiben. So ist er den Sirenen in den Tod »entgangen« (was ›entgehen‹ bedeuten kann).

Metaphern, Motive und Figuren

Auffallend ist in Kafkas poetischem Inventar die Wiederkehr von einzelnen Metaphern, Motiven und Figuren. Zahlreich sind Tierfiguren, Tiervergleiche und Tiermetaphern. Anders als in den Gattungen Märchen und Fabel, in denen die Tierfiguren vermenschlicht werden, wahren sie in Kafkas Erzählwelt eine Animalität. Eine Ausnahme sind die Maus und die Katze in *Kleine Fabel*. Seine Tiere sind Mischwesen. Sie können sprechen, denken und handeln wie Menschen und haben einen tierischen Körper und tierische Instinkte. In ihrem Übergang von Mensch zu Tier, von Tier zu Mensch verkörpern diese Figuren eine Entgrenzung, ein ›Jenseits‹ der menschlichen Existenz. Die tierähnlichen, wilden Nomaden in *Ein altes Blatt*, die sich untereinander wie

»Dohlen« verständigen, haben die »Grenze« zur Welt des
Menschen, des »Vaterlandes« überschritten. Die menschlichen Figuren, die Familie Samsa in *Die Verwandlung* oder
die Handwerker in *Ein altes Blatt* erfahren diese tierischen
Figuren daher als Bedrohung ihrer Existenz. In den »Dohlen« ist ein Selbstporträt des Schriftstellers Kafka verborgen, »kavka« heißt auf tschechisch ›Dohle‹. Auch in der Figur des Jägers Gracchus ist ein Selbstporträt enthalten: ita-
lienisch »gracchio« bedeutet ebenfalls ›Dohle‹.

Unter den Figuren von Kafkas Erzählungen bilden die
Künstlerfiguren eine besondere Gruppe. Es treten auf eine
Kunstreiterin (*Auf der Galerie*), ein Trapezkünstler (*Erstes
Leid*), Sängerinnen (*Josefine, die Sängerin oder Das Volk
der Mäuse*, die Sirenen in *Das Schweigen der Sirenen*), ein
Varietékünstler (*Ein Bericht für eine Akademie*), ein Hun-
gerkünstler (*Ein Hungerkünstler*).

Die Vorliebe für die Welt des Zirkus, des Varietés und
seiner Artisten teilt Kafka mit der Malerei und Literatur
seiner Zeit. Man denke nur an Seurats Bild *Der Zirkus*
(1891), das eine Zirkusreiterin in der Manege darstellt, oder
an Picassos Gaukler-Bilder. Seit der Mitte des 19. Jahrhunderts, seit Baudelaire und Gautier steigen die Akrobaten,
Kunstreiter, Clowns, Trapezkünstler, Hungerkünstler aus
ihrer abseitigen Stellung zu den Helden der modernen
Kunst auf. Ihre Leistungen werden allegorisch auf das
Schreiben des Dichters bezogen. Zwei Eigenschaften waren
dafür verantwortlich, eine soziale und eine ästhetische:
Diese Künstler stehen am Rande der Gesellschaft und sind
völlig vom Publikum abhängig. Und diese Artisten des
Körpers setzen ihre Kunst absolut, indem sie für die Kunst
ihr Leben einsetzen. Darin lag wohl der Anreiz dieser Arti-
sten für Kafka. Sie schweben zwischen Leben und Tod,
hoch in der Kuppel (*Erstes Leid*), sind vom Staub umweht
(*Auf der Galerie*), die Erfüllung ihrer Kunst liegt in ihrer
Selbstaufzehrung, ihrem Tod, den niemand mehr beachtet
(*Ein Hungerkünstler*).

Zu den wichtigsten Motiven gehören das Motiv der Lebensreise, mit den Varianten der Wanderung, des Wegs, des Ausflugs und Aufbruchs, des Ritts, der Fahrt, und das Motiv des Theaters. Odysseus ist ein Reisender, Gregor Samsa ein Handlungsreisender, ein Protagonist in *In der Strafkolonie* ist ein Forschungsreisender. Die Reise bildet die Bildbasis von u. a. *Schakale und Araber, Der Jäger Gracchus, Ein Landarzt, Der Aufbruch, Eine alltägliche Verwirrung, Der Ausflug ins Gebirge, Der Kübelreiter, Wunsch, Indianer zu werden, Das nächste Dorf, Der Fahrgast.* Das Warten vor dem Gesetz in *Vor dem Gesetz* wird mit der Lebensreise gleichgesetzt. Der Ich-Erzähler in *Beim Bau der Chinesischen Mauer,* auch er ein Künstler, ist »durch die Seelen fast aller Provinzen« gereist.

Aus Vokabeln wie Theater, Vorstellung, Darstellung, Spiel, Komödie, Varieté, Zirkus, Schauspiel, Masken, Kulisse, Larve setzt sich das Wortfeld des Theatermotivs zusammen. »Komödie! Gutes Wort!« sagt der Vater in *Das Urteil* über das Verhalten seines Sohnes. Kafka läßt seine Helden häufig agieren, als ob sie auf einer Bühne stünden. Die Handlung von *Das Urteil* und *Die Verwandlung* ist wie eine Szenenfolge gegliedert. Mit diesem Motiv und seiner Metaphorik wird, z. B. in *Kleider,* das Leben als Theater, als bloßes Theater, als eine schlechte Aufführung interpretiert.

Größe und Fragwürdigkeit der Kunst

Mit dieser Theatermetaphorik wird auch die Kunst als bloßes Theater verdächtigt. Die Erzählungen (und Romane) Kafkas handeln immer wieder von der Größe und Fragwürdigkeit der Kunst am Ende der Religionen, darin von der Größe und Fragwürdigkeit seiner eigenen Kunst. Vor allem den Untersuchungen von Malcolm Pasley verdanken wir die Aufdeckung dieser selbstreflexiven Dimension von Kafkas Werk. Sie reicht von versteckten Anspielungen bis zu al-

legorischen Ausführungen. 1917 erschien ein Almanach des
Kurt Wolff Verlags mit Beiträgen u. a. von Heinrich Mann,
Hofmannsthal, Sternheim, Brod. Gegenüber diesen »obersten Ingenieuren« oder »Herren« stilisiert sich Kafka in *Ein
Besuch im Bergwerk* als namenloser Arbeiter im »tiefsten
Stollen«. Mit dieser Metaphorik bestimmt Kafka auch seine
Literatur als Arbeit, als Grabung, Ausgrabung in den verborgenen Tiefen der menschlichen Existenz. In den Söhnen
in *Elf Söhne* charakterisiert Kafka eigene Erzählungen, in
der Reihenfolge: *Ein Traum, Vor dem Gesetz, Eine kaiserliche Botschaft, Das nächste Dorf, Ein altes Blatt, Schakale
und Araber, Auf der Galerie, Der Kübelreiter, Ein Landarzt, Der neue Advokat, Ein Brudermord.* Das Reiten ist
eine zentrale Metapher für Kafkas Schreiben. Die *Betrachtung*, seine erste Publikation eines Buches wohlgemerkt,
und dazu noch eines sehr schmalen Buches, enthält in *Zum
Nachdenken für Herrenreiter* eine sehr ironische, in dieser
Ironie sehr selbstbewußte Allegorie des literarischen Lebens. Vorgestellt wird es als Wettkampf. Die Erzählung beginnt mit den Sätzen: »Nichts, wenn man es überlegt, kann
dazu verlocken, in einem Wettrennen der erste sein zu wollen. Der Ruhm, als der beste Reiter eines Volkes anerkannt
zu werden, freut beim Losgehn des Orchesters zu stark, als
daß sich am Morgen danach die Reue verhindern ließe.«
    Das kleine Prosastück *Wunsch, Indianer zu werden* for-
muliert Kafkas Wunsch nach einer lustvollen Selbstauf-
hebung und Selbstvergessenheit im Schreibakt. Auf die
schwarzen Buchstaben auf dem weißen Papier spielen die
gefällten Bäume im Schnee in *Die Bäume* und die Figuren
im »Frack« in *Der Ausflug ins Gebirge* an. Als eine allego-
rische Personifikation der Literatur kann auch die kleine
Frau in *Eine kleine Frau* verstanden werden. Ein Indiz
für diese Bedeutung liegt im Hinweis, ihr Kleid sei aus
»gewissermaßen holzfarbigem Stoff«. Das erzählende Ich
erfährt diese Frau als seine »kleine Richterin«, die mit
ihm einen Prozeß um sein Leben führt. Der monströse

Hinrichtungsapparat in *In der Strafkolonie* ist auch eine Schreib-Maschine, die das Urteil in den Leib des Verurteilten schreibt.

Mit der Angabe ›obig‹ bezieht man sich normalerweise auf eine Stelle in einem vorliegenden Text. Die Angabe »den obigen Scheinvorgang« anstelle von ›diesen Scheinvorgang‹ im »Anhang« der Erzählung von des Odysseus Rettung (*Das Schweigen der Sirenen*) wendet die Aufmerksamkeit auf diesen Text selbst und verwandelt Odysseus in einen Leser oder Autor dieses Textes. Dieser Text selbst müßte dann als der »Scheinvorgang« verstanden werden, den Odysseus den Sirenen und Göttern entgegenhält.

Dr. Bucephalus in *Der neue Advokat*, der die Blätter der alten Bücher liest und wendet, wird auch deswegen frei genannt, weil er (noch) eine leere Seite darstellt: »Frei, unbedrückt die Seiten von den Lenden des Reiters«; eine kleine Veränderung ergibt ›unbedruckt die Seiten‹.

Kafkas Schreiben war getragen von der Überzeugung, auserwählt zu sein, um am »großen welterlösenden Kampf« teilzunehmen. So heißt es in einem Brief an Milena Jesenká aus dem Jahre 1920: »Gut, das wäre also Deine Lage. Einige Gefechte hast Du mitgefochten, Freund und Feind dabei unglücklich gemacht [...], bist schon dabei ein Invalide geworden, einer von denen, die zu zittern anfangen, wenn sie eine Kinderpistole sehn und nun, nun plötzlich ist es Dir so als seiest Du einberufen zu dem großen welterlösenden Kampf. Das wäre doch sehr sonderbar nicht?« 1912 hatte er an Felice Bauer geschrieben: »Gibt es also eine höhere Macht, die mich benützen will oder benützt, dann liege ich als ein zumindest deutlich ausgearbeitetes Instrument in ihrer Hand; wenn nicht, dann bin ich gar nichts und werde plötzlich in einer fürchterlichen Leere übrig bleiben.« Dieser höheren Macht bringt sich der Künstler zum Opfer. In der Beschreibung des Glücks der Kunstreiterin in *Auf der Galerie* ist die Kreuzigungsszene erkennbar: »während sie selbst [...] hoch auf den Fußspitzen, vom Staub umweht,

mit ausgebreiteten Armen, zurückgelehntem Köpfchen ihr
Glück mit dem ganzen Zirkus teilen will«.

Gleichzeitig wird dieser messianische Anspruch der
Kunst als eine eitle Veranstaltung verdächtigt, als reklame-
süchtiger Schwindel, zu nichts nütze. Bald wird sie vergessen sein. Was soll auch eine Kunst nützen, die von nichts
anderem als von sich selber handelt? Sie ist sinnlos und leer.
Eine Szene, gänzlich frei von jeder Selbstbespiegelung, ist
die Gartenszene in *Gespräch mit dem Beter*, eine wahre Ur-
szene. Die beiden Frauen, die miteinander reden: »Was machen Sie meine Liebe. Es ist so heiß.« – »Ich jause im Grünen«, reden ohne die Selbstinszenierung, die gerade das Ich
und der Beter veranstalten. »Sie sagten es ohne Nachdenken
und nicht allzu deutlich, als müßte es jeder erwartet haben.«
Dieses Leben und Reden, einfach so, ist ein paradiesisches
Glück. Die Literatur, als inszenierte Rede, ist hier fern. Die
Eigenschaften des Künstlers, seine Selbstbespiegelung,
Eitelkeit, seine, wie der Trapezkünstler in *Erstes Leid* z. B.
zeigt, bis ins Obszöne gehende Schamlosigkeit weisen ihn
als eine Figur des Sündenfalls aus. So ist Kunst in den
Augen Kafkas immer mit der Schuld des Sündenfalls ver-
bunden.

Das Prosastück *Zum Nachdenken für Herrenreiter* läßt
den Wettkampf der Herrenreiter im Sinnlosen, Trüben enden. »Endlich fängt es gar aus dem trüb gewordenen Himmel zu regnen an.« »Odradek«, die Sorge des Hausvaters in
der gleichnamigen Erzählung, ist ein literarisches »Wesen«.
Sein Lachen klingt so wie das »Rascheln in gefallenen Blättern«. Seine Beschreibung evoziert Profanes und Heiliges.
Das »Wesen« sieht aus wie eine »sternartige Zwirnspule«
mit abgerissenen, alten, ineinander verfitzten Zwirnstücken.
Damit charakterisiert Kafka die Struktur des (seines) literarischen Textes. Vielleicht soll auch der Hinweis auf die
»Winkel« dieses Wesens auf die sprachlichen Winkelzüge
anspielen. Er sieht also aus wie ein alltäglicher Gebrauchs-
gegenstand, zugleich wird auf das religiöse Symbol des

Sterns im Judentum und Christentum angespielt. Erwähnt werden dessen »Ausstrahlungen«, auf denen Odradek sogar stehen kann. Das »Ganze« erscheint dennoch »sinnlos«.

Die Künstlerfiguren kennen häufig nur sich und ihre Kunst. Der Trapezkünstler in *Erstes Leid* ist nur auf sich selbst bezogen. Es sind Figuren, deren Kunst zweifelhaft geworden ist, sich überlebt hat oder vielleicht noch nie eine war. Diese Frage wird in *Ein Hungerkünstler* und *Josefine, die Sängerin oder Das Volk der Mäuse* aufgeworfen. Für die Kunst des Hungerkünstlers interessiert sich am Ende niemand mehr. Für den Ich-Erzähler ist Josefines Pfeifen »nichts Außerordentliches«, sondern nur die »charakteristische Lebensäußerung« des ganzen Volkes der Mäuse. Dann bleibt jedoch erst recht »das Rätsel ihrer großen Wirkung zu lösen«.

Das Judentum

Die Jahre 1911 und 1912 waren für Kafka auch die Jahre einer intensiven Auseinandersetzung mit der Kultur und Religiosität des Judentums. Die westeuropäischen Juden, zu denen er sich selbst zählte, verkörperten für ihn eine Generation einer religiösen Krise. Heftiger als die Väter, schrieb er in einem Brief an Max Brod aus dem Jahre 1921, wollten sich die Söhne, die deutsch zu schreiben anfingen, vom Judentum lösen, »aber mit den Hinterbeinchen klebten sie noch am Judentum des Vaters und mit den Vorderbeinchen fanden sie keinen neuen Boden. Die Verzweiflung darüber war ihre Inspiration.«

In sich verspürte Kafka ein »Verlangen nach den vergangenen Zeiten« als ein »wichtiges Element der Lebenskraft«, war aber nicht fähig und nicht willens, in die Gemeinschaft des Judentums zurückzukehren. Sein Ort war, wie eine Tagebucheintragung aus dem Jahre 1921 lautet, das »Grenzland zwischen Einsamkeit und Gemeinschaft«.

Auf verschwiegene Weise setzt Kafka sich in diesen Erzählungen (und in den Romanen) mit dem Judentum auseinander. In der Nachlaßerzählung *Eine Kreuzung* denkt
der Ich-Erzähler über sein Tier, ein »Erbstück« aus seines
Vaters Besitz, nach. Es ist halb ein Kätzchen, halb ein Lamm
und will sogar ein Hund sein. Mit diesen Tieren sollen wohl
Eigenschaften des Judentums getroffen werden, im Lamm
und im Kätzchen das traditionelle Judentum, im Lamm
wohl auch das Christentum, im Hund das assimilierte,
schamlose Judentum des Westens. Die Anspielung auf den
Davidstern in der Beschreibung des literarischen Wesens
Odradek (*Die Sorge des Hausvaters*) verweist ebenfalls auf
das Judentum.

Der Erzählband *Ein Landarzt* sollte auch im Horizont
der Diskussion um den Zionismus verstanden werden, die
in Prag besonders intensiv geführt wurde. Dem Freund
Max Brod erklärte Kafka die Widmung an den Vater:
»Nicht als ob ich dadurch den Vater versöhnen könnte, die
Wurzeln dieser Feindschaft sind hier unausreißbar, aber ich
hätte doch etwas getan, wäre, wenn schon nicht nach Palästina übersiedelt, doch mit dem Finger auf der Landkarte
hingefahren.«

Die Erzählung *Beim Bau der Chinesischen Mauer*, aus
der *Eine kaiserliche Botschaft* herausgelöst und in den
Landarzt-Band aufgenommen wurde, erkundet in der
Form einer historischen Untersuchung den jüdischen Gottesglauben und erklärt die Zusammengehörigkeit dieses
zerstreuten Volkes nicht aus der Kraft dieses Gottesglaubens, denn unklar ist, ob der »Kaiser« überhaupt noch existiert, sondern gerade aus der Schwäche dieses Gottesglaubens. Ironisch wird dabei auch das Christentum behandelt.
Kommt einmal ein kaiserlicher Beamter in das Dorf, stellt
»Forderungen«, prüft die »Steuerlisten«, faßt alles in langen
Ermahnungen an die »herbeigetriebene Gemeinde« zusammen, »dann geht ein Lächeln über alle Gesichter, einer
blickt verstohlen zum andern und beugt sich zu den Kin

dern hinab, um sich vom Beamten nicht beobachten zu lassen. Wie, denkt man, er spricht von einem Toten wie von einem Lebendigen, dieser Kaiser ist doch schon längst gestorben, die Dynastie ausgelöscht, der Herr Beamte macht sich über uns lustig, aber wir tun so, als ob wir es nicht merkten, um ihn nicht zu kränken.«

Die beiden Erzählungen *Ein Bericht für eine Akademie* und *Schakale und Araber*, zuerst in der von Martin Buber herausgegebenen Monatsschrift *Der Jude* veröffentlicht, haben die Assimilation der Juden zu ihrem Thema. Die Evolution des Affen Rotpeter in *Ein Bericht für eine Akademie* kann zugleich als eine satirische Parabel eines Künstlers und der jüdischen Assimilation gelesen werden. Der Versuch, sich mit Zwang von der alten religiösen Gemeinschaft zu emanzipieren, ist eine Illusion. Das Mal der Erbsünde, der Stich der Schlange in die Ferse (1. Mose 3,15), bleibt: »An der Ferse aber kitzelt es jeden, der hier auf Erden geht: den kleinen Schimpansen wie den großen Achilles.« Die Schakale in *Schakale und Araber* stellen ein noch gläubiges, aber schon unsicheres und rettungsbedürftiges Judentum dar. Vom Reisenden aus dem Norden, also aus Europa, ist diese Rettung nicht zu erwarten. Darin läge Kafkas skeptische Einrede gegen den Zionismus, der im westeuropäischen Judentum entstanden ist. Wie die Folge der a-Vokale von ›Schakale‹, ›Araber‹ und ›Kafka‹ suggeriert, sieht er seinen Platz bei den »Schakalen« und »Arabern«.

Josefine, die Sängerin oder Das Volk der Mäuse ist die letzte Erzählung Kafkas. Vor seinem Tode am 3. Juni 1924 arbeitete Kafka noch an der Korrektur des *Hungerkünstler*-Bandes, dessen Abschluß diese Erzählung bildet. Josefine ist ein geradezu heiteres Selbstporträt Kafkas (angedeutet schon im ›österreichischen‹ Zusammenhang der Namen Franz und Josef), das Volk der Mäuse ein Porträt des leidensgewohnten jüdischen Volkes. Die Erzählung endet in der Aussicht auf das erlösende Ende des Lebens und der Kunst: »Vielleicht werden wir also gar nicht sehr viel entbehren, Josefine aber, erlöst von der irdischen Plage, die aber ihrer Meinung nach Auserwählten bereitet ist, wird fröhlich sich verlieren in der zahllosen Menge der Helden unseres Volkes, und bald, da wir keine Geschichte treiben, in gesteigerter Erlösung vergessen sein wie alle ihre Brüder.«

Gerhard Kurz

Kafka bei Reclam

Kafka-Brevier. Hrsg. von Joseph Vogl.
320 S. 10 Abb. Gebunden

Der Proceß. Roman. 251 S. UB 9676

Das Schloß. Roman. 351 S. UB 9678

Der Verschollene. Roman. 319 S. UB 9688

Das Urteil und andere Prosa. Hrsg. von
Michael Müller. 103 S. UB 9677

Die Verwandlung. Nachwort von Egon Schwarz.
80 S. UB 9900

Ein Landarzt und andere Prosa. Hrsg. von
Michael Müller. 160 S. UB 9675

Erzählungen. Hrsg. von Michael Müller. Nachwort von
Gerhard Kurz. 366 S. UB 9426. – Auch gebunden

Brief an den Vater. Hrsg. und kommentiert von
Michael Müller. 112 S. UB 9674

Interpretationen
    Franz Kafka. Romane und und Erzählungen.
    Hrsg. von Michael Müller. 320 S. UB 8811

Erläuterungen und Dokumente zu
    Der Proceß. Von Michael Müller. 224 S. 5 Abb.
    UB 8197
    Die Verwandlung. Hrsg. von Peter Beicken. 196 S.
    6 Abb. UB 8155
    Das Urteil. Von Michael Müller. 144 S. UB 16001

Literaturwissen für Schule und Studium
    Franz Kafka. Von Carsten Schlingmann. 168 S.
    11 Abb. UB 15204